Anna Michels

26 Küsse und ein Happy End

Aus dem amerikanischen Englisch
von Sonja Häußler

Arena

Für meinen besten Freund

FSC
www.fsc.org
MIX
Papier aus verantwortungsvollen Quellen
FSC® C110508

Deutsche Erstausgabe
1. Auflage als Arena Taschenbuch 2017

Die Originalausgabe erschien 2016 unter dem Titel *26 Kisses* bei
Simon Pulse, einem Imprint der Simon & Schuster Publishing Division.

Aus dem amerikanischen Englisch von Sonja Häußler
Umschlaggestaltung: Frauke Schneider, unter Verwendung von Bildern
von © Lukas Flekal; © shutterstock/Natascha Pankina;
© shutterstock/smilewithjul und © shutterstock/SonyaDehartDesign
Gesamtherstellung: Westermann Druck Zwickau GmbH
ISSN 0518-4002
ISBN 978-3-401-50936-5

Besuche uns unter:
www.arena-verlag.de
www.twitter.com/arenaverlag
www.facebook.com/arenaverlagfans

Anna Michels

26 Küsse

und ein Happy End

1

Seth hat mich zuerst geliebt. Und wahrscheinlich war es falsch von mir zu glauben, dass er tief in seinem Innersten immer mich am meisten lieben würde. Selbst als ich mit einem anderen zusammenkam, selbst als die Schule und das Leben und andere Freunde in die Quere kamen, habe ich aus irgendwelchen Gründen angenommen, dass ich wegen allem, was zwischen uns passiert war, immer seine Nummer eins sein würde. Doch jetzt, wo wir uns den Weg durch die Menschenmenge auf der Dune-Days-Parade bahnen, sehe ich, dass er Melinda so ansieht, wie er mich immer angesehen hat. Dieser Blick, wenn seine Augen sanft werden und seine Gesichtszüge sich entspannen, weil seine ständige innere Aufgedrehtheit – die ihn von einer Sache zur nächsten, von einem Abenteuer ins nächste treibt – plötzlich verschwindet. Bei diesem Blick habe ich mich immer von ihm zurückgezogen und von ihm abgewandt, weil er mir zu intensiv war. Jetzt schenkt er diesen Blick ihr, und anstatt mich für ihn zu freuen, kann ich nichts anderes denken als *oh, Mist.* Was wird denn dann aus mir, wenn meine beiden besten Freunde diesen Sommer zusammenkommen?

Eine Mikrosekunde später reißt sich Seth zusammen,

er nimmt einen riesigen Bissen von seinem Churro und wirbelt dabei eine Wolke Puderzucker auf.

»Komm«, sagt er über seine Schulter hinweg und stürzt sich in den dichtesten Teil der Menge. Mit seinen wie immer dunklen Klamotten hebt er sich von den Touristen in grellen farbigen T-Shirts und Mützen ab. »Von hier sehen wir nichts.«

Mel hakt sich mit dem Finger in meiner Gürtelschlaufe ein. Um uns herum wird das Gedränge immer dichter und ich kämpfe gegen das Bedürfnis an, sie abzuschütteln und in der Menge zu verschwinden. Doch Seth greift nach meinem Handgelenk und schließlich sitzen wir drei eng beieinander auf der Bordsteinkante, an einer erstklassigen Stelle, um Süßigkeiten und Geschenke aufzufangen, die vielleicht von den Festwagen geworfen werden.

»Möchtest du?«, fragt Seth und bietet Mel den halben Churro an. Sie schüttelt den Kopf und wendet sich angewidert ab.

»Zu viel Zucker«, sagt sie und fährt sich mit der Hand durch das kurze schwarze Haar, wobei sich ihre Finger in ihren Locken verheddern.

»Es ist Dune Days«, sage ich. »Wozu lebt man, wenn man nicht mal dann Churros oder ein Eis isst?« Ich versuche, nicht genervt zu klingen, weil Mel vor Kurzem beschlossen hat, dass Zucker Gift ist.

Sie zuckt mit den Schultern, lehnt sich nach hinten, stützt sich auf ihren Händen auf und streckt die Füße auf die Straße. Die Schnürsenkel ihrer Converse-Schuhe schleifen durch den Staub.

Ich versuche, über Mels Kopf hinweg Seths Blick zu

erhaschen, aber er sieht sie wieder so an und beachtet mich nicht. Jemand, der hinter uns steht, rammt mir das Knie in den Rücken und ich zucke zusammen.

»Soll ich dir ein bisschen gerösteten Rosenkohl vom Biostand holen?«, fragt Seth Mel mit neckendem Unterton. »Oder vielleicht einen Weizengrassaft? Einen Grünkohlsalat? Du weißt schon – irgendetwas, das wirklich zur Parade passt.«

Mel lächelt und stößt Seth mit der Schulter an. »Ach, halt doch die Klappe«, erwidert sie und lehnt sich einen Moment länger an ihn, als streng genommen notwendig wäre.

Ich schiebe mir den Rest meiner Eiswaffel in den Mund und versuche, ein neues Gesprächsthema zu finden – eines, bei dem die beiden sich nicht mehr ansehen wie zwei Neuntklässler bei ihrem ersten Schulball. Wie lange geht das schon und warum habe ich es erst jetzt bemerkt? Was bin ich blind gewesen, dass mir die Spannung zwischen den beiden nicht aufgefallen ist! Allerdings war ich in letzter Zeit auch ziemlich mit meinem eigenen Kram beschäftigt.

Ich binde meine Haare zu einem Pferdeschwanz zusammen und kann mich nur auf zwei Dinge konzentrieren: erstens darauf, wie unglücklich ich gerade bin, und zweitens darauf, wie viel *unglücklicher* ich für den Rest des Sommers noch sein werde, wenn Mel und Seth von der Bildfläche verschwinden und dieses Freund-Freundin-Ding passieren wird. Nicht dass ich es nicht verdient hätte, nachdem ich sie die letzten zwei Jahre total vernachlässigt habe.

Endlich reißt Seth seinen Blick von Mel los und schaut über die Straße. Seine Augen weiten sich. »Veda, ist das nicht ...?«

»Was?« Ich blinzle in die Sonne.

»Äh ... nichts. Vergiss es.« Seth wickelt den Rest seines Churros in eine Serviette und legt ihn neben sich. »Ich glaube, ich höre den Musikzug.«

»Echt? Ich höre nichts ...« Meine Stimme gerät ins Stocken, als ich merke, was – wen – Seth entdeckt hat. »Oh Gott. Wir müssen weg von hier.« Ich rapple mich auf.

»Nein!« Mel packt mich am Arm und zieht mich wieder nach unten. »Was soll das? Wir haben einen super Platz hier.«

Ich drehe den Kopf und schirme mein Gesicht mit der Hand ab. Seth runzelt die Stirn und heftet den Blick aus seinen grünen Augen auf mich. Ich fühle mich wie gefangen in der Menge von aufgedrehten, Churros mampfenden Touristen. »Bitte, Leute. Lasst uns hier verschwinden.«

»Es ist Mark«, erklärt Seth Mel. »Er sitzt gleich da drüben.«

Sie verzieht das Gesicht und beugt sich vor, um die Menge abzusuchen.

»Nicht hinschauen!« Ich ducke mich noch mehr, aber auch ich riskiere einen Blick auf die andere Straßenseite. Sofort finde ich die verwaschene blaue Baseballkappe, die ich so gut kenne. Mark sitzt mit seinen Eltern und seinen beiden jüngeren Brüdern auf Gartenstühlen. Zu ihren Füßen steht eine große Kühlbox auf Rollen, die vermutlich mit legendär leckeren Sandwichs von seiner

Mutter gefüllt ist. Mein Magen macht einen Salto. Vor genau einem Jahr bin ich mit ihnen zusammen hier auf der Parade gewesen. Mark hat mich mit Kartoffelchips gefüttert, während der Bürgermeister von Butterfield in einem Cabrio an uns vorbeifuhr. Die Erinnerung ist zum Greifen nah und mich überläuft ein Schauder, als ich mich daran erinnere, wie sich Marks Augen geweitet hatten, als ich zärtlich das Salz von seinen Fingerspitzen leckte.

»Hey.« Mel greift nach meiner Hand und verschränkt ihre Finger mit meinen. Ihre silbernen Ringe fühlen sich warm auf meiner Haut an. »Vergiss Mark. Ist doch *sein* Pech, oder nicht?«

»Ja, *sein* Pech«, stimme ich ihr automatisch zu. Nur wie soll ich diesen Anblick in der nächsten Stunde ohne eine Art öffentlichen Zusammenbruch ertragen?

Ich schließe die Augen. Es ist jetzt zehn Tage her, seit Mark mir gesagt hat, dass er »nicht gebunden« sein wolle, wenn er wegzieht, um aufs College zu gehen. Dass niemand für immer mit seiner Highschool-Freundin zusammenbliebe.

Keiner bleibt bei seiner Highschool-Freundin. Das klingt, als wäre es wahr. Was ist Highschool auch schon außer Cross-Country-Teamtreffen, Drei-Minuten-Pausen und Energy-Drink-Trinken um Mitternacht, damit man wach genug ist, um seine Mathehausaufgaben fertig zu kriegen?

Die Highschool ist nicht wichtig. Und Highschool-Freundinnen wahrscheinlich ebenso wenig.

Was für ein Pech, dass mein Highschool-Freund *alles* für mich gewesen war.

Ich öffne die Augen. Unter keinen Umständen kann ich heute Mark entgegentreten. Ich werde mich einfach verstecken, so tun, als würde ich die Parade anschauen, und sobald sie vorbei ist, verschwinden.

»O-ooh«, sagt Seth.

Marks Mutter zeigt auf uns und flüstert Mark etwas ins Ohr. Er schiebt mit der einen Hand seine Baseballmütze nach oben, die andere hebt er zu einem zögerlichen Winken.

»Oh Mann, verdammt.« Ich lasse den Kopf sinken und starre in den Rinnstein, in dem lauter Bonbonpapiere und Ticketabrisse liegen, der übliche Abfall von Sommerfestivals.

»Er kommt rüber«, warnt mich Mel und drückt meine Hand fester. »Interaktion in drei, zwei ...«

»Hey, Vee.«

Ich hole tief Luft und schaue in das Gesicht, das mir auf dieser Welt das liebste ist. »Hi, Mark.«

Er hat sich vor uns dreien hingestellt, sodass er die Sonne verdeckt. Er trägt das Lederarmband, das ich ihm im Februar zu seinem achtzehnten Geburtstag geschenkt habe. Warum trägt er das noch?

»Was geht?« Mark ist total locker, hat die Daumen in seine Gürtelschlaufen eingehängt und wirkt völlig entspannt. Als wären wir Freunde – obgleich wir doch in Wirklichkeit so viel mehr und gleichzeitig, inzwischen, sehr viel *weniger* sind als Freunde.

»Ganz okay.«

Mel lässt meine Hand los, beugt sich zu Seth und flüstert ihm etwas ins Ohr. Beide scheinen vollkommen unbeeindruckt von der Tatsache, dass Mark direkt vor ihnen steht.

»Ich soll dir liebe Grüße von meiner Mom ausrichten. Und Kyle und Oliver wollen wissen, warum Jeffrey heute nicht kommen konnte.«

Ich winke Marks Mom zu, die begeistert mit beiden Händen zurückfuchtelt, und wieder spüre ich einen Stich des Bedauerns. Darüber, dass ich an den Wochenenden nicht mehr zu Mark nach Hause gehen würde, um am Lagerfeuer zu sitzen oder ein Tischtennisturnier zu machen.

»Es ist Dads Wochenende, deshalb hat ihn Mom gestern Abend hingebracht.«

Mark nickt. »Das ist ja ätzend. Und dein Dad wollte nicht zu Dune Days kommen?«

Ich zucke mit den Schultern. »Du weißt doch, dass meine Stiefmutter keine Menschenmengen mag.«

Mark senkt den Blick und fummelt an seinem Armband herum. Aus der Ferne dröhnen Paukenschläge und künden den Beginn der Parade an.

»Also dann ... ist bei dir alles in Ordnung, Vee?«, fragt er, während er Mel mit einem unbehaglichen Blick streift. »In Bezug auf alles?«

Fast hätte ich gelacht. Typisch Mark: Dass er sich nach meinem Befinden erkundigt, selbst jetzt, wo wir gar nicht mehr zusammen sind. Er hat es gehasst, wenn wir mal Streit hatten, und konnte mich nie nach Hause bringen oder selbst nach Hause fahren, wenn er nicht das Gefühl hatte, dass zwischen uns alles okay war. Selbst als ich mich vor zehn Tagen unter Tränen von ihm abwandte, versuchte er, mich zu trösten, seine Finger brannten wie heiße Eisen auf meinem Arm.

»Klar«, sage ich mit brüchiger Stimme. »Es geht mir gut.«

»Schön. Das ist gut.« Er sieht aus, als wollte er noch mehr sagen, doch das Geräusch der Blaskapelle kommt immer näher. »Na, dann setze ich mich wohl besser wieder hin«, sagt er. »Wir sehen uns. Vielleicht bei der Arbeit?«

»Ich habe gekündigt«, rufe ich ihm nach, während er über die Straße rennt und sich auf seinen Gartenstuhl fallen lässt – das einzige Anzeichen dafür, dass es ihn überhaupt aus dem Konzept gebracht hatte, mich hier zu sehen. Es überrascht mich, dass das ihm gegenüber noch niemand erwähnt hat. Ich hatte den Ferienjob im Butterfield Big 6 Cinema überhaupt nur angenommen, damit Mark und ich uns mit Popcorn füttern und in leeren Kinosälen rummachen konnten – und dafür auch noch 8,25 Dollar pro Stunde bekamen. Jetzt war ich mir ziemlich sicher, dass ich dort nie wieder einen Film würde anschauen können, ganz zu schweigen davon, mit Mark an dem Ort weiterzuarbeiten, wo er mir zum ersten Mal gesagt hatte, dass er mich liebte.

»Arschloch.« Seth sagte das so laut, dass uns ein paar Leute in der Nähe Blicke zuwarfen. Es ist nicht das erste Mal, dass Seth Mark so nennt, aber es ist das erste Mal, dass ich ihm irgendwie zustimme.

»Gut gemacht, Vee.« Melinda gibt mir High-five, beugt sich vor und schiebt sich ihre dicke schwarze Brille nach oben. »Du warst total cool. War gar nicht so übel für die erste Begegnung nach der Trennung, oder?«

»Nein«, sage ich, als der Cheeky-Cherry-Basket-Wagen vorbeigleitet und mir die Sicht auf Mark versperrt. Mel legt mir den Arm um die Schultern, lehnt ihren Kopf kurz an meinen und fast glaube ich meine eigene Lüge. »Überhaupt nicht übel.«

Seth gibt heute Nachmittag eine Klavierstunde, deshalb verschwindet er nach der Parade im Musikgeschäft, während Mel und ich schweigend zum Wagen gehen.

»Ich hasse Paraden«, sagt sie, als wir in ihrem alten Buick Zentimeter für Zentimeter die Hauptstraße entlangkriechen. Im Sommer ist es in Butterfield wegen des Verkehrs zum Strand praktisch unmöglich, irgendwohin zu fahren. Viele Leute aus Chicago flüchten übers Wochenende hierher und zwischen Memorial Day und Labor Day allein finden fünf verschiedene Festivals statt, die Touristen magisch anziehen.

»Ich weiß.« Ich schließe die Augen und verstelle die Lehne nach hinten, sodass ich praktisch in der Horizontalen bin. »Warum bist du dann hergekommen?«

Sie hebt die Schultern. »Seth wollte gern hingehen.«

Mir fällt wieder ein, wie er sie vorhin angesehen hat, und ich muss mir auf die Zunge beißen, Mel nicht daran zu erinnern, dass sie und Seth sich überhaupt nur dank mir kennen. Mein Herz ist zwar gebrochen, aber so arschig bin ich nicht.

Nachdem Mel von New York in unsere Kleinstadt in Michigan gezogen war, hat es nicht lange gedauert, bis wir uns anfreundeten. Am ersten Tag der siebten Klasse stand sie mit klobigen Armreifen und verlegenem

Lächeln in unserer Klasse und alle anderen fanden sie ein wenig seltsam. Für mich war sie damals der coolste Mensch, dem ich je begegnet war. Schon bald kam sie regelmäßig zu mir nach Hause und da stellte ich sie Seth vor, der bei uns gegenüber wohnt und so was wie mein Rettungsanker gewesen war, als sich meine Eltern hatten scheiden lassen.

Gemeinsam hatten wir die Mittelstufe überlebt und waren dann auf die Butterfield High gegangen. Während der letzten beiden Jahre jedoch habe ich Seth und Mel ziemlich vernachlässigt und vor allem Zeit mit Mark und seinen Freunden vom Cross-Country-Team verbracht. Ich habe eine Menge Insider-Witze, Instagram-Fotos, Schulfeste und Filmabende mit meinen Freunden verpasst, weil ich so sehr mit Mark beschäftigt gewesen war. Offensichtlich habe ich nicht einmal gemerkt, wie nah sich die beiden gekommen sind. Und es wäre unfair, ihnen das jetzt übel zu nehmen.

Mel schaltet das Radio ein und summt die Gitarrenriffs mit, während ich in meine Tasche greife und nach meinem Lederarmband taste. Es ist das Gegenstück zu Marks, das er unerklärlicherweise noch immer trägt. Es ist ganz weich geworden, weil ich es ein Jahr lang ununterbrochen getragen habe. Ich habe es auch nicht zum Duschen oder Schwimmen abgenommen – bis zu dem Tag, an dem er mit mir Schluss gemacht hat. Ich verstecke es in meiner Tasche und habe es immer dabei. Mel würde mich umbringen, wenn sie das wüsste.

Ich hebe den Arm, damit Mel nicht mitbekommt, wie mir Tränen über die Wangen fließen – aber es dauert nur einen Moment, bis Mel merkt, dass ich wieder die Krise bekomme.

»Oha, langsam«, sagt sie, dann schaltet sie die Musik aus und legt ihre Hand auf mein Knie. »Alles okay?«

Ich schüttle den Kopf. Für mich ist gar nichts okay – nicht die Tatsache, dass Mark etwa acht Minuten, nachdem er sein Highschool-Abschlusszeugnis in der Hand hielt, Schluss mit mir gemacht hat. Nicht das überwältigende Gefühl, dass mein Leben auf möglicherweise verheerende Art und Weise vom Kurs abgekommen ist. Und auch nicht die Vermutung, dass Seth jetzt Mel mehr liebt als mich – und das ist am schlimmsten von allem, weil es vollkommen unfair von mir ist.

»Vee, du hast das toll hingekriegt. Wir hätten nicht zur Parade gehen sollen. Wir hätten wissen müssen, dass Mark da sein würde.«

Ich reibe mir die Augen, schlucke schwer und versuche, mich zusammenzureißen. »Ich komme mir einfach nur blöd vor.«

»Ich weiß, Süße. Aber das solltest du nicht. Er ist derjenige, der ...« Sie seufzt und trommelt mit den Fingern aufs Lenkrad. »Ach, egal. Es hat keinen Sinn, noch mal aufzuwärmen, was für ein vollkommener, totaler Arsch Mark ist.« Sie holt tief Luft. »Ich muss zum Big Float, arbeiten. Willst du immer noch mitkommen?«

Ich antworte nicht, weil ich auf einmal erschöpft bin. Flaherty's Float & Boat gehört Mels Dad. Es ist die größte Bootsvermietung in der ganzen Gegend. Er sponsert jedes Jahr zu Dune Days kostenlose Reifenschlauchtouren auf dem Fluss. Beim Big Float zu arbeiten, ist ein

Albtraum aus schreienden Kindern, die ihre Schwimmwesten nicht ordentlich angezogen haben, und Leuten von der Highschool, die ich eigentlich den Sommer über meiden will. Außerdem muss man komplett angezogen im Fluss herumplanschen, um auf Abwege geratene Wasserreifen wieder einzufangen. Es steht nicht auf der Liste meiner Lieblingsbeschäftigungen, aber ich helfe gerne mit, um Mel Gesellschaft zu leisten – und die fünfzig Dollar, die ihr Dad dafür springen lässt, schaden auch nicht. Doch heute steigen mir die Tränen in die Augen, wenn ich auch nur an das bevorstehende Chaos denke.

»Du musst nicht«, sagt Mel sanft. Sie lässt das Lenkrad los, nimmt meine Hand und drückt sie so lange, bis ich wieder die Augen aufschlage. »Im Ernst, Vee. Ich bringe dich einfach nach Hause.«

Mein Bruder ist über das Wochenende bei meinem Dad, deshalb wird sich meine Mom in Sachen Putzen wieder völlig verausgaben. Früher oder später aber wird sie sich langweilen und mitten im Aufräumen und Abstauben aufhören. Ich werde vermutlich den ganzen Nachmittag auf der Couch liegen, fernsehen und immer wieder Fat Snacks, meine übergewichtige Katze, von meiner Brust herunterschieben. Außerdem werde ich Mark schamlos auf seinem Instagram-Account stalken. Klingt, als würde dies der deprimierendste Tag aller Zeiten.

Ich räuspere mich. »Schon gut«, widerspreche ich. »Ich will dich nicht im Stich lassen.«

Mel wirft mir einen Blick zu. »Und ich will nicht verantwortlich dafür sein, wenn du komplett zusammenbrichst.«

»Ich verspreche dir, dass der Big Float meiner fragilen Psyche nicht den Rest geben wird.«

Mel grinst und hüpft auf ihrem Sitz auf und ab. »Gut. Und du wirst Killian kennenlernen.«

Ich starre aus dem Fenster auf den Verkehr, der hinter der Parade herzockelt, und bin unfähig, Begeisterung für den neuesten männlichen Ferienjobber bei Flaherty's Float & Boat zu zeigen. Ich kenne Mel – sie würde es schaffen, jeden Jungen innerhalb von zwei Wochen total verrückt nach sich zu machen und dann den ganzen Sommer über mit ihm zu spielen. Das macht sie öfter mit Jungs, als sie zugeben will. Sie schiebt das auf ihre Bindungsängste.

Vor uns strömt eine Gruppe von Leuten auf die Straße und Mel steigt fluchend auf die Bremse.

»Blöde Idioten!« Sie hupt und kurbelt das Fenster herunter. »Geht nach Hause, ihr Schlafmützen!« Mels Intoleranz gegenüber Urlaubern, die jeden Sommer die Stadt überrennen, ist legendär, aber insgeheim liebt sie es, Touristen zu beschimpfen, und würde sie vermissen, wenn sie nicht da wären. Man sagt, dass sie ihnen sogar absichtlich falsche Wegbeschreibungen gibt und sie vor Haien im Michigansee warnt. Sie drückt weiter auf die Hupe, flucht leise vor sich hin und verdreht die Augen, als eine Familie bei Rot die Kreuzung überquert.

Trotz allem muss ich lächeln.

2

Der Parkplatz des Float & Boat ist schon voller Minivans und SUVs sowie Familien in Badeklamotten und T-Shirts, die vor ihren Fahrzeugen stehen, sich mit Sonnencreme einschmieren und Badetücher verteilen. Mel fährt auf eine grasbewachsene Fläche hinter dem Bürogebäude und holpert dabei über frei liegende Baumwurzeln.

»Ich schwöre dir, diese dumme Veranstaltung hier wird jedes Jahr voller und lächerlicher«, murrt sie, während sie ihre Sonnenbrille in das Wirrwarr aus dunklen Haaren schiebt. »Schauen wir mal, wo Dad uns eingeteilt hat.«

Mel arbeitet meist im Büro, da sie die Einzige ist, die weiß, wie man das Bankkartenlesegerät bedient, wenn jemand Snacks oder eine Flasche Wasser an der Minitheke kaufen will. Nach einer hitzigen Runde Schere-Stein-Papier mit Mitchell und Heather, zwei der Angestellten, werde ich der Reifenbrigade zugewiesen. Da ich auf keinen Fall in meinen Lieblingsshorts in den Fluss steigen will, schnappt sich Mel den Rucksack voll alter Klamotten, den sie immer im Auto aufbewahrt, und wirft ihn mir zu. Ich ziehe mich in der dunklen, von Spinnen bevölkerten Toilette um und schlüpfe in eine alte, kurze

Sporthose von Mel und ein T-Shirt mit Powerpuff-Girls-Aufdruck. Dann stecke ich meine nackten Füße in ein Paar verkrustete Tennisschuhe, denen man ansieht, dass sie schon viele Stunden durch Flussschlamm gewatet waren.

»Hübsch«, verkündet Mel und packt einen sehr großen, solide aussehenden Kerl am Ellbogen, der gerade durch die Tür hereinkommt. »Killian! Das ist meine beste Freundin, Vee.«

Wie Mel letzte Woche bei jeder sich bietenden Gelegenheit erwähnt hat, sieht Killian ziemlich gut aus. Er hat wuscheliges blondes Haar, das unter einer Baseballmütze hervorlugt, und strahlend blaue Augen. Und – was für Mel vielleicht am wichtigsten ist – er kommt aus Trawley, der nächsten Kleinstadt, deshalb wissen wir überhaupt nichts über ihn, was ihn laut Mel automatisch interessant für uns macht. Ich zwinge mich zu lächeln und male mir schon die stundenlangen Diskussionen aus, die Mel der Analyse von Killian widmen wird und allem, was er jemals gesagt oder getan hat.

»Ich freue mich sehr, dich kennenzulernen«, sagt Killian und streckt seine Hand aus. Ich will sie gerade schütteln, da ballt er seine Finger zur Faust und stößt damit gegen meine. Dabei grinst er mich schräg an, wobei eine kleine Zahnlücke zwischen seinen Schneidezähnen sichtbar wird.

»Ähm, ja. Ich auch«, entgegne ich und schüttle irritiert den Kopf.

Mr Flaherty eilt vorüber, ein Klemmbrett unterm Arm. »Die Leute stehen Schlange. Mel, geh zum Schuppen mit den Schwimmwesten. Ihr zwei« – er deutet auf Killian und mich– »geht hinunter ans Wasser.«

Killian nickt. »Ja, Sir.« Als sich Mr Flaherty abwendet, zwinkert er mir zu. »Sieht aus, als käme gleich die heiße Phase«, sagt Killian. Er nimmt seine Baseballmütze ab und setzt sie verkehrt herum wieder auf. »Bereit, nass zu werden?«

»Aufgepasst, Vee!«

Ein schwarzer Reifenschlauch rollt die steile Uferböschung herunter, prallt gegen meine Brust und haut mich fast um. Ich gewinne das Gleichgewicht wieder und greife im letzten Moment nach dem Wasserreifen, bevor er davontreibt.

»Okay«, sage ich und winke drei Teenies in winzigen Bikinis zu mir. »Ich seid die Nächsten.« Vorsichtig bahnen sie sich ihren Weg zu mir und kreischen jedes Mal, wenn eine Wasserpflanze ihre Füße streift. Sie schießen Fotos mit ihren iPhones, die in Ziploc-Tüten wasserdicht verpackt sind. Behutsam setzen sie sich in ihre Wasserreifen und ich schubse sie zur Mitte des Flusses. Eines der Mädchen kreischt mir ins Ohr und ich zucke zusammen.

»Dann lasst euch mal schön treiben«, murmle ich, als sie von der Strömung erfasst werden. Ich halte einen Moment lang inne, die Hände in die Hüften gestemmt, und überlege, wie viele Leute in der Schlange vor der Schwimmwestenausgabe wohl noch stehen. Ich habe das Gefühl, ungefähr jeden, der in Butterfield wohnt, heute in Badeklamotten gesehen zu haben – was nicht zwangsläufig erfreulich ist.

»Vee!« Killian steht oben ohne am Ufer. Ein Hauch von Sonnenbrand breitet sich auf seinen Schultern aus. »Tut mir leid wegen dem letzten Reifen. Meine Muskeln waren einfach stärker als ich.«

»Schon klar.« Ich spritze Wasser in seine Richtung. »Damit kannst du vielleicht die Mädels da beeindrucken, aber ich stehe nicht so auf aufgeblasene Fitnessstudiotypen.«

Killian wirft sich in eine alberne Pose, seine Muskeln treten so beeindruckend hervor, wie man es bei Teenagern eigentlich eher selten sieht. »Würdest du mir glauben, wenn ich dir sage, dass ich noch nie in meinem Leben Gewichte gestemmt habe? Ich bin zu faul für diesen Blödsinn.«

»Und wie erklärst du dir dann *das?«* Ich zeige auf seinen prallen Bizeps.

Killian zuckt mit den Schultern. »Gene. Glück. Die Tatsache, dass ich dieses Jahr fünfzehn Zentimeter gewachsen bin und mich offenbar in den Hulk verwandle.« Er tippt sich auf die Brust. »Glaub mir, tief in meinem Herzen bin ich ein dürrer Winzling.«

Ich muss zugeben, dass er gut aussieht – und überhaupt nicht wie ein dürrer Winzling. Aber nachdem wir uns den ganzen Nachmittag lang klebrige Reifenschläuche zugeworfen und uns mit neckischen Beleidigungen aufgezogen haben, werde ich Killian mit ziemlicher Sicherheit nie wieder anschauen können, ohne an den übelkeiterregenden Geruch von heißen Gummireifen und Sonnencreme denken zu können. Mel kann ihn haben.

Ein paar Jungs kommen angerannt und springen in

den Fluss, dass es nur so spritzt. »Killian Hughes! Mann, was geht?« Einer von ihnen hebt die Hand zu einem High-five, zieht sie aber dann, kurz bevor Killians Handfläche sie trifft, weg. »Reingelegt!«

»Witzig, Drew«, sagt Killian mit ruhiger, bedächtiger Stimme. Er nimmt ein paar Wasserreifen vom Gestell und reicht sie Drew und seinem Kumpel. »Viel Spaß.«

Der andere Kerl, eine Bohnenstange, dessen Badehose gerade so von seinen knochigen Hüften oben gehalten wird, grinst und entblößt dabei eine Zahnspange.

»Cooler Job, Kill. Bestimmt kriegst du hier mit, was in Butterfield so los ist! Irgendwelche heißen Mädels?« Er zieht die Augenbrauen nach oben.

»Klar.« Killian wendet ihnen den Rücken zu, verschränkt die Arme und späht zum Schuppen mit den Schwimmwesten hinüber. »Bis dann, Leute.«

Drew stößt seinem Kumpel den Ellbogen in die Rippen, dann werfen sie ihre Schläuche in den Fluss, stürzen sich darauf und spritzen dabei mein T-Shirt nass.

»Freunde von dir?«, erkundige ich mich, als sie außer Hörweite sind.

Killian schnaubt. »Nur ein paar Penner aus Trawley.« Er seufzt und nimmt seine Baseballmütze ab. Dann beugt er sich vor, taucht seine Hand in den Fluss und fährt sich mit den Fingern durch das Haar. »Ich glaube, es kommen keine mehr. Sollen wir eine Pause machen?«

»Gerne.« Ich platsche zum Ufer und lasse mich auf den dichten Teppich aus Kiefernnadeln fallen.

Killian folgt mir, rutscht aber im Matsch aus und platscht durchs Wasser, als er versucht, sich zu setzen.

Ich ziehe eine Augenbraue nach oben. »Du bist wie ein Elefant.«

»Nee.« Er streicht sich die Haare aus den Augen. »Elefanten sind graziöser.«

Ich schließe die Augen und versuche, das Kreischen und das Gelächter der Leute, die auf dem Fluss treiben, auszublenden und mich auf die Vögel in den Bäumen und das Rascheln der Zweige im sanften Wind zu konzentrieren. Mein Körper entspannt sich, als mir eine kühle Brise über das Gesicht streicht. So schlecht ist das gar nicht.

»Mel hat erzählt, ihr zwei seid bald im vierten Jahr an der Highschool?« Killian zerstört meinen Zen-Moment brachial.

Ich hole Luft und setze mich auf. »Ja. Und du?«

Killian nickt. »Ich auch. Ich und die zwanzig anderen in meiner Abschlussklasse.«

»Wow, kleine Schule. Kennst du die beiden da von dort?« Ich deute auf den Fluss.

Killian nickt. »Leider. Und ob du es glaubst oder nicht, es gibt noch mehr von der Sorte. Deshalb habe ich beschlossen, den Sommer über abzuhauen und in Butterfield zu arbeiten.«

»Ich sage dir das nur ungern, aber ich glaube, Typen wie die gibt es überall.«

»Glaub mir.« Killian richtet seine tiefblauen Augen auf mich. »Überall ist es besser als in Trawley.« Er schaut wieder weg und lässt seine Fingerknöchel knacken. »Das ist echt hinterste Provinz. Alle hören nur Country-Musik. Wir haben noch nicht mal ein Kino.«

Uff. Das erinnert mich daran, dass ich keinen Ferienjob mehr habe. »Ich habe im Butterfield Big 6 gearbeitet.«

»Ach echt?« Killian stützt sich nach hinten auf seine Hände. »Dann magst du wohl Filme?«

Ich starre auf den Fluss hinaus. Es ist peinlich zuzugeben, dass ich mich dort nur wegen meines Exfreundes beworben hatte, der am Ende doch nicht so sehr in mich verknallt war, wie ich gedacht hatte. »Klar. Du nicht?«

»Doch, total. In Trawley bin ich beim Theaterclub. Nicht dass das viel heißt, aber ... Schauspielerei, Theater, Filme, Improvisation, Rhetorik. Finde ich alles toll.«

Ich warf ihm einen Blick zu. »Du stehst auf Rhetorik?«

»Ist der Himmel blau?«

Ich schweige, ein wenig überrascht. »Meine Frage mit einer anderen Frage beantworten – und dann auch noch eine, die eine eindeutige Antwort erfordert. Klassiker«, erwidere ich. »Ich bin auch im Debattierclub.« Ich zerbreche mir den Kopf und versuche mich zu erinnern, ob ich ihn wohl schon einmal bei einem Turnier gesehen habe. Ich hätte Killian nicht für einen Typen gehalten, der im Debattierclub ist, aber bei der Tatsache, dass er zumindest ein bisschen nerdig ist, fühle ich mich automatisch wohler. Ich bin nicht wie Mel, die praktisch mit jedem mühelos ins Gespräch kommt und ihren Charme dermaßen aufdreht, dass sie fünfzehn Minuten später schon Freunde fürs Leben sind. Aber gibt man mir ein Thema, bei dem ich in die Tiefe gehen, worüber ich diskutieren kann, dann ich bin dabei, bis ich meinen Standpunkt klargemacht oder totalen Schiffbruch erlitten habe. Das liebe ich so am Debattieren – es ist schwarz-weiß. Es gibt eine Seite, die recht hat (die, auf der man selbst steht), und eine, die falschliegt (die des Gegners). Nicht wie im echten Leben, wo alles so viel komplizierter ist.

Killian lacht. »Echt jetzt? Sind im Debattierteam von Butterfield auch so viele Nerds wie in dem von Trawley?«

Ich grinse. »Das kommt darauf an. Hat euer Team je eine Mottoparty mit dem Thema ›Verfassung‹ geschmissen?«

»Ist das ein Kreuzverhör?«

»Sprichst du nur in Fragen?« Ich lächle und Killian spritzt Wasser in meine Richtung. »In Butterfield herrscht totaler Nerd-Alarm. Wir sammeln immer obskure Fakten, die wir für unsere Debatten verwenden können. Man kann nie wissen, wann einem so was mal nützlich sein kann – einmal haben wir zum Beispiel debattiert, ob der Weihnachtsmann real ist. Ich habe gewonnen, weil ich mich an etwas aus dem Biounterricht erinnert habe, in dem es um den Nordpol ging.«

Killian sieht mich an und zieht die Augenbrauen hoch. »Du hast bewiesen, dass es den Weihnachtsmann gibt? Du bist ab sofort offiziell meine Heldin.«

Ich ziehe den Kopf ein. »Das war wahrscheinlich meine allerbeste Debatte bisher. Leider war das nur beim Üben nach der Schule in der Bibliothek und nicht auf einem Turnier.«

»Was möchtest du dann später werden – Schauspielerin oder Anwältin?«, fragt er. »Jeder Debattierer, den ich kenne, will entweder das eine oder das andere werden.«

»Anwältin.« Ich ziehe meine Füße durchs Wasser. Recherchieren und argumentieren und damit den Lebensunterhalt zu verdienen ... was kann es Besseres geben?«

»Dann werde ich Sie künftig mit dem gebührenden Respekt ansprechen, Frau Anwältin.« Er neigt den Kopf und deutet eine Verbeugung an.

»Hör bloß auf. Und du?«

»Beides«, antwortet Killian sofort. »Ich will Schauspieler werden und in *Law & Order* einen Anwalt spielen.«

Bevor ich etwas erwidern kann, ertönt hinter uns ein schriller Pfiff und ich drehe mich um. Bob, Melindas Dad, winkt uns, sein Gesicht ist fast so rot wie sein Haar. Eine Trillerpfeife, wie sie Rettungsschwimmer haben, baumelt an einer Schnur um seinen Hals. »Leute, ihr seid fertig für heute!«, ruft er. »Der Ansturm ist vorbei.«

»Gott sei Dank«, stöhne ich und wackle in Mels Turnschuhen mit den Zehen. Meine Füße fühlen sich aufgedunsen und kalt an und ich versuche, nicht über all das nachzudenken, was meine Haut eventuell in den letzten paar Stunden aus dem Flusswasser aufgesogen hat.

Killian packt meine Hand und zieht mich mit einem Ruck auf die Beine. Wie kraxeln die Uferböschung hoch, wobei unsere Tennisschuhe beim Gehen schmatzende Geräusche von sich geben. Mel steht neben dem Schuppen mit den Schwimmwesten und staffiert gerade ein paar Nachzügler aus, die sich noch den Fluss hinuntertreiben lassen wollen. Unwillkürlich bin ich neidisch, dass sie vollkommen trocken ist in ihrem Polohemd mit aufgestelltem Kragen und den unverschnürten Converse-Schuhen, während ich aussehe, als wäre ich gerade aus einer Schlammgrube gekrochen.

»Wow, bin ich froh, dass ich gelernt habe, wie man dieses blöde Bankkartenlesegerät bedient«, sagt Mel grinsend, während sie zu uns herüberkommt und sich die Hände an den makellosen Shorts abwischt. »Du musst vor heute Abend eindeutig noch duschen, Vee.«

»Was ist heute Abend?« Ich wringe etwas Wasser aus dem T-Shirt.

Mel hält ihr Handy hoch. »Brianna und Landon wollen losziehen. Und Seth hat auch noch nichts vor. Wir sollten etwas unternehmen.« Sie wirft Killian ein Lächeln zu. »Bist du dabei?«

»Klar«, sagt er. Er zieht sich sein T-Shirt über den Kopf und unterbricht damit Mels nicht allzu diskrete Begutachtung seiner Bauchmuskeln.

Mel zieht uns zu sich. »Super. Ich habe auch schon eine Idee.« Sie wirft einen Blick über die Schulter und flüstert: »Lasst uns heute Abend, wenn es dunkel wird, hierher zurückkommen. Wir können uns vom Anleger aus das Feuerwerk anschauen.«

»Mel! Ist das dein Ernst? Willst du, dass wir alle verhaftet werden?«

»Mach dich mal locker, Vee. Das Gelände gehört meinem Dad, es ist ja nicht so, dass wir es unbefugt betreten.«

Ich tue mein Möglichstes, die Staatsanwältin in mir zum Schweigen zu bringen. »Äh, eigentlich wäre es genau das, also ... unbefugtes Betreten, wenn ...«

Mel ergreift meine Hand, drückt sie fest und bringt mich damit zum Schweigen. »Bist du dabei, Killian?«

Er verlagert sein Gewicht von einem Fuß auf den anderen. »Ich weiß nicht ...«

»Ach, komm schon.« Sie seufzt ungeduldig. »Was ist los mit euch? Entspannt euch mal. Das wird lustig.« Sie verschränkt die Arme und wartet.

Killian sieht mich an, die Augenbrauen zu einer stummen Frage hochgezogen.

Ich zögere eine Sekunde, dann nicke ich.

»Okay«, sagt er schließlich, nimmt seine Baseballmütze ab und fährt sich durch die Haare. »Ich bin dabei.«

3

Das ist keine gute Idee«, sage ich. Mel und ich sitzen wieder im Buick, der auf dem Parkplatz des Float & Boat steht, und warten auf die anderen. Ich kann kaum atmen wegen der Parfümschwaden, die Mel umgeben. Die Sonne geht gleich unter. Vereinzelte Wolken jagen von Westen heran und bedecken die Sterne. Schon bald wird der Himmel stockfinster sein – perfekt, um das Feuerwerk anzusehen.

»Psst«, macht sie. »Das wird bestimmt super. Du wirst dich amüsieren – vielleicht sogar jemanden kennenlernen.«

»Was? Wen sollte ich denn kennenlernen?«

Sie dreht sich zu mir, ihre braunen Augen wirken im Dunkeln riesig. »Du brauchst diesen Sommer einen Kerl, Vee. Deshalb habe ich ein paar eingeladen.«

Ungläubig starre ich sie an.

Mel hebt die Schultern und wendet den Blick ab. »Was ist? Ich habe die Initiative ergriffen. Und ich will dich ja nicht verkuppeln, es geht nur darum, mit ein paar Jungs abzuhängen. Wenn du dich gut mit jemandem verstehst, umso besser. Wenn nicht, kannst du immer noch weiterhin Mark nachtrauern.«

Ich lasse mich an die Lehne des Beifahrersitzes zurückfallen, schockiert darüber, wie falsch Mel meine derzeitige mentale Verfassung in Sachen Trennungsprozess einschätzt. »Du hast Seth, Killian und Landon eingeladen. Landon ist mit Brianna zusammen, du selbst hast bereits Ansprüche auf Killian geltend gemacht und Seth ist ... Seth. An wen soll ich mich deiner Meinung nach ranmachen?«

»Erstens habe ich gar keinen *Anspruch* auf Killian *geltend gemacht*. Es wäre von meiner Seite vollkommen in Ordnung, wenn du dich auf seinen durchtrainierten Körper stürzt. Ich habe aber auch Vince und Adam eingeladen. Sie sind beide Single. Und total heiß.«

Vince und Adam. Ich blättere im Geiste unser Jahrbuch durch und versuche, mit diesen Namen Gesichter zu verbinden. Die einzigen Leute, mit denen ich die letzten paar Jahre zu tun hatte, waren Marks Cross-Country-Freunde und meine Teamkollegen vom Debattieren – und Mel und Seth natürlich, wenn ich die Zeit für sie fand. Mel hingegen scheint an der Butterfield-Highschool jeden zu kennen – vor allem alle Jungs, obwohl sie nie eine richtige Beziehung gehabt hat.

Ich reibe mir die Schläfen. »Mel, ich bin absolut noch nicht bereit, an einen neuen Typen zu denken. Ich funktioniere momentan nur gerade so. Ich heule immer noch jeden Morgen, wenn ich aufwache. Einen Job habe ich auch nicht. Ich brauche diesen Sommer keinen Kerl.«

Sie seufzt. »Hör mal, versteh mich nicht falsch. Ich weiß, du glaubst, dass du wegen Mark völlig am Boden zerstört bist ...«

Ich schnaube.

»... aber sehen wir den Tatsachen ins Auge, Vee: Du

weißt gar nicht, wie es ist, mit jemand anderem auszugehen.«

Ich bin versucht, aus dem Wagen zu steigen und per Anhalter nach Hause zu fahren, anstatt mir das anzutun, was offenbar ein verrücktes Blind Date zu dritt werden soll. »Ja, ich weiß«, erwidere ich. »Ich habe nur mit einem einzigen Typen geschlafen ...«

»Du hast nur einen einzigen Typen *geküsst.*«

Ich funkle sie an. Wenn man es laut ausspricht, klingt das armseliger, als es eigentlich ist. Und es ist auch nicht so, dass sie so viel mehr Erfahrung hätte als ich. Ich habe nur einen einzigen Typen geküsst, weil ich eben keinen anderen gebraucht habe, nachdem ich mit Mark zusammengekommen war – nicht etwa weil ich prüde oder in der Kunst der Verführung irgendwie gehandicapt wäre. Und außerdem hätte mich Seth geküsst, wenn ich ihn gelassen hätte – aber das ist schon eine Million Jahre her und das braucht Mel nicht zu erfahren. Vor allem nicht jetzt.

Mel greift nach meiner Hand, als Autoscheinwerfer über uns hinweggleiten. »Da ist jemand gekommen.«

Wir beobachten, wie ein dunkler Pick-up auf den Schotterparkplatz fährt, rasch gefolgt von einem weißen Jeep. Wir steigen aus und gesellen uns zu Killian, Brianna und Landon.

Mel umarmt Brianna und Landon überschwänglich, als hätte sie sie jahrelang und nicht nur seit Ferienanfang nicht mehr gesehen. Ich hebe verlegen die Hand und überlege, was ich sagen könnte, damit sie nicht nach Mark fragen.

Killian stupst mich in die Seite. »Wie hoch ist das Risiko, dass wir erwischt werden?«, flüstert er.

»Klein bis nicht vorhanden. Niemand kommt hier bei Nacht vorbei. Außerdem habe ich Mel eingeschärft, auf keinen Fall ein Lagerfeuer zu machen, deshalb glaube ich kaum, dass uns jemand entdecken wird.«

»Gut. Ich will echt nicht schon in meiner ersten Woche gefeuert werden.«

Ich blicke zu ihm auf. Mel scheint ja ziemlich schnell ihre Klauen in ihn geschlagen zu haben. »Warum bist du dann gekommen?«

»Ich will unbedingt deinen Beweis hören, dass es den Weihnachtsmann gibt. Ich konnte den ganzen Tag an nichts anderes denken.« Er boxt mir spielerisch mit der Faust gegen den Arm. In meinem Kopf gehen die Alarmglocken an. Flirtet Killian etwa mit mir?

Ich bleibe ihm die Antwort schuldig, weil Brianna mir eine Dose Insektenspray in die Hand drückt. Ich sprühe mich ein – in den Wäldern von Michigan ist das immer ratsam –, während noch mehr Autos auf den Parkplatz fahren. Vince und Adam kommen nur wenige Sekunden nacheinander an, als hätten sie sich abgesprochen, und noch dazu sind sie fast gleich gekleidet – khakifarbene Baggy-Shorts und enge T-Shirts, dazu Baseballmützen über sorgfältig gegelten Haaren. Mel macht mich mit ihnen bekannt und strahlt dabei wie eine stolze Mutter.

»Schön, euch kennenzulernen«, sage ich und bereue die Worte, sobald sie aus meinem Mund gekommen sind. Wir sind seit drei Jahren zusammen auf der Highschool – wir müssen uns also irgendwann über den Weg gelaufen sein, nur waren sie mir einfach zu egal, als dass ich mich an sie erinnern könnte.

Seth kommt als Letzter. Wie immer trägt er Schwarz und dazu auffällige Schuhe. Heute Abend: rote Converse. Er steigt aus dem roten Minivan seiner Mom, kommt zu uns rübergelaufen und wippt nervös auf den Fußballen. Ich bin fast überrascht, dass er hier ist, denn er geht selten auf Partys. Nicht, weil die Leute ihn nicht einladen – alle mögen Seth –, aber er findet Partys langweilig und vorhersehbar und bleibt lieber zu Hause, um Klavier zu üben (typisch zurückgezogenes Musikgenie). Zumindest ist das die Erklärung, die er auf Nachfrage zum Besten gibt.

»Hey, Vee.« Er berührt sanft meinen Ellbogen und wendet sich dann an Mel. »Lass es uns hinter uns bringen.«

Mel führt uns durch den Wald, vorbei am Schwimmwestenschuppen und hinunter zum Bootssteg. Es hat zwar merklich abgekühlt, aber die nächtliche Feuchtigkeit setzt gerade ein, sodass sich der ganze Körper klebrig anfühlt. Ich stolpere über eine Baumwurzel.

Adam hält mich am Arm fest und beugt sich ganz nah zu mir. »Vorsicht«, sagt er. Seine Zähne blitzen weiß in der Dunkelheit auf, seine Hand fühlt sich heiß an.

»Danke.« Ich ziehe meinen Arm weg, sobald ich wieder Halt gefunden habe.

Landon und Vince tragen zusammen eine große Kühlbox und verteilen Bier, während wir uns auf dem Steg niederlassen. Ich schnappe mir eins und nehme mir vor, zumindest eine Stunde lang so zu tun, als würde mir das widerliche Gebräu schmecken. Als Seth ganz cool ablehnt, wünschte ich sofort, ich hätte es auch so gemacht.

Brianna und Landon schlendern Hand in Hand zum Ende des Stegs. Mel lehnt sich zu Killian hinüber. »Ist es nicht toll hier draußen?« Die letzten Sonnenstrahlen erleuchten den Horizont, die Wolken sind rosa und orange. Es ist ein typischer Sonnenuntergang am Michigansee, einer, wie ich ihn eine Million Male an Mark geschmiegt erlebt habe. Ich nehme einen riesigen Schluck von meinem Bier.

»Und wie.« Killian reicht Mel eine Dose. »Wann fängt das Feuerwerk denn an?«

Mel schaut auf ihr Handy. »In zehn Minuten.«

Seth macht einen Moskito platt und schaut finster drein. »Wir werden hier lebendig aufgefressen. Ich glaube, das Insektenspray wirkt nicht.«

Mel legt ihm die Hand auf den Arm. »Armes Ding. Ein kleiner Moskitostich wird dich schon nicht umbringen.«

Seth verschränkt die Arme.

»Okay.« Mel seufzt. »Wenn du heute Abend keinen Spaß haben willst, Seth, dann hättest du ja auch einfach zu Hause bleiben können.« Sie knackt mit den Fingern und wendet sich Killian zu. »Wollen wir uns da vorne hinsetzen? Dort können wir besser sehen.« Sie zeigt auf das Ende des Stegs, wo Brianna und Landon gerade miteinander knutschen.

»Äh …« Killian schaut zu mir, aber ich ziehe mein Handy heraus und tue so, als würde ich eine Nachricht lesen. »Gerne«, antwortet er und folgt ihr.

Seth starrt ihnen hinterher und stößt schnaubend den

Atem aus. Dann lässt er sich auf den Anleger sinken und starrt aufs Wasser hinaus. Adam bedeutet mir, mich neben ihn zu setzen. Ich schenke ihm ein kurzes Lächeln, bevor ich mich vorsichtig auf den Brettern niederlasse. Vince lässt sich neben mich fallen und öffnet seine Dose.

»Prost«, sagt Adam und stößt sein Bier gegen meines. »Happy Dune Days.«

»Gleichfalls«, erwidere ich und versuche, den Bier-Nachgeschmack auf meiner Zunge zu ignorieren.

Adams und mein Blick treffen sich und er zieht eine Augenbraue nach oben. Langsam breitet sich ein Lächeln auf seinem Gesicht aus. Ich wende den Blick ab, mein Atem geht schneller, jede Zelle meines Körpers ist sich bewusst, dass ich ganz nah an einem Kerl sitze, der nicht Mark ist. Wohin mit meinen Händen? Soll ich näher rücken? Soll ich mich auch mit Vince unterhalten? Vielleicht wollen er und Adam rausfinden, wer der dominantere von beiden ist, wie Böcke in der Paarungszeit.

Insgeheim verfluche ich Mel, weil sie heute Abend so viele Leute eingeladen hat. Wenn ich mich lächerlich mache, wird es jede Menge Zeugen geben.

Die ersten Feuerwerkskörper explodieren über den Bäumen und für kurze Zeit bin ich froh, mit niemandem reden zu müssen. Nervös nippe ich an meinem Getränk und beobachte aus den Augenwinkeln jede von Adams Bewegungen. Das Feuerwerk ist nicht mal zur Hälfte vorbei und schon habe ich zwei Dosen Bier ausgetrunken. Schließlich zeigt der Alkohol seine Wirkung und mein Körper entspannt sich. Ich werfe die Bierdose beiseite und lehne mich nach hinten. Es ist ein herrlicher Abend, ich unternehme etwas mit Freunden und Mark sitzt (hoffentlich) allein zu Hause und wünscht sich, er hätte nicht so übereilt mit mir Schluss gemacht. Oder ... er ist drüben beim Feuerwerk und hat den Arm um irgendein Mädchen gelegt. Ich verdränge diesen Gedanken und streife mit meiner Hand die von Adam.

Nach gefühlten Stunden beginnt das große Finale und es ist spektakulär – riesige Feuerwerkskörper explodieren kurz nacheinander, es knallt so laut, dass mein Herz immer schneller schlägt, die leuchtenden Muster, die sie am Himmel hinterlassen, überlagern sich und lösen sich in grauem Rauch auf. Die Luft riecht nach einer Mischung aus frischen Kiefernnadeln und beißendem Rauch.

Ich wende mich zu Adam, um ihm etwas zu sagen, und in dem Moment hebt er den Arm und legt ihn mir um die Schultern. Er zieht mich an sich und flüstert mir ins Ohr: »Kühl, oder?«

Ich nicke, meine Handflächen sind schweißnass. Alle anderen stehen auf, strecken sich und diskutieren, welcher Teil des Feuerwerks am schönsten war, doch ich bleibe an Ort und Stelle, weil mich Adam mit dem Gewicht seines Armes unten hält. Er ist kleiner, kompakter als Mark. Sein Deo riecht anders, sein Profil ist schärfer, er hat einen Ohrring – aber wenn ich die Augen schließe und mir vom Alkohol das Gehirn vernebeln lasse, scheint das alles keine Rolle zu spielen. Als Adam mein Gesicht zu sich dreht und mich küsst, fühlt es sich fast normal an. Und als unser Kuss intensiver wird und seine Hände zu meiner Taille wandern, wird mir bewusst, dass ich gar nicht mehr nervös bin. Mark ist jetzt nicht mehr der einzige Kerl, dem ich je nahegekommen bin. Ich bin Single – ich kann tun, was ich will, küssen, wen ich will. Den ganzen Sommer lang.

Ich bin frei.

4

Während ich nur ein wenig beduselt bin und mir schwindlig ist, weil ich mit Adam herumgemacht habe, ist Mel total im Eimer. Killian muss sie praktisch zurück zum Parkplatz tragen, und sie kreischt und kichert und hört gar nicht mehr auf. Die übrigen Jungs gehen hinter uns.

»Psst«, sage ich und stolpere vorwärts, meine Hand in Adams. »Mel, halt die Klappe. Sonst hört dich noch jemand.«

»Wer soll mich schon hören?« Sie reißt sich von Killian los und rennt voraus, dabei breitet sie die Arme weit aus und brüllt Unsinn.

Seth seufzt ungehalten und läuft ihr nach, seine roten Schuhe sind das Einzige, was noch sichtbar ist, der Rest von ihm verschmilzt mit der Dunkelheit.

Killian sieht mich an, schaut aber weg, als Adams Arm um meine Taille gleitet. Wir gehen zu den Autos, unsere Schritte knirschen auf dem Kies und dann sind wir da.

»Nun, wir haben ein Problem«, verkünde ich, als mein armes Hirn mühselig ausrechnet, wer noch nüchtern genug ist, um zu fahren, und wie viele Fahrzeuge wir haben.

Mel lehnt sich an den Buick und beugt sich vor, die Hände auf die Knie gestützt.

»Alles okay?«, fragt Seth und legt ihr die Hand auf den Rücken. Sie atmet ein paar Sekunden lang schwer, nickt und richtet sich dann wieder auf.

»Wir können keine Autos hierlassen«, sagt sie, einen Anflug von Panik in der Stimme. »Mein Dad kommt morgen früh hierher.«

Seth seufzt wieder und verschränkt die Arme. »Wer kann noch fahren?«

Mel und ich wechseln einen Blick und ich verschränke unbeteiligt die Arme hinter meinem Rücken. Killian hebt langsam die Hand, ebenso Landon.

»Okay, gut. Du kannst Brianna und die Jungs nach Hause bringen«, sagt Seth zu Landon. »Ich fahre Mel und Vee.«

»Ich kann sie auch mitnehmen«, wendet Killian ein.

Seth wirft ihm einen langen Blick zu. »Musst du nicht noch die ganze Strecke nach Trawley fahren?«, fragt er. »Ich wohne gleich gegenüber von Vee. *Ich* bringe die beiden nach Hause.«

Killian erwidert einen Moment lang Seths Blick, dann wendet er sich ab. »Dann bis bald mal«, sagt er. »Danke für die Einladung, Mel.« Er nickt mir zu. »Vee.« Er geht über den Parkplatz zu dem weißen Jeep und schwingt sich, ohne die Tür zu öffnen, hinein.

»Na toll«, sagt Seth, als Killian vom Parkplatz fährt. »Er hätte uns noch helfen können, die Autos wegzufahren.«

»Das kann ich auch, Seth«, meint Mel, während sie auf ihn zutorkelt und ihn am Arm packt. »So betrunken bin ich auch wieder nicht.«

»Mel …« Seth stößt entnervt die Luft aus. »Bleib einfach hier, bei Veda.«

Mel lehnt sich so plötzlich an mich, dass ich fast umgekippt wäre. »Okay, aber versteckt meins unbedingt auch. Es gibt da ein Feld …« Ihr Kopf sinkt auf meine Schulter. »Vee, ich muss heute bei dir übernachten. Meine Mom wird merken, dass ich betrunken bin.«

»Okay«, sage ich. Dann ziehe ich sie zu einem Baumstumpf, damit sie sich hinsetzen kann. Ich schaue zu, wie Seth und Landon die Autoschlüssel von den anderen einsammeln und ihre Autos wegfahren, damit Mels Vater morgen früh keinen Verdacht schöpft. Mel sackt auf dem Baumstumpf zusammen, immer wieder sinkt ihr Kopf langsam Richtung Knie und fährt dann ruckartig nach oben, wenn sie wieder aufwacht. Adam steht hinter mir und reibt mir den Rücken, was am Anfang ganz süß ist, nach fünf Minuten aber irgendwie zu viel des Guten. Als Seth und Landon die Autos weggebracht haben, fühle ich mich beinahe nüchtern – und drehe innerlich fast durch bei dem Gedanken daran, dass ich Adam geküsst habe und nicht mal seinen Nachnamen kenne.

»Meine Gitarre«, murmelt Mel, als sie schwankend auf die Füße kommt. »Im Kofferraum. Mist.«

»Okay, okay«, sage ich und packe sie am Ellbogen, weil sie ziemlich ins Taumeln gerät. »Wir holen sie.« Ich gehe hinüber zu Seths Minivan und sehe ihn flehend an. »Bitte, Seth?«

Langsam ballt er die Hände zu Fäusten und löst sie dann wieder. »Es wäre schön gewesen, wenn ich das mit der Gitarre gewusst hätte, bevor ich ihren Wagen eine

Viertelmeile weit weg parke.« Er wartete meine Antwort nicht ab, sondern dreht sich um und geht los.

»Los, wir fahren«, ruft Landon. Adam zieht mich von Mel weg und verausgabt sich in einem weiteren langen Kuss. Die ganze Sache wird jetzt fast schon ein wenig sabberig.

»Ich rufe dich an«, flüstert er mir ins Ohr und drückt mich an sich, bevor er über den Parkplatz zum Auto läuft.

Mel kriecht auf den Rücksitz von Seths Minivan und rollt sich dort zu einer Kugel zusammen. Als das Dröhnen von Landons Dieselmotor verklungen ist, sind nur noch die nächtlichen Geräusche des Waldes zu hören – das Zirpen, Ächzen und Knarren, auf das man tagsüber nie achtet, das aber, sobald die Sonne untergeht, lauter zu werden scheint. Ein paar Minuten später kehrt Seth zurück, seine Schritte knirschen über den Schotter, in der Hand hält er Mels Gitarre.

Schweigend fahren wir nach Hause. Mel ist auf dem Rücksitz eingeschlafen. Die Scheinwerfer erhellen einen schmalen Streifen in der Dunkelheit. Beim Anblick der leeren Landstraßen fühlt es sich so an, als wären wir die einzigen Menschen weit und breit. Seth wirkt gefrustet, jede Bewegung des Lenkrads scheint ein wenig ruckartiger als notwendig, jedes Anhalten an einem Stoppschild ein wenig kürzer, als es vielleicht sonst ist. Ich weiß, dass er nur darauf wartet, dass ich ausspreche, was wir beide empfinden: Was für eine lahme, stereotype Teenagerparty wir gerade mitgemacht haben – aber ich schweige und lasse alles auf mich wirken. Was würde Mark sagen, wenn er wüsste, dass ich schon einen anderen geküsst habe? Ich verspüre ein wenig Genugtuung. Er hat mich gefragt, ob es mir gut geht, und es geht mir gut. Ich schlucke schwer und schließe die Augen, den bitteren Geschmack des Biers auf der Zunge. Zumindest wird es mir bald wieder gut gehen.

5

Ein düster klingender Akkord weckt mich auf. Mel sitzt am Fußende meines Bettes, sie hat mir den Rücken zugewandt und ihre linke Hand tanzt über das Griffbrett ihrer Gitarre, während sie die Melodie summt, die ihr gerade durch den Kopf schwirrt. Die schweren Vorhänge vor meinem Fenster sperren das Morgenlicht größtenteils aus, doch ein paar Sonnenstrahlen stehlen sich an den Rändern vorbei und fallen auf ihre Schultern.

Ich starre auf die Uhr und muss mich anstrengen, scharf zu sehen. Es ist erst halb acht – viel zu früh, um wach zu sein, wenn man einen Bier-Kater hat und einen Mund, der sich anfühlt, als wäre er mit Watte gefüllt. Ich räkle mich und stupse sie mit den Zehen an. »Mel.«

Sie dreht sich um und grinst mich an, dann spielt sie die Anfangsakkorde von »Beach Day«, einem Song, den ich vor ein paar Jahren mit ihr und Seth geschrieben habe, als ich noch die offizielle Songschreiberin ihrer Band war (eine schöne Umschreibung für: »Sie kann den Ton nicht halten, aber sie ist unsere Freundin, deshalb müssen wir sie mit einbeziehen«). »Seth und ich arbeiten an ein paar neuen Sachen«, sagt sie. »Hast du Lust, etwas zu schreiben?«

Ich zucke mit den Schultern. Mel mag peppige Songs

über nächtliche Fahrten in Pick-ups, heiße Sommertage und erste Liebe, die nie endet. Seth hat nichts gegen einen Hauch von Melancholie – immerhin hatte er davon schon genug in seinem Leben –, aber die einzigen Songtexte, die ich im Moment zustande bringen würde, würden höchstens zu einer schnulzigen Liebesballade aus den Achtzigern passen. Nicht unbedingt ihr Stil.

Ich setze mich auf und stöhne. Manche Leute, wie Mel, scheinen ihren Kater schlicht deswegen zu überwinden, weil sie immer gut drauf, jung und unbesiegbar sind. Ich hingegen fühle mich, als hätte mich ein Lastwagen überrollt – und wahrscheinlich sehe ich auch so aus. Fat Snacks wirft einen einzigen Blick auf mich, als ich unbeholfen auf die Füße komme, und huscht unter das Bett.

Mel legt widerwillig die Gitarre weg, wälzt sich an die Stelle, die ich gerade geräumt habe, und kuschelt sich unter die Decke. »Also, woran erinnerst du dich noch von gestern Abend?«, fragt sie. Ihr Lächeln ist so breit, dass sich ihre Nase kräuselt und ihre Brille verrutscht. Mein Magen zieht sich zusammen, als ich mich an gestern Abend erinnere: Adams Arm um meine Taille. Sein Mund auf meinem. Meine Finger in seinen Haaren. Ich schließe die Augen. »An nicht viel.«

»Nicht viel?« Mel hebt die Stimme. »Ihr zwei wart ja hin und weg voneinander! Das war einfach hinreißend.«

Ich zwinge mich, die Augen zu öffnen, und lasse mich nach hinten aufs Bett fallen, wobei ich beinahe auf Mels Beinen lande. »Ich fühle mich wirklich komisch, Mel. Ich meine, im negativen Sinne.«

Im grellen Morgenlicht kann ich mich kaum noch daran erinnern, wie Adam aussieht. Ich versuche herauszufinden, warum um alles in der Welt ich es für eine gute Idee gehalten hatte, mit ihm herumzuknutschen.

»Vee, es ist in Ordnung«, beruhigt mich Mel und stützt sich auf dem Ellbogen auf. »Er ist der erste Kerl, den du seit Mark geküsst hast. Und erst der zweite seit ... na ja, überhaupt. Das ist doch ganz normal, dass sich das ein bisschen komisch anfühlt.«

Ich begegne meinem eigenen Blick im Spiegel. Ich habe dunkle Ringe unter den Augen, braunes Haar, das zerzaust in alle Richtungen absteht. Eine erneute Woge der Reue spült über mich hinweg. Als ich Mark zum ersten Mal geküsst hatte, konnte ich die nächsten vierundzwanzig Stunden kein Auge zutun und habe den Moment immer wieder durchlebt, weil ich buchstäblich an nichts anderes mehr denken konnte. Bei Adam ist es so, dass ich eigentlich nur aus meinen Gedanken verdrängen und vergessen will, was gestern Abend passiert ist.

»Und jetzt muss ich eben mit den Nachwirkungen klarkommen, was?«

Mel grinst und hält mein Handy hoch. »Dein Akku ist tot, aber ich habe dir seine Nummer geschickt. Vielleicht schreibst du ihm ja später mal?«

Ich habe miterlebt, wie sich meine Freundinnen seit der Mittelschule über solche Dinge den Kopf zermartert haben: wie sie entschieden, ob man einem Typen eine Nachricht schreibt, auf die Uhr schauten, um zu sehen, wie schnell er antwortete, wie sie versuchten, die wahre Bedeutung hinter den Worten und Emojis zu interpretieren – bis es ihnen langweilig wurde und sie sich jemand anderem zuwandten. Mit Mark war es von Anfang an klar. Wir waren zusammen. Wir waren ineinander verliebt. Keine Spielchen, keine Unsicherheiten. Es gefiel mir, dass wir genau wussten, wo wir standen – zwei Hälften eines Teams.

Adam sagte, er würde mich anrufen ... aber wird er das auch tun? Und was werde ich dann zu ihm sagen?

Ich lege mich wieder hin, diesmal quer über Mels Beine, und ziehe mir ein Kissen über das Gesicht. »Ich glaube, ich kann das nicht.«

Mel arbeitet sich unter mir hervor und kramt in ihrem Rucksack. »Was kannst du nicht?«

»Nachrichten schreiben. Flirten. Beziehungen.« Meine Stimme klingt gedämpft und Mel zieht das Kissen weg.

»Wer hat etwas von Beziehungen gesagt?«

Ich ziehe eine Augenbraue nach oben und sehe sie an. »Ähm, du? Du hast gesagt, ich brauche einen Kerl für den Sommer, und dann hast du gestern Abend gleich ein ganzes Rudel davon angeschleppt, aus dem ich auswählen kann. Erinnerst du dich?«

Sie schüttelt den Kopf. »Oh nein, Vee. Ernsthaft eine neue *Beziehung* anzufangen ist das Letzte, was du jetzt gebrauchen kannst. Dachtest du, du würdest dich jetzt einfach direkt in die nächste Beziehung stürzen, die Version Vee und Mark 2.0 herausbringen, wobei du ›Mark‹ löschst und durch ›Irgendeinen Beliebigen Typen‹ ersetzt?«

Verwirrt verziehe ich das Gesicht. »Ja, okay, so klingt das auch ziemlich armselig.«

Mel seufzt theatralisch. »Denk doch mal nach. Du wirst

diesen Sommer nicht nur *einen* Kerl daten. Du wirst mit *mehreren* Jungs etwas anfangen.« Sie geht über den Flur ins Badezimmer. »Adam war ein guter Anfang, aber er war nur ein Appetithäppchen.«

Wasser fließt ins Waschbecken und ich konzentriere mich darauf, normal zu atmen. Kopfschmerzen hämmern an meinen Schläfen und ich balle die Hände zu Fäusten, während ich mich bemühe, nicht auszuflippen. *Noch mehr* Jungs küssen?

Mel kommt zurück in mein Zimmer. »Was machst du?«

»Nichts.«

»Quatsch. Du zerbrichst dir den Kopf – das sehe ich doch.« Sie hat sich das Gesicht gewaschen, ihr Haar ist kunstvoll zerzaust.

»Nein, tue ich nicht.« Ich verschränke die Arme und verenge die Augen zu Schlitzen – wehe, sie widerspricht mir.

Mel zieht einen Schmollmund. »Hör mal, willst du diesen Sommer« – sie legt eine Kunstpause ein – *»den letzten Sommer unserer Highschool-Karriere,* dazu nutzen, ein wenig über die Stränge zu schlagen? Oder würdest du lieber Adams Collegejacke tragen und schon mal die Namen eurer künftigen Kinder aussuchen?«

»Ich glaube, wir hatten eben schon festgestellt, dass ich nicht in Adam verliebt bin«, erwidere ich ungeduldig.

Mel zuckt bei meinem harschen Tonfall nicht mal mit der Wimper. Sie steht nur da, die Hände in die Hüften gestemmt, und tut das, was sie am besten kann – mich herausfordern, damit ich meine Komfortzone verlasse.

Ich halte ihrem Blick stand und versuche, mir das

schreckliche Der-Morgen-danach-Gefühl, das mich niederdrückt, nicht anmerken zu lassen. Das mit gestern Abend war ein Fehler, ich werde damit klarkommen und dann weitermachen. Aber ich werde nicht zulassen, dass das noch mal passiert.

»Also schön«, meint Mel schließlich und hebt kapitulierend die Hände. »Vergiss es. Und hör jetzt auf, mich mit diesem Todesblick anzuschauen.«

Ich lächle, Erleichterung breitet sich in mir aus. Ich werde die Nachwirkungen vom Adam-Knutschen verkraften und dann wird alles weitergehen wie bisher. Ich beuge mich vor und rücke den Bilderrahmen auf meinem Schreibtisch gerade, in dem ein Foto von mir und Mark zu sehen ist.

»Was hat das noch hier zu suchen?«, fragt Mel, die zweimal hinschauen muss.

»Und überhaupt, was macht das *alles* noch hier?« Sie macht eine Handbewegung, die mein gesamtes Zimmer einschließt – die Bilder vom Klassentreffen an der Pinnwand und die Selfies an der Wand. Auf allen ist Mark.

Ich zucke mit den Schultern und drücke das gerahmte Foto an meinen Bauch. Dabei ignoriere ich die innere Stimme, die mir zuflüstert, dass ich nie wieder jemanden finden werde, bei dem ich mich so fühle wie mit Mark, wenn ich nicht wenigstens rausgehe und suche. »Bin einfach noch nicht dazu gekommen, sie abzunehmen.« Mir stockt die Stimme und ich räuspere mich – in der Hoffnung, dass es Mel nicht gemerkt hat. Aber da sie meine beste Freundin ist, merkt sie es natürlich.

»Hey.« Mel beugt sich vor und drückt mich an sich. Sie schaut mich aus großen braunen Augen an. »Gestern Abend war keine Katastrophe. Alles ist gut.«

Widerwillig nicke ich. Ich fühle mich nicht, als wäre alles gut. Ich fühle mich seltsam und überfordert und habe das Gefühl, dass alles viel, viel zu schnell geht. »Wäre es nicht toll, wenn wir einfach normal sein könnten?«, frage ich. Das ist die Frage, die wir uns immer gestellt haben, wenn unser Leben aus den Fugen geraten schien und alle anderen anscheinend alles im Griff hatten – und das passiert, finde ich zumindest, ungefähr zweimal pro Woche.

Sie verdreht die Augen. »Auf jeden Fall. Du warst zwei Jahre lang mit diesem Kerl praktisch verheiratet und ich hatte noch nie einen richtigen Freund. Die meisten Leute setzen auf den goldenen Mittelweg.« Mel rüttelt mich sanft am Arm und ich sehe sie an. »Denk einfach mal darüber nach, was ich gesagt habe.« Sie lächelt. »Vielleicht ist dieser Sommer unsere große Chance.«

Bevor ich etwas erwidern kann, klopft es an meine Zimmertür.

»Ja?«

Die Tür wird geöffnet und meine Mom kommt hereingesprungen, wie immer voller Energie – was nervtötend sein kann, besonders morgens. »Wollt ihr früh in den Tag starten, Mädels?« Sie trägt eine zu kurze Sporthose, dazu eines ihrer komischen handbemalten T-Shirts – auf diesem prangt ein riesiger Papagei. Ein Ohrstöpsel baumelt über ihre Schulter.

»Immer«, sagt Mel, während sie sich umdreht und meine Mom anlächelt. »Wollen Sie laufen gehen?«

»Oh, nein, ich bin keine Läuferin wie Vee«, erwidert Mom. Ich sinke in mich zusammen. Ich fühle mich im Moment überhaupt nicht wie eine Läuferin, wie ich so dasitze mit einem Kater von letzter Nacht und mit einem Foto meines Ex an mich gedrückt. »Ich mache Prancercise. Hast du schon davon gehört? Es ist wie Joggen, nur dass es noch erhebender ist. Meine Freundin Cheryl und ich haben erst letzte Woche damit angefangen.«

»Dann mal los«, murmle ich und schaue bewusst über den Kleiderhaufen in der Ecke meines Zimmers hinweg, den ich dort aufgehäuft habe, um meine Laufschuhe zu verstecken. Ich habe sie seit dem Morgen von Marks Abschlussfeier nicht angerührt, als wir schnell noch drei Meilen gelaufen waren, bevor er sich für die Feier fertig machen musste. »Sonst kommst du noch zu spät.«

»Das ist es ja gerade«, sagt Mom. »Jeffrey will früher von eurem Dad abgeholt werden, damit er noch zu Kyle und Oliver gehen kann. Ich hab ihm gesagt, dass ihr Mädels ihn abholt, aber dann habe ich dein Auto nicht in der Einfahrt gesehen, Mel.«

Mel stellt ihre Gitarre auf den Boden und die Saiten geraten ins Schwingen. »Seth hat uns nach Hause gefahren. Aber das geht trotzdem, Mrs Bentley. Wir können mein Auto holen und damit zu Jeffrey fahren.«

Ich stöhne auf, aber die beiden ignorieren mich.

»Ihr zwei seid die Besten«, trällert Mom. »Zeit, loszuhüpfen!« Sie galoppiert durch den Flur, wobei der Boden bebt, als würde gleich das ganze Haus einstürzen.

Mel springt auf und zieht ihre Shorts an. »Okay, ich bin fertig.«

Ich greife nach dem Glas Wasser, das seit drei Tagen auf meinem Nachttisch steht, und stürze den Inhalt auf einmal hinunter. »Wir werden wohl Seth überreden müssen, uns zu deinem Auto zu fahren ... Wahrscheinlich schläft er noch.«

Mel schüttelt den Kopf. »Auf keinen Fall. Seth schläft nie. Er ist wie eine wiederaufladbare Batterie – setze ihn eine oder zwei Stunden ans Klavier und er ist startklar.« Sie sieht mich hoffnungsvoll an. »Willst du ihm eine Nachricht schreiben?«

Ich schnaube. »Vergiss es.« Ich stemme mich hoch und stolpere durch den Flur ins Badezimmer. Dort drehe ich die Dusche so heiß wie möglich und nehme einen riesigen Schluck aus der Flasche Mundspülung. Dad und seine Frau Lila sind beinahe so schlimm wie Mels Mom, wenn es darum ging, die Sünden eines Teenagers aufzudecken. Ich brauche heute wirklich keinen Vortrag über den Alkoholkonsum Minderjähriger.

Die warme Dusche besänftigt meine Kopfschmerzen und das Mango-Shampoo wird dafür sorgen, dass ich nur nach Obstkorb riechen werde und nach nichts anderem, wenn Lila sich zu einer ihrer steifen Umarmungen auf mich stürzen wird. Ich lasse mir das Wasser über das Gesicht und in die Ohren laufen und wünschte, ich könnte die Erinnerung an den gestrigen Abend aus meinem Gehirn schrubben.

Ich föne mir kurz die Haare und laufe zurück in mein Zimmer, wo Mel gerade hektisch eine Nachricht tippt.

»Seth bringt uns hin«, sagt sie. »Auch wenn er sich deswegen wie ein Arsch angestellt hat. Er hat wohl noch geschlafen.«

Ich ziehe einen weißen Rock und ein marineblaues Oberteil aus dem Schrank – ein Outfit, das eher in die Kirche gepasst hätte als zu einem stinknormalen Sommertag, aber es würde wenigstens Dads unvermeidlicher Musterung standhalten und jeglichem Kommentar seinerseits vorbeugen. »Willst du das etwa anbehalten?«, frage ich und deute auf Mels verschlissene Jeansshorts und das verknitterte T-Shirt, in dem sie geschlafen hat.

»Klar.« Sie schiebt ihr Handy in die Tasche und zuckt mit den Schultern. »Dein Dad hasst mich sowieso, was soll's also?«

»Er hasst dich doch nicht. Er versteht nur nicht deinen einzigartigen Sinn für Mode.« Ich schnappe mir meine Tasche, da fällt mir wieder ein, dass mein Akku leer ist – was bedeutet, dass ich mir zumindest keine Gedanken darüber zu machen brauche, ob ich Adam in den nächsten paar Stunden eine Nachricht schreiben werde oder nicht. »Komm, lass uns das vorpubertäre Ungeheuer abholen.«

Seth zeichnet sich schon von Weitem als dunkler Fleck vor dem weißen Minivan seiner Eltern ab. Er sitzt auf der Kühlerhaube, die Hände in den Taschen seiner schwarzen Jeans vergraben. Seine Schuhe sind dezenter als sonst – braune Lederstiefel, in denen er aussieht wie ein Holzfäller. Er grunzt, statt Hallo zu sagen, als wir ihn erreichen, dann lässt er sich auf den Fahrersitz gleiten.

Ich kann ihm ansehen, dass er innerlich vor Ärger bebt, als Mel auf dem Beifahrersitz losplappert, wie cool die Party gestern war und wie sehr sie hofft, dass wir Killian mögen, weil sie glaubt, dass wir diesen Sommer viel mit ihm abhängen werden, *zwinker, zwinker.*

Ich sehe, wie sich Seths Schultern anspannen, und ich trete von hinten gegen Mels Sitz. Seth hat natürlich keinen blassen Schimmer, dass Mel damit meint, dass Killian und ich zusammenkommen. Ich bin mir nicht sicher, ob Mel gemerkt hat, dass sich Seths Gefühle ihr gegenüber verändert haben, aber das Verhältnis zwischen den beiden ist momentan eindeutig seltsam. Als wären sie zwei Magneten, die dauernd ihre Pole wechseln: Mal werden sie unaufhaltsam voneinander angezogen und manchmal stoßen sie sich gegenseitig ab.

Mels Wagen steht versteckt am Straßenrand und ist von Tau überzogen. »Danke, Seth«, sagt sie und beugt sich vor, um ihm durch die Haare zu wuscheln. »Du bist der Beste.« Er zuckt zurück.

»Wir sehen uns«, sage ich und gleite vom Rücksitz.

Sobald ich die Autotür geschlossen habe, fährt er davon, dass der Schotter nur so spritzt.

»Was machst du da eigentlich, Mel?«, frage ich sie, weil ich mich nicht länger raushalten kann, auch wenn ich Angst vor der Antwort habe. Wie Seth sie auf der Parade angeschaut hat, die viele Zeit, die sie gemeinsam verbringen, wie sie mit ihm flirtet – es wirkt, als würden sie bald zusammenkommen. Aber dann gibt sie irgendeinen Kommentar von sich, als wäre Killian das Schärfste überhaupt seit der Erfindung der Chilisoße, und behandelt Seth, als wäre er nur zu ihrer Belustigung da. Ich verstehe das einfach nicht.

»Was?« Sie sieht mich ausdruckslos an.

Ich mustere sie und schüttle schließlich den Kopf, unsicher, wie ich das Thema angehen soll, ohne dass es so klingt, als würde ich ihr vorwerfen, dass sie nur mit Seth spielt. »Schon gut.«

6

»Oh. Hi.« Jeffrey wendet sich ab, sobald er die Haustür aufgemacht hat. Die Haustür, die wohlgemerkt etwa drei Meter hoch ist und an der ein riesiger Türklopfer aus Messing hängt, der auch an eine mittelalterliche Burg passen würde. Es ist, als würden wir in eine Festung des Wohlstands eindringen.

»Uns freut es auch, dich zu sehen«, sage ich und betrete mit Mel im Schlepptau den Vorraum. Zwischen meinem Bruder und mir liegt ein Altersunterschied von fünf Jahren, deshalb war Jeffrey schon immer gerade jung genug, um richtig zu nerven, aber nie so viel jünger, um süß zu sein. Ich weiß noch, wie ich Seth und seinem Bruder Luke zugesehen habe, wie sie auf der anderen Straßenseite Baumhäuser gebaut haben und in der Einfahrt zusammen Körbe geworfen haben, und ich war neidisch gewesen, weil Jeffrey und ich nicht so eng miteinander waren. Als Luke elf Jahre alt war, wurde bei ihm Krebs diagnostiziert, und Seths Welt war zusammengebrochen, als sein Bruder starb. Ich weiß nicht, ob er je darüber hinwegkommen wird. Die schwarzen Klamotten, die viele Zeit, die er allein zu Hause verbringt und in der er Klavier übt, die Tatsache, dass er meist das zurückgezogene Musikgenie mimt – ich frage mich, wie viel davon er selbst und wie viel davon nur gespielt ist, um als knallharter Typ rüberzukommen.

Mein schlechtes Gewissen überwältigt mich, als sich Jeffrey seine zu langen Haare aus den Augen streicht. Ich bin seine große Schwester – ich sollte mich mehr bemühen, unser Verhältnis zu verbessern.

»Wow«, murmelt Mel, als ihr Blick auf die schimmernden Holzböden, die makellosen weißen Möbel und die spektakuläre Aussicht auf den Michigansee fällt, auf die mein Dad so stolz ist, auch wenn das alles natürlich auf Lilas Geld zurückgeht. »Dieses Haus wird bei jedem Besuch besser.«

»Mach eben ein Foto, wenn es sein muss«, erwidere ich. »Wir gehen gleich wieder.«

»Ich hole meine Sachen.« Jeffrey geht in den ausgebauten Keller hinunter, wo er am liebsten schläft, wenn er hier ist.

Ich folge dem Geräusch von fieser Gameshow-Musik in die Küche. Mein Dad steht gerade an der Theke aus Granit und isst ein Stück Toast mit Marmelade. Er ist beinahe beängstigend dürr, seine Haare sind frisch geschnitten und gekämmt, sein Hemd ist gebügelt – er spielt die Rolle des perfekten, netten Ehemanns für Lila. Ich habe nie mitbekommen, dass er in diesem Haus die Stimme erheben würde, und das ist ziemlich beeindruckend, wenn man bedenkt, dass er die Hälfte der Zeit, als er noch bei uns gewohnt hat, mit Herumbrüllen verbracht hatte.

Meine zweieinhalb Jahre alte Halbschwester Kaylee malt am Tisch etwas an und meine Stiefmutter ist Gott sei Dank nirgends zu sehen, auch wenn ich mir sicher bin, dass sie irgendwo ganz in der Nähe lauert. Lila arbeitet von zu Hause aus in irgendeinem Marketing-Job, mit dem sie jede Menge verdient, und ich kann an zwei Händen abzählen, wie oft ich sie das Haus habe verlassen sehen. Ich weiß nicht, ob das Zufall ist oder ob sie einfach nur ein sehr häuslicher Typ ist. Aber ich glaube, wenn mein Haus so aussehen würde, würde ich es wahrscheinlich auch nicht sonderlich oft verlassen.

Mein Dad streicht sich noch mehr Marmelade auf den Toast und blinzelt mich verwirrt an. »Veda!«, ruft er schließlich und seine Augen werden groß. »Hey! Ich wusste gar nicht, dass du kommst.« Rasch lässt er seinen Blick über mich gleiten und anscheinend sehe ich ganz passabel aus, denn er lächelt.

Dann wischt er die Hand an der Hose ab und kommt zu mir herüber. Unbeholfen schlingt er den Arm um meine Schultern und drückt mir einen Kuss auf den Scheitel.

»Mom hat gesagt, dass Jeffrey abgeholt werden will«, erkläre ich, während ich mich von ihm löse und mich bücke, um Kaylees pinkfarbenen Stift aufzuheben, der auf den Boden gefallen ist. »Deshalb gehen wir gleich wieder. Ciao.«

Kaylee greift nach meiner Hand und lächelt. »Vee!«, kräht sie, während sie ein paar unrunde Kreise zeichnet. »Schau mal! Schau mal!«

»Sehr hübsch«, sage ich und grinse zu ihr hinunter. Ich habe zu Hause jede Menge von ihren vollgekritzelten Zetteln über dem Spiegel hängen. Ich beuge mich vor und ziehe vorsichtig das Gummiband aus Kaylees weichem Haar, dann fasse ich die Strähnen, die herausgerutscht sind, zusammen und mache ihren Pferdeschwanz neu. Als ich ihren kleinen Kopf unter meinen Fingern spüre, stockt mir der Atem. Meine Liebe zu der kleinen Prinzessin ist geradezu lächerlich groß. Sie ist so ins Malen versunken, dass sie nicht einmal hört, als ich sage: »Tschüss, Kay. Bis bald.«

Ich bin im Flur, da ruft Dad: »Hey! Wollt ihr nicht zum Mittagessen bleiben?«

»Nein, danke!«, rufe ich zurück. Mel verschränkt die Arme und schmollt.

»Veda? Bist du das?«, hallt Lilas Stimme von oben herunter.

Ich nehme mich zusammen, als sie mit weit ausgebreiteten Armen die Treppe herunterrennt. »Hi, Lila.«

»Hallo!« Lila kommt auf mich zugeschossen und schließt mich in eine ihrer Vögelchenumarmungen, wie ich sie nenne, eben das Gegenteil von einer Bärenumarmung. Sie beugt sich zu mir vor und tätschelt mir den Rücken, ihre Schulterblätter bewegen sich unter ihrer Strickjacke, ihr feines rotes Haar streift mein Gesicht. Wie mein Vater der zaghaften Lila verfallen konnte, nachdem er dreizehn Jahre lang mit meiner großen, starken, kreativen Mutter verheiratet war, werde ich wohl nie verstehen.

»Und Melinda ist auch da!« Lila schließt sie ebenfalls in eine zarte Umarmung. Dad kommt herein, er putzt seine Brille am Saum seines Hemdes und hat Kaylee an der Hand.

Lila dreht sich um. »Barry! Du hast mir gar nicht erzählt, dass die Mädchen kommen würden.«

»Ich wusste es nicht«, erwidert er, während er sich die Brille wieder aufsetzt. »Aber es ist ein gutes Timing.«

Ich werfe Mel einen Blick zu und verschränke die Arme. »Warum gutes Timing?«

Dad schüttelt den Kopf. »Lass uns warten, bis Jeffrey heraufkommt.«

»Jeffrey«, brülle ich und Lila zuckt zusammen. »Beeil dich!«

»Ich finde meine Spielkonsole nicht!«, ruft er zurück. Das Haus ist so riesig, dass ich seine Antwort kaum hören kann.

Mel knufft mich in die Seite und zeigt auf die Couch, wo das kleine elektronische Gerät, an dem Jeffrey sein halbes Leben lang hängt, unter einem Kissen hervorlugt. »Sie ist hier oben, Jeffrey!«

Lilas Augenlid zuckt und Dad bückt sich, um Kaylee hochzuheben.

Jeffrey kommt die Treppe heraufgepoltert, er legt den Kopf in den Nacken, um unter seinem langen Pony überhaupt etwas zu sehen. Er schnappt sich die Konsole von der Couch, schiebt sie in seinen Rucksack und schneidet Kaylee eine Grimasse, sodass sie anfängt zu kichern. »Okay, ich bin fertig. Gehen wir.«

»Moment«, sagt Dad. »Jetzt hört doch mal kurz mit der Rennerei auf.« Er holt tief Luft und ich merke ihm an, dass er kurz davor ist, die Geduld zu verlieren. Die Kanten der leicht aufbrausenden Person, die er früher war, als er noch bei uns lebte, zeichnen sich hinter der sorgfältig polierten Fassade der Person ab, zu der er geworden war, seit er mit Lila zusammen ist.

»Ähm, soll ich lieber im Auto warten?«, fragt Mel.

»Nein.« Dad macht eine Handbewegung und holt tief Luft. »Ist schon in Ordnung, Melinda. Es dauert nur eine Sekunde.«

»Okay ...« Mel zieht ihr Handy heraus und tut so, als würde sie eine Nachricht schreiben, aber ich weiß, dass sie heimlich Fotos von der Villa meines Dads macht, um sie auf Instagram zu posten, dazu Untertitel wie OMG, MEIN TRAUMHAUS.

»Ich mache es kurz und schmerzlos«, sagt Dad und klatscht in die Hände. »Es stehen diesen Sommer zwei Familienereignisse an und ich zähle darauf, dass ihr beide dabei seid. Das erste davon findet schon in wenigen Wochen statt, Ende Juni. Lila schmeißt hier im Haus eine große Party für ihre Freunde von der Arbeit. Und dann ist nächsten Monat auch noch unser Familientreffen, am Tag nach Kaylees Geburtstag.«

Mist, Mist, Mist. »Ich kann nicht kommen«, platze ich heraus, während ich fieberhaft nach einer Ausrede suche – und zwar für beide Ereignisse.

»Ach nein?« Dad zieht eine Augenbraue nach oben. »Und warum nicht?«

»Ich hatte wirklich gehofft, dass du zum Familientreffen kommen würdest, Veda«, sagt Lila. Sie nimmt Kaylee meinem Dad ab und setzt sie sich auf die Hüfte. »Ich dachte eigentlich, du könntest mich allen vorstellen. Es könnte ein wenig aufregend für mich werden.« Ihr angespanntes Lächeln zeigt sehr deutlich, wie sehr ihr der Gedanke, Dads ganze Verwandtschaft kennenzulernen, Angst einjagt.

»Ähm, na ja, ich muss wahrscheinlich arbeiten«, erkläre ich und weiche Lilas Blick aus. »An der Party und am Familientreffen. Ich suche im Moment einen Job. Ich weiß nicht, ob ich dann dort wegkomme.« Innerlich schüttle ich mich. Ich brauche definitiv ein besseres Argument, damit Dad nicht misstrauisch wird. Ich hole tief Luft und wühle im unendlichen Fundus fadenscheiniger Argumente, auf den ich mich auch bei Debattierturnieren immer verlassen kann, wenn ich einen Punkt ausführen muss, auf den ich nicht vorbereitet bin. »Weißt du, ich will ja nicht, dass mein Arbeitgeber an meiner Motivation zweifelt. Sogar Ferienjobs können für den Lebenslauf und Collegebewerbungen wichtig sein, Dad. Kann ja sein, dass mir mein Boss am Ende des Sommers eine Empfehlung für meinen ersten richtigen Job schreibt.«

Dad seufzt und schenkt mir einen Blick, der deutlich macht, dass er meine Strategie durchschaut. »Wir sollten lieber zusehen, dass du diesen Sommer ein Praktikum machst und nicht nur einen schlecht bezahlten Mini-Job. Hast du mal bei den Anwaltskanzleien in der Stadt gefragt? Die nehmen sicher gern eine angehende Anwältin, die ein paar Tage pro Woche Ablage macht, Telefonate annimmt und vielleicht ein paar Einblicke in den Job gewinnt.«

Meinem Dad gegenüber zu erwähnen, dass ich irgendwann Jura studieren will, war eine der schlechtesten Entscheidungen, die ich je getroffen habe. Er klammert sich an dieser Idee buchstäblich fest und Gott behüte, dass ich jemals meine Meinung ändere und etwas ganz anderes machen will ... Sein Gehirn würde bei dem Versuch, das zu verarbeiten, womöglich explodieren.

»Wie auch immer. Mal sehen, was sich ergibt.« Ich verschränke die Arme. »Ist das alles, was du uns sagen wolltest?«

»Ja«, sagt Dad. »Und Job hin oder her, ich erwarte dich und deinen Bruder auf der Party und dem Familientreffen.« Er schiebt seine Brille auf der Nase nach oben und fügt hinzu: »Und du bist natürlich auch eingeladen, Mel.«

Bevor Mel die Einladungen annehmen kann und sich in dem Netz aus unausgesprochenen Vorwürfen verheddert, das sich gerade zwischen mir und meinem Vater spannt, strecke ich Kaylee die Hand hin, damit sie mir ein High-five geben kann, packe Mel am Ellbogen und bugsiere sie zur Tür. »Okay, tschüss!«, rufe ich über meine Schulter.

Mel seufzt und steckt ihr Handy in die Tasche, während wir über den gepflasterten Weg eilen. »Ich wünschte, du wärst öfter hier. Machen dein Dad und Lila diesen Sommer Urlaub? Brauchen sie jemanden, der solange auf das Haus aufpasst?«

»Nein, sie gehen nie irgendwohin.« Ich vergewissere mich, dass Jeffrey uns folgt. »Hast du die Bilder schon gepostet?«

»Ja, klar. Siebzehn Likes bis jetzt. Es ist unmöglich, in diesem Haus auch nur ein schlechtes Bild zu machen.«

Ich starre an der Backsteinfassade des Hauses hinauf. Durch die sorgfältig gestutzten Büsche und Bäume, die zuhauf im Garten stehen, sieht man gerade noch das

Ufer des Michigansees. Das Anwesen ist zwar nur ein paar Meilen, aber trotzdem Lichtjahre von dem kleinen Haus meiner Mom entfernt. Wir haben drei Zimmer und ein einziges Bad, die Farbe blättert ab und die Teppiche sind verfilzt.

Ich schüttle den Kopf, während sich Jeffrey an mir vorbeidrängt und in den Wagen steigt. Dad hat schon immer ziemlich deutlich gemacht, dass wir nicht gut genug sind. Selbst wenn ich eine Eins im Zeugnis bekam, wollte er eine Eins plus. Der Abwasch wurde nie zu seiner Zufriedenheit erledigt, unsere Zimmer waren nie sauber genug. Mom hat ihn immer geärgert und Mr Zwangsneurose genannt. Sie fand es immer lustig, dass sie so völlig gegensätzlich waren, dass er Staub saugte, um Stress abzubauen, während sie wochenlang vergessen konnte, das Bett zu machen.

Jetzt sieht alles, was er hat, perfekt aus. Als wir durch die gepflegten Blumenbeete gehen, komme ich vom Weg ab, trete mit meinem Flipflop auf eine perfekt gewachsene Ringelblume und zerquetsche ihre goldgelben Blätter in der Erde.

7

Als wir zu Hause in die Einfahrt fahren, steigt Jeffrey aus dem Auto und knallt laut die Tür hinter sich zu.

»Hey!«, ruft Mel aus dem Fenster. »Ein wenig Respekt, ja?«

Er verdreht die Augen und schlendert Richtung Haustür. Seine Shorts hängen gerade so auf seinen Hüften und enthüllen eine großzügige Portion seiner blau karierten Boxershorts.

»Und warum sollen Kerle noch mal so toll sein?«, frage ich.

Mel winkt ab. »Komm schon. Du weißt doch, dass Jeffrey nicht zählt. Er ist noch kein Kerl, sondern ein Junge.« Sie schaut in den Rückspiegel – checkt sie, ob Seth zu Hause ist?

Ich räuspere mich und sie reißt ihren Blick los. »Hey, willst du noch mit zu mir kommen?«, fragt sie. »Meine Mom macht heute Tamales zum Mittagessen.«

»Sehr gern.« Es ist eine Sünde, Manuelas Tamales auszuschlagen. »Ich geh nur schnell rein und nehme mein Handy von der Ladestation.«

Ich stoße die Autotür auf und gehe ins Haus. Jeffrey hat es sich schon im Wohnzimmer auf dem Sofa bequem gemacht. Der Fernseher plärrt und Jeffreys Blick ist auf sein Handy geheftet, während seine Daumen über das Display flitzen.

»Mom!« Ich gehe in die Küche und sehe sie am Tisch sitzen. Sie trägt immer noch ihre Prancercise-Kluft von heute Morgen und isst eine Schale Haferflocken.

»Hey«, sagt sie, während sie mit dem Löffel in der Schüssel kratzt. »Alles okay?«

»Ja, alles okay«, antworte ich, stöpsle mein Handy aus und schaue auf das Display. Keine neuen Nachrichten. Ich bin erleichtert und dann verärgert. Es wäre schön gewesen, wenn Adam sich gemeldet hätte, damit ich diejenige sein kann, die entscheidet, ob sie zurückschreibt oder nicht. Aber ich habe eine Freundschaftsanfrage auf Facebook. Von Killian.

Mom schiebt die Müslischale weg und greift nach einer Banane. »Jeffrey hat irgendetwas geknurrt, als er hereingekommen ist. Irgendwas von einer Party?«

»Oh.« Ich stecke mein Handy in die Tasche. »Dad hat uns nur gesagt, was wir diesen Sommer alles mit ihm machen müssen. Lila schmeißt irgendeine dämliche Veranstaltung mit Kollegen bei sich zu Hause und dann ist da noch Kaylees Geburtstag, was natürlich in Ordnung ist. Und dann ist da noch Dads Familientreffen.«

»Familientreffen?«

»Ja. Nächsten Monat.« Als wäre es nicht schon unangenehm genug, dass ich mich mit Dad nicht so gut verstehe, jetzt muss ich auch einen ganzen Tag mit seiner Verwandtschaft verbringen, die ich kaum kenne, und so tun, als wären wir eine einzige große, glückliche Familie.

»Du lieber Himmel, schon wieder? Wie oft machen die das, alle fünf Jahre? Mir kommt es vor, als wären wir eben erst dort gewesen – das Bild von Onkel Eddie, der sein Hemd auszieht und in den Pool springt, hat sich dermaßen bei mir eingebrannt ...«

Mom klingt unbeschwert, aber als sie die Banane weglegt, schwindet ihr Lächeln. Vor fünf Jahren wurde allmählich offensichtlich – sogar für mich als damals Zwölfjährige –, dass meine Eltern nicht mehr lange zusammen sein würden. Dad ist wenige Monate nach diesem letzten Familientreffen ausgezogen und hat ein Jahr später Lila geheiratet.

»Ich weiß.« Ich straffe die Schultern. »Jedenfalls gehe ich jetzt zu Mel, wenn das in Ordnung ist.«

»Klar!« Mom strahlt mich an. »Geh nur.«

Ich zögere einen Moment, bin mit einem Fuß schon zur Tür hinaus. »Bist du sicher?«

»Auf jeden Fall«, sagt sie entschlossen und ich gehe wieder zum Auto.

Mel tippt fieberhaft auf ihrem Handy herum, aber als ich die Beifahrertür öffne, klappt sie es zu und steckt es sich unter ihren BH-Träger.

»Was ist?«, frage ich.

»Nichts«, antwortet sie, aber ihr Blick huscht wie vorhin zum Rückspiegel und ich hätte fast schwören können, dass der Vorhang von Seths Zimmer wackelt.

Mel räuspert sich und lässt den Motor anspringen, rasch fährt sie rückwärts aus der Einfahrt. »Hast du deine Meinung schon geändert?«, fragt sie.

Ich runzle die Stirn, ziehe mein Handy heraus und lasse meinen Finger über das Display gleiten. »In Bezug worauf?«

»Vee! In Bezug auf deinen Romantikplan für den Sommer natürlich. Verantwortung für deine Zukunft übernehmen. Heiße Typen finden und mit ihnen flirten. Wie auch immer du es nennen willst.«

Ich kratze an einem Moskitostich an meinem Knöchel. »Nein, ich habe meine Meinung nicht geändert. Und im Übrigen hat Adam mir nicht geschrieben, wodurch ich mich nicht gerade besser fühle. Ich meine, er hat gesagt, dass er anruft. Nicht mal eine Nachricht zu schreiben, beweist doch, dass er ein totaler Arsch ist, oder?«

»Hmmm.« Mel zieht die Augenbrauen zusammen. »Vielleicht ist er ja heute beschäftigt. Oder ...«, fügt sie hinzu, »... er schläft vielleicht noch. Ich wünschte auch, ich würde noch schlafen.«

Ich seufze. »Weißt du, ich verstehe einfach nicht, was es bringen soll, wenn ich eine Million verschiedene Jungs küsse. Die Tatsache, dass Mark mit mir Schluss gemacht hat, fühlt sich deswegen auch nicht besser an. Außerdem entwickle ich jetzt wahrscheinlich eine Zwangsneurose, weil ich in eine ungewisse Zukunft schaue, in der ich einsam und ungeliebt sterben werde.«

Mel wirft mir einen Blick zu. »Hat es sich nicht großartig angefühlt, als Adam dich gestern Abend geküsst hat? So als wärst du vielleicht schon bereit für jemanden Neues?«

»Doch«, gebe ich zu. »Aber jetzt fühle ich mich ganz anders. Armselig. Verzweifelt.«

»Vee.« Mel trommelt mit den Fingern auf dem Lenkrad herum. *»Verzweifelt* wäre, wenn du die nächsten drei Monate zu Hause herumsitzt und die letzten drei Jahre deines Lebens bereust. *Verzweifelt* wäre, wenn du Mark in allen verfügbaren sozialen Netzwerken stalkst und dir darüber den Kopf zerbrichst, was er in diesem Moment macht. *Verzweifelt* wäre, wenn du dich an die Vorstellung klammern würdest, er würde eines Tages wieder mit dir zusammen sein wollen, und bis dahin alles auf Eis legen würdest. Dieser Tag wird nämlich nicht kommen, und erst *dann* wirst du einsam und ungeliebt sterben.« Sie hält inne. »Aber du hast ja natürlich auch noch mich. Ich werde dich auch dann immer noch lieb haben und bei dir sein.«

»Weißt du«, sage ich langsam, »außer Adam gestern Abend hat mich noch jemand anderes geküsst.«

Mel schnappt nach Luft. »Was? Im Ernst?«

»Ja.« Ich grinse. »Na ja, mein Dad. Der hat gestern all seinen Mut zusammengenommen und mich tatsächlich berührt, und ich glaube sogar, dass mein Kopf und seine Lippen Kontakt hatten.«

»Ach, komm«, erwidert Mel. »Das zählt nicht.« Sie schweigt einen Augenblick. »Andererseits ...«

»Was?«, frage ich.

»Warte, lass mich mal grad nachdenken. Ich glaube, ich habe da eine Idee.« Sie dreht das Radio auf und weigert sich, mehr zu sagen. Ein verschmitztes Lächeln breitet sich auf ihrem Gesicht aus.

Die Fahrt zu Mel nach Hause dauert nicht lang, aber die Wohngebiete, in denen wir leben, sind so unterschiedlich, dass wir ebenso gut dreißig Kilometer voneinander entfernt wohnen könnten. Mein Viertel ist einigermaßen neu, billig und eintönig. Ihr Viertel ist alt, malerisch und schrullig. Das Zuhause der Flahertys ist nur ein paar Blocks vom Stadtzentrum entfernt. Es ist ein kleines Haus mit spitzem Dach und einem Garten, der fast komplett von Manuelas Gemüsebeeten eingenommen wird. Bohnen, Erbsen und Gurken wachsen an riesigen Gittern hinauf, die seitlich an die Holzverkleidung genagelt sind, Zucchini- und Kürbispflanzen breiten ihre gigantischen Blätter über dem Boden aus, Salat, Karotten und Rettiche füllen den Platz dazwischen.

»Paprika?« Mel pflückt eine winzige Jalapeño von einer Pflanze neben der Haustür und hält sie mir hin. Als ich den Kopf schüttle, kaut sie auch schon darauf herum. Ich liebe das Essen ihrer Mom, aber ich vertrage nicht so viel Schärfe wie Mel, die dies dank ihrer mexikanischen Herkunft in die Wiege gelegt bekommen hat.

»Dann erzähl mir mal von deiner großartigen Idee.« Ich verschränke die Arme über der Brust.

Mel nimmt noch einen Bissen von ihrer Jalapeño und grinst. »Ich glaube, ich lasse dich noch ein bisschen zappeln.«

Ich schwöre, sie genießt es, mich auf die Folter zu spannen. »Mel ...«

»*Mija!* Und Veda!« Manuela taucht hinter einem großen Strauch auf, die Gießkanne in der Hand. Schmutzschlieren zieren die Vorderseite ihres T-Shirts, das über ihrer Brust und ihrem Bauch spannt, und ihr Lächeln wird noch breiter, als sie sieht, dass Mel an der Paprika knabbert.

»Tienen hambre? Wollt ihr etwas essen?«

»Nein, Mamá.« Mel öffnet die Haustür und winkt mich herein. »Wir essen später zu Mittag.«

»Seid ihr sicher?« Manuela runzelt die Stirn, weil sie gar nicht fassen kann, dass wir nicht am Verhungern sind und vormittags um halb elf keine volle Mahlzeit brauchen.

»Alles gut, danke.« Ich winke ihr zu, während mich Mel am Arm durch die Tür zieht, hinein in den Tumult aus Farben, der ihr Wohnzimmer ist. Sonnengelbe Wände, ein plüschiges türkisfarbenes Sofa und ein grün gefliester Kamin füllen den Raum aus. Etwa ein Dutzend Spiegel werfen die Farben und das Licht, das durch die riesigen Fenster hereinströmt, auf eine Million verschiedene Arten zurück.

»Komm schon«, fordere ich sie auf, die Hände in die Hüften gestemmt. »Raus damit. Du hast es jetzt spannend genug gemacht.«

Mel schüttelt den Kopf. »Warte. Zuerst musst du dir was anhören«, sagt sie und schiebt mich rückwärts zum Sofa, bis meine Knie nachgeben und ich mich in die weichen Kissen fallen lasse. »Ich glaube, es ist wirklich gut. Also, so richtig.« Sie legt den Riemen ihrer Gitarre über den Rücken und sieht mich eindringlich an. Ihre wilden Locken fallen ihr halb ins Gesicht. »Bereit?«

Ich seufze. »Bereit.«

Sie zögert kurz, ihre Finger schweben über den Saiten. »Du musst mir ehrlich sagen, wie du es findest, okay? Hab keine Angst, es zu sagen, wenn es nichts taugt.«

»Es wird nicht nichts taugen«, antworte ich automatisch, was mir einen mahnenden Blick einbringt. »Okay«, sage ich schließlich, während ich meine Knie hochziehe und meine Füße unter mich schiebe. »Ich verspreche, dass ich es dir sage, wenn es nichts taugt. Auch wenn ich mir das nicht vorstellen kann.«

Mel nickt, beugt sich über die Gitarre und meidet meinen Blick, während sie die ersten Akkorde spielt. Es klingt wie das Lied, das sie heute Morgen bei mir zu Hause gespielt hat, nur dass es jetzt ausgewogener und durch irgendetwas ergänzt wird. Meine Angespanntheit fällt von mir ab, während ihre Finger über die Saiten fliegen. Sie senkt den Kopf noch mehr, während sie zupft, und summt eine Melodie zu den Akkorden. Die Melodie erinnert mich an das glitzernde Sonnenlicht an einem wolkenlosen Tag auf dem Michigansee oder daran, wie Kaylee lacht, wenn ich sie kitzle. Oder daran, wie ich mich gefühlt habe, als Mark zum ersten Mal meine Hand gehalten hat.

Erst als die Musik aufhört, merke ich, dass ich die Augen geschlossen habe.

»Und?« Mels Stimme ist leise.

Ich schlage die Augen auf und ihr Blick geht an mir vorbei auf die Wand hinter mir.

»Du kannst mir ruhig sagen, wenn es schrecklich ist. Bitte, sag es mir.«

»Hast du es Seth schon vorgespielt?«

Mel zuckt mit den Schultern und legt rasch die Gitarre weg. »Warum sollte ich es Seth vorspielen?«

Ich kneife die Augen zusammen. »Ähm, weil du und Seth euch alle eure Songs gegenseitig vorspielt.«

»Und dir auch«, sagt sie.

»Ja, schon.«

Es entsteht eine unbehagliche Pause, in der Mel aufsteht und sich die Hände an den Shorts abwischt. »Egal. Es ist schrecklich. Vergiss es einfach.«

»Hey.« Ich greife nach ihrer Hand. »Es ist nicht schrecklich. Und du solltest es ihm unbedingt vorspielen.«

Sie zögert einen Moment, dann zuckt sie erneut mit den Schultern und zieht ihre Hand weg.

»Ich habe jetzt irgendwie Hunger. Willst du etwas essen?«

Sobald Mel den Kühlschrank aufmacht, aktiviert sich Manuelas sechster Sinn und sie kommt aus dem Garten hereingeeilt. Sie wischt ihre schmutzigen Hände an ihren Shorts ab. »Nein, nein, nein, *mija,* lass mich das machen.« Sie schiebt Mel vom Kühlschrank weg und fängt an, Teller mit Essen und Behälter mit Würzsoßen auf den Tisch zu stellen.

Wir essen Chips und Salsa, danach Obstsalat, und als uns Manuela noch einen Teller selbst gebackenen Kirschkuchen aufzwingen will, kommt Bob in die Küche geeilt, den Arm voller Klemmbretter und vollgestopfter Aktenordner.

»Da kommt ja mein Liebling.« Manuela drückt ihm einen Kuss auf die Wange. »Was ist los?«

Bob lässt den Papierkram auf die Küchentheke fallen und wirft dabei fast ein Glas extrascharfer Soße um. »Heather hat gekündigt.« Er wirft Mel einen Blick zu und sie schaut ihn mit hochgezogenen Augenbrauen an.

»Ich hab dir doch gesagt, dass das passieren wird.« Sie

nimmt ein paar Chips und beißt davon ab. »Du hättest auf mich hören sollen.«

Bob lehnt sich an die Theke. »Ich weiß nicht, was ich machen soll. Ich brauche dringend eine Aushilfe.«

Mel sieht mich an und klappt den Mund auf, aber ich trete gegen ihr Bein und alles, was aus ihr rauskommt, ist ein leises Jaulen.

Er reibt sich die Augen. »Ihr Mädels kennt nicht zufällig jemanden, der Arbeit sucht, oder?«

»Nein«, sage ich bestimmt, während Mel gleichzeitig »Doch« sagt.

Ich funkle sie an, während Bob von einem zum anderen schaut.

»Vee braucht einen Job«, antwortet Mel schließlich.

»Arbeitest du nicht im Kino?«, fragt Manuela.

»Ich habe gekündigt«, erkläre ich und schiebe meinen Teller von mir. »Lange Geschichte.«

»Nun ...« Bob neigt den Kopf und verschränkt die Finger zu einem gespielten Gebet. »Wenn du das gerne machen möchtest, Veda – es wäre mir eine sehr große Hilfe. Du kennst den Job beim Float & Boat – die Kanus wieder flussaufwärts transportieren und Wasserreifen herumschleppen. Killian würde mit dir arbeiten, er kann die schweren Sachen heben. Neun Dollar fünfzig die Stunde.«

Mel lässt ihre Augenbrauen auf und ab tanzen und formt mit den Lippen den Namen *Killian,* als sie mich ansieht. Ich versuche, sie zu ignorieren, spüre aber, wie meine Wangen heiß werden.

»Lass dir ein paar Tage Zeit und denk drüber nach«,

sagt Bob schließlich, aber ich merke, dass er sich nur mühsam zusammenreißen kann, um mich nicht zu drängen, sein Angebot auf der Stelle anzunehmen.

Mel beugt sich vor und knufft mich leicht an die Schulter. Ich rücke von ihr weg und stütze das Kinn auf die Hände. »Nein, ich muss nicht darüber nachdenken. Natürlich mache ich das, Bob. Vielen Dank für das Angebot.«

Sein ganzer Körper fällt in sich zusammen und er stößt einen Seufzer der Erleichterung aus. »Danke, Vee! Das wird großartig. Du hast was gut bei mir.« Er legt Manuela den Arm um die Schultern und sie blickt zu ihm auf. »Dafür bekommst du dein Leben lang kostenlos Tamales.«

»Hey!« Manuela löst sich von ihm und schlägt ihm spielerisch mit dem Geschirrtuch auf den Rücken. »Die liebe Veda weiß doch, dass sie ihr Lebtag gratis Tamales von mir bekommt.«

Bob grinst und jagt sie durch die Küche, bis er sie schließlich an die Küchentheke drückt.

»Okay, jetzt wird's eklig. Wir gehen dann mal lieber in mein Zimmer«, verkündet Mel. »Bis später.« Sie zieht mich vom Stuhl und durch den Flur. Dann schlägt sie die Tür hinter sich zu, dreht sich zu mir um und legt die Fingerspitzen aneinander. Ein verschmitztes Grinsen breitet sich auf ihrem Gesicht aus. »Das ist perfekt«, sagt sie. »Wir arbeiten zusammen und verbringen den ganzen Sommer gemeinsam. Und ich habe den perfekten Plan ausgeheckt, wie du mit jeder Menge Jungs in Kontakt kommst.«

»Oh mein Gott«, bringe ich nur heraus. Ich durchquere das Zimmer und setze mich auf die Fensterbank, von der man einen tollen Ausblick auf den Garten hinterm Haus hat. »Ich bekomme Angst.«

Mel lässt sich neben mich fallen und umfasst ihre Knie mit den Armen. »Es ist mir nur eingefallen, weil du gesagt hast, dass dein Dad dich geküsst hat. Zuerst *Adam*, dann dein Dad, der zugegebenermaßen nicht gerade heiß ist und kein *Kerl* im engeren Sinne, aber ich glaube, er heißt *Barry ...«* Sie sieht mich erwartungsvoll an.

»Und?« Ich bemühe mich, die Verbindung zwischen meinem Dad und dem feucht küssenden, seither schweigenden Adam zu finden.

»Wenn du einen Kerl namens *Chris* finden und ihn als Nächstes küssen würdest, dann ergäbe das A, B, C. Du könntest das ganze Alphabet schaffen, Vee!«

Die Welle der Beklemmung, mit der ich heute Morgen aufgewacht bin, erfasst mich erneut – dieses Mal noch stärker. »Klar. Sehr witzig.«

»Ohne Witz! Du wirst eine Menge Typen kennenlernen und herausfinden, dass dein Liebesleben nicht mit Mark anfangen und enden muss.« Sie verschränkt die Arme und sieht mich gespannt an. »Also?«

Ich lehne mich ans Fenster, ich spüre die Hitze, die draußen herrscht, durch das Glas hindurch. »Ich weiß nicht.«

»Versuch es doch einfach«, bettelt Mel. »Versuch einen Küsser mit C zu finden und schau mal, wie es läuft. Du kannst ja jederzeit damit aufhören, wenn du willst.«

Sofort gehe ich in Gedanken meine Online-Freundeslisten durch und alle Jungs darauf, deren Name mit C anfängt. Ich schüttle den Kopf, um wieder einen klaren Kopf zu bekommen. »Was, wenn Mark es herausfindet?« Die Worte sind ausgesprochen, ehe ich sie zurückhalten kann, und ich zucke zusammen, als sich Mels Augen weiten.

»Vee! Wen kümmert es, wenn Mark es herausfindet? *Er hat mit dir Schluss gemacht, erinnerst du dich?«*

»Ich weiß, ich weiß.« Ich schaue weg und fummle am Saum meiner Shorts herum, unfähig, die Stimme aus meinem Kopf zu vertreiben, die schreit, ich würde Mark betrügen – und dass ich ihn tatsächlich schon betrogen habe, als ich Adam geküsst habe.

»Du musst es tun«, bekräftigt Mel, rutscht von der Fensterbank und holt Block und Stift von ihrem Schreibtisch. »Es ist nicht verhandelbar, Vee. Betrachte es als einen positiven Eingriff in dein Liebesleben.«

Ich schließe die Augen, während Mel etwas auf den Block kritzelt, und stelle mir vor, wie es wäre, wenn Mark herausfände, dass ich mit einem anderen zusammen bin. Er könnte eifersüchtig werden, was – wie ich zugeben muss – befriedigend wäre, aber wahrscheinlich würde ich mich doch nur schrecklich fühlen. Oder es könnte ihm vielleicht überhaupt nichts ausmachen, was noch schlimmer wäre. Vor gerade mal zwei Wochen hätte ich genau voraussagen können, wie Mark auf jede denkbare Situation reagieren würde. Die Tatsache, dass ich das Gefühl habe, ihn überhaupt nicht mehr zu kennen, birgt eine ganz eigene Art von Schmerz.

»Hier.« Mel unterbricht meine Gedanken und drückt mir den Block in die Hand. »Lies das.«

Verbindliche Regeln für Vees Sommer-Kuss-Challenge

Du musst bis zum Ende des Sommers 26 Typen küssen (oder von ihnen geküsst werden), einen für jeden Buchstaben des Alphabets.

Die Küsse können auf die Lippen, die Wange, die Hand erfolgen oder wo immer du gern geküsst werden möchtest. ☺

Du darfst einen Typen nicht öfter als ein Mal küssen. Keine Bindungen oder Beziehungen! ☺

Wenn du willst, kann es auch mehr als nur Küssen sein.

Erzähle Mel jedes einzelne Detail von jedem einzelnen Kuss, damit sie deinen heißen, sexy Sommer indirekt miterleben kann.

Denk nicht an Mark.

Erzähle niemandem (vor allem nicht den Jungs, die du küsst) von der streng geheimen 26-Küsse-Challenge.

TOBE DICH AUS, DAS LEBEN IST KURZ – WENN ES SICH RICHTIG ANFÜHLT, KANNST DU NICHT FALSCHLIEGEN.

Ich überfliege die Liste und schiebe den Block dann unter ein Kissen. Weil es jetzt aufgeschrieben ist, wird es zu real – wie etwas, was tatsächlich eintreten könnte.

»Ich werde darüber nachdenken«, sage ich, damit Mel mich in Ruhe lässt. »Aber wahrscheinlich kenne ich gar nicht für jeden Buchstaben des Alphabets einen Typen. Wessen Name fängt schon mit X an?«

Mel winkt bei meinen Worten ab, als würde sie eine lästige Fliege vertreiben. »In Butterfield kommen genug Touristen vorbei, sodass wir jeden Buchstaben finden werden, den wir brauchen. Irgendwo muss es einen Xavier geben. Ich werde im Float & Boat ein Auge auf die Reservierungen haben.«

»Iiiih, Mel! Das ist gruselig.«

Sie zuckt mit den Schultern. »Vertrau mir, ich habe ja leider nicht viel Ablenkung, wenn ich mit meinem Dad im Büro arbeite. Er lässt mich ja nicht mal aufs Handy gucken.« Sie seufzt theatralisch. »Du hingegen wirst draußen sein und zusammen mit dem schönen Killian Farbe bekommen.«

Ich ziehe eine Augenbraue hoch. Meint sie mit »Farbe bekommen«, dass ich aussehen werde wie ein Feldarbeiter?

»Killian hat mir auf Facebook eine Freundschaftsanfrage geschickt«, sage ich. »Ich habe sie bisher noch nicht akzeptiert.«

Mel klatscht in die Hände. »Na, worauf wartest du noch? Ich bin schon seit ungefähr einer Woche mit ihm befreundet. Und ich habe gesehen, wie ihr zwei euch beim Big Float unterhalten habt.« Sie klimpert mit den

Wimpern. »Sieht nach einer bombensicheren Sache für mich aus, seit Adam nicht mehr im Rennen ist.«

Sofort werde ich rot. »Hey«, rufe ich, während ich den Block hervorziehe und ihn ihr zuwerfe. »Was ist mit diesem ganzen Alphabetplan, den du gerade erst ausgeheckt hast? Es sollen sechsundzwanzig Küsse mit verschiedenen Jungs werden – nicht sechsundzwanzig Küsse mit Killian.«

»Oh, ich weiß«, sagt Mel, während sie den Kopf auf ihren Arm stützt. »Aber bestimmt ist es praktisch, ihn in deiner Nähe zu haben, wenn du erst mal beim Buchstaben K angelangt bist.«

Manuelas Tamales sind köstlich, aber ich bin immer noch satt von dem riesigen Snack von vorhin und schiebe mein Essen nur auf dem Teller herum, während Mel und ihre Eltern über ihre Pläne für den Sommer und das Float & Boat plaudern. Ich kann nur daran denken, dass es unmöglich ist, sechsundzwanzig Jungen in einem einzigen Sommer zu küssen, wenn ich doch in meinem bisherigen Leben insgesamt nur zwei geküsst habe.

»Ist alles in Ordnung, Vee?«, fragt Manuela, als ich nach dem Essen helfe, den Tisch abzuräumen.

»Ja, alles gut«, antworte ich und bringe ein Lächeln zustande. Sie legt den Kopf schief und mustert mich, aber ich wende mich ab und schnappe mir meine Tasche, die hinten an meinem Stuhl hängt. »Danke für das Mittagessen. Ich gehe jetzt besser nach Hause.«

»Soll ich dich fahren?« Mel nimmt die Schlüssel von der Theke.

»Nein, schon gut. Ich gehe zu Fuß.« Es sind etwa zweieinhalb Kilometer bis zu mir, aber ich bin unruhig und muss mir ein wenig die Füße vertreten.

Mel begleitet mich nach draußen und zieht mich in eine rasche, heftige Umarmung, wobei sie mir ein gefaltetes Stück Papier in die Hand drückt. »Denk darüber nach«, flüstert sie.

Ich stecke das Blatt in meine Tasche und trete zurück. »Holst du mich morgen ab?« Der Zahnarzt, bei dem meine Mom als Sprechstundenhilfe arbeitet, liegt nicht gerade auf dem Weg zum Float & Boat, deshalb ist es sinnvoller, mit Mel zu fahren.

»Ich kann es kaum erwarten!« Sie verschwindet durch die Haustür, die die grünen Blätter einer Tomatenpflanze streift, als sie zufällt.

Ich nehme nicht den direkten Weg nach Hause, sondern schlendere durch Mels Wohnviertel. Sich zu bewegen, fühlt sich gut an. Fast jedes Haus, an dem ich vorbeikomme, hat andere Blumen im Garten. Sie sprießen aus Töpfen auf der Veranda oder hängen schwer an Ranken, die sich um Holzgitter winden. Die verschiedenen Düfte überwältigen mich fast, so stark sind sie. Sie rufen ungebetene Erinnerungen daran wach, wie Mark und ich abends mit ineinander verschränkten Fingern im Garten seiner Eltern saßen und unseren jüngeren Brüdern dabei zusahen, wie sie neben den preisgekrönten Rosen seiner Mutter Fußball spielten.

Ich ziehe das Blatt Papier aus der Tasche und streiche es glatt. Mel hat Regeln aufgestellt, mit deren Hilfe ich über mein gebrochenes Herz hinwegkommen soll. Momentan weiß ich eigentlich gar nicht so recht, wie ich mich fühle. Mark und ich sind erst seit ein paar Wochen getrennt und schon jetzt hat sich so viel verändert: Ich habe einen anderen geküsst und einen neuen Job angenommen, Mel und Seth scheinen kurz davor zu sein, ein Paar zu werden, und mein Dad verlangt plötzlich, dass wir heile Familie spielen. Wie wird es erst im Herbst sein, wenn Mark ans College geht? Für uns beide wird sich täglich etwas verändern, und selbst wenn wir nicht Schluss gemacht hätten, hätten wir die Dinge ab Herbst nicht mehr gemeinsam erlebt. Wenn wir weiterhin zusammengeblieben wären, wie hätte ich dann sicher sein können, dass der Mensch, der an Thanksgiving nach Hause gekommen wäre, derselbe Mark gewesen wäre, den ich am Ende des Sommers zum Abschied geküsst hätte?

Ich trete gegen einen Betonbrocken, der sich vom Gehweg gelöst hat. Ich will mich nicht an so viele Typen ranschmeißen, nur um ein albernes Spiel zu spielen. Aber wenn ich nicht rausgehe und neue Leute treffe, wie soll ich dann jemand anderes finden? *Das* will ich – einen Kerl finden, der mich so empfinden lässt, wie Mark es getan hat ... aber der mir am Ende nicht das Herz bricht.

Ich falte die Liste zusammen und stecke sie in meine Tasche. Zu Hause angekommen, setze ich mich auf die Eingangstreppe und strecke mich, werde ganz ruhig und wende mein Gesicht der heißen Sommersonne zu. Vielleicht ist Mels Idee gar nicht so schlecht. Vielleicht sollte ich einfach diese Gelegenheit ergreifen.

8

Die folgende Woche vergeht wie im Flug. Bob hat mich im Float & Boat beinahe jeden Tag eingeteilt, weil er die zusätzliche Hilfe dringend benötigt. Zuerst hat sich Killian geweigert, mich irgendetwas Schweres tragen zu lassen, und ist wie ein Verrückter um mich herumgerannt, hat mir Wasserreifen und Kanupaddel aus der Hand gerissen, bis ich ihm gesagt habe, dass er sich seine überdimensionierten Muskeln sonst wohin schieben kann und er mich nicht wie eine alte Dame behandeln soll. Inzwischen komme ich jeden Abend völlig erschlagen und erschöpft nach Hause, dunkle Blutergüsse prangen auf meinen Knien, weil die Aluminiumkanus fast dauernd dagegenknallen. Nervige Popsongs haben sich in meinem Kopf festgebissen, weil das die einzige Musik ist, die Killian hört. Die Sechsundzwanzig-Küsse-Liste liegt unter meinem Bett und meine Laufschuhe sind immer noch unter dem Berg Schmutzwäsche vergraben.

Jeden Abend gehe ich online und scrolle durch meine sozialen Netzwerke. Ich versuche mir vorzustellen, einen der Typen, die ich kenne und deren Name mit C anfängt, zu küssen. Und dann starre ich auf Killians noch immer unbeantwortete Freundschaftsanfrage, die er bei der Arbeit mit keinem Wort erwähnt hat. Er scheint zum Glück nicht der Typ zu sein, der sich wegen so was aufregt. Ich weiß nicht, was mich davon abhält, seine Freundschaftsanfrage zu akzeptieren. Da es Killian fremd zu sein scheint, Schweigen nicht mit Geplänkel oder Geplauder zu füllen, weiß ich praktisch schon alles über ihn, was ich auf einem Facebook-Profil lesen könnte (und obendrein noch andere Dinge, die man in den sozialen Medien nicht nachlesen kann): Er ist absolut süchtig nach Musik, die eigentlich eher für Teenie-Mädchen gedacht ist. Er hat seit seinem ersten Jahr an der Highschool in jedem Theaterstück mitgespielt, das dort aufgeführt wurde. Er fürchtet sich vor dem Weltall und will gar nicht zu viel darüber nachdenken, weil ihm das Prinzip der Unendlichkeit eine Heidenangst einjagt.

Aber wenn ich erst mal auf »Freundschaftsanfrage bestätigen« klicke, werden wir dann auch online ständig plaudern und wird das Ganze dann weit über das freundschaftliche Geplänkel bei der Arbeit hinausgehen? Es ist so leicht, von jemandes Internetpersönlichkeit eingenommen zu werden, dessen Fotos von früher anzuschauen und Details aus seinem Leben zu erfahren, die vielleicht gar nicht mehr relevant sind. Es wäre dann so leicht zu vergessen, dass du ihn nicht schon immer kennst, dass diese Person eigentlich ein Fremder für dich ist. Dafür bin ich noch nicht bereit und auch nicht dafür, dass Killian meine Fotos durchschaut und Mark entdeckt und sich fragt, weshalb bei mir bei Beziehungsstatus »Single« steht.

»Verdammt noch mal«, murmle ich, während ich den letzten der Riemen festziehe, damit wir die Kanus sicher über die knapp zehn Kilometer lange Piste voller Schlaglöcher transportieren können, die teilweise so groß wie Kinderplanschbecken sind. Auf der Fahrt zur Arbeit heute Morgen hat Mel erwähnt, dass sie Killian noch nie ohne ein Lächeln im Gesicht gesehen hat, und jetzt kann ich an nichts anderes mehr denken – daran, wie weiß seine Zähne sind und wie großartig es ist, den ganzen Tag mit jemandem zusammenzuarbeiten, der durchweg gute Laune hat.

»Was ist?« Killian beugt sich vor, um den Riemen zu überprüfen, sein blondes Haar ringelt sich im Nacken. »Alles in Ordnung?«

»Ja.« Rasch wende ich den Blick ab. »Sorry. Ich habe gerade nur an etwas gedacht.«

Er legt mir die Handfläche auf den Scheitel und drückt sanft auf meinen Kopf, seine Hand ist so groß, dass sie meine ganze Schädeldecke bedeckt. »Nachdenken verboten, Frau Anwältin. Es ist Sommer.«

Ich ducke mich weg und streiche mir die Haare glatt. »Muss mein Gehirn für die Debattiersaison in Form halten. Ich glaube, Butterfield tritt gegen Trawley an, und denen will ich dieses Jahr mal so richtig in den Hintern treten.«

Killian grinst und steigt in den Float-&-Boat-Minibus, mit dem wir Kunden flussaufwärts fahren, damit sie anschließend die zehn Kilometer mit dem Kanu flussabwärts paddeln können. »Die Ehre gebührt dir«, sagt er und wirft mir das Megafon zu, das wir hinter dem Fahrersitz aufbewahren.

Ich seufze und hebe es an den Mund. »Einstieg für die Zehn-Uhr-dreißig-Tour, Abfahrt in zehn Minuten.«

Ein Dutzend Jugendliche im College-Alter kommt angerannt, sie haben schwere Kühlboxen, Rucksäcke mit Badetüchern und Sonnencreme dabei. Sie verstauen ihr Zeug hinten im Bus und steigen ein. Killian begrüßt jeden von ihnen mit High-five und dreht das Radio auf. Bald dröhnen stampfende Bässe vom Lokalsender Top 40 durch die offenen Fenster nach draußen. Sobald alle eingestiegen sind, schlage ich hinten die Tür zu, überprüfe noch mal die Gurte am Anhänger und springe in den Bus, wo ich es mir direkt hinter Killian bequem mache. Er lässt den Motor an und fährt gemächlich vom Parkplatz, hinten scheppert der Anhänger.

Die College-Kids sind bereits angeheitert, alle haben ein Bier in der Hand und auf der hinteren Bank machen einige von ihnen Selfies. Sie werden vermutlich nach der Hälfte der Kanufahrt bereits einen Kater und Sonnenbrand haben, und wenn sie die zehn Kilometer zum Anleger der Flahertys ganz zurückgelegt haben werden, herrscht unter ihnen wahrscheinlich die reinste Anarchie. Doch jetzt, vor Dehydrierung und Reizbarkeit, sind sie nur beschwipst und laut und komplett ausgelassen.

»Hey, willst du ein Bier?« Ein langer Kerl mit dunklen Haaren und einem Drachen-Tattoo auf dem Arm beugt sich über meine Rückenlehne und hält mir ein Bud Light hin.

»Kann nicht«, antworte ich schulterzuckend. »Bin im Dienst.«

Er schlägt sich mit der Handfläche gegen die Stirn.

»Ach ja klar. Tut mir leid.« Er sieht mich an, seinen Augen scheint es schwerzufallen zu fokussieren. »Arbeitest du gern hier?«

»Es ist ganz okay.« Ich muss gegen die Musik regelrecht anbrüllen, die Killian aus den Lautsprechern schallen lässt. »Besser als Burger grillen bei McDonald's.«

Er nickt und nimmt einen Schluck Bier. »Ich arbeite bei Chipotle. Das ist auch nicht viel besser.«

»Hier in der Gegend gibt es kein Chipotle-Restaurant«, erwidere ich. »Ich würde aber einiges dafür geben, wenn wir eins hätten.«

»Ja, blöd. Ich wohne unten in Ann Arbor, dort gibt es alles.«

Natürlich. Die ganze Gruppe ist vermutlich für das Wochenende nach Butterfield gefahren, da es ein typisches Sommerausflugsziel für Studenten ist.

Der Bus fährt in ein Schlagloch, dabei fällt der Typ nach vorne und purzelt praktisch auf meinen Sitz. »Woah«, stöhnt er, während er sich wieder aufrichtet.

Killian fährt mit dem Bus einen weiten Bogen und hält die Räder dabei in den Furchen auf dem Feld, das am Fluss liegt.

»Sieht so aus, als wären wir da«, sage ich und stehe auf, bevor der Bus ganz angehalten hat. »Gute Fahrt.«

Der Typ hat sich bereits abgewandt und gibt das Bud Light, das er mir angeboten hatte, einem Mädchen mit einem winzigen rosa Bikinioberteil. Ich folge Killian aus dem Bus und nach hinten, wo wir die Gurte so weit lockern, dass wir die Kanus vom Anhänger ziehen können. Ein paar der Studenten helfen Killian, die Boote von ganz oben herunterzuheben. Wir tragen die Kanus zum Flussufer, während die Gruppe ihre Kühlboxen auslädt und lautstark darüber diskutiert, wer in welchem Boot sitzt.

Ich nehme hinten aus einem Korb ein Dutzend Seile und reiche sie dem Kerl mit dem Tattoo. »Hier«, sage ich. »Damit könnt ihr alle Kanus zusammenbinden wie zu einem großen Floß. Dann werdet ihr nicht voneinander weggetrieben und müsst nicht so viel paddeln.«

»Danke«, sagt er und sieht auch aufrichtig dankbar aus. Seine Finger streifen meine, als er das Seil nimmt. »Hey, kannst du ein Foto von uns machen?«

Sie versammeln sich um ihre Kanus, die Jungs oben ohne, die Mädchen tragen ihre Sonnenbrillen, sie alle halten Bierdosen hoch und ziehen die Bäuche ein. »Eins, zwei, drei«, zähle ich und schieße ein Foto mit dem iPhone, das mir der Typ gegeben hat. Das Bild wird vermutlich, noch bevor sie die Flussmitte erreichen, auf Facebook und Instagram gepostet werden, jeder wird markiert sein und einen Kommentar hinzufügen zu einem Trip, den sie noch gar nicht wirklich gemacht haben.

Killian und ich helfen ihnen beim Einladen und dann stehen wir am Ufer und winken, während die Gruppe davontreibt.

»Eine Reservierung erledigt, jetzt kommen noch sieben«, meint er strahlend.

Ich stöhne. »Plus die, die noch spontan aufkreuzen.«

»Hey, freu dich doch«, sagt Killian und hebt die Arme über den Kopf, um sich ausgiebig zu strecken. »Wenigstens hat dieses Mal keiner in den Bus gekotzt.«

Es ist ein langer Tag, und als er zu Ende ist, brennen meine Muskeln und mein Gesicht fühlt sich wie ein einziger klebriger Fleck aus Sonnencreme und Schweiß an. Immerhin sind alle Kanufahrten pünktlich gestartet, niemand hat ein Paddel oder eine Schwimmweste verloren und wir mussten nur drei zerbrochene Bierflaschen einsammeln. Alles in allem also ein voller Erfolg.

»Wie es aussieht, lungern unsere Freunde von heute Morgen immer noch hier herum«, bemerkt Killian, als wir die letzte Fuhre Kanus auf den Anhänger geladen haben für die erste Fuhre morgen früh. Ein paar der Typen aus unserer ersten Gruppe des Tages sind noch auf dem Parkplatz, sie sitzen auf ihren Kühlboxen oder auf der Ladefläche eines Pick-ups, um nüchtern zu werden, bevor sie die Heimfahrt antreten.

»Wie schaffen sie das, den ganzen Tag zu trinken und immer noch bei Bewusstsein zu sein?«, wundere ich mich, während ich eine Blase an meinem Finger untersuche.

»Ich glaube, da wo die herkommen, gehört trinken zum Unisport«, erwidert Killian. »Wusstest du, dass die Hälfte der College-Studenten regelmäßig an Alkoholexzessen teilnimmt?« Er verdreht die Augen und ich werde rot, weil ich an den Abend neulich hier auf dem Steg denke. Ich bin mir nicht sicher, wie viel Killian trinkt. Ein Bier? Zwei? Jedenfalls nicht so viel, dass er sich zum Affen machen würde.

»Du weißt ja, dass George Bernard Shaw mal gesagt hat, Alkohol sei das Narkosemittel, dank dem wir die Operation des Lebens aushalten können. Dieser Typ hatte wirklich für alles eine geistreiche Bemerkung auf Lager.« Killian blickt zu mir herab. »Du kennst doch Shaw, oder?«

Ich verschränke die Arme. »Natürlich.« Ein typischer Debattentrick besteht darin, die Diskussion mit einem Zitat von jemand Berühmtem (der vorzugsweise schon tot ist) zu beginnen. George Bernard Shaw, ein irischer Dramatiker, war der König der Einzeiler, deshalb stößt man andauernd auf seine weisen Worte, ob es nun um Politik oder die Ethik des Vegetarismus geht.

»Super. Wir sollten unbedingt mal einen Shaw-Contest machen.« Killian schiebt seine Baseballmütze nach oben. »Wollen wir uns was zu essen holen oder so? Ich bin am Verhungern.«

Einen Shaw-Contest? Ich unterdrücke ein Lächeln. »Ich fahre eigentlich mit Mel«, antworte ich und mache eine Kopfbewegung in Richtung Büro.

»Ich kann dich auch nach Hause fahren.« Killian zeigt auf seinen ramponierten Jeep. »Trotz seiner zweifelhaften Erscheinung ist er keine Todesfalle, das schwöre ich.«

Er sagt das so witzig und nett, dass ich fast Ja gesagt hätte. Doch dann müsste ich Mel erklären, weshalb ich nicht mit ihr nach Hause fahre, und allein der Gedanke an das wissende Lächeln, das sie mir schenken würde, macht es ganz und gar unmöglich, dass ich mit Killian fahre.

»Vielleicht ein andermal«, sage ich. »Ich bin ziemlich erschöpft.«

War für einen kurzen Moment noch Enttäuschung in seinem Gesicht zu lesen, so ist sie im gleichen Augenblick schon verschwunden. »Alles klar. Tschüss.« Killian nickt mir zu und schlendert mit den Händen in den Hosentaschen davon. Ich bemühe mich, ihm nicht nachzuschauen, aber er ist so groß und es fasziniert mich, wie sich sein Körper bewegt und wie viel Weg er mit jedem einzelnen Schritt zurücklegt.

Er wirbelt herum, als könnte er meine Blicke spüren, dann reißt er die Faust nach oben, geht rückwärts weiter und zitiert: »›Was du ohne mich tun würdest, kann ich mir nicht vorstellen.‹«

Ich schüttle den Kopf. »Sei nicht so selbstgefällig!« Ich drehe mich um, bevor er darauf reagieren kann, setze mich an den Picknicktisch und ziehe mein Handy heraus, um auf die Uhr zu schauen.

»Hey.« Der College-Student mit dem Tattoo kommt auf mich zu. Er hat einen Sonnenbrand und sieht müde aus, aber er hat ein nettes Lächeln. »Hast du jetzt frei?« Wieder hält er mir ein Bud Light hin. »Es ist nicht ganz kalt, aber du siehst aus, als könntest du ein Bier vertragen.«

Ich verschränke die Arme und lege den Kopf zur Seite. »Du willst wirklich, dass ich das trinke. Bist du ein Cop, oder was?«

Verwirrt blickt er auf die Dose, dann lacht er. »Shit. Du bist noch minderjährig.«

»Natürlich bin ich minderjährig.«

»Na dann, hallo, Minderjährige. Ich heiße Carson.« Er steckt das Bier in seinen Rucksack und streckt mir die Hand hin. Ich ergreife sie und bin überrascht, wie kühl sich seine Haut anfühlt. »Und ich bin selber noch nicht einundzwanzig, deshalb kannst du dir einigermaßen sicher sein, dass ich kein Cop bin.«

Sein Name fängt mit C an. Dieser Gedanke schießt mir durch den Kopf, ohne dass ich etwas dagegen tun kann. Ich verdränge ihn, ziehe die Augenbrauen nach oben und zeige auf das riesige Schild, das vor dem Büro hängt: Kein Alkohol für Minderjährige. »Ich glaube kaum, das Mr Flaherty begeistert wäre, das zu hören.«

Carson lacht. »Aber Mr Flaherty überprüft nicht jedermanns Ausweis, oder?«

Ich zucke mit den Schultern und winke dann Mel, die aus dem Büro kommt und die Fliegengittertür hinter sich zufallen lässt.

»Freiheit!« Sie kommt herübergerannt, legt mir den Arm um die Taille und lehnt sich an mich. »Hast du Freunde gefunden, Vee?«

»Das ist Carson«, sage ich und nicke ihm zu, um Mels Blick zu meiden.

»Carson.« Mel stößt mich an und schüttelt Carson begeistert die Hand. Ich stupse zurück, nur fester. »Du bist heute Kanu gefahren, oder?«

»Ja.« Er schaut zu seinen Freunden hinüber, die angefangen haben, ihre Sachen einzuladen. »Sorry, und du bist ... Vee?«

»Veda«, sage ich. »Und das ist Mel.«

Carson grinst. »Veda und Mel, was habt ihr heute Abend vor?«

»Ähm ...« Ehrlich gesagt hatte ich vor, mich von Mel direkt nach Hause bringen zu lassen, eine eiskalte Dusche zu nehmen und mich für die nächsten zwölf Stunden oder so ins Bett zu legen.

»Wir haben noch nichts vor«, flötet Mel. Ich widerstehe

dem Drang, ihr noch mal den Ellbogen in die Rippen zu rammen.

»Na ja, ich glaube, ein paar von uns gehen heute auf den Dune-Days-Jahrmarkt«, sagt Carson. »Wollt ihr mitkommen?«

Mel sieht mich an und ich schüttle schnell den Kopf. Ich habe ihrem 26-Küsse-Plan noch nicht offiziell zugestimmt. Ich würde noch nicht mal offiziell behaupten, dass ich über Mark hinweg bin. Es gibt keinen Grund für mich, den heutigen Abend mit einem Jungen zu verbringen, den ich gar nicht kenne und dessen Name zufälligerweise (verflucht sei das Universum!) mit C anfängt.

»Unbedingt«, antwortet Mel, während sie mich an der Hand nimmt und zu ihrem Auto zieht. »Wir treffen uns dann dort.«

9

Ich kann das nicht«, jammere ich, lasse den Arm aus dem Beifahrerfenster baumeln und den Wind zwischen meinen Fingern hindurchrauschen. »Das ist so was von albern. *Natürlich* heißt der erste Kerl, der mich bei der Arbeit aufreißen will, ausgerechnet Carson.«

»Vee, komm schon. Er ist kein Aufreißer, er ist süß«, widerspricht Mel. Sie blinkt und fährt auf das Feld, das während der Dune Days als zusätzlicher Parkplatz genutzt wird. »Das ist ein Zeichen. Du musst diese Sechsundzwanzig-Küsse-Aktion durchziehen und heute Abend fängst du damit an.«

»Ich kenne den doch nicht mal!« Ich drücke mich gegen die Kopfstütze.

»Wenn es dir zu doof wird, kannst du ja immer noch abhauen«, sagt Mel und steigt aus. »Erzähl ihm einfach, dass du Krämpfe hast und nach Hause musst.«

Der Gedanke, so etwas zu irgendeinem Kerl zu sagen, macht mich sprachlos – darüber habe ich nicht einmal mit Mark gesprochen. Aber ich folge Mel zum Ticketschalter. Obwohl Dune Days eigentlich vorbei ist, ist es rappelvoll auf dem Festplatz und es herrscht totale Reizüberflutung. Dutzende verschiedene Karussells und Fahrgeschäfte blenden mit blitzenden Lichtern, Menschen kreischen, als das schaukelnde Piratenschiff seinen höchsten Punkt erreicht und dann in nahezu freiem Fall nach unten stürzt, und der penetrante Geruch nach Frittiertem steigt mir in die Nase.

Wir bezahlen jede acht Dollar für fünf Fahrtickets, dann schlendern wir über die Wiese. »Vielleicht gewinnt Carson ja ein Plüschtier für dich«, meint Mel, als wir an den Ständen vorbeigehen und dort gerade ein dürrer Kerl am Hau-den-Lukas einen riesigen Hammer schwingt. Die Metallscheibe flitzt kreischend an der Schiene hinauf.

»Besorg dir gefälligst ein eigenes Leben!«, antworte ich und knuffe Mel zum Spaß in die Seite.

Sie geht hinüber zur Losbude und streichelt einen riesigen lila Teddybär. »Der hier will definitiv zu dir, Vee!«, ruft sie.

»Wenn du dir erhoffst, dass ich den für dich gewinne, dann hast du dir echt den falschen Kerl für heute Abend gesucht«, flüstert mir eine tiefe Stimme ins Ohr.

Ich wirble herum, mein Gesicht brennt. »Ich habe gar nicht ... ich war nicht ...« Meine Stimme stockt, als ich Carson anschaue. Er hat Badehose und T-Shirt gegen ansehnliche Chinos und ein kurzärmliges Hemd ausgetauscht. Aus einem der Ärmel schlängelt sich der Schwanz seines tätowierten Drachen. Carsons Haar ist gegelt und er trägt eine dickrandige Brille. Seine Wangen haben ein bisschen zu viel Sonne abbekommen, wodurch seine Zähne besonders strahlend weiß wirken, wenn er lächelt. Er sieht absolut perfekt aus.

»Hey, bleib locker.« Carson lächelt und berührt mich

am Arm. »Ich will nur sagen, dass solche Spiele völlig abgekartet sind und ich nicht so gerissen bin, dass ich je was gewinnen könnte.«

»Oh.« Ich senke den Blick auf meine Sandalen und versuche Mel telepathisch dazu zu bewegen, zu mir zurückzukommen und mir auf diesem fremden Terrain zur Seite zu stehen.

Carson hat zwei Freunde vom Kanu-Trip im Schlepptau. Auch sie sehen um einiges gepflegter aus als noch vor ein paar Stunden. Da taucht neben mir Mel auf.

»Ich bin Mel«, sagt sie und streckt ihnen die Hand entgegen.

Cody und Nick stellen sich vor und Mel wirft mir einen fragenden Blick zu. *Willst du Carson gegen Cody eintauschen?* Ich reagiere mit einem Kopfschütteln, das für die Jungs so aussieht, als würde ich die Haare nach hinten werfen. Carson ist unerwartet attraktiv, muss ich sagen. Und wenn alles gut geht, werde ich ihn heute Abend küssen. Mein Magen macht einen Salto.

Der Abend beginnt wie die allerbesten Abende mit Zuckerwatte. Mel schaudert, als ich einen blauen Fetzen von Carsons zuckriger Wolke abreiße und mir in den Mund stecke.

»Ich falle schon ins Zuckerkoma, wenn ich euch nur zuschaue«, sagt sie kopfschüttelnd.

»Aber es ist sooo lecker«, sage ich. Der Zucker gelangt sofort in meine Blutbahn und bringt meinen Kreislauf auf Hochtouren.

Carson reicht mir die dickste Zuckerwattewolke. »Ich brauche gleich beide Hände«, sagt er. Cody und Nick scheinen tief in eine Diskussion vertieft. »Ich hätte euch vermutlich vorwarnen sollen – wir sind echte Kirmes-Gourmets. Wir gehen grundsätzlich auf möglichst jeden Jahrmarkt und holen uns dort die abgefahrensten Fressalien. Damit stopfen wir uns voll, bevor wir irgendwas fahren.«

»Bevor ihr irgendwas fahrt?!«

»Ja.« Carson hebt die Schultern. »Ich weiß auch nicht, weshalb wir das so rum machen, aber normalerweise ist es okay.«

Ich sehe Mel an und sie zieht die Augenbrauen nach oben.

Nick holt sein Handy heraus und tippt fieberhaft darauf herum, dann senkt er das Display so, dass Carson es sehen kann. »Also, es gibt hier Käsehappen, Mini-Donuts, frittierte Kirschtaschen, Schokospeck und Elvis-Spezial am Stiel. Alle zufrieden mit dem Menü?«

»Oh Gott.« Mel schließt die Augen, ihre getuschten Wimpern heben sich dabei dunkel vor ihren Wangen ab. »Mini-Donuts. Mini-Donuts habe ich ja total verdrängt!«

Cody hält die Hände in die Höhe und senkt den Kopf. »Lasset uns dem Mini-Donut-Gott huldigen, der höchsten Gottheit der Rummelplätze, Straßenfeste und Jahrmärkte weit und breit.«

Trotz des nervösen Kribbelns im Bauch wäre ein Mini-Donut (oder vier) jetzt genau richtig. Wir teilen uns so auf, dass jeder von uns einen Snack von der Speisekarte kauft. Ich bin mit den Elvis-Spezials beauftragt und Carson holt die Kirschtaschen. Als wir uns trennen, um uns an unserem jeweiligen Stand anzustellen, nimmt mich Carson am Arm.

»Komm mit«, raunt er. »Die Schlange bei den Kirschtaschen ist so kurz, dass wir beide Stände schaffen, bis die anderen wieder zurück sind.«

Der süße Geruch nach Kuchen ist überall und mir wird ein wenig flau nach all der Zuckerwatte. »Ich habe übrigens keinen blassen Schimmer, was ein Elvis-Spezial überhaupt ist«, sage ich zu Carson. »Ich war seit ungefähr fünf Jahren nicht mehr auf dem Jahrmarkt und damals gab es das, glaube ich, noch nicht.«

Carson schnappt übertrieben nach Luft. »Du wohnst in Butterfield und gehst nicht auf den Dune-Days-Jahrmarkt? Was ist mit dir los?«

»Wenn man an einem Ort wohnt, der eine Touristenfalle ist und an dem jedes Jahr eine Million Feste gefeiert werden, dann ist es irgendwie öde, mit Budenbesitzern und Touristen abzuhängen.« Als ich merke, was ich da gerade gesagt habe, zucke ich zusammen und versuche, das Ganze ein wenig abzumildern. »Nicht dass du ein Tourist wärst. Du bist College-Student, das ist was anderes.«

Carson beugt sich vor und zupft mir einen Fetzen Zuckerwatte von der Nasenspitze. »Und du bist ein liebenswertes Kleinstadt-Girl«, sagt er. Seine Lippen verziehen sich zu einem Lächeln.

Ich senke den Kopf und schaue auf meine Füße, die nach nur ein paar Tagen Arbeit im Float & Boat oberhalb des Knöchels einen gebräunten Streifen bekommen haben. Wie viele »Kleinstadt-Girls« hat Carson mit diesem Spruch wohl schon aufgegabelt, als er und seine Freunde auf Festen überall in Michigan Essen probierten?

Egal, sage ich mir, als Carson den Typen am Stand um ein zusätzliches Stück Folie bittet, um die frittierten Kirschtaschen abzudecken. *Heute Abend geht es nur um diesen Kuss.*

»Und ich kann einfach nicht fassen, dass du nicht weißt, was Elvis-Spezial ist«, sagt Carson, während wir über die Wiese gehen. »Ich glaube, dein Leben wird sich gleich ändern.«

Erdnussbutter, Schokolade und Speck, eingetaucht in Teig mit Bananengeschmack, in dem das Ganze dann knusprig frittiert wird: Das ist Elvis-Spezial am Stiel. Wir haben das ganze Essen auf dem Picknicktisch ausgebreitet und Cody besteht darauf, alles zu fotografieren, bevor wir zuschlagen.

»Oh mein Gott«, keuche ich nach dem ersten Bissen.

»Wir haben einen weiteren Konvertiten«, bemerkt Nick.

»Es ist einfach ... genau so, wie Essen schmecken soll«, sage ich. »Alles sollte so schmecken! Probier mal.« Ich halte Mel den Spieß hin.

»Keine Chance«, erwidert sie und schiebt das frittierte Machwerk entschlossen von sich. »Ich halte mich an die Käsehappen.« Aber ich sehe, wie sie sehnsüchtig die Mini-Donuts anstarrt, auch wenn sie sich viel zu sehr ihrem neuen Antizucker-Kreuzzug verschrieben hat, um auch nur einen Bissen davon zu nehmen.

Nach dem Essen kommen die Fahrgeschäfte dran. Die Jungs sind voll auf Zucker, sie schießen durch die Menschenmenge, boxen sich gegenseitig und machen angetäuschte Ringkämpfe auf der Wiese. Und sie wollen alles fahren – Scrambler, Zero Gravity, Tilt-a-Whirl und alle anderen hüpfenden, sich drehenden, vibrierenden Monstrositäten, die mich schwindlig machen, wenn ich nur daran denke, dort einzusteigen.

Während die Jungs im Fire Ball zwölf Meter über dem Boden schaukeln, kaufen Mel und ich ein paar Flaschen Wasser und lassen uns auf eine Bank fallen. Ich werfe einen Blick auf mein Handy – es ist fast zehn Uhr.

»Vee, das ist einer der besten Abende überhaupt«, sagt Mel, während sie sich die Wasserflasche an die Stirn hält. »Ein Abend, an den wir uns immer zurückerinnern werden, wenn wir alt sind und nicht mehr länger als neun Uhr wach bleiben können. Außerdem«, fügt sie mit einem verschmitzten Lächeln hinzu, »habe ich das Gefühl, dass du den Abend mit einem Knaller beenden wirst.«

Ich lege den Kopf in den Nacken und schaue in den dunklen Himmel hinauf, doch wegen der grellen Jahrmarktlichter kann man keine Sterne erkennen. »Wir werden sehen.«

Sie wendet sich mir zu und zieht eine Schnute. »Amüsierst du dich denn nicht?«

»Doch«, gebe ich zu. »Wenn du mir heute Morgen gesagt hättest, dass ich mit einer Gruppe Typen, die ich nie zuvor gesehen habe, Spaß auf dem Jahrmarkt haben würde, hätte ich dich für verrückt erklärt.«

»So was ist nicht planbar«, verkündet Mel feierlich. »Es muss einfach so passieren.«

Wir schauen in die Menschenmenge, die vorüberzieht – Familien, Paare, Cliquen und ein paar Großeltern, die viel erpichter darauf sind, Skee-Ball und Bozo Buckets zu spielen, als ihre Enkel.

Der Fire Ball macht eine letzte qualvolle Umdrehung und kehrt dann wieder zum Boden zurück.

Carson, Cody und Nick steigen als Erste aus, gut gelaunt schubsen sie sich gegenseitig herum und lachen, während sie die Rampe herunterkommen.

»Das. War. Spitze«, sagt Nick und beugt sich vor, um wieder zu Atem zu kommen. »Seid ihr sicher, dass ihr nicht fahren wollt? Zusammen haben wir genug Tickets für noch eine Runde.«

»Oh, nein«, sage ich und ziehe meine eigenen Tickets aus der Tasche. »Ich habe mir die extra für das Riesenrad aufgehoben und ich glaube, es wird Zeit, sie einzulösen.«

Cody stöhnt. »Ich kann mich nicht erinnern, wann ich zum letzten Mal Riesenrad gefahren bin. Da war ich vielleicht drei.«

»Ach, komm schon.« Mel springt auf und wirft ihre Wasserflasche in die Recyclingtonne. »Das wird dir guttun. Wahrscheinlich kriegst du ohnehin einen Gehirnschaden, wenn du dauernd auf diesen schnellen Teilen fährst.«

Carson streckt die Hand aus und zieht mich von der Bank hoch. Ich will seine Hand loslassen, sobald ich auf den Füßen bin, aber sein Griff wird fester und er verschränkt die Finger mit meinen. Sein Lächeln lässt unerwartet Schmetterlinge in meinem Bauch aufflattern.

»Sag Mel, dass sie was bei mir guthat. Ich glaube, ich kann jetzt nichts fahren, das schneller als acht Stundenkilometer ist«, flüstert er.

»Zu viel Elvis am Stiel?« Ich zögere kurz, dann drücke ich seine Hand und er drückt zurück, wobei die komplexe Konversation unserer Hände nichts mit dem zu tun hat, worüber wir tatsächlich reden. Ich hatte das ganz vergessen – den Kick, jemanden Neues zu berühren und zu versuchen, die Bedeutung jeder auch noch so winzigen Bewegung zu entschlüsseln. Ohne Alkohol bin ich mir noch viel überdeutlicher bewusst, wie seltsam es ist, mit einem Jungen zusammen zu sein, der nicht Mark ist.

Carson stöhnt. »Viel zu viel.« Sein Daumen malt langsame Kreise in meiner Handfläche.

Das Riesenrad ist fast leer, der Betreiber schaut sich gerade ein Video auf dem Handy an, als wir dort ankommen. Er winkt ab, als wir ihm unsere Tickets geben wollen, und öffnet dann die Absperrung, damit wir in die ersten beiden Gondeln steigen können. »Hebt sie euch für was Besseres auf, Leute.«

Mel quetscht sich zwischen Cody und Nick, während Carson und ich uns in die Gondel hinter ihnen setzen.

»Benehmt euch dahinten«, ruft Mel, sie dreht sich um und hebt ihren Daumen. Das Riesenrad erwacht zum Leben und Mel kreischt, weil Cody und Nick die Gondel hin und her schaukeln lassen.

»Sorry«, sage ich und rücke peinlich berührt ein wenig von Carson weg. »Sie sagt immer alles, was ihr gerade durch den Kopf schießt.«

»Hey.« Er legt mir den Arm locker um meine Schultern.

»Alles cool. Das macht doch Spaß. Oder?« Er neigt mein Gesicht zu sich, seine Finger berühren sanft mein Kinn.

»Ja«, flüstere ich. Wir steigen höher und höher und lassen die wirbelnden Lichter unter uns zurück. Carsons Hand liegt warm auf meiner Haut, meine Schulter passt genau in den Platz unter seinem Arm. C wird bestimmt ein guter Kuss. Ohne ekliges verwässertes Bier, ohne Seths urteilende Blicke, ohne weitere Verpflichtungen. Ich brauche nur die Augen zu schließen.

10

Am nächsten Tag nehme ich alle Fotos von Mark von der Wand und packe sie weg. Ich angele die Sechsundzwanzig-Küsse-Regeln unter meinem Bett hervor und befestige sie in der Mitte meiner Pinnwand. Und ich nehme Killians Freundschaftsanfrage auf Facebook an. *Das ist nicht viel,* denke ich, als ich den Karton mit den Erinnerungen aus den zweieinhalb Jahren mit meinem Exfreund in das oberste Fach meines Schrankes stelle, aber immerhin etwas. Als ich einen Blick auf mich im Spiegel erhasche, breitet sich unwillkürlich ein Lächeln auf meinem Gesicht aus und ich frage mich, woran Carson wohl gerade denkt, der schon auf dem Weg zurück nach Ann Arbor ist.

Jeffrey geht an meinem Zimmer vorbei und streckt den Kopf herein. »Warum räumst du auf?«, fragt er und runzelt dabei die Stirn.

Ich seufze. Wir haben noch nie zu den Familien gehört, die gleich nach dem Essen den Abwasch machen – sehr zum Leidwesen meines Dads –, aber es ist schon traurig, wenn mein zwölf Jahre alter Bruder das Konzept des Aufräumens beziehungsweise dessen Notwendigkeit nicht begreift.

»Ich schlage eine neue Seite auf«, erkläre ich ihm.

»Alles klar, wie auch immer.« Er trommelt mit den Fingern an den Türrahmen. »Vergiss nicht, dass dieses Wochenende Dads und Lilas Party ist.«

»Och nee!« Das hatte ich ganz vergessen. »Du willst auch nicht hingehen, oder? Wir könnten uns zusammen eine Ausrede ausdenken und beide schwänzen.«

Jeffrey zuckt mit den Schultern. »Ich muss Kaylee babysitten. Sie zahlen mir vierzig Dollar dafür.«

»Vierzig Dollar, damit du auf deine eigene Schwester aufpasst?« Ich ziehe die Augenbrauen nach oben.

Er verdreht die Augen, stößt sich vom Türrahmen ab und tritt zurück in den Flur. »Ich sag's ja nur – Dad wird sauer sein, wenn du nicht kommst.«

Ich trete die Tür zu und mache damit klar, dass mir piepegal ist, wenn Dad sauer auf mich ist. Mein Zimmer sieht so gut aus wie seit Monaten – womöglich Jahren – nicht mehr, auch wenn immer noch schmutzige Kleider auf dem Boden liegen und sich Bücher und Papier auf meinem Schreibtisch häufen, mit denen ich mich irgendwann werde befassen müssen. Ich ziehe die Vorhänge auf, um die Sonne hereinzulassen, dann mache ich ein Foto, um es mit der Nachricht »Neuer Anfang« an Mel zu schicken.

Ein paar Sekunden später klingelt mein Handy.

»Das heißt also, du bist jetzt offiziell dabei, oder? Ich habe die Sechsundzwanzig-Küsse-Regeln an deiner Pinnwand gesehen.«

In diesem Moment, da mein Zimmer halbwegs aufgeräumt ist, keine Mark-Fotos in Sicht und die Buchstaben A bis C abgehakt sind, scheint alles möglich. Ich grinse. »Ich denke schon.«

Nach Mels ohrenbetäubendem Begeisterungsschrei stürzt sie sich in eine detaillierte Analyse, die darlegt, weshalb Typen aus Butterfield die besten Kandidaten für jeden Buchstaben seien. Offenbar hat sie da schon einiges an Zeit und Gedanken reingesteckt.

»Aber warte mal!« Sie unterbricht ihren eigenen Monolog. »Du solltest dir jeden Kuss notieren und alle Details drum herum, damit wir uns alles merken können.«

Es scheint mir absurd zu glauben, dass ich jemals die Situation, in der ich jemanden geküsst habe, vergessen könnte, aber ich sehe ein, dass man ein paar weniger einprägsame Küsse vielleicht verwechselt, wenn man erst mal die Fünfzehn-Küsse-Marke oder so hinter sich gelassen hat.

»Okay, warte mal.« Ich stelle auf Lautsprecher und krame in meinen Schreibtischschubladen nach einem Block, der noch nicht mit Unterrichtsnotizen vollgekritzelt ist. Ich finde einen und schnappe mir einen Stift. »Was soll ich schreiben?«

»Name«, sagt Mel. »Was sonst. Und wo du ihn geküsst hast.«

Adam

»Wie heißt Adam mit Nachnamen?«

Mel seufzt. »Wow, Vee, du bist wirklich vergesslich. Er heißt Cook.«

Adam Cook
Auf dem Anleger von Flaherty's Float & Boat

»Okay, was noch?«

»Ich weiß nicht. Woran willst du dich sonst noch erinnern?«

Ich klopfe mit dem Stift auf das Papier. »Das ist vielleicht fies, aber können wir nicht ein Ranking machen?«

»Ja!« Es knackt im Telefon. »Das ist perfekt. Vergib Punkte von eins bis zehn und am Ende des Sommers kannst du entscheiden, welcher die beste Gesamtwertung bekommt.«

»Adam bekommt sechs Punkte«, überlege ich laut und schreibe es auf.

»Autsch, nur sechs von zehn?«

»Es wären wahrscheinlich sieben geworden, wenn er mich angerufen hätte, wie er versprochen hat«, räume ich ein. Ich kräusle die Nase und versuche, mir eine Punktzahl für Dads Kuss zu überlegen. Er zählt ja kaum.

Barry (Dad)
Ein ungeschickter Dad-Kuss – was auch sonst! Bei ihm zu Hause.
1/10

»Mein Dad bekommt einen Punkt. Einfach ... so.«

»Verständlich. Und Carson?«

Carson aus Ann Arbor
Dune-Days-Jahrmarkt, Riesenrad
8,5/10

Ich lehne mich zurück und vor meinem inneren Auge flackern Bilder von gestern Abend auf – der Geschmack von Zuckerwatte auf meiner Zunge, die Wärme von Carsons Hand, die sich um meine schließt, die letzte Umdrehung des Riesenrads, das Gefühl, im Weltall zu sein, wenn man ganz oben ist. »Achteinhalb.«

»Achteinhalb?« Mel seufzt. »Für mich hat der Kuss eher wie eine verdammt glatte Zehn ausgesehen.«

Ich lege den Notizblock weg. »Mel, ich weiß aus Erfahrung, wie eine perfekte Zehn aussieht. Und so cool es auch mit Carson war – eine Zehn war es nicht.«

Sie schnaubt. »Muss schön sein.«

»Was soll das heißen?«

»Nichts.« Sie räuspert sich. »Vergiss es. Aber wir brauchen eine Strategie für deinen nächsten Buchstaben. Wollen wir uns zum Frühstücken treffen?«

Fat Snacks springt auf mein Bett und schmiegt sich laut schnurrend an mich. »Mittagessen vielleicht?«, frage ich zurück, während ich sein weiches Fell streichle und die Idee hasse, aufstehen zu müssen.

»Okay, ich hole dich in ein paar Stunden ab«, meint Mel. »In der Zwischenzeit solltest du recherchieren. D bis Z.«

»Ja, Ma'am«, sage ich und beende das Telefongespräch. Ich liege da und will eigentlich wirklich aufstehen und mein Zimmer aufräumen, doch stattdessen werde ich mit jeder Minute schläfriger, so wie immer, wenn Fat Snacks mich mit seiner Anwesenheit beehrt. Er wirkt wie eine warme, pelzige Schlaftablette auf mich.

»Du bist der beste Freund, den ich je hatte, Fatty«, sage ich und schließe die Augen.

»Dann lass mal hören«, sagt Mel, während sie an ihrem Club-Sandwich herumstochert. Wir sitzen an einem Tisch im Freien in unserem Lieblingscafé an der Main Street und beobachten den Strom der Touristen. »Wer steht als Nächstes auf deiner To-kiss-Liste?«

»Psst«, raune ich und schaue mich um. »Muss gleich ganz Butterfield mitkriegen, was ich vorhabe?«

Mel winkt ab. »Die sind zu sehr damit beschäftigt, Souvenirs zu kaufen, als darauf zu achten, worüber zwei Kleinstadt-Girls reden.«

Ich nehme ein paar Gurkenstücke aus meinem Salat. »Soll ich das wirklich machen? Einen Typen aussuchen und mich an ihn ranschmeißen, nur wegen des ersten Buchstabens seines Vornamens?«

»Ja«, sagt Mel völlig sachlich. »Denn letztendlich wird sich das total lohnen.« Sie steckt einen Eiswürfel in den Mund und ich zucke zusammen, als sie laut knirschend darauf herumkaut. »Den ganzen Sommer über wird es Lagerfeuer und Strandpartys geben, dazu die üblichen Touristenfeste, daher ist es total leicht für dich, Typen kennenzulernen. Und ein K hast du ja eh schon im Visier.« Sie lächelt vielsagend.

Ich schüttle den Kopf, auch wenn irgendetwas in mir drin weiß, dass es nicht schwierig wäre, Killian dazu zu bringen, mich zu küssen, wenn ich es darauf anlegen würde – aber es lohnt sich nicht, sich da jetzt hineinzusteigern. »Ich glaube, für J weiß ich auch schon jemanden.«

Ich klimpere mit den Wimpern, als Mel sich neugierig vorbeugt. »Jeffrey.«

»Iiiih, eklig, Vee.« Sie knüllt ihre Serviette zusammen und wirft sie nach mir. »Das zählt nicht.«

»Mein Dad hat für B gezählt. Und F kann für Fat Snacks stehen ...«

»Nein!« Sie lacht. »Es ist verboten, einfach nur all deine männlichen Familienmitglieder zu küssen.«

»Nun, was ist mit ...« Ich will gerade Seth für S anführen, doch ich reiße mich noch rechtzeitig zusammen.

»Was ist mit was?« Mel sieht mich aus zusammengekniffenen Augen an, fast so, als wüsste sie, was ich hatte sagen wollen.

»Ähm, was ist mit der großen Party meiner Stiefmutter, von der mein Dad uns erzählt hat? Sie findet dieses Wochenende statt. Vielleicht kann ich dort den einen oder anderen Kuss einheimsen.« Der Übergang gelingt mir einigermaßen nahtlos.

Mels Gesicht hellt sich auf. »Das ist eine großartige Idee! Ich werde mal herumfragen, ob jemand eingeladen ist, den wir kennen. Es kommen Kollegen von Lila, oder?«

»Ja, und ich glaube, die meisten von ihnen sind aus Grand Rapids.«

Mel zuckt mit den Schultern. »Irgendjemand, den wir kennen, muss ja da sein. Und wenn nicht ... dann wirst du eben immer besser darin, neue Freunde zu finden.«

»Warum braucht Vee neue Freunde?« Wie aus dem Nichts taucht Seth auf, ein schwarzer Schatten vor der farbenfrohen Kleinstadtkulisse. Er beugt sich über das Geländer, das den Café-Bereich vom Gehweg abtrennt, und schnappt sich eine der Fritten von Mels Teller.

»Brauche ich gar nicht«, antworte ich und werfe Mel

einen warnenden Blick zu. Es gibt absolut keinen Grund, weshalb wir ausgerechnet Seth in diese Kuss-Sache einweihen müssten.

»Und was führt dich in diese Gegend?«, fragt Mel, während sie ihren Teller mit der Hand abschirmt.

»Unterricht.« Seth zieht sein Handy heraus. »Ich bin spät dran. Aber willst du später vielleicht am Album weiterarbeiten?«

Ich lächle und versuche, den Stich der Eifersucht zu ignorieren, den ich verspüre, wann immer Mel und Seth »das Album« erwähnen. Sie schreiben schon seit ein paar Jahren Songs und nehmen sie auf. Sie verbringen manchmal Stunden bei Seth im Keller, um daran zu arbeiten. Wenn Mark bei einem Cross-Country-Treffen oder so war, bin ich hin und wieder vorbeigekommen und habe so getan, als würde ich eine Zeitschrift lesen, während sie sich über Akkordfolgen unterhielten oder an den launischen Knöpfen von Seths uraltem Vierspurrekorder herumschraubten. Doch es gibt nichts Einsameres, als den beiden dabei zuzuschauen, wie sie vollkommen in die Materie eintauchen und vergessen, dass ich überhaupt da bin.

»Gerne.« Mel zieht eine Fritte durch den Klecks Ketchup auf ihrem Teller. »Morgen arbeite ich nicht. Schreib mir doch einfach später.«

»Okay. Bis dann.« Seth legt zum Gruß seine Hand auf meinen Kopf, während er sich zum Gehen wendet.

Mel schaut ihm nach und heftet dann den Blick auf mich. Der spitzbübische Ausdruck kehrt wieder in ihr Gesicht zurück.

»Du arbeitest morgen nicht?« Ich schiebe die Unterlippe nach vorne. »Ich dachte, wir würden an denselben Tagen freihaben.«

»Ja, Dad hat den Arbeitsplan vermasselt. Kann dich deine Mutter hinbringen?«

»Wahrscheinlich schon.« Ich seufze und setze eine übertrieben betrübte Miene auf. »Aber das Float & Boat wird einfach nicht dasselbe sein, wenn du nicht da bist.«

Mel lacht. »Hör auf, ich weiß, dass du vom Thema ablenken willst. Konzentrieren wir uns lieber auf den Buchstaben D. Wir haben die Wahl.« Sie fuchtelt mit ihrem Handy herum und tippt auf das Display. Bestimmt studiert sie jetzt die Liste ihrer neunhundert Facebook-Freunde. »Danny Bridges ... hat eine Freundin. Darren Peters ... ich glaube, er arbeitet diesen Sommer als Betreuer auf einer Kinderfreizeit.« Sie scrollt weiter, ihr Blick huscht hin und her. »Dexter Clayburn?«

»Dexter?« Wir gehen seit der zweiten Klasse zusammen in die Schule. Er ist nett. Der Älteste von fünf Geschwistern. Ein bisschen klein.

»Ich weiß nicht. Das wäre komisch.«

»Das wird nicht komisch.« Mel legt ihr Handy auf den Tisch und zu meinem großen Entsetzen sehe ich, dass sie Dexters Nummer gewählt hat.

»Nein, warte ...« Ich greife nach dem Handy, aber es ist zu spät.

»Hallo?« Er ist auf Lautsprecher. Ich blicke mich um und bete, dass niemand, den ich kenne, hier gerade zu Mittag isst.

»Hey, Dex. Hier ist Mel Flaherty.«

»Oh, hey, Mel.« Dexters Stimme ist tief und rau. Verständlicherweise klingt er ein wenig verwirrt. »Was gibt's?«

»Was machst du gerade?«

»Äh ... nichts eigentlich. Mein Cousin und ich passen auf meine kleinen Schwestern auf.«

Mel sieht mich an und grinst. »Bei dir zu Hause?«

Ich lasse mich auf meinem Stuhl zur Seite kippen und verberge das Gesicht in den Händen. Ich kann nicht fassen, dass das gerade passiert – Dexter muss Mel für total bescheuert halten.

»Ja.«

»Okay, bleib, wo du bist. Wir sehen uns in ein paar Minuten.«

»Warte mal, was ...«

Mel beendet den Anruf und springt auf, wobei sie die Faust in die Luft stößt. »Okay, los geht's!«

Am liebsten würde ich nach Hause gehen, in meinem Zimmer verschwinden und nie wieder herauskommen. »Ich hoffe, das gehört zu den Dingen, auf die ich eines Tages zurückblicken und lachen kann«, sage ich, während ich Geld auf den Tisch werfe.

»Deine Einstellung gefällt mir.« Mel packt mich an der Hand und zieht mich zur Tür. »Der arme Dexter wird gar nicht wissen, wie ihm geschieht.«

Als Mel vor Dexters Zuhause hält, das sich neben unserer alten Grundschule befindet, zittern meine Hände.

»Okay, schnelle Strategiebesprechung«, sagt Mel, während sie den Motor abschaltet. »Ich glaube ...«

»Nein.« Ich öffne die Autotür und steige aus, weil ich weiß, dass ich das nicht durchziehen kann, wenn ich mir zu viele Gedanken mache über das, was gleich passieren wird. »Lass es uns einfach hinter uns bringen.«

Mit großen Schritten gehe ich auf Dexters Haus zu, während Mel mir hinterherrennt, und folge dem Geräusch von Kindergeschrei in den Garten. Auf dem Rasen sind ein Sprinkler und eine Wasserrutschbahn aufgebaut und drei kleine Mädchen in Badeanzügen hüpfen herum und kreischen, wenn sie durch den Wasserstrahl rennen.

Dexter lehnt an der Veranda und spricht gerade mit einem Typen, der wohl sein Cousin ist. Er blickt überrascht auf, als wir um die Hausecke kommen. Er trägt eine überdimensionale Sonnenbrille und eine Badehose. Kein Oberteil. Abrupt bleibe ich stehen. Mel prallt von hinten gegen mich und packt mich an den Armen, um das Gleichgewicht wiederzuerlangen.

»Hey«, sagt Dexter. Der andere Kerl dreht sich um und mir rutscht das Herz in die Hose. Ich habe keine Ahnung, wie ich das vergessen konnte, aber Dexter ist mit Ryan Kelly verwandt – und der ist in Marks Cross-Country-Team. »Was geht?«

Ich erstarre, gleichzeitig überschlagen sich meine Gedanken und dann ist da dieses übelkeiterregende Gefühl, das mich in einer Debatte befällt, wenn ich weiß, dass ich verloren habe.

»Los!«, flüstert mir Mel ins Ohr und schubst mich vorwärts.

Ich fixiere Dexters Mund, auf den ich noch nie zuvor

geachtet habe. Seine Lippen sind ein wenig rissig, wahrscheinlich von der Sonne. Er sollte einen Hut aufsetzen.

»Hey, Dexter. Ryan.« Ich nicke und suche fieberhaft nach einer Erklärung dafür, dass wir hier sind. Ich kann Dexter nicht vor Ryan küssen – wenn ich das tue, wird Mark es sofort erfahren, genauer gesagt, in der Zeit, die es braucht, eine einzige Nachricht zu tippen. Aber mein Gehirn lässt mich im Stich. Ich habe keine Notizen, keine vorgefertigten Argumente. Ich habe nicht stundenlang vor dem Spiegel geübt, habe nicht die Situation durchgespielt, in der ich in die Enge getrieben werde und aus der ich mir den Weg freiküssen muss.

»Vee wollte dir was geben«, sagt Mel. Sie packt mich am Ellbogen und zerrt mich vorwärts, bis ich nur noch Zentimeter von Dexter entfernt bin. »Nicht wahr, Vee?«

»Ja«, sage ich.

»Okay ...« Dexter zieht eine Augenbraue nach oben. »Was denn?«

Pfeif auf Ryan. Jetzt gibt es kein Zurück mehr. Ich trete vor und packe Dexter am Arm. Kurz habe ich Panik, dass unsere Nasen aufeinandertreffen könnten, dann presse ich meine Lippen auf seine. Ein paar Sekunden lang sind wir wie erstarrt, dann löse ich mich von ihm.

»Was zum ...?« Ryan klappt der Kiefer herunter.

»Lauf!«, ruft Mel und rennt über den Rasen, ich direkt hinter ihr. Während wir auf das Auto zulaufen, höre ich Dexters kleine Schwestern schadenfroh singen. »Verliebt, verlobt, verheiratet!«

Wir fangen an zu lachen und Mel gibt mit quietschenden Reifen Gas.

»Ich ... kann nicht fassen ... ich habe es einfach getan.« Ich schnappe nach Luft, während der Buick um die Ecke schießt.

»Du bist spitze, Vee!« Mel legt den Kopf in den Nacken und stößt ein Geheul aus. »Sein Gesichtsausdruck war unbezahlbar! Ich hätte es auf Video aufnehmen sollen.«

Wir drehen das Radio auf und fahren zu mir nach Hause. Wir zappeln zu jedem noch so blöden Song wild auf unseren Sitzen herum. Mein Herz hämmert und Adrenalin pulsiert durch meinen Körper.

»Das war der totale Kuss-Hinterhalt!«, findet Mel. »Du brauchst jetzt noch so etwas wie einen Superheldennamen. Die Kamikaze-Küsserin. Die Schmeichelnde Schmusekatze.«

»Der Magische Macker.« Ich kichere.

»Wer ist Dexters Cousin? Ryan Irgendwas, oder?«, fragt Mel.

»Ja.« Ich lasse meinen Kopf an den Sitz sinken. »Er ist im Cross-Country-Team.«

»Oh.« Mel wirft mir einen besorgten Blick zu. »Heißt das ...?«

Ich nicke. »Ja. Mark weiß es bestimmt schon.« Aus irgendwelchen Gründen hat dies weniger Bedeutung als noch vor fünfzehn Minuten. »Aber das ist okay.«

Sie jubelt. »Vee, ich bin so stolz auf dich. Du bist wieder da! Mein beste Freundin ist wieder da!«

»Ich bin wieder da.« Ich denke über diese Worte nach und genieße, wie sie mir über die Zunge rollen. »Und ich habe jede Menge Jungs zu küssen.«

* * *

Nachdem Mel mich abgesetzt hat, eile ich ins Haus. Noch immer auf Adrenalin, nehme ich jeweils zwei Stufen auf einmal auf dem Weg hinauf in mein Zimmer.

»Okay, Zeit, weiter aufzuräumen«, sage ich zu mir selbst. Wenn ich einfach so zu einem Jungen hingehen und ihn küssen kann, dann kann ich auch dafür sorgen, dass mein Zimmer wie ein normaler Wohnraum aussieht und nicht wie ein bizarres, überdimensioniertes Vogelnest. Mein Dad hat doch mindestens die Hälfte zu meinem Genpool beigetragen, da muss auch irgendwo dieses Putzchromosom sein.

Ich ziehe einen Plastikwäschekorb aus dem Schrank und fange an, Klamotten hineinzuwerfen. Da berührt meine Hand das vertraute Material meiner Laufschuhe, die sich unter den schmutzigen Kleidern verstecken. Ich erstarre und schließe die Augen, weil mich eine Woge der Emotionen überschwemmt, aber ich versuche, mich an dem verrückten Gefühl des Triumphs festzuklammern, das ich erst ein paar Minuten zuvor empfunden hatte. Ich ziehe die hellblauen Schuhe unter dem Haufen hervor und spiele mit den ausgefransten Enden der Schnürsenkel. Mir schnürt sich die Brust zusammen, wenn ich drei Wochen zurückdenke, als Mark nach seiner Abschlussfeier mit mir in eine verlassene Ecke der Highschool-Turnhalle gegangen war, seinen schwarzen Doktorhut abgenommen und mir gesagt hatte, dass er mit mir Schluss machte.

Anschließend hatte er mich nach Hause fahren müssen, weil ich keine andere Mitfahrgelegenheit hatte. Von diesen unerträglichen fünfzehn Minuten weiß ich nur noch, dass ich mich darauf konzentriert habe, vollkommen still zu bleiben. Ich hatte Mark gegenüber nicht noch verletzlicher wirken wollen, hatte nicht gewollt, dass er mich noch mehr verletzen würde, als er es ohnehin schon getan hatte, wenn er mich auch nur atmen hören würde. Als er mich abgesetzt hatte, hatte ich mich auf mein Bett geworfen und war zwei Tage lang nicht mehr aufgestanden. Seitdem habe ich nicht einmal daran gedacht, laufen zu gehen, weil ich Trübsal geblasen habe. Ich wollte dies als Ausrede benutzen, ein einziges Mal faul sein zu dürfen, aber auch weil laufen etwas war, was wir zusammen gemacht haben, und ich konnte mich einfach nicht dazu überwinden, meine Schuhe zu schnüren und allein in die Welt hinauszugehen.

Ich schaue zum Fenster hinaus. Die Mittagszeit ist schon vorbei, es ist sonnig und heiß und normalerweise laufe ich immer gleich morgens, bevor die Luftfeuchtigkeit steigt und die Sonne zu gnadenlos wird. Der Adrenalinstoß, den ich verspürt habe, als ich Dexter geküsst habe, ist abgeflaut, plötzlich schmerzt mein Körper und ist müde. *Morgen vielleicht,* sage ich mir. Vielleicht bin ich morgen bereit, wieder dort hinauszugehen.

11

Ich stelle meinen Wecker für den nächsten Morgen extra früh, weil ich vorhabe, vor der Arbeit noch laufen zu gehen, aber aus irgendwelchen Gründen klingelt er gar nicht. Mom hämmert um halb neun an meine Tür und reißt mich aus einem Traum, in dem ich laufe und laufe und nirgendwohin gelange. Aufwachen ist eine Erleichterung.

»Warum hast du mich nicht früher aufgeweckt«, rufe ich, während ich ins Badezimmer renne, um die Zähne zu putzen. »Ich komme zu spät!«

»Ich auch!« Mom tritt neben mich ans Waschbecken und trägt so schnell Wimperntusche auf, dass ich Angst habe, sie könnte sich das Auge ausstechen. »Ich habe auch verschlafen.« Sie trägt ihren Lieblingsschwesternkittel, er ist strahlend lila und über und über mit Lamas bedruckt.

Ich spucke aus und spüle nach. Im Flur schnappe ich mir meinen Rucksack vom Boden und trample die Treppe hinunter, frustriert, weil ich heute Morgen nicht einmal die Chance bekommen habe zu entscheiden, ob ich laufen gehen will oder nicht. »Ich warte im Auto.«

Mom rast nur ein klein wenig, solange wir noch in der Stadt sind, aber sobald wir die Landstraße erreichen, drückt sie das Gaspedal durch, dass der Kies nur so spritzt und gegen das Autoblech prasselt. Der Parkplatz des Float & Boat ist bereits halb voll, als wir ankommen.

»Danke, tschüss.« Ich schlage die Tür zu und schaue mich nach Mels Dad um. Er muss noch im Büro sein – vielleicht hat er nicht gemerkt, dass ich zu spät gekommen bin. Ich renne zu Killian hinüber, der gerade mit dem Minibus vorgefahren ist, damit die Leute einsteigen können.

»Tut mir leid. Blöder Morgen.« Ich werfe meinen Rucksack in den Bus und bücke mich, um meinen Schuh neu zu schnüren.

»Alles okay?« Killian sieht mich seltsam an, und als ich mich wieder aufrichte, merke ich, dass mein Haar noch immer in dem Pferdeschwanz steckt, mit dem ich auch geschlafen habe, und ich mein Gesicht nicht gewaschen habe.

»Ja. Ich habe nur verschlafen.«

»Oh, Mist.« Er wirft mir die Schlüssel für den Bus zu. »Wie wäre es, wenn du heute fährst und ich beim Aufladen helfe?« Er wendet sich ab, noch bevor ich danke sagen kann. Ich klettre in den Bus und lasse mich erleichtert auf den Fahrersitz fallen.

Killian kommt zurück. »Tu mir einen Gefallen und wechsle nicht den Radiosender, okay?«

»Natürlich nicht«, erwidere ich. »Das würde ich nie wagen.«

Er wackelt mit den Schultern, als würde er lostanzen wollen. »Danke. Ich weiß nämlich nicht, ob ich es ohne Rihanna und Taylor Swift durch den Tag schaffen würde.«

Die Zeit verfliegt schnell. Es gibt tonnenweise Reservierungen, deshalb fahren Killian und ich ein Dutzend Mal zum Kanustartplatz und wieder zurück, dabei grooven wir zu seiner Musik und laden so schnell wie möglich ein, bevor wir erneut flussaufwärts fahren. Wir haben kaum Zeit, etwas zu Mittag zu essen.

»Ich muss die Frage jetzt einfach stellen ... Kannst du mir bitte mal deinen Musikgeschmack erklären?«, frage ich, während wir noch mehr Kanus einladen und uns bereit machen, eine Geburtstagsgesellschaft hinauf zum Steg zu fahren. Achtjährige Jungs in neonfarbenen Badehosen rennen in alle Richtungen davon, sie schreien und jagen einander hinterher. Auch ein zotteliger Golden Retriever mischt in dem Tohuwabohu mit und bellt glücklich drauflos.

Killian sieht mich fragend an. »Wie meinst du das?«

»Popmusik. So was hören doch nur dreizehnjährige Mädchen. Und du hörst das jeden Tag, den ganzen Tag. Zuerst habe ich gedacht, du spielst das Zeug nur im Bus, damit die Leute gut drauf sind, aber es scheint mir eher so, als wärst du geradezu süchtig danach.«

»›Wenn du die Leiche im Keller nicht loswerden kannst, kannst du sie genauso gut zum Tanzen bringen.‹«

Ich ziehe eine Augenbraue nach oben. »Wieder Shaw?«

Er nickt. »Natürlich. Ja, ich gebe zu, dass es ein bisschen schräg ist, dass ich eine tiefe, unvergängliche Liebe für Beyoncé empfinde, aber wenigstens stehe ich dazu.«

»Ich glaube, die wenigsten Typen würden das zugeben. Mein Freund Seth zum Beispiel, der mit uns das Feuerwerk angeschaut hat – er hasst Popmusik.« Ich strecke die Hand aus und Killian schüttet mir ein paar Chips in die Handfläche.

Er kräuselt die Nase. »Und Seth glaubt wohl, sein Musikgeschmack sei besser als der aller anderen?«

»Nun ... ja«, antworte ich. »Aber er ist nicht so arrogant, wie sich das jetzt anhört. Eigentlich ist er einfach nur ein begabter Musiker.« Ich stopfe mir die Chips in den Mund und kaue langsam.

Killian hebt die Schultern. »Ich mag Popmusik, weil es leicht ist, sie zu mögen. Sie klingt gut und ich kann darauf tanzen und unsere Gehirne sind darauf programmiert, mit den wiederkehrenden Melodien und Akkordfolgen mitzugehen. Jeder, der behauptet, er würde deswegen Popmusik hassen, ist ein Lügner.«

»Elmo!« Einer der Väter, die die Gruppe beaufsichtigen, ruft dem Golden Retriever nach, der gerade über die Wiese rennt, und fuchtelt mit der Leine herum. »Elmo, hierher!«

Ich reagiere, noch bevor ich richtig verarbeitet habe, was passiert ist. Das Bild des Alphabetposters, das in meiner Grundschule gehangen hat, schießt mir sofort durch den Kopf. E kommt nach D. »Warte mal kurz«, sage ich zu Killian und nehme mir noch ein paar Chips, während der Hund angetrottet kommt. »Guter Junge, Elmo.« Ich halte ihm einen Chip hin und Elmo zögert, seine Schnauze zittert. »Komm schon«, sage ich. »Willst du einen Kartoffelchip?«

»Hey!«, brüllt Elmos Herrchen. »Elmo, komm sofort hierher.«

»Schon okay!« Ich winke und lächle. *Kein Problem, Sir,*

ich zwinge nur gerade Ihren Hund dazu, mir seine Zuneigung zu schenken. Elmo trottet herbei und schnüffelt an meiner Hand. Ich gebe ihm einen Kartoffelchip und gehe in die Hocke, zögere kurz und lasse den Golden Retriever dann vor Dankbarkeit über das Leckerli mein Gesicht abschlabbern.

Killian rümpft die Nase und schaut auf mich herunter. »Was machst du denn da?«

Ich richte mich auf und Elmo starrt sehnsüchtig auf den Rest der Chips in meiner Hand, dann rennt er mit hängender Zunge auf sein Herrchen zu. »Ähm, nichts. Ich kann Hundeküssen einfach nicht widerstehen.« Und E ist jetzt von der Liste gestrichen, auch wenn ich genau weiß, dass Mel nicht allzu begeistert von meiner vierbeinigen Eroberung sein wird.

»Oookay.« Killian legt den Kopf schräg. »Jedenfalls wollte ich sagen, dass es da einen großartigen TED-Talk gibt – schaust du dir manchmal TED-Talks an?«

Ich wische mir das feuchte Kinn mit dem T-Shirt-Ärmel ab. »Äh, nur für die Schule oder so.«

»Solltest du echt öfter machen. Daran lässt sich gut studieren, wie man eine wirkungsvolle, informative Rede hält, und sie sind wirklich nützlich, wenn man für eine Debatte übt. Jedenfalls gibt es eine echt tolle Rede, in der es im Grunde darum geht, weshalb jeder Mensch klassische Musik mag. Dieselben Prinzipien können auch auf Pop angewendet werden.«

»Okay.« Ich stecke mir den letzten Chip in den Mund und lehne mich an den Anhänger. »Offenbar hast du dir schon einige Gedanken darüber gemacht.«

Killian zuckt mit den Schultern. »Ich erzähle dir später mehr darüber.«

»Später?«

»Ja, später. Wenn wir von diesem nicht enden wollenden Kreislauf der Qual erlöst sind. Willst du den Shaw-Contest machen? Oder dir ein paar informative, aber unterhaltsame TED-Talks anschauen?«

Ich stopfe mir Chips in den Mund und kaue langsam. Mel und Seth arbeiten heute an ihrem Album und werden wahrscheinlich den ganzen Nachmittag nichts anderes tun. Und mir ist eigentlich nicht danach, das fünfte Rad am Wagen zu spielen. Da Mr Flaherty endlich den Arbeitsplan aufgestellt und mir ein paar Tage hintereinander freigegeben hat, habe ich die nächsten zwei Tage bis zu Dads und Lilas Party nichts zu tun.

»Äh, okay, ich habe noch nichts vor.«

»Wollen wir dann vielleicht zusammen was machen?«

Ich frage mich einen Moment lang, ob sich Mel vielleicht irrt, wenn sie behauptet, dass Killian mich mag. Er steht da, die Arme in die Seiten gestemmt, den Blick auf mich gerichtet. Wenn er mehr von mir wollte als nur Freundschaft, wäre er dann nicht nervöser, wenn er mich so etwas fragt?

Und da fällt mir auf einmal auf, dass *ich* nervös bin – meine Handflächen sind feucht und es fällt mir schwer, Killians Blick zu erwidern. Was zum Teufel ist los mit mir?

»Warum nicht?«, antworte ich und wundere mich innerlich, weil meine Stimme so gekünstelt locker klingt.

Killian nickt und tätschelt ein ramponiertes rotes Kanu. »Cool«, meint er und steigt in den Bus. Dann gibt er den Leuten, die im Wartebereich anstehen, das Zeichen zum Einsteigen. Ich helfe dabei, Kühlboxen zu schleppen, und werde plötzlich befangen wegen der Schweißflecken unter meinen Achseln und meiner ausgefransten Shorts.

Ich setze mich auf meinen üblichen Platz hinter Killian, meide seinen Blick im Rückspiegel und schreibe eine panische Nachricht an Mel. Natürlich ist der Tag, an dem Killian etwas mit mir unternehmen will und ich blöderweise Ja sage, ausgerechnet der Tag, an dem sie nicht da ist, um mir meine Hysterie auszureden.

dann mal los, vee!!! aber küss ihn noch nicht. du bist erst bei e!

eigentlich bin ich sogar schon bei f ;-)

Aber das spielt keine Rolle, sage ich mir, denn Killian wird auf keinen Fall versuchen, mich zu küssen. Wir werden nur etwas zusammen unternehmen, wie gute Freunde. Außerdem bin ich mir ziemlich sicher, dass noch nie jemand Zitate von George Bernard Shaw als Anmachspruch verwendet hat.

12

Elmo, der Hund
Hundekuss
1 Million/10
(alle Hunde bekommen automatisch 1 Million von allem)

Vier Uhr kommt schneller als gedacht und Killian und ich holen unsere Rucksäcke aus dem Schuppen mit den Schwimmwesten und schlendern zu seinem Jeep.

»Wohin gehen wir?«, frage ich. Wohin auch immer wir fahren, ich hoffe, dass es etwas mit Essen zu tun hat. Das Einzige, was mich noch hungriger macht als die Arbeit im Float & Boat, ist Laufen.

»Das ist eine Überraschung.« Er springt in seinen offenen Jeep, lehnt sich zu mir und lässt die Arme herausbaumeln. »Ist das okay?«

Ich zögere, aber nur kurz. »Klar«, stimme ich zu und werfe meine Tasche auf den Rücksitz. »Aber ich informiere dich hiermit im Voraus darüber, dass ich am Verhungern bin und sehr wahrscheinlich bald knatschig werde, wenn man mir nichts zu essen gibt.«

Mein Witz wird mit dem Anblick seiner Zahnlücke belohnt. Er lässt sich auf den Sitz zurückfallen. »Verstanden. Dann mal los.«

Ich öffne die Beifahrertür und steige wie ein zivilisierter Mensch in den Wagen. Ich schnalle mich an und ignoriere, dass meine Hände zittern. Erst jetzt merke ich, dass eine blaue Plastikplane das Armaturenbrett und das Lenkrad bedeckt, die mit einem komplizierten System aus Gurten und schweren Steinen befestigt ist.

»Sorry!«, sagt Killian, während er sich in den Fußraum der Beifahrerseite lehnt, um die Ecke loszumachen. Seine Brust streift dabei mein Knie. »Ich decke halt alles ab, bevor ich zur Arbeit gehe, falls es regnet. Und um irgendwelche Idioten davon abzuhalten, Blödsinn damit zu machen.«

Ich will gerade fragen, warum irgendjemand Blödsinn mit seinem Auto machen sollte, da hat er die Plane schon weggezogen. Ich schnappe nach Luft. Quer über das Armaturenbrett sind mit goldenem und silbernem Edding ... Worte geschrieben. Eigentlich eher Sätze.

Today I don't feel like doing anything
Band-Aids don't fix bullet holes
MMMBop

Ich streiche mit der Hand über das Armaturenbrett und wende mich Killian zu, der mich aufmerksam beobachtet. »Das sind Songtexte.«

»Gut beobachtet.« Er grinst und lässt den Wagen an. Ich lese weiter.

Can't stop 'cause we're so high
Imagine there's no heaven
Shake it off

»Warum stehen die da?«

Er zuckt mit den Schultern. »Vor einem Jahr oder so hatte ich das Radio an und habe einen Song gehört, der mir gefallen hat. Aber ich wusste, dass ich mich nicht an ihn erinnern würde. Ich hatte einen von denen hier, noch von einem Schulprojekt.« Er nimmt einen goldfarbenen Edding aus der Mittelkonsole. »... und da habe ich den Refrain des Songs einfach auf das Armaturenbrett geschrieben. Mir hat gefallen, wie das aussah, deshalb habe ich weitergemacht. Voilà.«

»Wow.« Der Kontrast von Metallicgold und -silber auf dem Schwarz des Armaturenbretts ist anarchisch und schön zugleich. Ich kenne die meisten der Songs, aber nicht alle. Ich verbiete es mir, mein Handy herauszuziehen und die unbekannten Verse zu googeln, damit ich die Melodien hören kann, die diese Satzfragmente zu etwas Tiefgründigem erheben.

Killian zieht den Kopf ein und sieht mich an. »Das zeigt nur wieder mal, dass ich von Zitaten ziemlich besessen bin. Wenn ich einen Songtext höre, der mir gefällt, schreibe ich ihn auf. Wenn ich wütend bin oder traurig und ich kenne den perfekten Text, der ausdrückt, was ich gerade empfinde, dann schreibe ich ihn auf und höre mir den Song an, um meinen Frust oder was auch immer zu überwinden.«

»Das gefällt mir«, sage ich und streiche erneut mit der Hand über die Worte, dabei verfehlen meine Finger nur knapp Killians, der die Hand ausgestreckt hat, um die Lautstärke einzustellen. Es gefällt mir und ich wäre in einer Million Jahren nicht auf diese Idee gekommen. Etwas auf das Armaturenbrett zu schreiben, gehört zu den Dingen, die Leute tun, die nicht daran glauben, dass sie je etwas bereuen würden. Es gibt kein Zurück mehr. Man kann es nicht mehr abwischen. Alles, was Killian empfunden hat, als er jeden einzelnen Songtext aufschrieb, kann hier von jedem, der vorbeikommt, gesehen werden.

Killian schaltet das Radio ein, das bereits auf den Sender Top 40 eingestellt ist. »Mir gefällt es auch. Aber es bedeutet, dass ich dieses verdammte Ding nie werde verkaufen können.«

What the hell am I doing here?
Sometimes when I miss you, I put those records on
And in the end, the love you take is equal to the love you make
Take me to church

»Welchen hast du als Letztes aufgeschrieben?«, frage ich.

Er zieht ein wenig den Kopf ein. »Ähm ... weiß ich nicht mehr.«

»Du lügst!« Ohne nachzudenken, haue ich ihm spielerisch gegen die Schulter, dann falte ich rasch meine Hände im Schoß.

Killian schüttelt den Kopf, während der Jeep beschleunigt. »Das sage ich dir jetzt nicht einfach. Rate mal.«

Seems to me if you can't trust, you can't be trusted
I'm bringing sexy back

»Ich habe keine Ahnung.« Ich beuge mich vor und schaue genauer hin. Manche der Worte gehen ineinander über, die Linien überkreuzen sich auf dem Plastik. »Ich kann nicht mal sagen, welche du zuerst aufgeschrieben hast.«

»Dann wirst du es wohl nie erfahren.«

»Komm schon, Killian!« Der Fahrtwind weht mir die Haare ins Gesicht. »Sag es mir einfach.«

»Na schön.« Er deutet auf einen kurzen Satz genau über dem Handschuhfach: You really got me

»The Kinks!«, rufe ich. »Ich liebe diesen Song. Über wen hast du ihn geschrieben?«, frage ich und füge scherzhaft hinzu: »Beyoncé?«

Killian wendet mir das Gesicht zu und sagt nichts. Sein Blick verweilt so lange, dass ich nach dem Lenkrad greife. »Hey, Augen auf die Straße.«

Wir fahren in Richtung Trawley, das Radio ist so laut aufgedreht, dass wir uns nicht unterhalten müssen. Killian fährt auf den Parkplatz vor einem kleinen Hotdog-Stand am Straßenrand. »Wir brauchen etwas, was man beim Gehen essen kann. Hotdog oder Grill-Käse?«

»Ein Hotdog wäre toll«, sage ich. Ich weiß nicht mehr, wann ich zum letzten Mal einen gegessen habe, aber so ziemlich alles, was mit Senf und Essiggurken serviert wird, schmeckt lecker.

Killian ist schnell wieder zurück und hat zwei Hotdogs und eine riesige Schachtel Pommes dabei. Er reicht mir das Ganze und springt wieder in den Jeep. »Weiter geht's!«

Wir rasen geradewegs durch Trawley hindurch, drei grüne Ampeln hintereinander sorgen dafür, dass wir das

Stadtzentrum in weniger als einer Minute hinter uns lassen und schon bald wieder auf dem Land sind. Killian fährt Richtung Norden, durch große Kiefernwälder und über Straßen, die zunehmend holpriger werden. Wenn ich mit irgendeinem anderen Kerl unterwegs wäre, würde ich mir Sorgen machen, entführt zu werden, aber es ist schwer, Angst vor Killian zu haben, der im Takt der Radiomusik mit dem Kopf wippt und dessen blondes Haar der Wind zu einer fluffigen Irokesenfrisur aufstellt.

»Wir sind fast da«, murmelt Killian ein paarmal, während er auf die Uhr schaut und dann zu mir herüber. Ich lächle, denn ich habe nichts Besseres vor.

Killian biegt nach links in eine Einfahrt ein, die ich gar nicht gesehen habe, und der Jeep fährt knirschend über einen Kiesweg, der gerade breit genug für ein einzelnes Auto ist. Tief hängende Äste streifen die Stangen um die offene Fahrerkabine. Schließlich gelangen wir auf eine Lichtung und ich muss meinen Kopf drehen, um mich zu orientieren. Dann stelle ich fest, dass wir an einem See sind. Felsklippen ragen in die riesige blaue Fläche hinein und der Wind weht aus Westen. Ich fröstle.

Killian stellt den Motor ab und beugt sich über das Lenkrad. Er wirkt etwas verlegen. »Nun, ich will ehrlich sein«, sagt er. »Ich war schon eine ganze Weile nicht mehr hier und die Fahrt ist länger, als ich in Erinnerung hatte.«

Ich zucke mit den Schultern und halte die beiden Hotdogs hoch, die inzwischen bestimmt kalt sind. »Bon appétit?«

Killian greift nach einer schlappen Fritte und wirft sie

sich in den Mund. Dann fällt sein Blick in den Rückspiegel und auf sein zerzaustes Haar. Eilig streicht er es glatt. Unsere Blicke begegnen sich und ich bemühe mich, das Lachen zu unterdrücken, das tief aus meinem Bauch aufsteigen will, aber dann prustet Killian los und wir schütten uns aus vor Lachen. Ich stelle das Essen ab und stütze mich auf das Armaturenbrett, ein wenig verwirrt, weil ich nicht weiß, was genau so verdammt witzig ist. Ich bekomme keine Luft, weil ich so furchtbar lachen muss.

»Hör auf zu lachen«, japst Killian schließlich und schnappt nach Luft. Wieder fängt er an zu kichern und schüttelt den Kopf. »Schluss jetzt.«

»Ich versuche es ja!« Ich versuche, an sehr ernste Dinge zu denken: globale Erwärmung, Zulassungstests für Hochschulen, gebrochene Herzen. Doch selbst als ich Marks Gesicht heraufbeschwöre, wischt dies nicht vollständig das Lächeln von meinem Gesicht.

Endlich erholen wir uns wieder. Killian hilft mir aus dem Jeep und führt mich zum felsigen Ufer. Weit und breit ist absolut niemand zu sehen – im Umkreis von Meilen sind wir die einzigen Menschen.

Eine Möwe schreit, stößt herab und fliegt an uns vorbei, zweifellos hat sie das Essen, das Killian trägt, ins Auge gefasst. »Kannst du mir wenigstens verraten, wohin wir gehen?«, frage ich.

»Es ist gleich um die Ecke«, sagt er und zeigt mit seiner freien Hand auf etwas. »Sieh mal, da.«

Ein kleiner Leuchtturm steht am Rand der Felsen, nur etwa sechs Meter hoch, alt und verwahrlost. Die ursprünglich marineblauen und weißen Streifen sind ausgeblichen und die Farbe blättert ab, alle Fensterscheiben sind zerbrochen und die Tür hängt nur noch an einer einzigen rostigen Angel. Er ist ein trauriger und schöner Anblick zugleich und ganz bestimmt ein Abendessen mit kaltem Hotdog wert.

Killian zieht sein Sweatshirt aus, lässt es auf den Boden fallen und bedeutet mir, mich draufzusetzen. »Ich habe mir immer vorgenommen, eines Tages mit einem Mädchen hierherzukommen«, sagt er und lässt sich neben mich plumpsen. »Aber vielleicht hätte ich es im Vorfeld besser planen sollen.«

Ich werde rot und greife nach einem Hotdog. »Das ist großartig«, sage ich. »Im Ernst. Wie hast du diesen Ort gefunden?«

Killian greift herüber und nimmt mir den Hotdog aus der Hand, seine Finger streifen dabei meine. Ich verkrampfe mich, als sein Gesicht näher kommt. Ich sollte zurückweichen, aber aus irgendwelchen Gründen tue ich es nicht.

»Sorry«, meint er und entblößt entschuldigend seine Zahnlücke. »Aber das ist ein Tofu-Hotdog. Ich bin Vegetarier.« Er führt ihn zum Mund und beißt herzhaft hinein. »Du weißt bestimmt, was George Bernard Shaw über das Fleischessen sagt, oder?«, fragt Killian und sieht mich über seinen Tofu-Hotdog hinweg an, aus dem Senf quillt.

»Oh.« Ich erröte schon wieder und wende meinen Blick von ihm ab. »Ja, das Zitat kenne ich«, sage ich, unangemessen stolz darauf, dass ich endlich Killians Shaw-

Spleen nähren kann, und froh, dass mein Herzschlag wieder zu einer normalen Frequenz zurückkehrt. »›Tiere sind meine Freunde und meine Freunde esse ich nicht.‹«

»Genau.« Mit zwei weiteren Bissen verschlingt er seinen Hotdog. »Auch wenn ich zugeben muss, dass man davon nicht so satt wird wie von Fleisch.«

Ich bin inzwischen viel zu nervös, um etwas zu essen. »Du wolltest also schon immer mal mit einem Mädchen hierherkommen?« Das ist wahrscheinlich das Letzte, was ich jetzt sagen sollte, aber es ist buchstäblich das Einzige, was mir gerade einfällt.

Killian grinst und schlägt seine langen Beine übereinander. »Ja. Manchmal setze ich mich einfach in den Jeep und fahre drauflos. Ich habe kein Ziel, aber es fühlt sich einfach gut an, irgendwohin zu fahren, weißt du? Und da habe ich den Leuchtturm gefunden, der, wie ich annehme, vollkommen in Vergessenheit geraten ist. Ich kann nichts über ihn in Büchern oder online finden.« Er zuckt mit den Schultern. »Aber ich habe noch nie ein Mädchen – oder sonst jemanden – davon überzeugen können, mit auf eines meiner Abenteuer zu kommen. Bis heute.«

Meine Gedanken rasen, als ich versuche, mir eine geistreiche Bemerkung einfallen zu lassen, und gleichzeitig komme ich nicht über die Tatsache hinweg, dass ich offensichtlich gerade ein Date habe. Ein Date, das außerhalb der alphabetischen Ordnung ist, das in keinem Zusammenhang mit meiner Kuss-Aktion steht, in das echte Gefühle verwickelt sein könnten – ein waschechtes Date eben.

»Was war das eigentlich mit diesem Pseudorappper neulich?« Killian wendet seinen Blick von mir ab und fummelt am Saum seiner Shorts herum.

Kurz denke ich, er meint Mark, und dann erinnere ich mich an die verbotene Party auf dem Steg beim Float & Boat. »Oh. Adam?«

Killian zuckt mit den Schultern. »Wahrscheinlich. Der Kerl vom Feuerwerk.«

Ich rutsche unbehaglich herum. »Gar nichts. Ich kenne den überhaupt nicht richtig.«

Er sieht mich mit hochgezogenen Augenbrauen an. »Ehrlich?«

»Es war eine verrückte Nacht«, erkläre ich. »Ich habe so etwas im wahrsten Sinne des Wortes noch nie zuvor gemacht.« *Auch wenn ich seitdem ein paarmal etwas in der Art gemacht habe.* Ich verdränge meine Gewissensbisse – die Sechsundzwanzig-Küsse-Sache hat nichts mit Killian zu tun.

Er nickt und blickt zum Leuchtturm hinüber, dabei lässt er seine Fingerknöchel mit kurzem, scharfem Ploppen knacken. »Kann ich dich etwas fragen?«

Ich blinzle. »Ja.«

Er stützt das Kinn in die Hand und sagt: »Das klingt vielleicht bescheuert, aber hast du je das Gefühl gehabt, am falschen Ort zur falschen Zeit geboren zu sein? Als solltest du gar nicht dort sein, wo du bist?« Er sieht mich mit seinen durchdringenden blauen Augen an.

»Ich weiß nicht.« Ich denke an den Tag zurück, an dem meine Eltern beschlossen, sich scheiden zu lassen. Das war die schlimmste Zeit meines Lebens, aber ich hatte nicht das Gefühl, dass ihre Trennung etwas mit mir zu tun hatte. Sie waren diejenigen, die es einfach nicht auf die Reihe kriegten.

»Oh.« Er schien enttäuscht zu sein.

»Ich meine«, spreche ich hastig weiter, »ich bin mir sicher, dass sich jeder hin und wieder so fühlt. Fehl am Platz. Wenn du glaubst, alle hätten ihr Leben voll im Griff und du selbst musst es praktisch bei jedem Schritt erst neu erfinden.«

Killian nickt nachdenklich. »Trawley nervt wirklich«, sagt er dann. »Gott sei Dank ist es nur noch ein Jahr. Ich bin froh, dass ich mich diesen Sommer Butterfield verpflichtet habe.« Er grinst und knufft mich in die Schulter.

»Was genau ist denn so schlimm daran?«, frage ich. Es ist nicht das erste Mal, dass Killian abfällige Bemerkungen über seine Heimatstadt macht.

Er zuckt mit den Schultern. »Erinnerst du dich an die Typen, die im Float & Boat aufgekreuzt sind?«

»Wie könnte ich Drew und seinen Freund, die Bohnenstange, vergessen?«

Killian grinst. »Na ja, sie haben an dem Tag ihre besten Manieren an den Tag gelegt.« Er beugt sich vor und schnürt einen seiner Schuhe neu. »Ich wohne schon mein Leben lang in Trawley, aber ich habe nie wirklich dazugehört, zumindest nicht bei den Jungs. Es ist schon seltsam. Man sollte annehmen, dass sie sich inzwischen an mich gewöhnt haben. Haben sie aber nicht.«

»Woran sollte man sich da gewöhnen müssen?« Ich kann mir nicht vorstellen, dass jemand ein Problem mit Killian haben könnte. Er ist freundlich, offen, liebenswert. Sehr liebenswert sogar, wie mir immer klarer wird.

Killian zuckt noch mal mit den Schultern. »Sie kapieren mich einfach nicht. Und ich kapiere sie nicht, glaube ich. Ich lerne gern Dinge, aber sie zocken lieber Computerspiele. Meine Musik, der Theaterclub, George Bernard Shaw. Buchstäblich alles, was ich mag, finden sie schräg oder bescheuert.« Er sieht mich an und lächelt. »Die Leute in Butterfield kommen mir da viel aufgeklärter vor.«

Ich lächle zurück. »Dann brauchst du doch nur umzuziehen und es offiziell machen – und unserem Debattierteam beizutreten. Gemeinsam wären wir unaufhaltsam.«

Killian nimmt eine kalte Fritte und verzieht das Gesicht. »Danke, dass du nicht ausgeflippt bist wegen des Essens oder der längsten Autofahrt deines Lebens, über einsame Landstraßen mit einem Kerl, den du kaum kennst. Ich verspreche dir, dass wir nächstes Mal etwas Normales machen. Zum Beispiel TED-Talks anschauen.«

Ich stehe auf, stelle mich an die Felskante und beobachte, wie die Wellen dagegenschlagen. Dabei versuche ich, das Flattern in meinem Bauch zu ignorieren, als er die Worte *Nächstes Mal* gesagt hat.

»Weißt du, jetzt wo du es erwähnst, fühle ich mich in letzter Zeit auch so, als würde ich nicht so richtig dazugehören«, sage ich.

Killian kommt herüber und stellt sich neben mich, seine Schulter berührt fast meine. »Ja?«, fragt er.

»Ja.« Ich spüre, wie er mich ansieht, aber ich halte den Blick auf den Horizont gerichtet, weil ich Angst habe vor dem, was passieren könnte, wenn ich meinen Kopf drehe und sich unsere Blicke begegnen. »Aber im Moment fühle ich mich eigentlich ganz gut.«

»Ich auch«, sagt Killian und die Erleichterung in seiner Stimme ist greifbar. »Ich auch.«

13

Am nächsten Morgen wache ich so früh auf, dass es draußen noch dunkel ist – was im nördlichen Michigan mitten im Sommer etwas heißen will. Es ist noch nicht einmal fünf, aber ich bin vollkommen wach und weiß, sobald meine Füße den Boden berühren, werde ich laufen und es wird herrlich werden.

Ich binde mein Haar zu einem Pferdeschwanz zusammen und schnüre meine Schuhe, dann hinterlasse ich auf dem Küchentisch eine Nachricht für den Fall, dass Mom früh aufsteht und merkt, dass ich weg bin. Es fühlt sich so gut an, in die kühle, frische Luft hinauszutreten, und ich atme tief ein. Mein ganzer Körper entspannt sich, als sich meine Muskeln erinnern und ich mich mit einer tiefen Vorwärtsbeuge dehne. Ich fühle, wie mein Atem in die Lungen ein- und ausströmt, während sich mein Körper aufwärmt. Alles daran fühlt sich richtig an, sogar die Tatsache, dass ich allein laufe.

Mark hat mich immer früh am Morgen abgeholt und wir sind zum Strand gefahren. Wir haben uns auf dem verlassenen Parkplatz gedehnt, während die ersten Sonnenstrahlen auf dem Wasser glitzerten. Das Geräusch der Wellen, die ans Ufer schlugen, war in der morgendlichen Stille irgendwie leiser. Und dann sind wir gelaufen, normalerweise über den festgetretenen Sand am Rand des Sees, aber manchmal auch in den Dünen, wenn wir einen härteren Work-out wollten. Unsere Muskeln arbeiteten dann gegen die unbeugsamen Mächte von Schwerkraft und rutschendem Sand und wir waren zu sehr außer Atem, um zu reden. Sobald wir oben ankamen, ließen wir uns auf den Boden fallen und Mark zog mich an seine Brust, unsere Herzen schienen unter unseren T-Shirts gegeneinanderzuschlagen – vor allem wegen der Anstrengung natürlich. Aber mir gefiel auch die Vorstellung, dass wir so sehr ineinander verliebt waren, dass sich mein Herz noch ein kleines bisschen beschleunigte, wann immer er seinen Mund auf meinen legte, auch wenn es bereits mit hundert Sachen schlug.

Heute Morgen halte ich mich vom Strand fern und laufe durch unser Wohngebiet in entgegengesetzter Richtung zum See. Ich nehme Zuflucht auf kühlen Waldwegen, die von Kiefernnadeln und abgefallenem Laub bedeckt sind. Mein Handy beschallt meine Ohren mit Musik, sodass ich das Geräusch von Marks Atem neben mir nicht vermisse, und ich halte den Blick streng geradeaus, wobei ich mir nicht gestatte, aus den Augenwinkeln nach dem Aufblitzen seiner blauen Baseballkappe zu suchen. Und schon bald schweifen meine Gedanken zu Killian – Killian mit seinem schiefen Lächeln, seinen riesigen Händen und dem rührenden, romantischen, schönen Versuch eines ersten Dates, dank dem ich endlich zu mir selbst zurückfinden konnte.

Ich biege um eine Ecke und schrecke ein Reh auf, das am Wegesrand grast. Es verschwindet wie ein weiß-brauner Blitz zwischen den Bäumen. Ich bleibe stehen und beuge mich nach vorne, mein Brustkorb hebt und senkt sich mit einem äußerst zufriedenstellenden Schmerz.

Eine Bewegung zwischen den Bäumen lässt mich aufhorchen. Vermutlich bin ich nicht die einzige Läuferin, die früh am Morgen unterwegs ist. Automatisch greife ich in meine Tasche und lege die Finger um die kleine Dose Pfefferspray – meine Mom besteht darauf, dass ich sie immer bei mir trage.

Ich gehe an den Wegrand, als der andere Läufer näher kommt, und mache ihm Platz zum Vorbeilaufen. Ich beuge mich vor und dehne mich, wobei ich so tue, als hätte ich mich bewusst dafür entschieden, hier stehen zu bleiben und auszuruhen. Auch wenn ich nach nur wenigen Wochen des Nichtstuns einfach abartig außer Form geraten bin und langsam machen muss.

Der Läufer sprintet vorbei und ich erhasche nur einen Blick auf marineblaue Shorts und ein weißes T-Shirt, bevor er weg ist. Doch dann verlangsamt er seine Schritte und bleibt stehen. »Veda?«

Ich richte mich auf und spähe durch die Bäume. »Oh. Hey, Ryan.« Die Erinnerung an seinen erschrockenen Gesichtsausdruck, als ich Dexter geküsst habe, schießt mir durch den Kopf. Wenn meine Wangen nicht schon vor Anstrengung brennen würden, würde ich jetzt rot werden.

»Hi.« Er stemmt die Hände in die Hüften, seine Brust hebt sich mit jedem Atemzug und er sieht aus, als würde er es bereuen, angehalten zu haben. »Also.« Er sieht mich an, dann wendet er den Blick wieder ab. »Was zum Teufel war das neulich mit Dexter?«

Ich tue einen Augenblick lang so, als würde ich nachdenken, als wäre es in meinem Leben etwas so Normales, in anderer Leute Garten aufzukreuzen und sie zu küssen, dass ich womöglich ganz vergessen habe, wovon Ryan da gerade spricht. »Ach. Das. Das war nur eine Wette.«

Als die Worte aus meinem Mund kommen, begreife ich, dass es eine großartige Tarnung ist und gar nicht unbedingt gelogen. Die Sechsundzwanzig-Küsse-Aufgabe ist eine Art große, aufwendige, einen Sommer dauernde Wette. Eine Wette, die darauf angelegt ist, mein Leben zurückzuerobern.

Ryan verdreht die Augen. »Echt reif, Vee.«

»Ich weiß.« Ich zucke mit den Schultern.

»Ich hoffe, du bist keine solcher Wetten eingegangen, als du noch mit Mark zusammen warst.«

Ich mustere ihn, Schweißtropfen gleiten über die dunkelbraune Haut seiner Schläfen. In seinen Augen liegt Misstrauen. »Ähm, nein«, antworte ich mit harter Stimme, während ich meine Arme vor der Brust verschränke.

Er erwidert meinen Blick. Ich starre zurück und schließlich blinzelt er und schaut weg.

»Ryan, ich hätte so etwas nie getan, als ich noch mit Mark zusammen war. Okay?«

Er nickt und ich lasse meine Arme an den Seiten herunterfallen. »Hast du es ihm gesagt?«, frage ich.

Die kurze Stille, bevor er weiterspricht, ist eigentlich schon Antwort genug. Dann sagt er: »Das musste ich.« Ryan reckt das Kinn. »Ich dachte, du hättest ihn vielleicht betrogen und deshalb hättet ihr Schluss gemacht.«

»Nun, das hätte dann auch keinen Unterschied mehr

gemacht, oder?« Ich wende mich ab und jogge langsam weiter, dabei versuche ich nicht daran zu denken, wie verletzt Mark gewesen sein musste, als er von meinem Kuss mit Dexter erfahren hat. *Nicht so verletzt, wie ich es war, als er mit mir Schluss gemacht hat.*

»Veda, warte!« Ryans Schritte knirschen hinter mir über den Pfad und ich werde wieder langsamer. Es hat keinen Sinn zu versuchen, ihm davonzulaufen – er ist viel schneller als ich und hat mehr Ausdauer.

»Hör mal, es tut mir leid«, sagt er. »Das geht mich alles nichts an.«

»Da hast du recht«, entgegne ich und wirble herum, um ihn anzuschauen. »Und ich versuche hier eigentlich nur, meinen Lauf zu Ende zu bringen, es wäre also großartig, wenn du mich einfach in Ruhe lassen könntest.«

Er geht nicht weg, aber er redet auch nicht weiter, sondern trabt einfach neben mir her, wobei er mühelos mit mir Schritt hält. Ich stecke mir wieder die Ohrstöpsel ins Ohr und drehe die Musik auf, um zu vergessen, dass er da ist. Wir laufen fünf Kilometer zusammen, den ganzen Weg in die Stadt, dann bin ich vollkommen erschöpft. Ich verlangsame auf Schritttempo, meine Brust hebt und senkt sich und ich kann mich kaum daran erinnern, was ich jemals so toll am Laufen fand.

»Es ist nicht sicher für dich, allein zu laufen«, sagt Ryan. Ärgerlicherweise atmet er überhaupt nicht schwer.

Ich blicke zu ihm auf und ziehe die Augenbrauen nach oben. »Ryan, wir leben in Butterfield, Michigan. Wie kann hier irgendetwas nicht sicher sein?« Ich lasse meine Hand in die Tasche gleiten und schiebe das

Pfefferspray weiter nach unten in der Hoffnung, dass er den Umriss der Dose durch meine dünne Sporthose nicht sehen kann.

Er antwortet nicht, sondern steht einfach nur da und grinst mich an.

»Ich trainiere gerade für einen Lauf, deshalb muss ich jetzt wirklich weiter.« Natürlich trainiere ich für überhaupt nichts und könnte jetzt keinen Schritt mehr laufen, selbst wenn mich ein Bär jagen würde, aber es ist alles, was mir einfällt, damit er mich hoffentlich in Ruhe lässt.

»Du trainierst für den Halbmarathon?« Ryans Gesicht hellt sich auf. »Ich auch.«

Ich schließe kurz die Augen. Der Butterfield-Halbmarathon findet jedes Jahr im Spätsommer statt. Nur eine weitere Sache, die mich daran erinnert, was Mark und ich immer alles zusammen gemacht haben.

Ich seufze und werfe Ryan einen vernichtenden Blick zu. »Brauchst du dafür überhaupt zu trainieren?«

»Natürlich muss ich trainieren.« Er sieht beleidigt aus. »Hör mal, es tut mir leid, dass ich dich wegen Dexter blöd angequatscht habe. Es war eben nur seltsam.«

Widerwillig nicke ich. »Ganz deiner Meinung.«

Er streckt seine Arme über den Kopf und gähnt. »Also, du bist ziemlich gut. Sollen wir ab und zu zusammen laufen? Wir könnten uns gegenseitig anspornen.«

Großartig. Jetzt habe ich auch noch einen Laufpartner für den Halbmarathon, an dem ich gar nicht teilnehmen will. Ich lege meinen Kopf zur Seite, weil ich mir nicht sicher bin, ob er das ernst meint oder nicht. »Warum?«

Ryan sieht ein wenig unsicher aus. »Ich weiß nicht. Manchmal macht es eben mehr Spaß, mit jemandem zu trainieren. Vor allem auf den langen Strecken.« Er hebt die rechte Hand. »Ich schwöre auch, dass ich nichts mehr wegen Dex sagen werde. Und ich versuche auch nicht, dich anzugraben oder so.« Er atmet tief ein und aus. »Wie wäre das?«

»Klar«, sage ich, hauptsächlich um ihn loszuwerden, damit ich nach Hause gehen und über die beiden frischen Blasen an meinen Füßen weinen kann. Ich werfe ihm ein spöttisches Lächeln zu. »Schreib mir eine Nachricht. Die Nummer kannst du dir ja von Mark geben lassen.«

14

Vor meinem Zusammentreffen mit Ryan hatte ich nicht vorgehabt, am Halbmarathon teilzunehmen. Doch den ganzen restlichen Tag lang kann ich nicht aufhören, darüber nachzudenken. Ich lungere mit Jeffrey zu Hause herum und suche im Internet nach Zitaten von George Bernard Shaw (und klicke mich nebenbei durch Killians Facebook-Fotos). Wenn ich bei dem Marathon mitmache, bräuchte ich unbedingt neue Laufschuhe. Und eine dieser CamelBak-Wasserflaschen wäre nicht schlecht.

Am nächsten Morgen stöbere ich genüsslich online nach Laufklamotten, die ich mir ohnehin nicht leisten kann, da kommt Jeffrey in mein Zimmer.

»Was soll das, verdammt?« Ich ziehe mir das Laken bis zum Hals hoch. Ich trage Pyjamashorts und ein Tanktop, aber trotzdem.

»Kannst du mich rüber zu Dad fahren?« Jeffreys Haar ist noch nass vom Duschen und er riecht, als wäre um ihn herum die Männerparfumabteilung von Macy's explodiert.

»Jetzt?« Lilas gefürchtete Party findet erst morgen Abend statt.

Jeffrey stößt aus aufgeblasenen Wangen die Luft aus. »Ja, ich habe beschlossen, jetzt schon hinzugehen und dort zu übernachten.«

»Mom ist bei der Arbeit, oder? Ich habe kein Auto.«

»Kannst du nicht Seth oder Mel überreden, mich zu fahren?«

Verdutzt schüttle ich den Kopf. Jeffrey hasst es, zu Dad zu gehen, genau wie ich es gehasst habe, dort zu sein, bevor ich sechzehn geworden und aus dieser ganzen blöden Sorgerechtsvereinbarung ausgestiegen bin. »Warum willst du denn schon früher hin?«

Jeffrey zuckt mit den Schultern. »Ich weiß nicht. Hier ist es langweilig.«

Ich wälze mich zur Seite, sodass ich ihm den Rücken zudrehe. »Komm mal klar, Jeffrey. Du bist zwölf und hast Sommerferien. Da ist es normal, dass man sich langweilt.«

Ein paar Sekunden lang rührt er sich nicht, dann verlässt er das Zimmer. »Mach die Tür zu!«, brülle ich, aber er tut es nicht. Ich höre ihn in seinem Zimmer herumrascheln, die Schubladen seiner alten Kommode quietschen. Schritte kommen den Flur entlang, an meiner offenen Tür vorbei.

»Ich gehe bei Seth vorbei und frage ihn, ob er mich fährt«, ruft Jeffrey, während er bereits die Treppe hinunterstapft.

»Was? Jeffrey, wag es ja nicht!« Die Haustür knallt zu.

Ich springe aus dem Bett und renne durch den Flur, dann schwinge ich mich am Treppengeländer die letzten vier Stufen hinunter. Ich spähe aus dem Fenster und sehe, dass Jeffrey schon halb die Straße überquert hat, mit seinem Rucksack über der Schulter und dem Skateboard unterm Arm.

»Verdammt.« Ich schlüpfe in ein Paar Flipflops und haste nach draußen, wo ich auf den Stufen vor der Haustür stehen bleibe.

»Jeffrey!«, rufe ich und winke ihn zu mir her. »Komm zurück!«

Er dreht sich um und winkt, ein spitzbübisches Grinsen breitet sich auf seinem Gesicht aus. »Tut mir leid, ich kann dich nicht hören!«

Als ich über die Straße schlurfe, steht Jeffrey schon vor Seths Tür. »Ich habe schon geklingelt«, sagt er ruhig, als ich hinter ihn trete und ihn, so fest ich kann, am Ellbogen packe.

»Komm wieder rein«, knurre ich mit zusammengebissenen Zähnen. Ich ziehe an Jeffreys Arm, aber er streift mich mühelos ab. Wann ist er bloß so stark geworden?

»Lass mich los!«, sagt Jeffrey und stolpert nach hinten, als ich an seinem Rucksack ziehe und dabei mein ganzes Gewicht einsetze. Ich bin kurz davor, selber die Stufen hinunterzufallen, da macht Seth die Tür auf.

»Hey«, sagt er und seine Augen werden groß. Ich lasse Jeffrey los und verschränke die Arme vor der Brust.

»Hi, Seth«, sagt Jeffrey. »Meine Schwester wollte dich fragen, ob du mich vielleicht rüber zu meinem Dad fahren könntest, weil Mom nicht zu Hause ist und wir kein Auto haben.«

Seth schaut zu mir rüber und ich schüttle den Kopf. »Du brauchst das nicht zu tun«, sage ich. Ich knuffe Jeffrey in die Seite. »Er kann warten, bis Mom wieder da ist.«

Jeffrey wirft mir einen harten Blick zu. »Eigentlich ist es wichtig, dass ich jetzt gehe.«

Seufzend streiche ich mir das Haar aus dem Gesicht und erst da fällt mir ein, dass ich den Arm über der Brust lassen muss, um zu verbergen, dass ich keinen BH trage. »Im Ernst, Seth, er ist einfach nur ein totaler Quälgeist. Fahr ihn nirgendshin.«

Seths Blick wandert von einem zum anderen, dann hebt er die Schultern. »Ich kann ihn schon fahren, kein Problem.«

Jeffrey lächelt und stößt mir den Ellbogen in die Rippen. Ich schlage seinen Arm weg. »Okay, ich komme auch mit«, erwidere ich, wobei ich so viel Autorität wie möglich in meine Stimme lege. »Gebt mir fünf Minuten, dann bin ich umgezogen.«

Ich drehe mich um und ziehe meine Shorts über meine Schenkel. Ich kann Seths Blick auf mir spüren, während ich zurück zu unserem Haus eile.

»Danke, dass du mich hast dastehen lassen wie die letzte Idiotin, Jeffrey«, murre ich zu mir selbst, während ich in meinen leeren Schubladen herumwühle. Da die Mehrheit meiner Klamotten wegen meines Aufräumanfalls neulich noch immer in der Wäsche ist, ist das Beste, was ich finden kann, ein zu kleiner Sport-BH, ein T-Shirt mit Farbspritzern, in dem ich mal mit Mom gebastelt habe, und lange Basketballshorts, die eventuell sogar meinem Bruder gehören. Ich sehe den verächtlichen Blick meines Dads schon vor mir, wenn ich in seinem Palast auftauche und aussehe wie ein künstlerisch gehandicapter Mittelschüler.

du steckst so was von tief in der scheiße, schreibe ich Jeffrey. Er schickt mir ein Kackhaufen-Emoji zurück.

Als ich wieder nach draußen gehe, zeigt Jeffrey Seth gerade sein Können auf dem Skateboard. Er führt immer und immer wieder die beiden Kunststückchen vor, die er beherrscht, während Seth auf der Motorhaube des Minivans sitzt und die Ellbogen auf die Knie stützt.

»Toll gemacht, Kumpel«, sagt Seth und kommt herüber. »Seid ihr bereit?«

»Ich sitze vorne!«, ruft Jeffrey. Ich zeige ihm den Stinkefinger, öffne dann die Beifahrertür und lasse mich auf den Sitz mit dem ausgeblichenen Polster fallen, bevor er auch nur wegen ungerechter Behandlung protestieren kann.

Sobald es sich Jeffrey hinten bequem gemacht hat, lässt Seth den Motor an und schiebt eine CD mit einem Klavierkonzert in den CD-Spieler. Dann dreht er die Lautstärke so weit auf, dass jede Unterhaltung unmöglich wird. Jeffrey seufzt und steckt sich seine Ohrstöpsel ins Ohr. Irgendwie wünschte ich, ich könnte dasselbe tun, und vermisse plötzlich die positive Energie und die starken Beats von Killians Musik.

Abgesehen von den Songs, die er mit Mel zusammen schreibt, ist Seth kein großer Fan von Musik mit Songtexten. Er behauptet, die Worte wären nur im Weg bei dem, was Musik tatsächlich bewirken sollte. Doch jetzt, wo ich Killians Armaturenbrett gesehen und erlebt habe, welche Bedeutung die Worte der Songs, die er liebt, für ihn haben, kann ich Seths Haltung nicht mehr ganz nachvollziehen.

Unser schäbiges Viertel lassen wir hinter uns und nach und nach umgibt uns der malerische Charme des Zentrums von Butterfield. Dann öffnen sich vor uns Wiesen und meilenweit freier Himmel und wenig später biegen wir in Dads von Bäumen gesäumte Uferstraße ein.

Als wir in die Einfahrt fahren, entdecke ich Lila im Garten. Sie hat einen riesigen Strohhut auf dem Kopf, der mit einem breiten Band unter ihrem Kinn verschnürt ist. Sie verrichtet in dem prächtigen Blumenbeet unter dem Panoramafenster irgendeine Gartenarbeit, aber auf ihren gepunkteten Gartenhandschuhen und der weißen Leinenhose ist kein Stäubchen Dreck zu erkennen.

»Vee!« Kaylee taucht hinter einem Busch auf und kommt schnurstracks auf mich zugestürmt, als wir aus dem Van klettern. »Hi!«

»Hey, du.« Ich fange sie unter den Achselhöhlen auf und schwinge sie zu einer festen Umarmung nach oben. Sie hat Matsch an ihren Schuhen und Knien und ich drücke sie fest an mich, froh, dass sie zwar in einer Villa mit zwei Haushälterinnen aufwächst, aber trotzdem ein ganz normales kleines Kind ist.

»Was ist los?« Lila kommt zu uns geeilt, ihr Gesicht unter dem Hut sieht alarmiert aus. »Ist alles in Ordnung?«

Ich schaue Jeffrey an, der seinen Blick gesenkt hat und mit seinem Schuh über den Rasen fährt. »Ich, ähm, dachte mir, ich komme dieses Wochenende schon früher«, sagt er, seine Stimme bricht dabei herzzerreißend. »Um mit Kaylee zu spielen.«

»Oh!« Lilas anfängliche Überraschung wandelt sich in pure Begeisterung. »Ist das nicht schön?« Sie beugt sich vor und drückt Kaylees Arm. »Dein Bruder ist schon früher gekommen, um dich zu sehen, Baby!« Kaylee blickt Jeffrey an und verbirgt ihr Gesicht an meiner Schulter.

Lila streift die Gartenhandschuhe ab und steckt sie in ihre hintere Hosentasche. »Aber dein Zimmer ist noch nicht bereit«, überlegt sie nun, während sie sich zum Haus wendet und uns bedeutet, ihr zu folgen. »Claudette sollte heute Nachmittag das Bett beziehen, aber darum können wir uns auch jetzt kümmern.«

Kaylee windet sich in meinen Armen und ich lasse sie herunter, damit sie Lila nachlaufen kann.

»Wir müssen gleich wieder weiter«, rufe ich und hebe die Hand zu einem Winken. »Wir wollten nur Jeffrey absetzen.«

Lila winkt zurück und verschwindet im Haus, Jeffrey geht ihr seufzend hinterher.

»Hey.« Ich packe ihn am Arm. »Verrätst du mir jetzt wenigstens, weshalb du unbedingt jetzt schon herkommen wolltest?«

»Nee.« Er duckt sich weg. »Danke fürs Herbringen, Seth.«

»Keine Ursache.«

Jeffrey trottet über den Rasen und schlurft dermaßen widerwillig die Stufen zur Haustür hinauf, als wäre er auf dem Weg zum elektrischen Stuhl. Ich schüttle den Kopf. Irgendetwas stimmt nicht mit ihm, aber ich habe keine Ahnung, was das sein könnte.

»Vielleicht steht er ja auf deine Stiefmutter.« Anstatt in die Stadt zu fahren, bringt uns Seth Richtung Strand.

Mir klappt buchstäblich die Kinnlade herunter. »Meinst du?«, frage ich. »Kann das sein?«

Er zuckt mit den Achseln. »Vielleicht. Sie ist in Ordnung, finde ich.«

Ich schaudere. »Offensichtlich kennst du Lila nicht. Sie ist wie das menschliche Äquivalent zu« – ich denke einen Moment nach – »einer Schachtel Kreide. Trocken, unscheinbar, langweilig. Sag mal, wohin fahren wir eigentlich?«

»Ich bin diesen Sommer noch kein einziges Mal am Strand gewesen«, erwidert Seth.

»Was du nicht sagst.« Ich werfe einen Blick auf seinen sommersprossigen Arm. Seine Haut ist so blass, dass sie beinahe durchsichtig ist.

Der Parkplatz ist bereits halb voll, obwohl nicht einmal Freitagmittag ist. Viele Familien sind unterwegs, stapfen mit der Kamera in der Hand die Dünen hinauf oder rennen mit Handtüchern, Schaufeln und Eimern zum Strand. Seth sieht immer ein wenig lächerlich aus, wenn er sich am Strand aufhält, vor allem wenn er seine Schuhe auszieht. Dann sieht man nämlich, wie lang, schmal und blendend weiß seine Füße sind, und wenn er dann noch die dunkle Jeans hochkrempelt, sieht er aus wie ein Punkrocker, der versucht, vor einer Überschwemmung zu flüchten. Er bahnt sich seinen Weg über den Sand und zuckt jedes Mal zusammen, wenn er auf ein Steinchen oder ein Ästchen tritt.

»Lass uns am Wasser entlanggehen«, schlage ich vor und deute auf die überwucherte Abkürzung, die um die Düne herum direkt zum Strand führt. Meine Fußsohlen sind vom Laufen unempfindlich und abgehärtet, aber dank meines Muskelkaters von gestern humple ich beinahe so schlimm wie Seth.

Seth geht auf Zehenspitzen und jeder seiner Schritte ist praktisch ein kleiner Hüpfer. »Jetzt weiß ich wieder, weshalb es besser ist, einfach im Haus zu bleiben«, murmelt er und seufzt vor Erleichterung, als wir den kühlen, nassen Sand am Ufer des Sees erreichen. »Du trägst mich ja nachher zum Parkplatz zurück, oder?«

Ich gehe im Gleichtakt neben ihm her. »Deine Nase wird schon rot«, bemerke ich und reiche ihm ein kleines Fläschchen Sonnencreme, das ich im Sommer immer in der Tasche habe.

Seth nimmt es dankbar und schmiert damit jeden Zentimeter freiliegende Haut ein. Er reibt sich auch die Ohren ein, sodass an seinen Haarspitzen kleine weiße Tropfen hängen bleiben. Der Strand ist heute voll: Überall auf dem hellen Sand liegen Badetücher, Sonnenschirme und Kinderspielzeug. Der See spiegelt das tiefe Blau des Himmels wider und Wellen plätschern gegen unsere Füße, während wir der gewundenen Uferlinie folgen. Mein Handy vibriert: eine neue Nachricht. Sie ist von Killian.

ich fand es gestern sehr schön. und du?

Ich werde rot und stecke das Handy zurück in die Tasche. Seth wirft mir einen Blick zu und zieht die Augenbrauen nach oben.

»Es kommt mir so vor, als hätte ich dich in letzter Zeit kaum gesehen«, sage ich rasch und greife nach seiner Hand, um sie kurz zu drücken.

Seth drückt zurück und lässt sie wieder los, dann

schiebt er die Hände in die Hosentaschen. »Du warst beschäftigt. Mit deinem gebrochenen Herzen.«

»Ja.« Ich ducke mich, weil eine kreischende Möwe über unsere Köpfe hinwegfliegt, um eine weggeworfene Chipstüte in Augenschein zu nehmen. »Das verschlingt erstaunlich viel Zeit.«

Seth grinst. »Kann ich mir vorstellen. Man muss traurige Songs hören und dazu weinen, Briefe an den Ex schreiben, die man nie abschickt …«

»… massenhaft Eis essen«, ergänze ich. »Billige Zeitschriften lesen.«

»Sich einen drastischen Haarschnitt verpassen lassen.«

»Verdammt! Ich wusste doch, dass ich was vergessen habe.« Ich zupfe an meinen Haaren, die genauso lang sind wie immer. Ich wünschte, ich hätte die Trennung dazu genutzt, ein paar dieser Dinge zu tun. Sie klingen viel interessanter als das, was ich tatsächlich getan habe – im Bett rumliegen, mich durch zwei Schachteln Kleenex heulen und eine ganze Staffel von *Der Bachelor* illegal aus dem Internet streamen.

Ein Typ kommt auf uns zugeschlendert, an seiner Hand baumeln seine Schuhe. Er kommt mir bekannt vor. Ich beschatte die Augen mit der Hand. »Hey, Zane?«

Er blickt sich um, weil er meine Stimme nicht zuordnen kann. Ich winke und endlich bemerkt er mich. Er kommt über den Sand auf uns zugelaufen. Zane ist zwei Jahre jünger als ich, extrem hibbelig und eines der talentiertesten Mitglieder unseres Debattierteams. Der Kerl ist eine Art Rhetorikgenie, wenn auch ein wenig unbeholfen.

»Hi, Vee.« Zane hat ein langärmeliges T-Shirt und Jeans an. Er sieht hier am Strand fast genauso fehl am Platz aus wie Seth.

»Hey. Was geht?«

Zane macht einen Schritt zur Seite, als ein paar Kids mit Schwimmnudeln an ihm vorbei ins Wasser rennen, dass es nur so spritzt. »Ich wollte mich eigentlich mit Tracy hier treffen, aber wahrscheinlich habe ich die Zeit falsch verstanden oder so und mein Handy habe ich verloren, deshalb kann ich sie nicht anrufen.«

Ich ziehe mein Handy aus der Tasche und scrolle durch mein Adressbuch. Ich bin mir nicht sicher, ob ich Tracys Nummer habe, und widerstehe der Versuchung, Killians Nachricht noch mal zu lesen. »Du hast Glück.« Ich halte ihm mein Handy hin. »Na dann mal los.«

Zane zögert. »Echt?«

»Klar.«

Mit einem schüchternen Lächeln nimmt er mein Handy und wendet sich ab. Seth wirft mir einen fragenden Blick zu und ich forme *Fünftklässler* mit den Lippen. Aber dann fällt mir ein, dass Zane schon gar nicht mehr im ersten Highschooljahr ist. Der Gedanke macht mich auf einmal traurig – alles verändert sich, selbst die Dinge, die eigentlich gar keine Rolle spielen sollten und es dennoch irgendwie tun.

Zane spricht nur kurz am Telefon. »Ich habe den falschen Tag erwischt«, sagt er und gibt mir schulterzuckend das Handy zurück. »Ohne meinen Kalender bin ich wirklich aufgeschmissen.«

Ich lache. Wir ziehen Zane immer wegen seiner Hingabe zu diesem blöden, von der Schule ausgegebenen Terminkalender auf, in den er seine Hausaufgaben und seine Debattierstunden einträgt, als würde sein Leben davon abhängen.

»Übrigens«, meint er und streckt Seth die Hand hin, »sollte ich mich wohl noch vorstellen. Mein Name ist Zane Haywood.«

Seth zögert einen Augenblick, dann greift er beherzt nach Zanes Hand. »Seth.«

Es folgt ein kurzes, unbehagliches Schweigen, weil Zane Seth jetzt breit angrinst, dessen Hand weiterschüttelt und sich im Glanz des Ruhms sonnt, das unnahbare Musikgenie Seth Moore kennenzulernen, das zwar jeder an der Butterfield High kennt, über das aber nur wenige etwas wissen. »Sorry«, sage ich kopfschüttelnd, »ich wusste nicht, dass ihr euch gar nicht kennt.«

Zane wischt meine Entschuldigung mit einer Handbewegung fort. »Danke, dass ich dein Handy benutzen durfte«, sagt er.

»Kein Problem. Bis bald dann.«

Er macht ein paar Schritte, doch dann wirbelt er wieder zu uns herum. »Hey, Vee? Ein paar von uns aus dem Team wollen in den Ferien mal was zusammen machen. Bist du dabei?«

Ich werfe Seth einen Blick zu. Sein Gesicht zuckt, weil er ein Lächeln unterdrücken muss.

»Ähm, gerne«, antworte ich Zane. »Wer kommt sonst noch?«

Er zuckt mit den Schultern. »Ach, du weißt schon. So ziemlich alle. Jason, Callie, Jenn, Tracy.«

Mit *alle* meint er also die aus der unteren Klasse, nicht die Juniors und Seniors, mit denen ich während des Schuljahrs rumhänge.

»Und, äh, du kannst auch gern dazukommen, wenn du willst.« Zane wirft Seth einen Blick zu.

»Wie nett. Cool.« Seth hat eindeutig keine Ahnung, was er darauf erwidern soll.

»Super. Wir sehen uns, Leute.« Zane hastet beinahe davon.

Sobald er außer Hörweite ist, seufzt Seth und schüttelt seine Glieder, als hätte ihm das Gespräch Schmerzen bereitet. »So was von unbeholfen.«

»Unbeholfen, aber nett.« Ich funkle Seth an, um ihn daran zu erinnern, dass er nicht sofort über alle um ihn herum urteilen soll.

Er nickt. »Ja, wohl schon.« Er streckt die Arme über den Kopf und entblößt dabei einen Streifen Haut an seinem Bauch, der sogar noch bleicher ist als der Rest. »Wollen wir zurück? Ich glaube, ich habe jetzt genug Strand gehabt für diesen Sommer.«

»Lass uns wenigstens noch ein bisschen ins Wasser gehen.« Wenn mir die Sonne auf den Kopf brennt und die Wellen so kühl um meine Füße plätschern, kann ich nicht einfach vom See weggehen, ohne ein wenig nass zu werden.

Seth rümpft die Nase bei dem Gedanken, tatsächlich ins Wasser zu gehen, deshalb reiße ich ihm die Schuhe aus der Hand und lege sie auf dem trockenen Sand ab. »Kann ich nicht einfach hier auf dich warten?«, fragt er.

»Kremple deine Hose weiter hoch«, befehle ich. »Das wird dir guttun.«

Er seufzt und bückt sich, um mühsam den steifen Stoff seiner Jeans über die Knie zu zwingen. »Aber nur eine Minute. Ich hasse es, wenn meine Füße schrumpelig werden.«

»Alles klar, Opa.«

Das Wasser ist himmlisch. Klar, kühl, sanft. Ich mache Riesenschritte und gehe tiefer und tiefer hinein, wobei ich die Algen ignoriere, die hin und wieder meine Haut streifen. Als ich knietief im Wasser bin, drehe ich mich um und sehe, dass Seth immer noch zögernd am Ufer steht, die winzigen Wellen reichen ihm gerade mal bis zu den Knöcheln.

»Komm schon!«, rufe ich.

Er lässt die Schultern sinken, bewegt sich aber Zentimeter um Zentimeter vorwärts. Er hat den Kopf gesenkt, damit ihm nichts entgeht, was ein paar Zentimeter unter dem kristallklaren Seewasser lauern könnte. Ich blicke wieder zum Horizont und halte mir die Hände vors Gesicht, um den Strand und alle schwimmenden Menschen auszublenden. Alles, was ich jetzt sehen kann, sind das Wasser, die Sonne und der Himmel. Der See wirft das Licht auf eine Million unterschiedliche Arten zurück, wenn sich das Wasser im Wind und dank der unergründlichen Kräfte in seinen Tiefen bewegt. Ich schließe die Augen und einen Moment lang ist alles perfekt.

»Okay, bis hierher und nicht weiter«, verkündet Seth hinter mir. »Meine Hose ist schon nass.«

Ich lasse die Hände an den Seiten herunterfallen. Ich

könnte es tun, wenn ich wüsste, ich könnte die Wahrheit ertragen. Ich könnte ihn hier und jetzt nach Mel fragen und die ganze Sache klären.

»Vee?«, sagt Seth. »Ich sagte, ich gehe nicht weiter.« Der angespannte Tonfall, den ich eine Zeit lang nicht mehr von ihm gehört habe, schleicht sich zurück in seine Stimme. Wenn Mel dabei ist, redet er selten so, fällt mir auf.

Ich hole tief Luft. »Seth, ich muss dich etwas fragen.«

»Ja?« Er klingt abgelenkt, als wäre er drauf und dran, zum Strand zurückzuwaten.

Mein Mund ist trocken und ich fürchte schon, dass ich die Frage nicht laut genug über die Lippen bekomme, um die Wellen, die ans Ufer schlagen, zu übertönen. »Bist du in Mel verliebt?«, frage ich und schaue weiterhin auf die nicht enden wollende Wasserfläche hinaus. Ich kann kaum erkennen, wo der See aufhört und der Himmel beginnt.

Die kurze Stille, die in der Luft hängt, bevor Seth antwortet, sagt mir alles, was ich wissen muss.

»Ich bin in niemanden verliebt«, erwidert er schließlich.

»Schon gut«, sage ich, greife nach unten, nehme ein wenig Wasser mit den Händen auf und spritze es mir ins Gesicht. Ich erschauere, als kalte Tropfen über meinen Hals und in mein T-Shirt laufen. »Es macht mir nichts aus, wenn ihr beiden zusammenkommt.« Das ist das allererste Mal, dass ich Seth anlüge, und meine Haut wird kälter. Selbst nach all dem, was zwischen uns passiert ist, bevor Mel nach Butterfield gezogen ist, habe ich ihm immer die Wahrheit gesagt. Er weiß, dass ich ihn nicht auf dieselbe Weise mochte wie er mich, und auch wenn ich mir sicher bin, dass es das nicht leichter für ihn machte, war ich zumindest ehrlich gewesen.

»Dazu wird es nicht kommen«, entgegnet er. In seinem Tonfall schwingt eine Endgültigkeit mit, die mich dazu veranlasst, mich umzudrehen. Ich starre ihn an. Seth sieht völlig fehl am Platz aus im Wasser, genau wie in den Fluren der Schule oder wenn er im Klassenzimmer an einem Tisch sitzt. Er verschmilzt eigentlich nur dann nahtlos mit seiner Umwelt, wenn er am Klavier sitzt – oder wenn Mel da ist.

»Warum nicht?« Einen Moment lang wird mir leichter ums Herz, weil ich selbstsüchtig bin. Vielleicht unterdrückt Seth seine Gefühle für Mel, damit er unsere Dreierfreundschaft nicht aus dem Gleichgewicht bringt. Vielleicht tut er das mir zuliebe.

Doch der Blick, den er mir zuwirft, ist dunkel und kompliziert, das halbherzige Lächeln auf seinen Lippen dringt nicht bis zu seinen Augen. »Ich will es nicht ruinieren«, sagt er. Und da weiß ich, dass er damit nicht das, was zwischen uns dreien ist, meint. Sondern das, was zwischen ihm und Mel ist. Er hat Angst, ihr zu sagen, was er empfindet, weil sie ihn dann zurückweisen könnte, genau wie ich vor fünf Jahren.

»Seth …«

Er schüttelt den Kopf. »Schon gut, Vee. Wirklich, alles ist in Ordnung. Aber ich … möchte das einfach nicht noch einmal durchmachen.« Der Wind zerzaust sein Haar und eine Locke fällt über seine Augen.

»Okay.« Ich nicke.

Ich drehe mich wieder um und streiche mir mit den Händen über die Arme, auf denen sich Gänsehaut gebildet hat. Das überrascht mich nicht. Aber manchmal weiß man zwar etwas schon, doch es laut ausgesprochen zu hören, macht das Ganze auf eine Art und Weise real, dass es schwer ist, damit fertigzuwerden. *Du hast keinen Grund, eifersüchtig zu sein,* sage ich mir. *Überhaupt keinen.*

Schließlich waten wir aus dem Wasser und gehen zurück zum Auto, wobei Seth sich beschwert, dass überall Sand an ihm klebt. Fast fühlt sich alles wieder normal an. Doch die Sonne scheint nicht mehr ganz so hell zu strahlen wie noch vor einer Stunde und der überfüllte Parkplatz und die vielen Menschen sind plötzlich anstrengend. Wieder einmal habe ich den Preis in der Kategorie »Schlechteste Freundin« gewonnen, weil ich nicht das tue, was alles wiedergutmachen würde, was ich Seth über Jahre hinweg zugemutet habe.

Ich sage ihm nicht, dass ich mir ziemlich sicher bin, dass Mel ihn auch liebt.

15

Als ich nach Hause komme, dröhnt mir unser Staubsauger entgegen. Da das ein so ungewöhnliches Ereignis ist, muss ich gleich mal nachschauen. Mom steht im Wohnzimmer auf einem Stuhl und saugt die Flügel des Deckenventilators ab.

Ich drücke auf den Schalter und das uralte Electrolux-Gerät geht stotternd aus. Mom schaut auf mich herunter, sie hat Schmutzschlieren im Gesicht.

»Hast du wieder *Die gute Hausfrau* gelesen?«, frage ich. »Ich glaube nämlich nicht, dass du selbst auf diese Idee gekommen bist.«

Mom schenkt mir ein schiefes Lächeln. »Schuldig.« Sie steigt vom Stuhl und lässt sich auf die Couch fallen. »Erwachsen zu sein, ist anstrengend.«

Ich lasse mich aufs andere Ende der Couch fallen und nehme ihre Füße in den Schoß. »Was du nicht sagst.« Seth und ich haben nach unserem Strandgespräch über nichts von Bedeutung gesprochen, und doch hingen seine Gefühle für Mel während der ganzen Fahrt unausgesprochen zwischen uns in der Luft. Wie ein tropfender Wasserhahn, bei dem man sich nicht aufraffen kann, ihn zu reparieren, der aber so laut ist, dass man ihn nicht ignorieren kann.

»Lila hat mich zu ihrer Party morgen eingeladen«, sagt Mom.

Ich setze mich auf und sehe sie an. »Gehst du hin?«

Mom sieht erschrocken aus. »Machst du Witze? Das war keine richtige Einladung. Bestimmt hatte sie einfach nur das Gefühl, dass sie mich fragen sollte.«

»Oh.« Ich lege mich wieder hin. »Ich wünschte, du könntest an meiner Stelle gehen.«

»Mit diesem Wunsch stehst du echt alleine da.«

Ich beuge mich vor und schalte den Staubsauger ein, dann fahre ich mit der Bürste über ihre Füße. Sie kreischt und schiebt mich von sich weg, bevor sie den Stecker aus der Wand zieht.

»Mel hat sich diesen Sommerromantikplan für mich ausgedacht«, sage ich und lasse das Ganze wie einen riesigen Witz klingen. »Du kannst kommen und mir bei der Bruchlandung zuschauen, wenn ich auf dieser bescheuerten Party mit wildfremden Typen flirte.«

Mom setzt sich auf und schlingt ihre Arme um ein Kissen. Ihr Arm hebt sich dabei dunkel vor dem weißen Stoff ab. »Vee, kommst du klar ohne Mark?«

Ich zucke mit den Schultern und wende den Blick ab. »Ich denke schon.« Obwohl es erst ein paar Wochen her ist, ist es mir ein wenig peinlich, wie ich auf die Trennung reagiert habe. Wahrscheinlich wäre es auch ein bisschen weniger dramatisch gegangen. »Es ist immer noch ätzend. Scheint, als ob die Bentley-Frauen immer sitzen gelassen werden, was?«

Sobald ich die Worte ausgesprochen habe, merke ich, wie falsch sie sind. Meine Mutter reißt erstaunt die Augen auf. »Tut mir leid«, sage ich schnell und greife nach ihrem Arm. »Das war dumm von mir, so was zu sagen.«

Mom nimmt meine Hand und hält sie fest, dann sieht sie mir in die Augen. »Vee, du weißt, dass es zwischen deinem Dad und mir aus vielerlei Gründen nicht funktioniert hat. Er hat nicht nur …« Sie schluckt. »… er hat mich nicht einfach nur verlassen. Und ich will nicht, dass du dir Sorgen machst, dir könnte das Gleiche passieren, denn das wird es nicht.«

Ihre Augen füllen sich mit Tränen und ich hasse mich. Ganz egal, wie oft sie Jeffrey und mir erzählt, wie einvernehmlich die Scheidung verlaufen ist – ich erinnere mich noch genau an den Ausdruck auf ihrem Gesicht, als Dad zum letzten Mal aus der Tür ging. »Ich weiß«, gebe ich sanft zurück, während ich meine Hand wegziehe und mir den Pony aus dem Gesicht streiche. »Es tut mir leid.«

Mom wendet sich ab und ich sinke zurück auf die Sofakissen. Ich frage mich, wie jemand so gut darin sein kann, in einer Debatte genau das Richtige zu sagen, und in ziemlich allem anderem total falschliegt.

ich habe gerade herausgefunden, dass gabriel latimore heute abend auf der party deiner stiefmutter sein wird!!!

Ich seufze und schaue noch einmal die Kleider durch, die in meinem Schrank hängen, in der Hoffnung, ein Kleid oder einen Rock übersehen zu haben. Oder irgendetwas darin zu finden, das ein wenig interessanter wäre als mein üblicher Braves-Mädchen-Look. Mel und ich haben leider keine Zeit gehabt, unsere Outfits für die Party zu besprechen. Vielleicht ist das aber auch gut so. Bestimmt würde Dad es nicht gefallen, wenn ich Klamotten zu dem großen Ereignis tragen würde, die andeuten könnten, dass ich ein Leben außerhalb meiner Familie habe.

Ich antworte nicht auf ihre Nachricht, doch Mel ist beharrlich. Wieder macht mein Handy *pling.*

und er hat gerade mit ashley schluss gemacht.

das ist großartig, schreibe ich zurück. ***aber ich bin erst bei f.*** (Und ich habe mit Killian etwas erlebt, das einigermaßen als Date durchgehen kann, und es hat mir gefallen. Auch wenn ich zögere, ihm zu schreiben und es zuzugeben.)

Ich wende mich wieder meinem Schrank zu und nehme schließlich ein marineblaues Kleid heraus. Es ist eng und gewagt kurz, dafür hat es lange Ärmel. Hoffentlich wird Dad nur meine obere Hälfte wahrnehmen.

das ist okay. wir werden ein f für dich finden und dann kannst du mit gabriel weitermachen.

Ich seufze, ziehe meine Shorts und mein Tanktop aus und winde mich in das Kleid. Gabriel und ich verstehen uns gut – wir grüßen einander auf dem Flur und arbeiten zusammen an Gruppenprojekten. Ich kenne ihn praktisch schon mein ganzes Leben und hatte nie die Möglichkeit in Betracht gezogen, ihn zu küssen. Aber er ist lieb und nett, und vorausgesetzt, Mel kann mich zu Beginn des Abends mit einem Typen namens Finn oder Fletcher verkuppeln, dann wäre es wohl nicht das denkbar Schlechteste, Gabriel Latimore zu küssen.

»Dieses Anwesen ist nicht von dieser Welt.«

Ich hätte es nie für möglich gehalten, dass mich noch etwas daran beeindrucken würde. Das Haus meines Dads ist riesig, liegt am Strand und sah schon immer so aus, als würde es dauernd für irgendein Magazin fotografiert werden. Heute Abend aber funkeln eine Million bunte Lichter in den Bäumen und überall im Garten stehen elegante weiße Pavillons. Kellner in schwarzen Anzügen gleiten zwischen den Grüppchen von Gästen hin und her und reichen Mini-Häppchen, auf einer kleinen Bühne spielt ein Jazz-Trio und die satten Töne eines Saxofons wehen über den Rasen.

»Kommt Taylor Swift auch auf die Party?«, fragt Mel, als wir mit unseren hohen Absätzen den gefliesten Weg entlangstaksen. »Weil das total nach ihrer Szene aussieht.«

»Psst.« Ich stolpere und packe sie am Arm. »Bitte, lass so was bloß nicht meinen Dad hören. Der platzt eh schon vor Stolz, weil ihn diese Party so sagenhaft reich und schick aussehen lässt.«

Mel und ich gehen unter einem schmiedeeisernen Bogen hindurch, der üppig mit Rosen bewachsen ist, und bleiben einen Moment lang stehen, um den Anblick zu bewundern. Sofort wird klar, dass wir uns hier außerhalb unserer Liga bewegen, auch wenn zumindest Mel großartig aussieht. Sie hat sich das Haar hochgesteckt und trägt einen langen, fließenden Rock mit einem korallenfarbenen Top unter einem taillierten schwarzen Blazer. Und sie hat ein dramatisches Augen-Make-up aufgelegt und dabei nicht gespart: dicker schwarzer Kajal und ein strahlender Lidschatten, der mit ihrer goldenen Haut um die Wette schimmert. Im Vergleich zu ihr sehe ich mit meinem langärmligen Kleid und den eher niedrigen Absätzen aus wie eine Fünftklässlerin, die zu einem Schulfototermin geht. Wir werden beide von nahezu jedem übertroffen, an dem wir auf dem Weg zum übervollen Buffettisch vorbeikommen. Mein Blick huscht von Diamantarmbändern über fließende Haarverlängerungen und mörderische Maniküre zu noch mehr Diamanten. Mein Dad und Lila sind nirgends zu sehen.

»Ich kenne niemand von diesen Leuten«, sage ich, während ich auf meinen Porzellanteller Cocktailshrimps, Mini-Quiches und so viele Käsekuchenecken türme, wie ich darauf unterbringen kann. »Und ich will nicht den ganzen Abend mit Herumfragen verbringen, bis ich jemanden finde, dessen Name mit F anfängt.« Ich lasse den Blick über die Menge schweifen, die vorwiegend aus Männern mittleren Alters in Anzügen besteht. »Erst sagen wir meinem Vater Hallo, damit er weiß, dass wir da waren, dann heimsen wir diese Küsse ein und dann verschwinden wir von hier, bevor ich etwas total Teures und Unersetzliches kaputt mache.«

»Entspann dich«, entgegnet Mel, während sie zwei Gläser Champagner von einem Tablett schnappt, das uns von einem lächelnden Kellner angeboten wird. »Bei der Sechsundzwanzig-Küsse-Aktion ist der Weg das Ziel.« Sie stellt unsere Gläser auf einen hohen Stehtisch und schnappt sich einen Shrimp von meinem Teller. »Und bisher«, sagt sie, »ist der Weg sehr lecker. Cheers.«

»Cheers«, sage ich und lasse widerwillig mein Glas gegen ihres klirren.

Jeffrey kommt zu uns herübergeschlendert, er hat Kaylee an der Hand. Sie trägt ein weißes Kleidchen, einen geflochtenen Zopf und einem geblümten Haarreif. Sie sieht absolut bezaubernd aus.

»Hier.« Ohne Umschweife schiebt er Kaylees Hand in meine. »Jetzt kannst du eine Weile auf sie aufpassen.«

»Jeffrey!« Ich hebe Kaylee hoch und setze sie auf meine Hüfte. Sofort inspiziert sie das Essen auf meinem Teller. »Du wirst fürs Babysitten bezahlt, oder? Wo sind Dad und Lila?«

Er verdreht die Augen. »Weiß nicht. Gib mir nur zwei Minuten, damit ich mir was zu essen holen kann.« Er schlurft zum Buffet, sein Hemd hängt aus der Hose heraus und seine Schnürsenkel sind offen.

»Hunger«, sagt Kaylee und greift auf meinen Teller.

»Willst du eine von denen?« Ich biete ihr eine Mini-Quiche an, aber sie rümpft die Nase und zeigt auf den Obstsalat.

»Oh nein«, sagt Mel und nimmt mir Kaylee ab. »Nachher kommen Erdbeerflecken auf dein Kleid.« Sie reicht Kaylee eine Traube und nimmt meinen Teller. »Lass uns erst mal einen Sitzplatz suchen. Dann kannst du auf Erkundungstour gehen.«

Wie ich dort im Garten hinter der Villa meines Vaters stehe, komme ich mir vor wie eine Schwindlerin. Ich gehöre hier nicht hin und Mel, Jeffrey und Kaylee auch nicht. Ich schnappe mir das Champagnerglas, nur damit ich etwas habe, woran ich mich festhalten kann, und bahne mir einen Weg zur Peripherie der Party. Ich hoffe, *F* zu vergessen und Gabriel Latimore zu finden, ihm einen Kuss auf die Wange oder so zu geben und dann nach Hause zu gehen, um im Schlafanzug einen Film auf Netflix anzuschauen.

»Vee!« Schlanke Finger graben sich in meine Schulter und ich zucke zusammen.

»Oh, hi, Lila.« Sie sieht blendend aus, ihr offenes Haar fällt in Wellen über ihren Nacken, eine riesige Halskette funkelt über dem tiefen Ausschnitt ihres Kleides. Ich frage mich, ob mein Dad sie ihr geschenkt hat, und denke an den dünnen, abgenutzten Ehering aus Gold, den meine Mutter an dem Tag, an dem sie die Scheidungspapiere unterschrieb, in ihrem Schmuckkästchen verstaute. »Ist das nicht eine wundervolle Party? Amüsierst du dich?« Sie stützt sich noch schwerer auf mich, in ihrem Atem rieche ich Champagner.

»Auf jeden Fall.« Wir beobachten einen Kellner, der von einer Gruppe Erwachsener umringt wird, die ich nicht kenne. Er öffnet eine neue Flasche Champagner, der Kork fliegt in Richtung Strand. Alle lachen, als die Flasche überschäumt, und halten ihre Gläser nach vorne, um den Schaumwein aufzufangen. »Ist es nett mit deinen Arbeitskollegen?«

Lila packt meine Schulter noch fester und beugt sich vor. Ihre Pupillen sind geweitet, der Kajalstrich ein wenig verschmiert. »Ich bin etwas gestresst«, gesteht sie. »All diese Leute. Ich habe eine Tablette genommen.«

»Oh.« Ich habe mal gesehen, dass im Medizinschrank in ihrem Schlafzimmer Tablettenschachteln aufgereiht waren. Lila hat eindeutig ihre Eigenarten, aber ich habe nie danach gefragt. Ich will gerade fragen, ob sie überhaupt trinken sollte, wenn sie Medikamente nimmt, da entdeckt sie jemanden in der Menge und wankt davon, um Hallo zu sagen.

Jeffrey steht unter einem Pavillon und unterhält sich mit einem hübschen Mädchen mit langen braunen Haaren. Es scheint etwa in seinem Alter zu sein. Ich trete hinter ihn und lege ihm den Arm um die Schultern.

»Hey, Kumpel. Solltest du nicht gerade deine Babysitterpflichten erfüllen?«

Jeffrey schiebt mich weg und schaut mich wütend an. »Okay, jetzt mach dich mal locker. Ich komme gleich.«

Nach einer kurzen Pause streckt das Mädchen die Hand aus. »Hi«, sagt sie. »Ich bin Chaundre.« Ihr Haar fällt nach vorne und sie streicht es sich hinter das Ohr.

»Veda.« Ich schüttle ihre Hand, die so klein ist, dass ich das Gefühl habe, sie zu zerquetschen, wenn ich zu fest zupackte. »Ich bin Jeffreys Schwester.«

»Oh«, macht Chaundre, ihr Lächeln wird strahlend. »Schön, dich kennenzulernen. Euer Dad hat ein wunderschönes Haus.«

»Chaundre wohnt nebenan«, erklärt Jeffrey und schiebt die Hände in die Hosentaschen. »Ich suche besser mal meine kleine Schwester«, sagt er zu ihr. »Bis später.«

Bevor sie antworten kann, rempelt Jeffrey mit der Schulter gegen meinen Arm und schubst mich so zum Tisch, an dem Mel und Kaylee vergnügt alle möglichen Arten an Essen in einen Schokoladenbrunnen tauchen.

»Seit wann kennst du *Chaundre?«,* frage ich. Jeffrey ist erst zwölf und war schon immer so ein richtiger »Kerl« – Computerspiele, Skateboard, Furzwettbewerbe mit Freunden. Soweit ich weiß, hat er sich noch nie für Mädchen interessiert und erst recht kein Gespräch mit einem angefangen, das so atemberaubend aussieht, als wäre es dem Filmset von *Game of Thrones* entsprungen. Mir dämmert, weshalb Jeffrey seit Neuestem mehr Zeit bei Dad und Lila verbringen will ...

Er stößt mich weg. »Weiß ich nicht. Seit ein paar Monaten, als ich übers Wochenende hier war.« Er zieht den Stuhl neben Kaylee heran und lässt sich darauffallen. »Okay, ich passe auf sie auf. Geht jetzt.«

»Ich habe gerade Gabriel Latimore drüben beim DJ gesehen«, unterbricht Mel, während sie ein Stück Ananas in den Schokoladenbrunnen tunkt und auf Kaylees Teller legt.

»Wer ist denn Gabriel Latimore?« Jeffrey schaut mich an, steckt sich die Ananas in den Mund und klimpert mit den Wimpern. »Dein neuer Freund?«

Verärgert schüttle ich den Kopf und packe Mel am Arm, um sie vom Stuhl hoch- und hinter mir herzuziehen. »Dieser Abend wird immer schräger«, murmle ich im Gehen. »Lila steht unter Drogen und Jeffrey unterhält sich mit irgendeinem mysteriösen Mädchen, als wären sie beste Freunde.«

»Drogen?« Mel kommt an meine Seite. »So richtig *Drogen?*«

»Ich glaube nicht. Eher medizinische Drogen. Aber trotzdem.«

»Trotzdem.« Sie nickt zustimmend. »Willst du es deinem Dad sagen?«

Ich entdecke Gabriel, der hipstermäßig und geradezu

goldig aussieht mit Hosenträgern und Fliege und sich mit dem DJ unterhält. Ich bleibe stehen und wende ihm den Rücken zu. »Ich weiß nicht. Sie hat sich so bizarr verhalten, das muss er doch selbst merken.« Ich hole tief Luft.

Mel winkt ab. »Das ist jetzt nicht dein Problem. Wir müssen ein *F* für dich finden, und zwar sofort, bevor Gabriel nach Hause geht.«

»Wie willst du das machen? Es ist ja nicht so, dass die Leute hier Namensschildchen tragen.«

»Komm mit.« Mel schnappt mein Handgelenk und geht mit mir auf eine Gruppe reich aussehender Erwachsener zu.

»Mel, was machst du? Die Typen sind alt!«

Sie ignoriert mich und zieht mich weiter. »Hallo«, sagt sie und unterbricht damit das Gespräch der Gruppe. »Ich glaube, wir kennen uns noch nicht. Ich bin Melinda und das hier ist Veda, Lilas Stieftochter.«

Die Gruppe verfällt einen Moment in Schweigen und eine ältere Dame mit grünem Lidschatten zieht leicht die Augenbrauen nach oben, doch dann tun alle geradezu übertrieben interessiert und fragen, wie es ist, die große Schwester von Kaylee zu sein, und ob es nicht wundervoll wäre, dass mein Dad und Lila sich gefunden hätten. Wir plaudern ein paar Minuten lang mit Denis, Richard, Linda, Patty und Jack, dann stößt mir Mel den Ellbogen in die Seite. Wenigstens werde ich durch diese Sechsundzwanzig-Küsse-Sache gut darin, mich an die Namen von Leuten zu erinnern.

»So reizend, Sie kennengelernt zu haben«, zwitschere

ich mit einer Stimme, die ich kaum als meine eigene erkenne. Wir machen uns davon und kundschaften die nächste Gruppe aus.

»Sieh mal, da drüben stehen sechs Männer beieinander«, flüstert Mel. »Wahrscheinlich kommentieren sie gerade, wie sämtliche anwesenden Oberweiten in den jeweiligen Kleidern aussehen. Gehen wir mal rüber.«

»Das wird den ganzen Abend dauern«, sage ich. »Es muss doch eine schnellere Methode geben.«

»Nun ja, wenn du nicht Lila fragen willst, wer ...«

Ein Kellner eilt mit einer Champagnerflasche in der Hand vorbei und ruft dem Barkeeper zu: »Hey, Frank, wir brauchen mehr davon, und zwar ziemlich schnell.«

Ich gehe mit langen Schritten über den Rasen, noch bevor Mel die Gelegenheit hat, den Mund zu öffnen. Dann schleiche ich mich hinter die Bar, die mit allen möglichen Spirituosen ausgestattet ist, dazu Wein und Bier, Behälter mit geschnittenen Zitronen, Limetten und Orangen. Ich gehe in die Hocke und Frank stößt mich an, als er sich umdreht, um Eis in ein Glas zu füllen. Ich berühre mit dem Mund sein Anzugsjackett, das nach Weichspüler riecht.

»Was zum Teufel ...?«, sagt er und wirbelt herum.

»Sorry!«, rufe ich, dann richte ich mich auf und haste davon, damit ich mir keine Ausrede einfallen lassen muss, weshalb ich überhaupt hinter der Bar gewesen bin.

»Ich weiß nicht, ob das zählt«, überlegt Mel, aber in ihrer Stimme liegt ein Hauch von Bewunderung. »Du hast seine Haut nicht berührt.«

Ich verdrehe die Augen. »Sei doch nicht so pingelig.

Wo ist Gabriel? Lass es uns hinter uns bringen und dann nichts wie weg hier.«

»Denk daran, dass du ihm nicht erzählen darfst, dass es sich um eine Kuss-Wette handelt«, erinnert mich Mel.

»Ich weiß, ich weiß.« Ich hole tief Luft und schließe die Augen. »Gott, das wird bestimmt total peinlich. Wie wird das erst, wenn wir im Herbst wieder zusammen zur Schule gehen?«

Mel grinst. »Vee, kennst du den Kodex nicht? Was in den Sommerferien passiert, bleibt in den Sommerferien.«

»Ja, aber ich kann doch nicht einfach zu ihm hingehen und meinen Mund irgendwo auf ihn draufdrücken, so wie ich es mit Frank, dem Barkeeper, gemacht habe.«

Mel kneift die Augen zusammen und denkt nach. »Du hast etwas Champagner getrunken«, sagt sie schließlich. »Du bist vermutlich beschwipst. Vielleicht bist du dann ja ein bisschen freundlicher als sonst.«

»Was?« Ich starre sie einen Moment lang an, dann macht es endlich Klick. »Oh!«

Ich schaue mich nach einem Kellner um, aber die scheinen alle verschwunden zu sein. Deshalb schnappe ich mir vom nächstbesten Tisch ein halb volles Glas Champagner und zögere nur einen Moment, bevor ich einen Schluck davon nehme und die Flüssigkeit in meinem Mund bewege.

»Wow«, staunt Mel und zieht die Augenbrauen nach oben. »Ich bin beeindruckt. Und ein bisschen angewidert.«

»Wenn schon, denn schon«, entgegne ich. Dann streiche ich mir mit der Hand durch die Haare, ziehe mein Kleid ein wenig zur Seite, sodass einer meiner BH-Träger zu sehen ist, und schließe die Augen halb. »Wie sehe ich aus?«

»Total besoffen«, meint Mel grinsend. »Dann mal ran.«

Es braucht nicht viel, um jemandem glaubhaft zu machen, dass man betrunken ist. Ein leichtes Wanken, wenn man sich demjenigen nähert, eine rasche Umarmung, wenn man sich normalerweise nur zuwinken würde, ein Schluck aus dem Champagnerglas, das man in der Hand hält. Ich will Gabriel eigentlich einen schmatzenden Kuss auf die Wange drücken, aber die Umarmung ist schon vorbei, bevor sie begonnen hat, und ich verpasse meine Chance.

»Hey.« Ich trete zurück und strahle ihn breit lächelnd an. »Ich wusste gar nicht, dass du hier sein würdest.«

Er umfasst mein Handgelenk, um mir Halt zu geben, als ich mich zu einer Seite neige. »Dito.« Seine oberen Schneidezähne sind ein wenig schief, aber er hat mir einmal erzählt, dass er keine Zahnspange will, weil er Angst vor dem Kieferorthopäden hat. »Du bist wohl gut drauf, Veda?«

Ich tue, als wäre mir das peinlich, und stelle mein Glas ab. »Oh Gott. Ist das so offensichtlich?«

Er legt den Kopf schief. »Ein wenig. Aber nicht auf schlimme Art.«

Ich werfe einen Blick über die Schulter, aber Mel ist in der Menge verschwunden. »Mein Dad darf nichts davon erfahren. Er würde total ausflippen.« Ich packe Gabriel am Handgelenk und ziehe ihn unter einen leeren Pavillon. »Komm, lass uns abhängen, bis ich wieder nüchtern bin.«

Gabriel stolpert mir hinterher und lässt sich lachend mitziehen. Die weißen Stoffbahnen des Pavillons versperren den Blick auf uns und die Lichterketten, die kreuz und quer über dem Baldachin hängen, verbreiten ein behagliches, romantisches Licht. Es ist, als hätten Lilas Partyplaner diesen Pavillon eigens für Leute vorgesehen, die ungestört rummachen wollen.

»Was machst du denn so diesen Sommer?«, fragt Gabriel, lässt sich auf eine Bank sinken und klopft mit der Hand auf den Platz neben sich. »Polierst du deinen juristischen Wortschatz auf?«

Ich zucke zusammen. Ein Debatten-Nerd zu sein, ist anscheinend das Einzige, wofür ich an der Butterfield High bekannt bin. Das hat man davon, wenn man sich zwei Jahre lang hinter seinem älteren, extrovertierteren Freund versteckt.

Ich mache eine Kopfbewegung, um mir das Haar über die Schulter zu werfen. »Ich nehme gerade so etwas wie eine Auszeit von alldem«, antworte ich und blicke mit großen Augen zu Gabriel auf. »Einfach abhängen. Und für den Halbmarathon trainieren.« Ich grinse. »Bestimmt hast du schon gehört, dass Mark und ich Schluss gemacht haben.« Ich wende den Blick ab und wappne mich gegen den schmerzlichen Stich, den es mir immer versetzt, wenn ich diese Worte laut ausspreche.

»Ja.« Gabriel legt mir tröstend die Hand auf den Arm. »Das muss hart gewesen sein.«

Ich zucke mit den Schultern und schaue ihm in die Augen. »Wahrscheinlich ist es besser so. Ich bin bereit für etwas Neues.«

Es folgt ein kurzes Schweigen und ich überlege, den Kuss gleich jetzt in Angriff zu nehmen. Ich öffne die Lippen und neige mein Gesicht Gabriels zu. Sein Griff um meinen Arm wird fester.

»Nun, Mark hat keine Ahnung, was er verpasst«, sagt Gabriel und streicht sich die Haare aus der Stirn. »Du siehst toll aus heute Abend, Veda.«

»Danke.« Das ist der Teil, in dem er sich eigentlich zu mir vorbeugen und mich küssen sollte. *Komm schon,* beschwöre ich ihn innerlich. *Tu es.* »Ich freue mich sehr, dass du hier bist«, sage ich, um ihm einen Einstieg zu liefern.

Gabriel zögert und zieht die Unterlippe zwischen die Zähne, was unerwartet sexy ist. Ich vibriere geradezu vor Vorfreude und Nervosität. Ich will, dass er es tut, damit ich den Buchstaben *G* von meiner Liste streichen und diese bizarre High-Society-Party verlassen kann. Aber nicht nur das: Ich will wirklich, dass mich der Jahrgangssprecher der Abschlussklasse, Gabriel Latimore, in diesem schwach beleuchteten Pavillon küsst, mit dem heiteren Geschnatter der Partygäste und den Wellen des Michigansees als Hintergrundkulisse.

Doch aus irgendwelchen Gründen kapiert er den Hinweis nicht. Wir kommen uns so nah, dass ich seine Körperwärme durch mein Kleid spüren kann, und wir schauen einander in die Augen, total allein und abgeschirmt von allen Blicken. Ihm kann die Spannung, die sich gerade zwischen uns aufbaut, nicht verborgen bleiben – warum unternimmt er nichts?

»Weißt du, was? Ich fange jetzt einfach mal an«, verkünde ich und genieße den Schock, der sich für den Bruchteil einer Sekunde auf Gabriels Gesicht abzeichnet. Dann schließe ich die Augen und beuge mich vor, mein Mund findet seinen.

Zuerst habe ich Angst, dass ich mich total blamieren und dies der peinlichste Kuss aller Zeiten werden könnte. Doch dann erwidert er den Kuss, und zwar entschlossener, als ich erwartet hatte, sein Mund öffnet sich ein wenig und er legt mir den Arm um die Schulter, um mich an sich zu ziehen. Er duftet nach warmer Wäsche und Schokolade und seine Hände sind so heiß, dass es sich anfühlt, als würden sie meine Haut verbrennen, als er über meine Arme streicht.

Schließlich muss ich mich von ihm lösen und nach Luft schnappen, mein Herz hämmert. Gabriel Latimore ist ein wirklich guter Küsser. »Wow«, sage ich, während ich den Kopf in den Nacken lege und lächle. »Ich habe zu viel Champagner getrunken und das war einfach fabelhaft.«

Er lacht und zieht mein Gesicht wieder heran zu einem weiteren heißen Kuss, der bis zu meinen Zehen hinunter kribbelt. Mein Kopf fühlt sich an, als würde er sich drehen, sodass ich meine Lüge, betrunken zu sein, beinahe selbst glaube. Gabriels Lippen lösen sich von meinen und wandern über meinen Hals, hinunter zum Schlüsselbein und dann wieder zurück. Wenn er jetzt anfängt, an meinem Ohrläppchen zu knabbern, ist es um mich geschehen.

»Ich muss jetzt gehen«, sage ich keuchend, löse mich von ihm und bin mir durchaus bewusst, dass das, was eigentlich ein rascher, betrunkener Kuss hatte werden sollen, viel weiter gegangen war, als ich vorgehabt habe. »Auch wenn ich nicht will.« Ich beuge mich noch ein Mal vor und küsse ihn, meine Hände finden seine Hosenträger und ich ziehe ihn fest an mich, bevor ich mich losreiße und aus dem Pavillon renne.

* * *

»Was ist denn mit dir passiert?« Wie aus dem Nichts taucht Mel auf und fängt mich ab, als ich vor Gabriels unglaublichen Küssen fliehe. »Du siehst« – sie mustert mich – »zerzaust aus.«

Ich packe sie am Arm und ziehe sie hinter mir her. Wir machen einen Abstecher zur Schaukel, wo Jeffrey und Chaundre gerade Kaylee anschubsen. »Ich gehe jetzt. Lass dich von Dad nach Hause fahren, wenn du nicht hier übernachten willst«, rufe ich Jeffrey zu.

»Gabriel Latimore ist ein Kussgott«, raune ich Mel zu, während ich im Vorbeigehen Dads Bekannten zunicke und zulächle. »Und ich war kurz davor, mich ihm im Pavillon hinzugeben, deshalb bin ich geflüchtet.«

Mel stößt einen leisen Pfiff aus und fällt ein wenig zurück, um ihre Stöckelschuhe auszuziehen und mir barfuß nachzulaufen. »Das überrascht mich nicht«, sagt sie, während wir in den Buick steigen. »Er ist in allem anderen gut ... Weshalb also nicht auch darin?«

»Allerdings hat es ewig gedauert, bis er mich geküsst hat«, erzähle ich, während ich meine Schuhe abstreife und meinen Rock nach unten ziehe. »Ich musste sogar damit anfangen. Aber als er erst mal in Fahrt war ... Wow.«

Mel grinst und lässt den Motor an. »Besser als Mark?«

Ich schließe die Augen. Das ist die Eine-Million-Dollar-Frage, oder? Die Frage, der ich mich auch nach den ersten sieben Küssen dieses Sommerexperiments noch nicht stellen kann. War es besser, Gabriel Latimore zu küssen als den Typen, den ich bis vor ein paar Wochen noch als die Liebe meines Lebens betrachtet habe?

Mein erster Kuss mit Mark war nicht besonders heiß. Weder war ich in einer Pfütze aus Hormonen dahingeschmolzen, noch war es die Art von Kuss, von dem man in einer Teenie-Zeitschrift erzählen würde, denn er fand nicht unter einem Wasserfall oder auf dem Football-Feld vor der versammelten Schule statt. Der Kuss hatte nichts Besonderes oder Interessantes an sich, außer dass er unser erster war – und sobald sich Mark von mir gelöst und mir in die Augen geschaut hatte, hatte ich das Gefühl, angekommen zu sein. Von diesem Augenblick an haben wir nie mehr zurückgeschaut. Ab diesem Kuss hieß es Mark und ich und ich und Mark. Bis zu dem Tag, an dem das nicht mehr so war.

»Nein«, erwidere ich schließlich. Meine Augen sind noch geschlossen, aber ich spüre, dass Mel mich ansieht, und ich weiß, dass sie diese Antwort enttäuscht. »Es war nicht besser als Mark.«

16

Frank, der Barkeeper
Dads und Lilas Party
Habe die Rückseite seines Jacketts geküsst
2/10 (Zusatzpunkt, weil er gut gerochen hat)

Gabriel Latimore
Ebenfalls Dads und Lilas Party
Im Pavillon rumgemacht!
9/10

Mom hat am nächsten Tag frei, deshalb kann ich das Auto nehmen, um zur Arbeit zu fahren. Ich stelle Killians Radiosender ein und singe die Songs mit, die ich inzwischen auswendig kann. Währenddessen geht mir der Kuss mit Gabriel von gestern Abend durch den Kopf. Ich kann kaum glauben, dass ich das durchgezogen habe.

»Hey«, sage ich, als ich zu Killian hinüberlaufe, nachdem ich meinen Rucksack im Büro abgelegt habe.

»Hey.« Er streckt seine Hand zum High-five aus und ich muss hochspringen, um meine Handfläche auf seine zu klatschen, aber sein Lächeln ist verhalten. Schlagartig fällt mir ein, dass ich ihm gestern nicht zurückgeschrieben habe. »Lass uns anfangen.« Es haben sich schon Leute versammelt, die ungeduldig darauf warten, in den Bus einzusteigen.

Killian sagt kaum ein Wort, als wir die erste Ladung Leute flussaufwärts fahren. Und die Rückfahrt verläuft vollkommen schweigend, abgesehen vom Holpern und Knarren, das der alte Minibus von sich gibt, wenn er über die Furchen der Piste scheppert. Die Stille ist nervenzehrend – keine dahinplätschernde Unterhaltung, keine Musik. Es fühlt sich falsch an, aber ich weiß nicht, was ich sagen soll, um das Schweigen zu brechen. Wäre es blöd, einfach zuzugeben, dass ich seine Nachricht bekommen, aber vergessen habe, zu antworten? Ich frage mich, ob Killian irgendwie von mir und Gabriel gehört hat, doch dann schlage ich mir diesen Gedanken aus dem Kopf. Er kann es auf keinen Fall wissen, und wenn doch, dann sollte er deshalb nicht sauer sein. Wir sind Freunde. Mehr nicht. Oder?

Schließlich halte ich es nicht mehr aus und drehe meinen Kopf zu ihm herum. »Was ist los?«

Killian zuckt zusammen, als wäre er eine Million Meilen weit weg. »Äh, nichts«, antwortet er und lächelt mir im Rückspiegel zu. »Ich zähle nur die Wochen, bis wir uns keine Sorgen mehr um ertrinkende Betrunkene und die gefährliche Kombination aus Glasgefäßen und Freizeitpaddlern machen müssen.«

»Und wie viele Wochen sind das noch?«, frage ich, obwohl ich es ganz genau weiß. Wir haben noch acht Wochen Sommerferien und mir stehen noch neunzehn Küsse bevor.

»Nur acht Wochen.« Sein Gesicht verfinstert sich. »Ich fürchte mich schon.«

»Vor der Schule?«

»Vor allem.« Er macht eine wegwerfende Handbewegung. »Ich rede mir dauernd ein, dass es nur noch ein Jahr ist, und dann bin ich hier weg und kehre nie wieder zurück.«

Ich lege das Kinn auf meine Hand. »Ist irgendetwas passiert?«, frage ich vorsichtig.

Killian zuckt mit den Schultern. »Nur der gleiche Mist wie immer. Ich kann in Trawley nirgends hingehen, ohne auf irgendein Arschloch zu treffen, das jede Menge zu sagen hat – über meine Haare, mein Auto, die Art und Weise, wie ich spreche.«

»Wie du sprichst?« Ich finde, dass Killian spricht wie ein normaler Mensch – nichts, worüber man sich lustig machen könnte.

Er stößt ein bitteres Lachen aus. »Du wärst überrascht, wie viele Leute an der Highschool Angst vor dreisilbigen Wörtern haben.« Frustriert schüttelt er den Kopf und sieht mich durch den Rückspiegel an. »Dort wird sich nie etwas für mich ändern und davon habe ich die Nase voll.«

Ich stehe auf, als Killian den Minibus zurück an seinen Platz im Float & Boat lenkt. »Nun, du kannst dich darauf freuen, mit anzusehen, wie ich mich am Ende des Sommers beim Halbmarathon zugrunde richte«, sage ich in dem verzweifelten Versuch, ihm sein gewohntes Lächeln ins Gesicht zu zaubern. Die Worte kommen einfach aus meinem Mund, bevor ich noch darüber nachdenken kann, dass ich den Halbmarathon dann wohl tatsächlich laufen muss, wenn ich jemandem davon erzähle.

»Moment mal, was?« Killian steigt hinter mir aus dem Bus. »Du bist eine Gelehrte *und* eine Athletin? Ich glaube, mir explodiert das Gehirn.«

»Bitte.« Ich werde rot. »Das ist doch keine große Sache.«

»Ähm, *au contraire,* Frau Anwältin. Ein Halbmarathon macht einundzwanzig Kilometer oder einundzwanzigtausend Meter oder zwei Millionen einhunderttausend Zentimeter. Oder einen einzigen riesigen Herzinfarkt – wenn du ich wärst.«

»Du steckst so voller unnützem Wissen, dass ich erstaunt bin, dass du deinen eigenen Namen noch weißt.« Ich schnappe mir ein Ende des Kanus, das nass vom Flusswasser ist, und Killian hilft mir, es auf den Anhänger zu laden.

»In meiner Freizeit, wenn ich gerade mal nicht von dem Gedanken besessen bin, wie sehr meine Heimatstadt nervt, lese ich diese Unnützes-Wissen-Bücher, um überflüssige Fakten zu büffeln. Schließlich muss ich mich darauf vorbereiten, dieses Jahr gegen meinen Erzfeind aus Butterfield anzutreten.« Er lächelt, und obwohl er nicht so strahlt wie sonst, freue ich mich, es zu sehen.

Ich ziehe eine Augenbraue nach oben. »Wow, du liest ganze Bücher über unnützes Wissen? Wie ich sehe, konzentrierst du dich ausschließlich auf rein wissenschaftliche Quellen, um an Informationen zu gelangen.«

Den Rest des Nachmittags liefern wir uns wie immer einen Schlagabtausch nach dem anderen. Killians schlechte Laune scheint vergessen und wir schweifen ab zur Geschichte des Kirschenanbaus in Michigan und weshalb Promis ohne Make-up so Furcht einflößend aussehen (ein Thema, über das sich Killian anscheinend jede Menge Gedanken gemacht hat). Killian ist der einzige Mensch, den ich je kennengelernt habe, mit dem ein Gespräch so etwas wie ein Wettkampf ist. Er feuert seine Worte nur so heraus, quasi mit der routinierten Leichtigkeit eines Läufers in der Aufwärmrunde. Ich kann es kaum fassen, als ich auf mein Handy schaue und feststelle, dass der Tag fast vorbei ist. Unsere letzte Floater-Gruppe ist um zwei Uhr gestartet und theoretisch sollten sie gegen halb sechs im Float & Boat ankommen. Doch als wir alles zugemacht haben, ist es Viertel vor sechs und noch immer ist keine Spur von ihnen zu sehen. Von Westen her ziehen Wolken auf und die Wetter-App auf meinem Handy zeigt an, dass ein Gewitter direkt auf uns zukommt.

Bob und Mel kommen aus dem Büro auf den Anleger, auf dem Killian und ich sitzen und die Füße ins Wasser baumeln lassen. »Immer noch nichts, was?«, fragt Bob, legt die Hand über die Augen und schaut auf den Fluss hinaus.

»Noch nicht«, antwortet Killian.

Bob kratzt sich am Kopf. »Bestimmt steht eine Kontaktnummer in der Reservierung, aber der Empfang auf dem Wasser ist oft schlecht.«

»In solchen Fällen wäre es gut, wenn jedes Kanu mit einem GPS-Tracker ausgestattet wäre«, sagt Mel.

»Hoffentlich haben sie so viel Verstand, dass sie ans

Ufer gehen, wenn es anfängt zu regnen.« Bob sucht mit besorgtem Gesicht den Himmel ab.

»Bestimmt sind sie bald zurück.« Killian streckt sich. »Sie müssen doch merken, dass ein Gewitter heraufzieht.«

Bob schaut auf die Uhr und seufzt. »So viel zu meinem Date mit Mrs Flaherty.«

»Sie sollten gehen«, meint Killian. »Wir bleiben hier und warten.«

Bob zögert. »Ich weiß nicht. Ich sollte hier sein, für den Fall, dass etwas passiert.«

»Dad.« Mel stößt ihn an. »Mom wird sauer sein, wenn du zu spät kommst.«

Unentschlossenheit zeichnet sich auf seinem Gesicht ab. Wieder blickt er zum Himmel hinauf. Das Gewitter ist eindeutig auf dem Weg hierher, aber es könnte noch eine halbe Stunde oder länger dauern, bis es wirklich losgeht. »Seid ihr sicher?«, fragt er Killian und mich. »Ich kann auf jeden Fall dableiben, wenn ihr meint, dass ihr mich braucht. Ich *sollte* bleiben.«

»Geh ruhig, Bob«, sage ich, wobei ich versuche, überzeugend zu klingen. Denn eigentlich habe ich keine Ahnung, was zu tun ist, wenn die Gruppe nicht auftaucht, bevor das Gewitter kommt, und Bob nicht da ist.

Bob zögert, dann lächelt er und wischt sich theatralisch mit dem Handrücken über die Stirn. »Puh. Ihr zwei rettet mir das Leben.« Er zieht einen schweren Schlüsselbund aus seiner Tasche und reicht ihn mir. »Schließt die Schlüssel einfach im Bus ein, wenn ihr fertig seid, ich hole sie dann morgen früh.«

»Ich muss leider auch weg – ich muss ihn fahren«, sagt Mel und hebt entschuldigend die Schultern.

Wir winken, während sie zum Ufer zurückkehren. Bob pfeift glücklich vor sich hin auf dem Weg zu einem Date mit seiner Frau. Selbst bevor mit meinen Eltern alles den Bach runterging, erinnere ich mich kaum an eine Zeit, in der sie so unverhohlen überglücklich waren, einen Abend miteinander zu verbringen.

Nachdem Bob die Autotür zugeknallt hat, sage ich zu Killian: »Du kannst auch gehen, wenn du willst. Du hast eine längere Heimfahrt als ich.« Ich kreuze die Finger und hoffe, dass er sich weigert zu gehen.

Killian sieht mich seltsam an, als stünde es für ihn vollkommen außer Frage, mich allein im Float & Boat zurückzulassen, wofür ich ihm insgeheim dankbar bin. »Du weißt, dass es nicht im Sinne der Versicherung ist, wenn Mr Flaherty eine Aushilfe allein hier draußen arbeiten lässt. Zu riskant – du könntest in den Fluss fallen und ertrinken.«

Ich schiebe meinen Fuß tiefer in den Fluss und spüre ein paar Zentimeter unter der sonnenwarmen Oberfläche das kalte Wasser. »Ich verspreche auch, meine Schwimmflügel zu tragen.«

»Keine Chance.« Killian nimmt seine Kappe ab und legt sich auf dem Anleger auf den Rücken. Dann legt er die Kappe auf sein Gesicht, damit ihn die Sonne nicht blendet. »Das hier ist ein Zwei-Personen-Einsatz, Frau Anwältin. Team Wir.«

Ich hoffe, die Kanufahrer lassen sich einfach nur Zeit, den Fluss herunterzupaddeln, vielleicht haben sie ja auf einer der kleinen Inseln haltgemacht, um sie zu erkunden. Ich weiß nicht, was wir tun sollen, wenn tatsächlich etwas passiert ist.

Killian kann nur wenige Minuten Stille ertragen, deshalb bringt er die Unterhaltung wieder in Gang. Ich kenne niemanden, der so interessiert am Leben ist, dass er nicht aufhören kann, darüber zu reden. »Tja, also«, sagt er.

Ich blicke auf ihn hinunter, seine Finger trommeln auf die verwitterten Bretter und sein Bauch spannt sich an. »Tja, also. Du hast mir nicht zurückgeschrieben.«

Ich zucke zusammen. »Nein, hab ich nicht. Tut mir leid.«

Er trommelt weiter mit den Fingern auf den Anleger und wartet auf mehr. Mit zusammengepressten Lippen platsche ich mit den Füßen aufs Wasser und beobachte, wie die Tropfen durch die Luft fliegen. Ich hätte ihm zurückschreiben sollen. Ich weiß genau, was ich geschrieben hätte: **mir hat es gestern auch gefallen**. Aber wie kann ich erst einem Typen eine Nachricht schreiben und kurz darauf einen anderen küssen?

Killian seufzt. »Okay ... Themawechsel. Erinnerst du dich an den Abend, an dem wir mit Mel und diesen anderen Typen hierhergekommen sind?«

Mein Gesicht wird heiß. Er schneidet einfach alle unangenehmen Gesprächsthemen an. »Ja. Haben wir darüber nicht schon gesprochen?«

Killians Finger halten in ihrem hektischen Tanz inne. »Sorry. Ich will das nicht dauernd wieder aufwärmen. Aber was mich neugierig macht ... der Popmusik-Hasser

Seth scheint irgendwie in Mel verliebt zu sein. Sind sie zusammen?«

Ich zucke mit den Schultern. Ich will jetzt nicht über Seth und Mel nachdenken. »Es ist kompliziert. Sie sind beste Freunde.«

»Ich glaube, Mel hat versucht, mich dazu zu benutzen, ihn eifersüchtig zu machen.« Killians Stimme ist ruhig und ausdruckslos, er nennt nur Fakten.

Ich schweige. Das hat Mel eindeutig getan, aber es klingt schrecklich, wenn Killian es laut ausspricht. »Ich glaube nicht, dass sie das bewusst macht. Sie ist nicht besonders gut in Beziehungen. Flirten, ja. Sich an jemanden binden – eher nicht.«

Und dann dämmert es mir – *das* ist der Hauptgrund, weshalb es so beunruhigend ist, dass Mel und Seth zusammenkommen könnten. Nicht weil ich Seth völlig irrational für mich beanspruche, auch wenn ich ihn gar nicht auf diese Art mag. Auch nicht weil ich will, dass sie mich mehr mögen als sie sich gegenseitig, sondern weil ihre Beziehung ein Ablaufdatum hat. Sie werden ein paar Monate zusammen glücklich sein, dann überlegt es sich Mel anders und findet einen anderen Typen, dem sie hinterherjagen kann, und Seth ist am Boden zerstört. Und das ist dann das Ende unserer Dreierfreundschaft.

Killian setzt sich plötzlich auf, seine Mütze fällt ihm in den Schoß. Sein Gesicht ist nur Zentimeter von meinem entfernt und alles, was ich sehen kann, sind seine leicht sonnenverbrannten Wangen und seine klaren blauen Augen. »Was ist mir dir, Vee? Bist du gut in Beziehungen?«

Ich reiße meinen Blick von Killians Augen los und habe Mühe, nicht zu lachen. Früher dachte ich immer, ich wäre eine Expertin in Sachen Beziehungen. Wenn man mich vor sechs Monaten gefragt hätte, hätte ich gesagt, ich wäre eine Eins-a-Partnerin, eine der besten meines Jahrgangs, sozusagen mit Qualitätssiegel. Doch die Tatsache, dass es mich aus heiterem Himmel getroffen hat, als mein Freund mit mir Schluss gemacht hat, legt nahe, dass ich auf diesem Gebiet noch das eine oder andere dazulernen muss.

»Ich …« Ein lautes Jauchzen schneidet mir das Wort ab und vier Kanus treiben in unser Blickfeld. »Gott sei Dank, sie sind da«, sage ich und rapple mich auf. Die Gruppe in den Kanus fuchtelt mit den Paddeln in der Luft herum und singt zu »Sweet Home Alabama« mit, das aus den iPod-Lautsprechern dröhnt, die in einem der Boote stehen.

»Na toll. Die sind ja total hacke.« Killian erhebt sich. »Aber ich liebe diesen Song. Ich räume die Kanus weg. Vielleicht kannst du sie dazu bringen, auf den Parkplatz zu gehen, damit wir das Tor hinter ihnen zumachen können?«

»Abgemacht.« Ich starre auf die sich nähernden Kanufahrer und spüre Killians Blick auf mir. Aber ich fürchte mich davor, ihn zu erwidern. »Ich wette, dass wir in einer halben Stunde hier raus sind.«

Die Kanufahrer begrüßen uns mit Umarmungen und Schulterklopfen, außerdem erzählen sie wenig zusammenhängende Geschichten über ihren biergetränkten Tag. Sie stolpern durch das flache Wasser am Rand des

Flusses und laden Kühlboxen, leere Flaschen und tropfnasse Handtücher aus. Es dauert ein bisschen länger als eine halbe Stunde, aber am Ende schaffen wir es, sie hinüber zu ihren Autos zu scheuchen, während das aufziehende Gewitter den Himmel verdunkelt. Killian schließt Bobs Schlüssel in den Bus ein und ich schiebe das verrostete Eisentor zu. Die Betrunkenen können die ganze Nacht auf dem Parkplatz verbringen, wenn ihnen danach ist.

Plötzlich frischt der Wind auf und wir hören den Regen, noch bevor wir ihn sehen. Das leise Prasseln von Tropfen, die durch die Kiefernzweige fallen, wird jeden Moment lauter.

»Auf geht's«, sagt Killian und streckt seinen Arm aus, seine gebräunte Haut ist voller Regentropfen. Über unseren Köpfen grollt der Donner und der Regen wird stärker. »Los, komm!«, brüllt Killian, während er zum Parkplatz rennt.

Ich stürze hinterher, meine Schritte knirschen auf dem Kies, der durchdringende Geruch von Regen steigt mir in die Nase.

»Wo ist dein Auto?«, ruft er.

Ich zeige darauf und entriegle schon mal die Tür, während wir rennen. Wir schlüpfen hinein, während der Regenschauer über uns zu einem Brausen anschwillt. Ich wische die Regentropfen ab, die an meinen Beinen hängen, und schüttle mein Haar aus. Killians T-Shirt ist dunkel getupft und sein Haar hängt ihm in Strähnen ins Gesicht.

»Besteht irgendeine Chance, dass du mich nach Hause

bringst?«, fragt er. »Der Jeep ist für viele Dinge gut, aber nicht für eine Fahrt im Regen.«

»Oh mein Gott«, sage ich und recke den Hals, um aus dem Fenster zu schauen. »Wird er das überstehen?«

Killian zuckt mit den Schultern. »Irgendwie hat er bereits den Punkt erreicht, an dem nicht mehr viel kaputtgehen kann. Er steht unter den Bäumen und ich habe heute Morgen die Plane darübergezogen.«

Ich schnalle mich an und lasse den Motor an, dann schalte ich die Scheibenwischer auf die höchste Stufe. Der Regen prasselt weiter und ich fahre durch Pfützen, die sich in kürzester Zeit gebildet haben, und biege nach links auf die Landstraße ab, die von Butterfield wegführt. Ein Blitz zerreißt den Himmel, eine lange, gegabelte Linie, die die Zeit kurz zu gefrieren scheint, weil der Anblick sich in meine Augen brennt.

Ich umklammere das Lenkrad und bin plötzlich nervös. »Vielleicht ist es keine so gute Idee, in diesem Gewitter zu fahren«, sage ich. »Ich glaube, es wird noch schlimmer.«

»Ein paar Kilometer weiter kommt eine Brücke, unter der man anhalten kann«, antwortet Killian. »Dort können wir warten, bis es vorbei ist – schätze, das dauert höchstens noch zwanzig Minuten.« Er greift rüber und drückt kurz meinen Arm. »Das wird schon. Versprochen.«

Ich nicke und beuge mich vor, um durch die Windschutzscheibe etwas zu erkennen, aber der Regen fällt schneller, als die Scheibenwischer ihn wegschieben können. Ich sehe die Brücke erst, als wir praktisch schon unter ihr sind. »Fahr hier an die Seite«, meint Killian und steigt aus, sobald der Wagen zum Stehen kommt.

Ich öffne meine Tür und steige ebenfalls aus, Gänsehaut bedeckt meine Haut. Unter der Brücke zieht ein kalter Wind durch und bringt Sprühregen mit sich.

»Hast du Handtücher dabei oder so?«, fragt er.

»Klar.« Ich öffne den Kofferraum und hole ein paar Badetücher und eine Decke heraus.

Killian reibt die Kühlerhaube trocken und bietet mir einen Platz darauf an.

»Hüpf rauf.« Er legt mir die Decke um die Schultern, während ich auf die Stoßstange steige und es mir auf der Motorhaube bequem mache. »Und jetzt schau einfach zu.«

Hier unter der Brücke können wir über ein paar Hektar Kirschbäume hinweg genau ins Herz des Gewitters schauen. Beinahe minütlich leuchtet ein Blitz auf, jeder heller als der vorige, in der Luft liegt der Geruch von Regen.

Killian sitzt neben mir, stützt sich nach hinten auf seine Hände und baumelt mit den Füßen. Ich ziehe die Decke fester um mich und fröstle, als mir ein weiterer Windstoß kalte Regentropfen ins Gesicht bläst.

»Ich bin so froh, dass diese Idioten nicht in das Gewitter geraten sind.«

Killian nickt. »Ich weiß nicht, ob sie es dann geschafft hätten, und ich hätte ungern Mr Flaherty die Nachricht überbracht, dass ein paar seiner Kunden die Kanus versenkt haben und ertrunken sind.«

Er lehnt sich zurück, seine Hand landet dicht neben meiner. Ich erstarre. Vielleicht liegt es am Gewitter und daran, dass wir unter der Brücke festsitzen und uns gerade fühlen, als wären wir die einzigen Menschen auf der Welt, aber jede Zelle meines Körpers sehnt sich danach, die Hand auszustrecken und ihn zu berühren. Aber ich kann nicht. Ich muss immer noch zuerst *H, I* und *J* erledigen. Und selbst dann – wäre ich überhaupt in der Lage, Killian zu küssen? Zum ersten Mal bin ich unsicher, ob ich überhaupt will, dass er mein *K*-Kuss wird. Ihn in dieses Spiel hineinzuziehen, scheint ... falsch.

»Hast du noch Geschwister?« Ich greife buchstäblich auf das unverfänglichste aller Gesprächsthemen zurück in der Hoffnung, damit die Gefühle, die sich wie eine Flutwelle in mir erheben, zurückzudrängen.

Er wirft mir einen langen Blick zu. »Nein. Nur meine Eltern und ich. Und du? Hast du Myriaden von Brüdern und Schwestern? Oder einen Riesenpython in einem Käfig unter deinem Bett?«

Ich lache. »Glaub mir, so interessant bin ich nicht. Ich habe eine Mom, einen Bruder und eine Katze, die Fat Snacks heißt. Und eine Halbschwester, die bei meinem Dad und seiner Frau lebt.« Es klingt kompliziert, wenn ich das alles so darlege. Normalerweise betrachte ich Dad und Lila nicht als meine Familie – eigentlich sind das nur meine Mom, Jeffrey und ich. »Die Verwandten meines Dads leben fast alle weit weg, aber in ein paar Wochen haben wir ein bescheuertes Familientreffen.«

»Das mit dem Python war ein Test, weißt du?« Killian schaut mich an und zieht eine Augenbraue nach oben. »Wenn du angefangen hättest zu schreien oder mich angesehen hättest, als wäre ich ein Psycho, dann wäre unsere Freundschaft vorbei gewesen. Denn *ich* habe einen Riesenpython in einem Käfig unter meinem Bett.«

Ich rücke gespielt eilig von ihm weg. »Okay, das ist jetzt irgendwie eklig.«

»Verdammt.« Killian schnipst mit den Fingern. »Und ich dachte, das mit uns würde was werden.«

Und das würde es auch. Wie Killian bereits sagte, sind wir »Team Wir«. In meinem Bauch flattert etwas bei diesem Gedanken.

Der Regen wird allmählich schwächer und der Himmel verfärbt sich hellblau. Das Gewitter zieht weiter nach Osten. Gegen die Kälte schlinge ich die Arme um mich. Killian zögert einen Moment, dann legt er seinen Arm um meine Schultern. Ich erstarre.

»Ah. Okay.« Er nimmt den Arm weg. »Tut mir leid.«

»Nein, schon gut. Ich meine, eigentlich ist nichts gut. Ich will nicht ...«

Er hebt die Hand, um mich zum Schweigen zu bringen, sein Lächeln kann die Verunsicherung in seinen Augen nicht ganz verbergen. »Es ist okay, Vee. Du brauchst es nicht zu erklären.«

»Ich mache gerade nur ein paar Dinge durch«, setze ich an, weil Killian toll ist, er verdient eine Erklärung, selbst wenn es nicht die ganze Wahrheit ist. Ich hasse mich ein wenig dafür, dass ich mich überhaupt auf diese Sechsundzwanzig-Küsse-Sache eingelassen habe. »Zu Beginn des Sommers habe ich eine schlimme Trennung durchgemacht und jetzt versuche ich einfach, alles wieder auf die Reihe zu kriegen.«

Er nickt und starrt geradeaus. »Ich wollte nicht, dass

du das Gefühl hast, dich erklären zu müssen.« Ich klappe den Mund auf, um zu protestieren, doch er spricht weiter: »Aber da wir das Gespräch nun mal führen, will ich nur sagen, dass ich von dem Augenblick an, in dem ich dich kennengelernt habe, wusste, dass ich dich mögen würde. Und ich hatte recht.«

Ich falte die Hände im Schoß. »Danke.« Ich weiß nicht, was ich sonst sagen soll. *Ich finde dich auch ziemlich cool, aber ich nehme mir diesen Sommer eine Auszeit von richtigen Beziehungen, um mich durch Michigans Norden zu knutschen? Gib mir eine Woche oder so Zeit, bis ich zu K komme, dann sehen wir ja, wie es läuft?*

»Ich bringe dich jetzt besser nach Hause«, sage ich, während ich die Decke von meiner Schulter gleiten lasse, obwohl sie so schön warm ist, dass ich mich am liebsten den ganzen Tag darunter zusammengerollt hätte.

Wieder wirft mir Killian einen langen Blick zu. »Okay«, erwidert er schließlich, rutscht von der Motorhaube und reicht mir die Hand, um mir herunterzuhelfen.

Auf der restlichen Fahrt nach Trawley liegt verlegene Stille in der Luft. Killian wippt wie immer zu den Klängen des Radios mit, aber die normale fröhliche, ungezwungene Atmosphäre, die sonst zwischen uns herrscht, ist durch etwas Emotionsgeladenes ersetzt worden. Ich kann mir vorstellen, was ihm durch den Kopf geht. Meiner ist ausgefüllt von einer Endlosschleife von: *Du hast es vermasselt. Du hast es vermasselt. Du hast es vermasselt und wirst nie wieder eine Chance bei ihm haben, selbst wenn du beschließen solltest, eine zu wollen.*

Ich halte vor seinem Haus an, das schlicht und zweistöckig ist, und er knufft mir leicht gegen den Arm, bevor er aussteigt. »Wenn ich das zwischen uns jetzt ruiniert habe, werde ich mich dafür hassen«, sagt er, während er gedankenverloren über sein Stoppelkinn fährt. »Lass uns daher einfach ein paar Stunden zurückspulen und morgen von dort aus weitermachen, okay?«

»Okay«, antworte ich und tue mein Bestes, um zu lächeln. Es überrascht mich nicht, dass er mich nicht hereinbittet, aber ich bin enttäuscht. Ich hätte sehr gern seine Eltern kennengelernt und sein Zimmer gesehen, um einen Blick in das Innenleben des Killian Hughes zu werfen. Doch er verschwindet, ohne sich noch einmal umzusehen, im Haus und ich fahre zurück nach Butterfield. Ich weiß, dass zwischen uns etwas schiefgelaufen ist, und habe keinen blassen Schimmer, wie ich das wieder geraderücken kann.

17

Die nächsten paar Wochen bei der Arbeit sind unerträglich. Killian und ich erledigen unseren Job, und trotz der Tatsache, dass wir versuchen, so zu tun, als hätte sich zwischen uns nichts geändert, reden wir nur über den Job – wie viele Reservierungen es an diesem Tag sind, was zu tun ist, wenn jemand sein Handy im Bus vergisst, wie viele kleine Kinder wir in einem einzigen Kanu unterbringen dürfen.

Und das nervt. Ich vermisse Killians Gelaber und seine Theorien und die Art, wie wir ein Gespräch über etwas völlig Banales wie Kanupaddel anfangen können und am Ende so sehr lachen, dass wir uns fast in die Hose machen.

Ich lasse meinen Frust auf der Strecke aus, die ich fast jeden Morgen laufe. Ryan hat sich tatsächlich meine Nummer besorgt und drängt mich dazu, mit ihm zu laufen. Ich treffe ihn ein paarmal pro Woche beim Laufen und versuche, mit seinem Galopp Schritt zu halten. Als ich immer mehr Meilen schaffe, habe ich das Gefühl, dass ich es im August vielleicht tatsächlich mit dem Halbmarathon versuchen kann.

»Du lässt das mit den sechsundzwanzig Küssen jetzt irgendwie schleifen«, meint Mel beim Nachspann des

Films, den wir gerade in ihrem Zimmer auf dem Laptop angeschaut haben. »Du bist immer noch bei *H*, oder?«

»Tatsächlich bin ich bei *I*«, entgegne ich. »Ich habe ganz vergessen, dir das zu erzählen. Erinnerst du dich an diesen kleinen Jungen, der letzte Woche seinen Geburtstag im Float & Boat gefeiert hat? Hugo?«

Mel nickt.

»Na ja, er kam am Ende des Tages zu mir gerannt und hat mir einen Kuss auf das Handgelenk gedrückt.«

Mel kichert. »Das ist ja süß. Ich hoffe, du hast ihm eine Zehn gegeben.«

»Die Zehn hebe ich mir noch auf. Hugo bekommt eine Neun Komma neun, neun, neun und hat damit die bislang höchste Punktzahl erzielt. Abgesehen von Elmo, dem Hund mit einer Million Punkten.«

Mel verdreht die Augen, sie ist eindeutig nicht erfreut über manche der Taktiken, mit denen ich zu meinen Küssen komme. »Warum hast du dich dann noch nicht um ein *I* gekümmert?«

Ich schnappe mir den Computer und scrolle durch die Filme in der Hoffnung, etwas zu finden, womit ich sie ablenken kann. Ich habe ihr nichts von meinem Gespräch mit Killian erzählt oder von meinen gemischten Gefühlen in Bezug auf die Kuss-Herausforderung.

»Ich brauchte nur eine kleine Pause«, sage ich.

»Und? Bist du bereit, wieder anzufangen?« Sie nimmt mir den Laptop aus der Hand. »Ich habe nämlich ein paar großartige Ideen.«

Ich zucke mit den Schultern und Mel seufzt. »Okay, vergessen wir die sechsundzwanzig Küsse mal kurz.

Wenn du jeden beliebigen Jungen daten könntest, wen würdest du nehmen?« Mel stützt das Kinn auf die Hand. »Mal ganz ungeachtet des Alphabets.«

»Das weiß ich nicht.« Ich erlaube mir selbst nicht, diese Frage zu beantworten, nicht einmal in Gedanken.

Sie streicht sich das Haar aus dem Gesicht. »Komm schon, Vee. Der Sommer ist halb vorbei, aber du hast immer noch einen Blankoscheck. Wenn du jeden beliebigen Jungen fragen könntest – jeden – und nur eine unglaubliche Nacht mit ihm verbringen würdest, wer wäre das?«

Im Geiste blättere ich durch unser Jahrbuch. An der Butterfield High gibt es jede Menge gut aussehender Typen, das muss ich zugeben. Es ist schwer, sich da zu entscheiden. Vielleicht Brandon Lewis, der Schwimmteamchampion von Michigan mit seinen krassen Bauchmuskeln. Oder Dave Martinez, der im Mai seinen Abschluss gemacht und irgendein unglaubliches Stipendium für Princeton erhalten hat.

»Kevin Nardone«, antworte ich schließlich.

Mel rümpft die Nase. »Kevin Nardone? Wer ist das denn?«

»Nicht dein Ernst, oder?« Ich verschränke die Arme. »Du weißt nicht, wer Kevin Nardone ist?«

Mel zuckt mit den Achseln.

»Er ist ein Jahr unter uns und war letztes Jahr in meinem Geschichtskurs.« Ich klappe den Fenstersitz aus und schaue hinunter in den Garten. »Ich weiß auch nicht. Er scheint ein richtig netter Kerl zu sein und bestimmt macht es Spaß, mit ihm abzuhängen. Er erinnert mich irgendwie an Phil aus *Modern Family.«* Kevin ist ein netter, normaler Typ. Langweilig. Nicht übermäßig klug. Das Gegenteil von Killian.

Mel stöhnt. »Phil, wie der *Dad* aus *Modern Family?«* Ich nicke und sie seufzt genervt. »Vee, ich glaube, du konzentrierst dich hier nicht auf das Wesentliche. Und du kannst Kevin nicht wählen. Du sparst dir deinen *K*-Kuss für Killian auf, oder?«

Ich wende mich von ihr ab, weil ich mir selbst nicht über den Weg traue, ob ich über Killian sprechen kann, ohne dass man mir etwas ansieht. »Ich dachte, ich darf mir irgendjemanden aussuchen, egal, was das Alphabet sagt?« Ich schaue auf dem Handy nach, wie spät es ist, und rapple mich auf. Bald kommt Mom von der Arbeit und Jeffrey besteht darauf, die nächsten paar Tage bei meinem Dad zu verbringen, deshalb muss ich jetzt nach Hause, damit sie weiß, dass wenigstens eines ihrer Kinder zu ihr hält. »Ich muss jetzt gehen«, sage ich und winke. »Wir sehen uns später.«

»Was ist mit Killian?«, ruft Mel, aber ich bin schon um die Ecke.

Was mit Killian ist? Ich habe keine Ahnung. Aber ich habe nur noch *I* und *J* zu erledigen, bevor ich darüber nachdenken muss.

Ian Swanson

Mels Nachricht kommt abends, als ich gerade schlafen gehen will, bei mir an.

???, schreibe ich zurück.

du hast dir nie die mühe gemacht herauszufinden,

wen ich fragen würde, wenn ich mir jeden beliebigen kerl aussuchen könnte. und der wäre es: ian swanson.

und?

und er ist die einzige person in meinem handy, dessen name mit i anfängt. du solltest ein heißes date mit ihm verbringen, denn 1. wirst du deinen i-kuss bekommen und 2. kann ich das dann indirekt durch dich auch erleben.

Ich putze meine Zähne und lasse sie auf eine Antwort warten. Natürlich weiß ich schon, dass ich es machen werde. Ich habe mir bereits den Kopf zerbrochen und das Jahrbuch durchgeschaut, und die einzigen Personen, deren Namen mit I anfangen, sind Ian und Isabella Elias, eine einschüchternde Cheerleaderin, mit der ich noch nie im Leben gesprochen habe.

oh, und 3. kannst du ihn mir hinterher vielleicht vorstellen & er verliebt sich wie verrückt in mich & und wir werden jede menge hübsche babys bekommen. ich habe nicht genug stolz, um die überbleibsel deiner kusschallenge links liegen zu lassen.

Ich pruste und werfe das Handy beiseite, dann ziehe ich das Jahrbuch heraus und schlage Ians Foto auf. Ehrlich gesagt weiß ich nicht viel über ihn. Er spielt Basketball, ist zwar nicht so gut in der Schule wie ich, fliegt aber auch nicht demnächst von der Schule. Außerdem hat er sich durch den überwiegenden Teil des Cheerleader-Teams gedatet, sogar einschließlich einer kurzen Affäre mit Isabella Elias. Hoffentlich hat er sich aber für den Sommer von den Cheerleadern freigenommen. Das

Letzte, was ich jetzt gebrauchen kann, ist ein Zickenkrieg mit einem der Furcht einflößendsten Mädchen der Schule.

Ich mache mich bettfertig und schalte das Licht aus, nachdem ich mich vergewissert habe, dass die Weckfunktion an meinem Handy eingeschaltet ist. Morgen muss ich früh aufstehen, weil ich vor der Arbeit noch laufen gehen will. Ich ziehe mir das Kissen über den Kopf, schlafe ein und träume, dass kilometerweise Asphalt unter meinen Füßen vorbeizieht.

Mels Dad hat eine schlimme Erkältung und kann am nächsten Tag nicht ins Float & Boat kommen, deshalb trägt er Mel auf, mich mit ihr im Büro arbeiten zu lassen – Telefonate annehmen, Leute, die reserviert haben, einchecken und Zahlungen entgegennehmen. Es ist schön, zur Abwechslung mal in klimatisierten Räumen zu arbeiten, auch wenn ich jedes Mal Gewissensbisse bekomme, wenn ich aus dem Fenster schaue und sehe, wie Killian sich damit abmüht, die Kanus ganz allein auf den Anhänger zu hieven. Er dreht sich um, als würde er spüren, dass ich ihn beobachte, und unsere Blicke treffen sich. Er schenkt mir ein rasches Lächeln, bei dem mein Magen einen Salto macht. Mel hat das Radio im Büro leise angestellt und ich ertappe mich dabei, dass ich genauer auf die Texte achte als sonst. Ob ich wohl etwas finde, das es wert ist, auf Killians Armaturenbrett geschrieben zu werden?

Das Telefon klingelt und ich zucke zusammen. Es dauert einen Augenblick, bis ich mich gesammelt habe, um mit einem freundlichen »Flaherty's Float & Boat! Sie sprechen mit Veda. Was kann ich für Sie tun?« ranzugehen. Der Kunde möchte für ein Klassentreffen in zwei Wochen für zweiundzwanzig Personen reservieren (du liebe Güte!). Ich trage es in den Kalender ein und mache mir im Geiste eine Notiz, dass ich mir den Tag unbedingt freinehmen muss.

Sobald ich aufgelegt habe, rückt Mel mir auf die Pelle und stupst mich an. »Ich habe die Ian-Recherche für dich erledigt, weil du es ja doch nicht machst«, sagt sie. Ich habe ihr gegenüber Bedenken angemeldet, mit einem Typen auszugehen, der als anerkannter Besitz des Cheerleader-Teams gilt. Und ich hatte gehofft, dass die Sache damit erledigt wäre. Ich könnte jetzt ein paar beschauliche, kusslose Tage vertragen. Aber da habe ich Pech. »Er geht momentan mit niemandem aus«, spricht sie weiter. »Offenbar ist er es leid, all sein Geld für Mädchen zu verschleudern, und spart jetzt auf ein Auto.«

»Großartig«, erwidere ich und rücke meinen Stuhl näher an die Klimaanlage am Fenster, sodass die herrlich kalte Luft direkt auf meinen Rücken bläst. »Dann wird er ja bestimmt nicht mit mir ausgehen wollen.«

Mel schüttelt den Kopf. »Nein, nein, nein. Du wirst *ihn* ausführen. Du wirst dieses Mal den Ton angeben, Vee. Das bedeutet, dass du bezahlst.«

Mein Magen zieht sich zusammen und ich hasse mich dafür sofort ein wenig. Wir sind im einundzwanzigsten Jahrhundert, verdammt. Frauen können Doktorinnen, Ingenieurinnen, Ärztinnen, Astronautinnen werden ... alles, was Männer auch werden können. An juristischen

Fakultäten überall im Land machen fast so viele Frauen wie Männer ihren Abschluss und die Anzahl der Frauen, die in amerikanischen Haushalten die Hauptversorger sind, steigt ständig. Und ich merke: Offenbar besteht meine Standardreaktion auf Nervosität darin, mir Errungenschaften des Feminismus aufzusagen. Warum dieses unbedingte Bedürfnis zu warten, bis mich ein Kerl fragt, ob ich mit ihm ausgehe, und warum gehe ich davon aus, dass er alles bezahlt?

Das ist aber nicht das eigentliche Problem. Das eigentliche Problem ist die Tatsache, dass ich nicht aufhören kann, an Killian zu denken, auch wenn alles zwischen uns gerade seltsam ist. Wie kann es richtig sein, einen Typen zu fragen, ob er mit mir ausgeht, während ich verrückt nach jemand anderem bin? Auch wenn ich diesem Jemand im Prinzip schon gesagt habe, dass ich kein Interesse habe?

»Ich sehe, dass dein Gehirn gerade arbeitet«, sagt Mel, während sie mich eingehend betrachtet. »Und ich glaube, dass ich gar nicht wissen will, woran. Aber wirst du es tun?«

»Lass mich darüber nachdenken.«

Mel seufzt.

»Was?«

»Nichts.« Sie wirft ihr Handy beiseite und blättert durch einen Stapel Papier, um meinen Blick zu meiden.

»Mel, komm schon. Bist du sauer?«

Sie schließt kurz die Augen. »Ich will einfach nur, dass du Spaß hast, Vee. Du warst so lange mit Mark zusammen, und jetzt hast du diese tolle Chance, alle Verpflichtungen und Beziehungen zu vergessen und einen Sommer zu erleben, den du niemals vergessen wirst.«

Ich verschränke meine Arme und starre aus dem Fenster. Wie soll ich ihr sagen, dass mein Zaudern bei der Kuss-Challenge daher rührt, dass ich womöglich etwas für Killian empfinde, aber dass ich nicht einmal vollkommen sicher bin, was gerade in meinem eigenen Kopf vor sich geht? »Na gut«, sage ich. »Ich werde Ian fragen.« Wieder klingelt das Telefon und ich zwitschere wieder den Float & Boat-Gruß.

Mel klatscht begeistert in die Hände und zieht ihr Handy heraus, um mir Ians Nummer zu schicken. Ich wende mich von ihr ab, um die nächste Reservierung zu notieren, und hoffe, dass sich die Cheerleader nicht auf mich stürzen, wenn sie herausfinden, dass ich hinter ihrem Nummer-eins-Basketballspieler her bin – und dass es kein Riesenfehler ist, nicht sofort mit dieser alphabetischen Kuss-Wette aufzuhören und mich stattdessen meinen Gefühlen für Killian zu widmen.

Ich habe Ians Nummer. Ich weiß, dass er momentan keine Freundin hat. Und ich bin mir ziemlich sicher, dass er dafür zu haben ist, eine kostenlose Mahlzeit zu ergattern. Bleibt nur noch ein Problem: Ich bin mir gar nicht sicher, ob Ian Swanson weiß, wer ich bin. Zum Glück gibt es für solche Fälle Facebook.

Zwei Stunden, nachdem ich eine Freundschaftsanfrage verschickt habe, hat Ian sie auch schon akzeptiert und scheint online zu sein. Ich hole tief Luft, öffne die Nachrichten-Funktion und komme gleich zur Sache.

hey, ian. :)

hey, was geht?

Ich halte inne, die Finger über der Tastatur. Das wird so was von demütigend werden, wenn er mir eine Abfuhr erteilt.

frage mich gerade, ob wir nicht mal was zusammen unternehmen wollen?

Es dauert eine Weile, bis er antwortet, aber er geht nicht offline. Ich frage mich, ob er sich gerade überlegt, wie er Nein sagen kann, ohne wie ein komplettes Arschloch dazustehen. Oder, was noch demütigender wäre: Vielleicht schaut er gerade meine Bilder durch, um herauszufinden, ob ich hübsch genug bin und es sich lohnt, mit mir auszugehen.

Endlich schreibt Ian zurück: ***gerne, ruf mich an.***

Er gibt mir seine Nummer, die ich natürlich schon habe, und ich teile ihm mit, dass ich ihm eine Nachricht schreibe. Mein Herz rast und ich logge mich so schnell wie möglich aus Facebook aus. Ich habe gerade einen Kerl gefragt, ob er mit mir ausgeht! Und er hat nicht Nein gesagt.

Ich schnappe mir mein Telefon und schicke Mel eine Nachricht. **okay, er sagt, dass er kommt. jetzt sag mir: wohin zum teufel soll ich ian swanson zum dinner ausführen?**

18

Wenn ich etwas dadurch gelernt habe, mit dem menschlichen Tornado zusammenzuleben, der sich mein Bruder nennt, dann, dass Jungs gerne essen. Und da Ian Sportler ist und kein magerer Möchtegern-Skateboarder wie Jeffrey, kann ich nur annehmen, dass sich in seinem Leben fast alles ums Essen dreht. Deshalb wird es genau darum bei unserem Date gehen: Essen, etwas körperliche Ertüchtigung, damit ich Gelegenheit habe, ein paar Kalorien zu verbrennen, noch mehr Essen und dann werden wir den Abend abrunden durch eine schöne große Portion ... Essen.

Ich mustere mich im Badezimmerspiegel und versuche abzuschätzen, ob sich der Verlust von einer von zwei Glühbirnen über meinem Spiegel negativ auf meinen Schminkerfolg auswirken wird. Ich frage mich, ob Ian mich hübsch findet. Ich bin kein Cheerleader, so viel steht mal fest. Ich lächle nicht genug und mein Haar wird um die Schläfen herum komisch und ein bisschen lockig von der Feuchtigkeit, anstatt lang und glatt zu fallen wie das der Cheerleader. Aber ich bin trainiert und schlank vom Laufen, habe mir gestern die Augenbrauen gezupft, und solange mir während unserer zweieinhalb Mahlzeiten heute Abend nichts zwischen den Zähnen stecken bleibt, sieht mein Lächeln hübsch aus. Besser wird's nicht.

»Mom, ich nehme heute Abend das Auto, das weißt du, oder?« Ich stecke den Kopf ins Schlafzimmer meiner Mutter, wo ein großes Stück Sperrholz und mehrere Meter helllila Stoff auf dem Boden liegen.

»Nur zu.« Sie seufzt und setzt sich auf ihre Fersen zurück, in der einen Hand einen Hammer, in der anderen die Heißklebepistole. »Ich werde den ganzen Abend hier sein.«

»Was machst du da?« Was immer es ist – es sieht nicht so aus, als wäre es hinterher die Mühe wert.

»Ich habe auf einem Blog eine Anleitung gesehen, wie man ein gepolstertes Kopfende für das Bett für dreißig Dollar selbst machen kann«, erklärt Mom müde. »Aber nur wenn man davon ausgeht, dass man schon ein großes Stück Sperrholz irgendwo herumliegen hat und der Stoff aus einem Ausverkauf stammt. Deshalb kostet meines eher fünfzig Dollar. Und ich darf es nicht vermasseln, weil ich keinen überschüssigen Stoff habe.«

»Na ja, vielleicht kann dir Jeffrey ja helfen«, meine ich.

»Er ist wieder bei eurem Dad«, erwidert Mom und legt entrüstet den Hammer weg.

»Was?« Jeffrey ist gestern von Dad zurückgekommen und so schlecht gelaunt ins Haus gestürmt, dass ich dachte, ihm wäre endlich aufgegangen, dass es hier bei Mom besser ist. »Wann hast du ihn hingebracht?«

»Als du unter der Dusche warst. Er hat gesagt, dass er sich hier langweilt und dass es drüben viel lustiger wäre.« Mom beißt sich auf die Lippe.

»Oh mein Gott.« Ich gehe zu ihr hinüber und knie mich

neben sie. Dann lege ich ihr den Arm um die Schulter und schüttle im Geiste den Kopf über Jeffrey. »Bestimmt hat er es nicht so gemeint, Mom. Er ist zwölf. Er ist ein Trottel.«

»Ich weiß.« Moms Stimme zittert und zu meinem Entsetzen läuft ihr eine Träne über die Wange. »Ich will doch nur, dass er glücklich ist.«

Ich werde Jeffrey umbringen. Nachdem Dad uns verlassen und all seine hohen Anforderungen und wichtigen Regeln mitgenommen hat, gilt hier nur noch ein einziges Gesetz: Mom nicht traurig machen. Es hat schon so viele Situationen gegeben, in denen ich gestresst und genervt war und nichts lieber getan hätte, als es an ihr auszulassen, doch stattdessen habe ich meine Gefühle einfach runtergeschluckt und ein Lächeln aufgesetzt. Mom hat bereits eines der traurigsten, verstörendsten Dinge durchgemacht, die einem passieren können, und es gibt keinen Grund, weshalb sie diese Art von Mist auch noch von ihren Kindern ertragen sollte. Auch wenn Jeffrey jetzt irgendwie glaubt, dass es bei Dad zu Hause lustiger ist, sollte er es besser wissen und das nicht auch noch Mom ins Gesicht sagen.

»Ich werde mit ihm reden«, verspreche ich und drücke sie noch mal. »Er benimmt sich eben gerade wie ein bockiger Junge, Mom. Mach dir keine Gedanken.« Ich lehne mich zurück und schaue sie an. Es sind zwar keine Tränen mehr zu sehen, aber ihre Augen sind rot. »Willst du, dass ich heute Abend hierbleibe? Wir können das hier fertig machen und dann bis zum Abwinken ›Einsatz in vier Wänden‹ schauen.«

»Nein.« Mom schüttelt den Kopf und schiebt mich weg. »Auf keinen Fall. Geh aus und amüsier dich.«

Ich diskutiere noch ein paar Minuten lang mit ihr und biete sogar an, ihr eine Fußmassage zu geben. Sie zögert einen Moment, dann lächelt sie und sagt: »Das holen wir ein anderes Mal nach. Und versuch dann nicht, dich herauszuwinden. Aber jetzt solltest du gehen.« Als ich mir die Autoschlüssel schnappe und zur Tür gehe, pfeift sie vor sich hin und tackert vergnügt Klammern in das Sperrholz.

Ian wohnt etwa anderthalb Kilometer von mir entfernt in einem modernen Farmhaus mit angebauter Garage, die fast so groß ist wie das Haus selbst. Er kommt zur Haustür heraus, sobald ich in die Einfahrt fahre, und trägt Basketballshorts und ein graues T-Shirt. Ich schneide eine Grimasse und beglückwünsche mich zu der Entscheidung, nicht in einem schicken Restaurant reserviert zu haben.

»Hey, Veda.« Er faltet sich zusammen und nimmt auf dem Beifahrersitz Platz, dann krümmt er sich ein wenig zusammen, um mit dem Kopf nicht das Autodach zu streifen. »Was geht?«

»Nicht viel.« Ich versuche, seinen ultralässigen Ton nachzuahmen, wodurch ich klinge, als wäre ich betrunken und/oder im Halbschlaf. Ich räuspere mich und versuche es noch mal. »Bereit?«

»Logo.« Sein Bein hüpft hektisch auf und ab, als ich rückwärts aus der Einfahrt fahre. »Das ist schon irgendwie komisch«, sagt er, als wir in Richtung See fahren. »Ich bin noch nie von einem Mädchen abgeholt worden.«

»Für alles gibt es ein erstes Mal«, entgegne ich.

»Ja.« Er stellt die Rückenlehne ein wenig nach hinten und streckt sich aus. »Irgendwie ist es schön. Macht es dir etwas aus, wenn ich den Radiosender wechsle?«

Ich zucke mit den Schultern und Ian scrollt durch die Sender, bis er auf eine Talkshow über Sport stößt. »Das ist mein Lieblingssender«, erklärt er. Rasch setzt er mich über das Leben des Moderators in Kenntnis und erklärt, weshalb die Blütezeit des Sportradios vorbei ist. Ich schalte auf Durchzug, nicke oder gebe hin und wieder kleine, zustimmende Geräusche von mir und genieße das Hintergrundmurmeln des Radios und wie die Luft, die durch das offene Fenster hereinweht, über meine Haut streicht.

Zwanzig Minuten später fahren wir auf den Parkplatz des Touchdown, eines Restaurants mit Sportmotto, in dem man auch an Spielautomaten zocken, kegeln und Darts spielen kann. Außerdem ist es bekannt dafür, dass auf riesigen Fernsehern Sport übertragen wird, und zwar so laut, dass man sich unmöglich dabei unterhalten kann, dass es Chickenwings für fünfzig Cent gibt und ausgiebige Pokerturniere. Vor der Tür weht eine gigantische USA-Flagge und auch der ganze Laden ist anlässlich des amerikanischen Unabhängigkeitstags mit rot-weiß-blauen Wimpeln geschmückt.

Ian sieht mich an, seine braunen Augen werden groß. Langsam breitet sich ein Lächeln auf seinem Gesicht aus. »Nee, oder?«, sagt er. »Ich war schon seit Ewigkeiten nicht mehr hier. Veda, du bist offiziell das coolste Mädchen, dem ich je begegnet bin.« Er streckt die Hand aus und wir stoßen mit den Fäusten gegeneinander.

»Der Plan sieht folgendermaßen aus«, sage ich, bevor er aus dem Auto steigt und hineingeht, um sich an einen Spielautomaten zu hängen. »Es ist noch früh, deshalb dachte ich, wir könnten an der Bar ein paar Snacks essen, dann Darts spielen oder kegeln oder tun, worauf immer du Lust hast, und dann zu Abend essen. Und wir können uns hier einen Nachtisch genehmigen oder uns auf dem Heimweg ein Eis holen.«

Ian stellt seine Finger wie zu einem Zelt zusammen und nickt ernst. »Okay. Das ist das beste Date aller Zeiten.«

Ian und ich verdrücken einen Eimer Chickenwings mit Knoblauchsoße, eine Hähnchen-Quesadilla und weiche Brezeln mit geschmolzenem Käse und halten nur inne, wenn wir uns über unsere mit Essen beladenen Teller hinweg angrinsen. Danach gehen wir zur Kegelbahn. Mir ist ein wenig peinlich, dass meine rot-weißen Bowlingschuhe absolut nicht zu meinem T-Shirt passen, aber Ian hilft mir lächelnd von meinem Platz auf und rennt zehn Minuten kreuz und quer herum, um eine Achtpfundkugel für mich aufzutreiben.

Ihm beim Bowlen zuzuschauen, ist, als würde man einen Panther beobachten, der seiner Beute auflauert – sehnige Muskeln und kraftvolle Bewegungen. Selbst mit den weißen Sportsocken, die aus den dämlichen Bowlingschuhen herausschauen, und seinen hässlichen Basketballshorts sieht Ian aus, als sollte er irgendwo im Fernsehen sein, von bewundernden Fans belagert werden, die Trikots mit seinem Nachnamen auf dem Rücken tragen.

»Du bist dran.« Er hat fast doppelt so viele Punkte wie ich, aber er benimmt sich deshalb nicht daneben. Tatsächlich scheint es ihn zu interessieren, als ich ihm ein wenig vom Debattierclub erzähle und dass ich nach ein paar Wochen Pause wieder angefangen habe zu laufen.

»Ich hasse laufen«, gibt Ian zu, während er seine Vierzehnpfundkugel von einer Hand in die andere wandern lässt, als würde sie überhaupt nichts wiegen. »Ich meine, natürlich muss man beim Basketball viel laufen, aber das macht wenigstens Sinn. Da ist ein Ball, hol ihn dir. Aber ich hasse es, ohne Grund zu laufen.«

»Am Anfang ist das ätzend«, stimme ich ihm zu. Meine Kugel rollt im zehnten Durchgang in die Rinne, geschlagen lasse ich mich auf meinen Platz fallen. »Aber wenn man erst mal reingekommen ist, wird man irgendwie süchtig.«

»Mag sein«, erwidert er schulterzuckend. Er wirft einen Blick auf sein Handy. »Ich bin am Verhungern. Willst du was essen?«

»Gerne«, sage ich, auch wenn ich noch total voll bin von den Chickenwings und Brezeln. Als wir zurück in den Sitzbereich des Restaurants gehen, spüre ich einen leichten Druck auf meinem unteren Rücken und mir wird klar, dass Ians Hand dort liegt und mich durch den Irrgarten aus Tischen und Stühlen führt. Ich blicke zu ihm auf, doch er scheint sich der Tatsache, dass er mich berührt, gar nicht bewusst zu sein.

Wir sind weiter von den dröhnenden Fernsehern entfernt, als mir lieb ist – ich habe keine Ahnung, was ich sagen soll, wenn wir uns unterhalten müssen. Ich frage Ian, ob er sich woanders hinsetzen will.

»Nee«, antwortet er und lässt sich in eine gemütliche Ecknische gleiten. »Das ist perfekt.«

Ich bestelle einen kleinen Salat, weil ich noch satt bin, und Ian hält sich an einen riesigen Cheeseburger mit Zwiebelringen statt Pommes. »Ich werde dir definitiv ein paar von deinen Zwiebelringen klauen«, sage ich, ohne nachzudenken. »Ich nehme die auch immer statt Pommes.«

»Definitiv«, sagt Ian, während er ein wenig näher rückt. »Nimm, so viele du willst.«

Und dann greift er nach meiner Hand.

In welchem Universum hätte ich mir je träumen lassen, in einer dunklen Nische des Touchdown zu sitzen, Händchen zu halten mit Ian Swanson, dem Star von Butterfields Basketballmannschaft und einem der beliebtesten Typen der Schule? In keinem. So ein Universum existiert nicht. Das hätte ich mir in meinen kühnsten Träumen nicht ausmalen können. Aber hier bin ich und Ians kräftige Finger sind mit meinen verschränkt und es fühlt sich seltsam, aber ziemlich okay an.

Ian scheint der Körperkontakt, der von ihm ausgeht, noch immer völlig ungerührt zu lassen. Er spielt gedankenverloren mit dem Salzstreuer herum und sieht zum nächstgelegenen Fernseher hinüber, um den Spielstand zu checken.

»Das ist echt ein schöner Abend«, meint er, ohne mich anzuschauen.

»Oh.« Sein Daumen hoppelt über meine Fingerknöchel,

als er mir über die Hand streicht. »Das ist schön. So war das auch gedacht.«

Jetzt sieht er mich an, diese sanften braunen Augen sind seltsam fesselnd im blauen Licht der Fernseher. »Nein, ich meine, normalerweise habe ich nicht so viel Spaß, wenn ich mit Mädchen ausgehe. Sie wollen immer in schicke Restaurants oder so, in denen man die Hälfte des Krams auf der Speisekarte nicht aussprechen kann, und dann wollen sie nur herumsitzen und reden, anstatt zu bowlen oder was auch immer.« Er schluckt und sein Griff um meine Hand wird fester. »Aber du bist anders.«

Ich zucke mit den Schultern, ein schlechtes Gewissen ballt sich in meiner Magengrube zusammen. »Ich dachte mir nur, du würdest vielleicht gern hierherkommen.«

Ian nickt nachdenklich. »Ja, das meine ich. Du verstehst mich.«

Unser Essen wird von einer Kellnerin um die zwanzig gebracht und es ist ihr anzusehen, dass sie uns für das süßeste Paar des heutigen Abends hält. Ian sieht sich gezwungen, meine Hand loszulassen, um sich auf seinen Burger zu konzentrieren, während ich in meinem Salat herumstochere und mich frage, wie ich es übers Herz werde bringen können, diesen süßen, gutmütigen Kerl zu küssen und ihm dann zu sagen, dass ich ihn eigentlich nicht ganz so sehr mag, wie er glaubt.

Als wir mit dem Dessert fertig sind und uns auf den Weg zum überfüllten Parkplatz machen, ist es schon spät. Die Sport-Talkshow ist inzwischen von Rockmusik abgelöst worden und wir fahren im Dunkeln nach Hause, während wir zu Aerosmith mitsummen. Während wir an einer roten Ampel stehen, beugt sich Ian plötzlich herüber und streift mit seinen Lippen meinen Hals, seine Hand liegt heiß auf meinem Schenkel. »Willst du in die Dünen?«, flüstert er.

Ich erstarre. »In die Dünen gehen« ist der örtliche Euphemismus dafür, eine abgelegene Stelle auf dem Parkplatz zu finden und den Dingen so weit ihren Lauf zu lassen, wie man eben möchte. Der Sommer, in dem Mark seinen Führerschein bekommen hat, haben er und ich fast jede Nacht an den Dünen geparkt.

»Ich weiß nicht.« Meine Stimme klingt leise und erstickt, während Ian an meinem Hals schnuppert. Er ist vielleicht kein Einstein, aber er weiß genau, was er da gerade macht.

»Komm schon.« Er knabbert an meinem Ohr und lässt seine warme Zunge hineingleiten, dabei streicht er über die zarte Haut an meinem Haaransatz. »Wir brauchen nichts zu tun, was du nicht tun willst.«

Ich will. Oh Gott, ich will. Ich bin schon den ganzen Sommer so mitgenommen von meinen Emotionen, dass ich noch gar keine Gelegenheit hatte, den körperlichen Teil meiner Beziehung mit Mark zu vermissen. Doch jetzt kommt alles mit einem Schlag zurück – das Gefühl, in jemandes Armen zu liegen, unsere Körper ineinander verschlungen. Ich sehne mich plötzlich nach diesem Gefühl. Aber was, wenn wir in die Dünen gehen und Ian sich in mich verliebt? Ich habe immer noch mehr als die Hälfte des Alphabets vor mir. Und dann ist da noch Killian.

Killian.

»Es tut mir leid.« Ich schiebe Ian weg und streiche mir die Haare glatt. »Du bist wundervoll, Ian, aber ich glaube, wir sollten das besser nicht tun.«

Er starrt mich ungläubig an. Ich bin mir sicher, dass ihn noch nie zuvor ein Mädchen zurückgewiesen hat. Schließlich stößt er schnaubend den Atem aus und hebt die Schultern. »Okay, was immer du willst.«

Ich fahre ihn nach Hause und lasse mich in seiner Einfahrt noch einmal von ihm küssen. »Das war das beste Date, das ich je hatte«, sagt er. »Ruf mich an, wenn du das noch mal machen möchtest. Echt jetzt.« Und dann wird der romantische Moment nur ein ganz kleines bisschen durch das enthusiastische High-five ruiniert, das er mir gibt, bevor er aus dem Wagen steigt.

19

Ian Swanson
Im Auto, nach dem seltsamsten Date aller Zeiten
9/10

Ryan wirbelt herum, kommt zurückgelaufen und feuert mich an. »Komm schon, Bentley!«, brüllt er.

Ich funkle ihn an, balle die Hände zu Fäusten und zwinge meine schmerzenden Beine noch ein bisschen weiter, ein bisschen schneller vorwärts. Mein Herz hämmert mir in den Ohren und jeder Atemzug brennt in meinen Lungen. Wir wollten heute Morgen eigentlich elf Kilometer laufen, aber ich habe einen schlechten Tag und muss wahrscheinlich anhalten und normal weitergehen, noch bevor wir die acht Kilometer erreichen.

»Ich kann nicht«, keuche ich und werde langsamer, sodass ich kaum noch jogge, meine Füße schlurfen über den Feldweg.

Ryan bleibt stehen und wartet, bis ich aufgeholt habe. Dann reicht er mir eine Wasserflasche. Dankbar trinke ich, wobei Wasser über meine Lippen und an meinem Kinn hinuntertropft. »Danke.«

Er nimmt die Flasche wieder an sich und spritzt einen Wasserstrahl in seinen Mund, ohne dass etwas danebengeht. »Du musst einen Zahn zulegen, Mann«, befindet er. »Noch vier Wochen bis zum Rennen.«

»Ich weiß«, gebe ich ein wenig energischer zurück, als ich vorgehabt hatte. »Ich bemühe mich ja.«

Ryan legt mir die Hand auf die Schulter. »Das weiß ich«, sagt er. »Du machst das toll.«

Ich schüttle den Kopf und drehe mich um. »Wenn ich den Großteil der Strecke zurückgehen muss, muss ich jetzt los. Sonst komme ich zu spät zur Arbeit.«

Ryan schaut sehnsüchtig auf den Weg vor uns und trommelt mit den Fingern auf seine Oberschenkel. Ich merke, wie gern er weiterlaufen würde, und fühle mich elend, weil ich ihn aufhalte. »Lauf weiter«, ermuntere ich ihn. »Ich komme zurecht.«

Er schüttelt den Kopf. »Auf keinen Fall. Ich komme mit dir.«

»Nein, im Ernst.« Ich schubse ihn ein wenig und er taumelt theatralisch und tut, als würde er hinfallen.

»Himmel, pass doch auf«, sagt er und reibt sich die Schulter.

»Lauf.« Ich zeige auf den Weg und er zögert nur einen kurzen Moment, dann zieht er gehorsam den Kopf ein und springt davon wie ein eingesperrtes Tier, das endlich Freiheit erlangt hat.

Ich bin schon fast zu Hause, als das Seitenstechen nachlässt, und ich mache einen Zwischenstopp an der Tankstelle am Ortseingang, um eine Flasche Wasser zu kaufen.

Als ich wieder hinausgehe, steigt eine vertraute Gestalt aus einem riesigen SUV. Ich erstarre und überlege, ob ich zurück nach drinnen flüchten kann, bis er weg ist, aber es ist zu spät.

»Hey, Veda.« Er winkt mich zu sich.

»Hi, Dad.« Ich nehme einen riesigen Schluck aus meiner Wasserflasche, während er seine Kreditkarte durch den Schlitz zieht und die Option Super-Benzin wählt.

»Wie läuft's? Bist du bereit für das Familientreffen?«

Findet das dieses Wochenende statt? Ich versuche, mir vor meinem geistigen Auge den Kalender an der Küchenwand vorzustellen, auf den ich die Daten von Dads überaus wichtigen Familienereignissen eingetragen habe. Aber jetzt, wo ich darüber nachdenke, kann es sein, dass das Ding noch immer auf Juni steht, auch wenn schon längst Juli ist.

»Äh, ja. Auf jeden Fall.« Ich wische mir über die Stirn. »Wann war das noch mal genau?«

Dad seufzt und starrt mich mit zusammengekniffenen Augen an. »Na ja, Kaylees Geburtstag ist am Tag vorher, da würdet ihr, du und Jeffrey, dann zum Abendessen rüberkommen. Am nächsten Morgen müssen wir ziemlich früh zum Familientreffen aufbrechen, deshalb wäre es am besten, wenn ihr beiden über Nacht bleibt.«

»Äh, nein danke.« Ich habe nicht mehr bei Dad und Lila übernachtet, seit ich das Recht habe zu entscheiden, bei wem ich meine Wochenenden verbringe. Ich habe dort zwar ein eigenes Zimmer, in Weiß und Pink gehalten. Aber ich glaube, ich habe keinen Fuß mehr hineingesetzt, seit ich dort einen Tag nach meinem sechzehnten Geburtstag all meine »Dad-Wochenend-Klamotten« aus dem Schrank geräumt und die Tür hinter mir zugeschlagen habe. »Könnt ihr uns nicht einfach morgens abholen?«

Dad wendet sich ab, zieht die Tankpistole aus dem Tank und hängt sie klappernd zurück. »Ich denke schon.« Er druckt sich den Kassenbon aus und überprüft ihn sorgfältig. »Wo willst du jetzt hin? Soll ich dich fahren?«, fragt er.

»Nein, alles gut.« Wie sehen uns an und das unbehagliche Schweigen dauert ein paar Sekunden länger als nötig. »Also, wir sehen uns dann.« Ich drehe mich um und gehe in Richtung Straße.

»Freitag«, ruft mir Dad nach. »Achtzehn Uhr.«

* * *

Mir bleibt kaum Zeit, um zu duschen und mich fertig zu machen, bevor Mel mich für die Arbeit abholt. Sie zappelt auf ihrem Sitz herum, als ich in den Wagen steige.

»Stell dir vor!«, ruft sie.

»Was?« Ich knabbere an einem halb aufgetauten Bagel.

»Dieses Wochenende findet eine Beach-Party statt. Angeblich wird das ein ganz großes Ding. Totales Kusspotenzial.«

»Ach, Mist.« Ich strenge mich an, enttäuscht zu klingen. »Ich muss dieses Wochenende diesen ganzen Kram mit meinem Dad unternehmen. Deshalb werde ich es wohl nicht schaffen.«

Mel schnappt nach Luft, als hätte ich ihr soeben erzählt, dass ich nach Alaska umziehen würde. »Was? Vee! Nein! Du musst zu dieser Party gehen.«

Ich stöhne. »Mel, ganz ehrlich, ich habe schon einen Burn-out vom Küssen. Ich pirsche mich an jeden Typen heran, um herauszufinden, mit welchem Buchstaben sein Name anfängt. Das ist verstörend.«

Sie winkt ab. »Was soll's. Du bist schon fast bei *K!* Vorher kannst du nicht aufhören.«

Ich lege mir die Hand über die Augen zum Schutz gegen die Sonne. »Hast du je in Erwägung gezogen, dass Killian vielleicht gar nicht geküsst werden möchte?«, frage ich und gebe mir Mühe, meine Stimme ungerührt klingen zu lassen.

»Was?« Mel klingt schockiert. »Hat er eine Freundin?«

»Nein.«

»Na dann.« Sie lacht. »Dann will er, dass du ihn küsst. Glaub mir.«

Sie klingt so zuversichtlich, dass ich ihr fast beichte, dass Killian bereits einen Vorstoß gewagt hat und ich ihm eine Abfuhr erteilt habe und seitdem alles seltsam zwischen uns ist. Aber ich tue es nicht, weil ich mir immer noch nicht sicher bin, wie ich zu dem Ganzen stehe. Außerdem wird neuerdings immer alles so schrecklich kompliziert, sobald Mel ihre Nase in meine Liebesangelegenheiten steckt.

* * *

Killian und ich arbeiten fast den ganzen Morgen über schweigend vor uns hin und kommunizieren nur durch wortlose Laute und Handzeichen. Wir arbeiten lange genug zusammen, um Routine zu haben und alles wie auf

Autopilot zu erledigen. Ich spüre, dass uns Mel durch das Bürofenster beobachtet, und vermeide jeden Blickkontakt mit ihr.

Nach unserer dritten Fahrt zum Kanustartplatz fährt sich Killian schließlich mit der Hand durchs Haar und holt tief Luft. »Okay, Vee. Ich halte das nicht mehr aus.« Er springt vom Anhänger, lässt sich theatralisch auf die Knie fallen und faltet die Hände. »Es tut mir leid, dass ich versucht habe, den Arm um dich zu legen und die ganze Situation verfänglich zu machen, und ich verspreche, dass ich es nie wieder tun werde, wenn einfach nur alles wieder so wird wie zuvor.«

Erleichterung überkommt mich, gemischt mit nur einem winzigen bisschen Enttäuschung. Alles, was er will, ist, dass alles wieder so wird, wie es *war?*

»Wie war es denn zuvor?«

Überrascht zieht er die Augenbrauen nach oben. »Wir waren Freunde.«

Ich nicke und ziehe ihn wieder auf die Füße. »Wir sind immer noch Freunde.«

»Okay, gut.« Er stößt einen übertriebenen Seufzer der Erleichterung aus, sein ganzer Körper entspannt sich. »Ich habe nämlich vor ein paar Tagen diesen faszinierenden Artikel über die verschiedenen Schärfegrade von Chilis gelesen und will dir schon die ganze Zeit davon erzählen.«

Ich lächle und zeige auf das Wasser, wo eine Gruppe von Leuten gerade am Ende ihrer Kanufahrt angelangt ist. Killians Stimme hüllt mich ein, als wir beide nach einem Kanu greifen, es umkippen, das trübe Flusswasser herausschütten und es dann zum Anhänger tragen, um es aufzuladen. Es ist, als wäre ein Damm in Killian gebrochen und als könne er den Gesprächsfluss nicht mehr stoppen. Den Rest des Nachmittags stiefelt Killian heiter über den von Kiefernnadeln bedeckten Boden und ich bin froh, wieder vom Kokon seiner Worte umgeben zu sein.

Gegen Abend kommt Mel herausgerannt und packt meine Hand. »Ihr zwei seht aus, als würdet ihr Spaß haben«, flüstert sie mir ins Ohr. »Ich habe es dir doch gesagt. Lade ihn zu der Party ein.«

»Warum soll ich ihn zu einer Party einladen, auf die ich gar nicht gehen werde?« Ich blicke mich um, um mich zu vergewissern, dass Killian nicht in Hörweite ist.

»Sie fängt doch erst gegen zehn am Freitagabend an, Vee. Was willst du da noch bei deinem Dad?« Mel stupst mich an, während wir zusehen, wie Killian nach oben greift, um ein Kanu zu sichern, das auf der obersten Halterung des Anhängers festgemacht ist. Sein T-Shirt rutscht nach oben und enthüllt seine gebräunten Bauchmuskeln, die ich den ganzen Sommer schon versuche zu ignorieren, und meine Entschlossenheit gerät ins Wanken.

»Na ja, vielleicht kann ich ja doch kommen«, überlege ich. »Aber an dem Tag ist Kaylees Geburtstag. Ich muss noch ein Geschenk für sie besorgen und ich muss an dem Tag unbedingt bei meinem Dad zu Abend essen ...«

»Überleg es dir einfach.« Mel knufft mich in die Seite. »Ich gehe jetzt zu Seth, aber ich nehme dich nicht mit –

damit du Killian fragen musst, ob er dich nach Hause fährt. Das ist die perfekte Gelegenheit, ihn einzuladen.«

»Mel ...« Ich greife nach ihrer Hand, doch sie tänzelt davon und eilt zum Parkplatz. Dabei lässt sie auf dem ganzen Weg ihre Autoschlüssel klirren, um mich zu ärgern.

»Sieht aus, als würde deine Mitfahrgelegenheit gerade abfahren«, ruft Killian.

»Ja.« Ich werfe Mel einen tödlichen Blick zu, bevor ich mich zu ihm umdrehe. »Kannst du mich vielleicht mitnehmen?«

»Natürlich.« Er wischt sich die Hände ab. »Fertig?«

»Gehen wir.«

Ich versuche, mich nicht von den Songtexten auf dem Armaturenbrett ablenken zu lassen, doch als Killian die Plane entfernt, ertappe ich mich dabei, wie ich wieder anfange zu lesen, fasziniert von den zusammenhanglosen Sätzen und der metallischen Farbe.

»Möchtest du etwas hinzufügen?« Killians Stimme reißt mich aus meinen Gedanken und er wirft mir einen silbernen Edding in den Schoß.

»Äh, nein. Schon gut.« Was sollte ich auch schreiben?

»Ja, man steht unter hohem Druck«, sagt er und nickt andächtig. »Deine Worte, für immer unsterblich gemacht auf dem Armaturenbrett eines beschissenen Jeeps.«

»Oh, halt doch die Klappe.« Ich lasse den Edding in einen Tassenhalter fallen. »Ich habe halt nicht Hunderte von Liedtexten in meinem Kopf abgespeichert so wie andere Leute. Gib mir ein paar Tage zum Nachdenken und zum Recherchieren.«

»Nee.« Killian klappt die Sonnenblende herunter, als wir nach Butterfield hineinfahren. »Das war deine einzige Chance und jetzt hast du sie für immer vertan. Tut mir leid, Frau Anwältin. Manchmal muss man schnell sein.«

Die Hauptstraße ist wieder von Autos verstopft und wir schleichen so dahin. Fast an jedem Fußgängerüberweg halten wir an, um Trauben von Touristen über die Straße zu lassen. Als wir fast im Stadtzentrum sind, stößt ein SUV rückwärts aus einer Parklücke an der Straße und hält uns weitere Sekunden auf.

»Hey, fahr da rein«, sage ich, als der SUV davonbraust.

Ohne mit der Wimper zu zucken, reißt Killian das Lenkrad herum und lässt den Jeep geschmeidig in die schmale Lücke gleiten. Ich öffne die Tür, noch bevor er den Schaltknüppel auf Parken gestellt hat. »Komm«, sage ich, eine Hand in die Hüfte gestemmt. »Schauen wir mal, wie gut *du* im schnellen Denken bist.«

Eine halbe Stunde später hat sich Killian auf alle viere niedergelassen und inspiziert ein altes Puppenhaus, dem das halbe Dach fehlt und das einen neuen Anstrich vertragen könnte. »Okay«, meint er und wischt sich theatralisch die Stirn ab. »Ich gebe auf. Ich habe keine Ahnung, was sich dreijährige Mädchen zum Geburtstag wünschen.« Demonstrativ sieht er das Puppenhaus an. »Aber ich bin mir ziemlich sicher, dass es nicht so etwas ist.«

»Komm, weiter.« Ich strecke ihm die Hand hin und helfe ihm auf die Füße. Dann sehe ich mich zwischen den Kleiderhaufen, Möbeln, Spielzeugen und Büchern im Second Chance, Butterfields Antiquitätenladen, um. Penelope, die Besitzerin, erscheint hinter der Theke, ihr strahlend rotes Haar ist zu einem unordentlichen Knoten auf ihrem Kopf aufgetürmt.

»Kann ich euch jetzt vielleicht helfen?«, fragt sie und kommt praktisch zu uns herübergerannt. »Ihr schaut an den falschen Stellen. Da drüben werdet ihr nie was finden.«

»Das wäre großartig«, antworte ich, während ich mein Gesicht Killian zuwende und ihn zuckersüß anlächle. »Wenn nur ein gewisser Jemand zugeben würde, dass er nicht ganz das Genie ist, für das er sich manchmal hält.«

Killians Gesicht verzieht sich zu einem übertriebenen Schmollen. »Das habe ich nun wirklich nicht verdient«, sagt er zu Penelope gewandt. »Dauernd hackt sie auf mir herum.«

Penelope lacht und die Schlüssel an dem gewaltigen Schlüsselbund an ihrer Gürtelschlaufe klirren. »Irgendwie«, sagt sie, während sie Killian von oben bis unten mustert, »bezweifle ich das. Du siehst aus wie ein kleiner Unruhestifter.« Sie führt uns quer durch den Raum zu einem großen Holzschrank und öffnet ihn. Eine Sammlung hübscher alter Puppen und ein Dutzend feine Puppenkleider kommen zum Vorschein. »Ihr sucht nach etwas für deine kleine Schwester, nicht wahr?«, fragt Penelope.

»Ja.« Ich nehme eine der Puppen heraus, die genau wie Kaylee seidiges blondes Haar hat. »Die hier würde ihr sehr gefallen.«

»Sie sind umwerfend«, befindet Penelope mit der Miene einer zufriedenen Sammlerin. »Ich halte sie hier drin versteckt, damit die Touristenkinder nicht hereinkommen und alles in Unordnung bringen.«

Ich drehe die Puppe um und erhasche einen Blick auf das Preisschild an ihrem Fuß. Mir stockt der Atem. »Eigentlich«, sage ich und lege sie vorsichtig wieder zurück auf das Regal, »sind sie ein wenig außerhalb meiner Preisklasse.«

»Oh.« Penelope blinzelt, als wäre ihr nie der Gedanke gekommen, dass ein paar hundert Dollar ein wenig viel sein könnten für eine alte Puppe, ganz gleich wie umwerfend sie ist. »Na ja, kein Problem.« Sie rückt liebevoll den Rock einer der Puppen zurecht und schließt den Schrank wieder. »Vielleicht ein Brettspiel?«, fragt sie, klopft mit dem Finger ans Kinn und sucht den vollgestopften Raum mit dem Blick ab. »Ich habe ein paar schöne alte Monopoly-Spiele. Oder vielleicht ein Puzzle?«

»Für Monopoly ist sie noch ein bisschen zu jung«, erwidere ich.

»Wie wäre es damit?« Killian kramt hinter einem alten Bügelbrett herum und zieht einen winzigen Schaukelstuhl unter ein paar Quilts hervor.

Penelope klatscht in die Hände und eilt zu ihm hinüber. »Da ist er ja!«, ruft sie, während sie den Schaukelstuhl ins Licht hält und mustert. »Ich habe mich schon gefragt, wohin der verschwunden ist.«

Killian dreht das Preisschild um und schaut mich mit hochgezogenen Augenbrauen an. »Zwanzig Dollar«, sagt er.

»Puh.« Das ist mit einem Ferienjob-Budget schon machbarer.

Penelope stellt den Schaukelstuhl auf den Boden und ich gehe in die Hocke, um ihn mir anzusehen. Er ist absolut entzückend – er ist hellrosa lackiert und sieht genauso aus wie die Schaukelstühle, die in Butterfield viele Leute auf der Veranda stehen haben. Ich sehe schon vor mir, wie Kaylee zu Hause bei meinem Dad auf der Veranda vor sich hin schaukelt und hinter ihrer herzförmigen Sonnenbrille hervorgrinst, in der Hand ihre Kindertasse.

»Verdammt«, sage ich, richte mich auf und knuffe Killian in die Seite. »Du bist wirklich klüger, als gut für dich ist.«

Er grinst und klopft sich ein imaginäres Stäubchen von den Schultern. »Du kannst mich als Personal Shopper für kleine Mädchen anheuern.«

»Was soll man dazu sagen?«, fragt Penelope. Sie spielt mit dem Preisschild herum, wobei sich ihre grün lackierten Nägel grell vor dem Rosa des Schaukelstuhls abheben. »Ich habe vor ein paar Monaten die Preise erhöht, aber der hier hat sich versteckt und ist entkommen.«

»Wie viel mehr würde er denn dann kosten?«, frage ich und mache mich auf das Schlimmste gefasst.

Penelope sieht erst mich, dann Killian an. »Zwanzig Dollar sind in Ordnung«, meint sie. »Ich hoffe, er gefällt deiner Schwester.«

Ich lächle. »Das wird er.« Wir bahnen uns den Weg durch die überladenen Regale und übereinandergestapelten Möbel, dann reiche ich zwanzig Dollar über die Theke. »Vielen Dank, Penelope.«

»Bitte schön. Kommt bald wieder!«

»Das werden wir«, sage ich automatisch und blicke zu Killian auf, der die Tür für mich aufhält. Er schaut in die Ferne und pfeift eine Melodie vor sich hin. Die Straße ist inzwischen nicht mehr so voll, da es Abend geworden ist und die Läden allmählich schließen, aber wir kommen an einem Café vorbei, in dem noch viel los ist, und an einer Weinbar, vor der sich eine Schlange gebildet hat. »Das ist verrückt«, meint Killian und nickt zu dem hell erleuchteten Schild hin. »In Trawley macht alles um sechs zu. Danach verwandelt es sich in eine Geisterstadt.«

Ich zucke mit den Schultern. »Touristen müssen essen.«

Er nimmt mir den Schaukelstuhl ab, auch wenn er nicht besonders schwer ist, und trägt ihn zum Jeep. Er verstaut ihn im Kofferraum und stopft ein paar alte Handtücher um ihn herum, damit er sich bei der Fahrt nicht bewegt.

»Gibt es sonst noch irgendwelche Probleme, die ich heute Abend für dich lösen kann?«, fragt mich Killian grinsend.

»Nein, ich glaube, das war alles.« Ich warte, bis er damit beschäftigt ist, aus der Parklücke zu fahren, dann beuge ich mich vor und schnappe mir den Edding aus dem Tassenhalter. »Aber jetzt weiß ich, was ich schreiben werde.«

»Was? Nein!« Er greift nach meiner Hand und lässt sie dann sofort wieder los, als hätte er sich daran verbrannt. »Du hast deine Chance vorhin vertan.«

»Versuch doch, mich daran zu hindern«, necke ich ihn.

Ich beuge mich vor und kritzle vier Wörter auf das Armaturenbrett, nicht zu groß, aber groß genug, um gut lesbar zu sein: *Now I'm a believer*

»Hmmm.« Killian betrachtet, was ich geschrieben habe, und um seine Mundwinkel zuckt es. »Das scheint mir akzeptabel.«

Ich schaue aus dem Fenster, das Gesicht von Killian abgewandt, damit er nicht sieht, dass ich nicht aufhören kann zu lächeln.

20

Ich sehe Mels Wagen vor Seths Haus stehen, sobald Killian in meine Straße einbiegt, und ich merke, dass ich vollkommen vergessen habe, dass sie heute an ihrem Album arbeiten – und dass ich Killian fragen soll, ob er morgen Abend mit zur Beach-Party kommt. Ich balle die Hände zu Fäusten und überlege fieberhaft, wie ich das Thema anschneiden soll. Er biegt gerade in unsere Einfahrt und besteht darauf, den Schaukelstuhl zum Haus zu tragen.

»Danke«, sage ich und versuche, die Fliegengittertür mit meinem Körper zu verdecken, nur für den Fall, dass es im Flur noch unordentlicher ist als sonst. »Dafür, dass du ihn hergetragen hast, aber vor allem, dass du ihn überhaupt gefunden hast. Wenn du nicht gewesen wärst, würde Kaylee jetzt ein dummes Stofftier von Target bekommen.«

»Kein Problem.« Er fährt sich mit der Hand durch das wuschelige Haar, sodass es vorne nach oben steht. »Also.« Er scharrt mit den Füßen, offenbar weiß er nicht, was er sagen soll. »Wir sehen uns dann?«

»Auf jeden Fall.«

Er streckt seine Hand aus und fast sieht es so aus, als würde er mich umarmen wollen, aber auf halbem Wege wandelt er das Ganze zu einer Faust um und stößt mit seinen Knöcheln gegen meine. »Cool«, sagt er, während er einen Schritt nach hinten macht und dabei fast die Stufen hinuntergefallen wäre. »Dann, bis dann.«

»Hey«, sage ich und das Herz hämmert mir dabei in der Brust. »Warte mal kurz.«

Er bleibt stehen und stopft die Hände in die Hosentaschen. »Ja?«

Ich hole tief Luft. »Mel und ich gehen morgen Abend zu dieser Beach-Party. Willst du mitkommen?«

Killian legt den Kopf schief und langsam breitet sich ein Lächeln auf seinem Gesicht aus. »Gerne«, sagt er. »Ich werde da sein. Solange ...«

»Solange was?«

Er räuspert sich und blickt auf seine Schuhe hinunter. »Äh, ich wollte nur sagen, solange ich dieses Mal nicht wieder mit ansehen muss, wie du andere Typen küsst.«

Mein ganzes Blut steigt mir ins Gesicht. Mir wird tatsächlich ein wenig schwindlig und ich muss nach dem eisernen Treppengeländer greifen.

»Vergiss, dass ich das gesagt habe«, rudert Killian zurück. Röte steigt an seinem Hals hinauf. »Aber ja. Ich komme gern. Wir sehen uns dann morgen.«

Ich lehne mich an die Hauswand und schaue zu, wie er mit langen Beinen, den großen Händen und seinem verwuschelten Haar über die Einfahrt geht. Ich bringe den Schaukelstuhl nach drinnen und komme dann wieder heraus und lasse mich auf die Betonstufen sinken. Dann schreibe ich Mel und Seth eine kurze Nachricht, um zu sehen, was sie so treiben.

Mein ganzer Körper kribbelt, als wäre ich die ganze Nacht aufgeblieben und hätte Energy Drinks getrunken. Killians Lächeln geht mir einfach nicht mehr aus dem Kopf. Ein paar Minuten später macht mein Handy *pling*, aber die Nachricht stammt nicht von Mel oder Seth. Sie ist von Killian, ein Bild mit etwas Schwarzem, Silbernem, Goldenem. Ich öffne die Nachricht und sehe mit zusammengekniffenen Augen auf das Display hinunter. Ich erkenne die Worte, die ich vor nur einer halben Stunde auf sein Armaturenbrett geschrieben habe, aber darüber steht jetzt etwas.

Then I saw her face
Now I'm a believer

Ich renne die Stufen hinunter und über die Straße. Als ich an der Tür klingle, ringe ich nach Atem. Fast eine Minute später macht Seth die Tür auf und blinzelt ins Tageslicht, auch wenn der Himmel von tief hängenden Wolken bedeckt ist. »Vee«, sagt er und streicht sich das Haar aus dem Gesicht. »Hey.«

Er macht die Tür weiter auf und ich sehe, dass Mel direkt hinter ihm steht, barfuß, in einem langärmligen Henley-Shirt, das bis zum Ellbogen hochgekrempelt ist. Beide sehen ein wenig benommen aus wie so oft, wenn sie an neuen Songs arbeiten – jeder von ihnen in seiner eigenen inneren Welt und doch irgendwie auf derselben kreativen Frequenz miteinander verbunden. Mels Mundwinkel sinken und ich weiß, dass ich die Energie, die sie zwischen Gitarre und Klavier verwoben haben, zerrissen habe.

»Alles okay?«, fragt Mel, während sie ihr Haar nach

hinten zu einem kurzen Pferdeschwanz zusammenfasst.

Ich trete ein, vorbei an Seth, und streife meine Schuhe ab. »Äh, ja.« Ich werfe ihr einen vielsagenden Blick zu. »Ich habe getan, was du mir aufgetragen hast. Wegen Freitag.«

Mel sieht einen Augenblick verwirrt aus und dann strahlt sie. »Oh! Und?«

»Ja«, sage ich.

Mel nickt, aber sie sieht immer noch geistesabwesend aus, als könnte sie sich nicht so recht erinnern, worüber wir gerade eigentlich sprechen. Seth sieht uns beide an und schüttelt den Kopf, dann dreht er sich um und bedeutet uns, ihm in den Keller zu folgen. Der Flauschteppich und die Korbmöbel geben mir immer das Gefühl, dass Seths Keller ein Wurmloch zurück in die 1980er ist. Mels Gitarre lehnt an dem riesigen Sitzsack, ihre Wasserflasche und eine Tupperdose mit Karottensticks stehen daneben. Seths iPad und sein Laptop stehen auf einem Beistelltisch neben dem Klavier, bereit zur Aufnahme.

»Darf ich hören, woran ihr gerade arbeitet?«, frage ich, während ich mich auf die graue Sitzgarnitur werfe.

»Äh«, macht Seth und sieht Mel an.

»Nein«, antwortet sie entschlossen und klappt den Laptop zu. »Es ist nur ein ganz grober Entwurf, noch nicht mal ein richtiger Song – nur ein paar Akkorde und Zeug, das wir versuchen zusammenzusetzen.«

»Ist es der Song, den du mir vor ein paar Wochen bei mir zu Hause vorgespielt hast? Der war nämlich gut.«

»Oh ... nein.« Mel beugt sich über ihre Gitarre und fummelt mit undurchdringlicher Miene an den Wirbeln herum. »Das ist was total anderes.«

Seth lässt sich auf den Klavierhocker fallen und verschränkt die Knöchel. »Was für ein Song?«

»Nichts.« Mel räuspert sich. »Vergiss es einfach.«

Ein unbehagliches Schweigen erfüllt den Raum. »Kommt schon, Leute«, sage ich. In mir vibriert noch immer so viel Energie und ich suche verzweifelt nach etwas, dem ich meine Aufmerksamkeit schenken kann, damit ich mich nicht weiter in die Sache mit Killian hineinsteigere. »Spielt mir was vor. Es macht mir nichts aus, ob es fertig ist oder nicht.«

Sie wechseln einen Blick, schließlich zuckt Mel mit den Schultern. »Also gut.«

Ich kuschle mich auf die Couch und schließe die Augen, während Seth ein trällerndes Klavier-Intro spielt. Mel stimmt auf der Gitarre mit ein und die Töne tanzen um mich herum und bilden den Soundtrack für meine Gedanken, die zum heutigen Nachmittag abschweifen, zu Killian und wie wir im Antiquitätenladen herumgestöbert haben und ich mich endlich mal so gefühlt habe, als würde ich irgendwohin gehören.

Mel verpatzt einen Ton und flucht leise, dann schlägt sie mit der Hand quer über die Saiten. »Das war's fürs Erste.«

»Es gefällt mir«, sage ich. »Aber nicht so gut wie das, was du neulich für mich gespielt hast.«

»Jetzt musst du das aber mal spielen, Mel«, meint Seth, während er sich auf dem Klavierhocker nach hinten lehnt. »Ich will es hören.«

Mel wird einen Augenblick völlig still. »Nee«, sagt sie. Dann nimmt sie den Riemen von ihrer Schulter und stellt die Gitarre weg. »Ich bin irgendwie geschafft.« Ihre Brille rutscht auf ihrer Nase und sie sieht mich über den breiten schwarzen Rand hinweg an. »Seth, hast du schon von Vees Sommer-Challenge gehört?«

Seth zieht die Augenbrauen nach oben. »Ich glaube nicht.«

Verwirrt starre ich Mel an. Seth ist der letzte Mensch auf Erden, der die Sechsundzwanzig-Küsse-Challenge mit Humor nehmen würde, und zwar nicht nur, weil er mal etwas von mir wollte – aber davon weiß Mel natürlich nichts. Die Kusswette ist genau die Art von Teenie-Blödsinn, die er so hasst. Warum schneidet sie dieses Thema bloß an?

Sie plappert weiter und ignoriert mich. »Wir haben beschlossen, dass Vee über Mark hinwegkommen muss. Deshalb wird sie diesen Sommer ein paar Typen küssen – und zwar von *A* bis *Z* jeweils einen. Du bist inzwischen schon bei ... welchem Buchstaben, Vee?«

Ich öffne den Mund und klappe ihn wieder zu auf der verzweifelten Suche nach einer Möglichkeit, das Thema zu wechseln – aber mir fällt nichts ein. Mel hat mich den Wölfen zum Fraß vorgeworfen. *»I«*, sage ich schließlich, während ich zusehe, wie Seths Knie rhythmisch auf und ab hüpft. »Ich bin bis *I* gekommen.«

»Sie hat schon ganz fantastische Küsse bekommen ... auf einem Riesenrad, auf dieser echt piekfeinen Party ihres Dads. Ich bin superneidisch.«

Innerlich schreie ich Mel an, dass sie die Klappe halten

soll. Seths Gesicht ist jetzt vollkommen ausdruckslos, so wie es immer wird, wenn ihn die Leute, die er um sich hat, so nerven, dass er ihre Gesellschaft nicht mehr ertragen kann.

»Nun«, sagt er schließlich mit tonloser Stimme. »Das ist ja lustig.«

Ich stehe auf, zu wütend, um Mel auch nur anzusehen. Ich begreife nicht, was gerade passiert ist – sie hat mich dazu gezwungen, Killian auf die Party einzuladen, und dann plaudert sie Seth gegenüber alles über die Kuss-Challenge aus. Und wozu das alles? »Ich gehe jetzt besser nach Hause.«

Seth legt die Hände aufs Gesicht und reibt sich die Augen. »Ja. Ich bin auch ziemlich fertig«, meint er. »Ich glaube, ich kann heute nicht mehr daran weiterarbeiten.«

»Okay.« Mel gähnt und streckt sich und drückt sich dabei noch tiefer in den Sitzsack. »Wollen wir uns vielleicht einen Film anschauen oder so?«

»Nein.« Seth lässt die Hände sinken. »Vielleicht lege ich mich ein wenig hin.«

»Oh.« Mel sieht Seth an, der auf seine Finger hinunterstarrt, die er im Schoß gefaltet hat. »Okay, dann verschwinde ich mal.« Sie steht auf und schnappt sich ihre Gitarre.

Ich schäle mich aus der Couch und folge ihr die Treppe hinauf. »Bis dann, Seth.« Er reagiert nicht.

Mel und ich gehen durch die aufgeräumte Küche und den Flur, an dessen Wänden alte Familienfotos hängen. Ich finde es immer ein wenig gruselig bei Seth zu Hause, wenn er nicht direkt neben mir ist. Alles ist so makellos und still, als würde hier eigentlich gar niemand wohnen. Ich bleibe kurz stehen, um das größte Bild an der Wand zu betrachten, einen Schnappschuss von Seth, seinen Eltern und Luke. Seth hat mir einmal erzählt, dass dies das letzte Bild vor Lukes Tod war, auf dem sie alle vier drauf sind. Die Fliegengittertür knallt und ich zucke zusammen. Mel steht vor der Tür, eilig folge ich ihr.

»Was zum Teufel sollte das, Mel?« Ich bemühe mich nicht, leise zu sprechen. »Warum hast du ihm von den Küssen erzählt?«

Sie verstaut ihre Gitarre im Kofferraum, lehnt sich an den Buick und inspiziert ihre Fingernägel. »Tut mir leid. Ist mir einfach so rausgerutscht.«

»So ein Schwachsinn.« Ich stemme die Hände in die Hüften.

Sie seufzt und legt den Kopf in den Nacken. »Warum ist das jetzt so ein großes Ding?«

»Es ist nur ...« Ich weiß nicht, was ich sagen soll, ohne zugeben zu müssen, dass es da diese Riesensache zwischen Seth und mir gibt, von der ich ihr nie erzählt habe. »Ich wollte nicht, dass er es weiß.«

»Hör mal«, entgegnet sie und zieht dabei ihr Haargummi mit einem Schnalzen aus den Haaren. »Es war nur ... Wir sind echt vorangekommen mit dem Album und dann bist du gekommen und hast alles über den Haufen geworfen.« Ihre Augen weiten sich und sie schlägt die Hände vor den Mund. »Oh Gott. Vee, es tut mir so leid. So sollte das jetzt nicht klingen.«

Ich zucke mit den Schultern, balle meine Hände zu

Fäusten und grabe die Fingernägel in meine Handfläche, damit ich mich auf etwas anderes konzentrieren kann als auf den Schmerz, meine schlimmsten Befürchtungen bestätigt zu sehen: Mel und Seth wollen mich tatsächlich nicht mehr dabeihaben. Sie haben jetzt einander.

»Schon gut«, sage ich und setze meine gesamte Willenskraft ein, damit meine Stimme nicht bricht. »Dann lasse ich euch künftig in Ruhe.« Ich gehe über die Straße und kann kaum sehen, wohin ich gehe. Und Mel ruft mich nicht zurück.

* * *

Als Seth mir zum ersten Mal sagte, dass er sich in mich verliebt hätte, habe ich ihn ausgelacht. Das war etwa einen Monat, nachdem meine Eltern Jeffrey und mir mitgeteilt hatten, dass sie sich scheiden lassen würden. Damals habe ich viel Zeit drüben bei Seth verbracht, weil ich nicht ertragen konnte, zuschauen zu müssen, wie meine Eltern umeinander herumschlichen, während mein Dad seinen Auszug vorbereitete. Seths Bruder war damals seit über einem Jahr tot und seine Familie wurde immer noch von plötzlichen Trauerattacken erfasst, auch wenn schon längst Gras über Lukes Grab auf dem Friedhof von Butterfield gewachsen war. Im Grunde war Seth meine Insel ... und ich glaube, ich war seine.

Wir saßen auf dem Treppenabsatz vor seinem Haus und teilten uns ein lauwarmes Malzbier. Er schaute auf seine blauen Doc Martens hinunter und sagte: »Ich liebe dich, weißt du.« Und ich war zwölf Jahre alt und dumm – und nachdem mir das Lachen rausgeplatzt war, schlug ich die Hand vor den Mund.

Ich weiß nicht mehr genau, was danach passiert ist. Ich bin mir sicher, er ist unter irgendeinem Vorwand im Haus verschwunden.

Aber ich bin weiterhin zu ihm hinübergegangen. Ich konnte mich von Seth nicht fernhalten. Alles an ihm faszinierte mich – seine grüblerische Art, wie er stundenlang in seinem dunklen Keller saß und Klavier übte, wie er von mir gefesselt war. Und er sagte mir weiterhin fast jeden Tag, dass er mich liebte, flüsterte es in mein Haar, schrieb die Worte mit dem Finger auf meinen Rücken. Es wurde Teil meiner Welt. Das Gras war grün, der Himmel blau und Seth liebte mich. Aber zu ihm sagte ich das nie. Zu beobachten, wie sich meine Eltern durch die Scheidung kämpften, hatte mich etwas über die Liebe gelehrt: dass sie nicht von Dauer war.

Im Herbst gingen wir wieder in die Schule, lernten Mel kennen, die gerade hergezogen war, und vergaßen irgendwie die Intensität dessen, was auch immer zwischen Seth und mir in diesem Sommer gewesen war. Wir hatten uns nie geküsst, hatten nicht einmal Händchen gehalten. Aus der Mittelschule wurde die Highschool, ich kam mit Mark zusammen und habe Mel nie von jenem Sommer – beziehungsweise von Seth und mir – erzählt.

Ich nehme aber an, dass er letztendlich darüber hinweggekommen ist. Vielleicht hat Seth einfach beschlossen, dass er nicht mehr auf mich warten würde, als ich seine Klavierkonzerte verpasste, um Mark beim Cross-Country zuzuschauen. Oder als ich lieber mit Mark zu einem Lagerfeuer ging, während Seth und Mel in seinem Keller Songs schrieben. Vielleicht ist es auch ganz allmählich passiert und die Liebe hat sich langsam immer mehr verflüchtigt, bis Seth eines Tages aufwachte und feststellte, dass er über mich hinweggekommen war. Eigentlich sollte ich mich für Seth freuen – für ihn und Mel. Und wenn ich noch mit Mark zusammen wäre, würde ich das auch, das weiß ich. Aber meine Gedanken sind vollkommen durcheinander, springen zwischen Killian und Mark und Seth hin und her – und dem Alphabet zwischen *A* und *I*. Ich bin noch nie in meinem Leben so vielen Menschen so nah gewesen – und habe mich noch nie so einsam gefühlt.

21

abendessen mrgn. @ 18 uhr, k's geburtst. sei pünktlich.

Ich hätte nie gedacht, dass mein wortgewandter Grammatik-Neurotiker von Vater je so tief sinken würde, eine so verhackstückelte Nachricht zu schreiben, aber wahrscheinlich ist er es inzwischen leid, jedes Wort auszuschreiben und mit der Autokorrektur-Funktion seines Handys zu ringen.

ich weiß, schreibe ich zurück.

Glaubt er wirklich, ich hätte das nur ein paar Tage nach unserer Tankstellenbegegnung schon wieder vergessen?

Ich habe Kaylees Geschenk eingepackt und kann gar nicht abwarten, bis sie es öffnet und lacht, wie sie es immer tut, wenn sie zu aufgeregt ist, um etwas zu sagen. Was für ein Pech, dass Kaylees Feier zu ihrem dritten Geburtstag auch einen Abend mit Dad und Lila mit sich bringt.

Ich poche an die Wand neben meinem Bett. »Hast du ein Geburtstagsgeschenk für Kaylee?«, brülle ich zu Jeffrey hinüber.

Pause. »Nein!«, brüllt er zurück.

Ich seufze. »Okay, wir können ihr meins zusammen schenken. Aber du musst wenigstens eine Karte besorgen.«

Kurz darauf kommt Jeffrey in mein Zimmer. »Sie ist

drei, Vee. Es ist ihr völlig egal, ob ich ihr eine Geburtstagskarte besorge oder nicht.« Er klingt fast genervt.

»Boah, mach dich mal locker«, antworte ich. »Das ist doch kein großes Ding.«

»Und wenn schon. Ich will nicht.«

»Willst du ein guter großer Bruder sein oder nicht?« Ich verschränke die Arme und sehe ihn an.

Er verdreht die Augen und starrt zu Boden. »Wetten, dass du mir keine Geburtstagskarte gekauft hast, als ich drei war?«

»Das liegt daran, dass ich erst acht war. Du bist zwölf und absolut in der Lage, deiner kleinen Schwester eine Karte zu kaufen. Komm schon, Jeffrey.«

Er seufzt und schleppt sich durch den Flur. *»Okay.* Ich kaufe die blöde Karte ja. Halt einfach nur die Klappe und sprich nicht mehr mit mir.«

Mom ruft durch den Flur: »Jeffrey, ich kann dir helfen, eine Karte zu basteln, wenn du willst!«

»Nein, schon gut!«, schreit er zurück und schlägt seine Tür zu. »Mach dir keine Sorgen.«

Ich lächle und nehme es ihm nicht so richtig übel, dass er ihr Angebot ablehnt. Moms Talent, Karten zu basteln, ist noch weniger vorhanden als ihre Begabung, T-Shirts geschmackvoll zu bemalen. Sie kommt durch den Flur und steckt ihren Kopf in mein Zimmer. »Was machst du morgen Abend nach Kaylees Party?«

»Ähm, Mel und ich haben etwas vor«, antworte ich. Zumindest nehme ich an, dass es dabei bleibt. Ich habe nichts von Mel gehört und werde ganz sicher nicht diejenige sein, die zuerst schreibt.

»›Etwas vor‹?« Mom beschreibt mit den Fingern Anführungszeichen in der Luft. »Etwas, was mit der Arbeit zu tun hat oder so ein ›Freundinnending‹?«

»Ein Freundinnending.« Ich öffne Google und tippe *George Bernard Shaw* ein, nur um beschäftigt zu wirken. Je weniger meine Mom über die Beach-Party weiß (die eigentlich gar nicht legal ist und auf der Minderjährige garantiert Alkohol trinken werden), desto besser.

»Ich habe Lust, einen Netflix-Marathon zu machen«, sagt sie und lehnt sich an den Türrahmen. »Jeffrey, willst du dir morgen nach der Party eine Überdosis schlechtes Fernsehen mit mir genehmigen?«

»Klar«, antwortet er mit gedämpfter Stimme. Ich würde jede Wette eingehen, dass er gerade auf sein Handy oder sein Nintendo starrt und gar nicht weiß, worauf er sich gerade eingelassen hat.

Mom klatscht begeistert in die Hände und grinst mich an. »Jetzt hab ich ihn«, raunt sie. »Ich glaube, ich beherrsche vielleicht doch die Kunst, Teenie-Jungs dazu zu bewegen, bei etwas mitzumachen: Man muss sie einfach fragen, wenn sie abgelenkt sind, und sie sofort auf ihre Antwort festnageln. Und wenn sie dann versuchen, wieder aus der Sache rauszukommen, muss man ihnen ein schlechtes Gewissen machen.«

Ich lächle. »Halt ihn aber nicht zu lange wach. Am nächsten Tag ist das Familientreffen.«

Mom schüttelt sich. »Das Beste, wenn man geschieden ist: Man muss nicht mehr zu diesen Dingern gehen.«

»Du Glückliche«, sage ich seufzend. »Kann ich mich von Dad scheiden lassen?«

Sie schnaubt und schüttelt den Kopf. »Eines Tages wirst du froh sein, dass du noch eine Beziehung zu ihm hast«, erwidert sie und stemmt eine Hand auf die Hüfte. »Nur dass es vielleicht noch ein Weilchen dauert.«

»Ja, so zwanzig oder dreißig Jahre.«

»Vee, ach komm.« Sie sieht mich missbilligend an und ich drehe mich auf den Bauch. Ich weiß nicht, weshalb es ihr so wichtig ist, dass Jeffrey und ich Dad überhaupt noch sehen. Wenn ich sie wäre, würde ich das bestimmt nicht wollen.

* * *

Am nächsten Abend bringt Mom Jeffrey und mich zu Dad und kommt kurz mit herein. Sie öffnet weit die Arme, um Kaylee zu umarmen. »Da ist ja das Geburtstagskind!«, sagt sie, während sie Kaylee kitzelt, sodass diese vor Vergnügen kreischt. »Wie alt bist du geworden, Liebes?«

»Drei!«, quietscht Kaylee und hüpft auf absolut entzückende Art und Weise auf und ab.

»Ich habe etwas Kleines für sie«, sagt Mom zu Lila und reicht ihr ein Geschenk. »Aber jetzt lasse ich euch alle schön feiern. Ich finde allein raus.«

»Vielen herzlichen Dank, Pamela«, erwidert Lila überrascht. Ich verstehe echt nicht, weshalb meine Mom so nett zu ihr ist. Wenn Mark mich wegen einer anderen hätte sitzen lassen, dann würde ich ganz bestimmt nicht mit Geschenken für das Kind, das sie zusammen haben, bei ihr zu Hause aufkreuzen.

»Hi, Leute!« Sobald die Tür hinter meiner Mom zugefallen ist, entspannt sich Lila ein wenig und ihr Lächeln wird breiter. »Abendessen ist fast fertig. Hungrig?«

»Ich bin am Verhungern«, antwortet Jeffrey und geht schnurstracks in die Küche. Kaylee zieht an meiner Hand und ich knie mich hin, damit sie auf meinen Rücken steigen und ins Esszimmer reiten kann.

»Ich hab dich lieb«, sagt sie glücklich und zieht an meinem Pferdeschwanz.

»Ich dich auch, Miss Kaylee.« Sie rutscht von meinem Rücken und ich drehe mich um, um sie in ihren Hochstuhl zu setzen. Der Tisch ist für fünf Personen gedeckt, mit Lilas edlem Porzellan, makellosen weißen Leinenservietten und schimmerndem Silberbesteck. Alles ist so akribisch angeordnet, als wären wir bei einem Fotoshooting für ein Magazin. Dad, Lila und Kaylee sehen wie die perfekte kleine Familie aus. Ich bin mir sicher, Dad wünschte, er müsste nicht auch seine beiden griesgrämigen Teenagerkinder einladen.

Lila serviert hausgemachte Makkaroni mit Broccoli und Apfel-Käse-Soße – Kaylees Lieblingsgericht. Ich stochere in meinem Essen herum und ärgere mich über mich selbst, weil es sich so gut anfühlt, eine richtige Mahlzeit zu essen, die jemand anderes zubereitet hat und die ich mir nicht wie sonst im Kühlschrank zusammensuchen muss. Jeffrey ergeht es wohl ähnlich, denn er isst drei Teller Makkaroni, bevor er hinüber ins Wohnzimmer wankt, um sich in einem Fress-Koma auf das Sofa zu werfen.

»Ich glaube, mit dem Kuchen warten wir noch ein wenig«, sagt Lila. Um ihre Mundwinkel zuckt es, als Jeffrey von nebenan laut aufstöhnt. Kaylee ist noch immer in ihr Abendessen vertieft, sie häuft sorgfältig Makkaroni zu einem Turm auf, der auf das weiße Tischtuch zu kippen droht.

»Lasst uns über das Familientreffen sprechen«, sagt Dad. »Denkt daran, dass wir ziemlich früh am Morgen aufbrechen.«

Ich lege meine Gabel weg und starre ihn an. »Wir werden fertig sein. Mach dir keine Sorgen.«

»Ich bleibe heute Nacht hier«, ruft Jeffrey aus dem Wohnzimmer.

»Entschuldigt mich«, murmle ich, während ich den Stuhl vom Tisch wegschiebe und mit langen Schritten ins Wohnzimmer gehe. »Jeffrey, wie meinst du das, du bleibst hier?«

Er steckt sein Handy in die Tasche und zuckt mit den Schultern. Er hat sich auf der Couch ausgebreitet, als würde ihm das Haus gehören. »Ich bin müde. Ich habe Klamotten und Zeug da. Ich schlafe einfach hier und wir holen dich morgen früh ab.«

»Was ist mit Mom? Du hast ihr gesagt, dass du heute Abend mit ihr Filme guckst.«

Jeffrey seufzt. »Warum muss ich das machen? Du gehst mit deinen Freunden aus. Ich will einfach nur hier bleiben und fernsehen oder was auch immer.«

Ich lasse mich auf die Couch fallen und das penetrante Körperspray, das er immer benutzt, steigt mir in die Nase. »Na, weil ich richtige Pläne habe. Weißt du, wie gekränkt Mom sein wird, wenn du hier bei *ihnen* bleibst, anstatt was mit ihr zu machen, wie du es ihr versprochen hast? Und du würdest ohnehin mit ihr fernsehen – also geh nach Hause und tu es.«

Er seufzt tief und die Couch vibriert ein wenig, als sein Handy eine neue Nachricht ankündigt. »Es ist albern, nach Hause zu gehen und sich morgen früh dann von Dad wieder abholen zu lassen. Mom wird das nichts ausmachen.«

»Gott!« Ich stehe auf. »Was ist bloß los mit dir, Jeffrey? Du benimmst dich schon den ganzen Sommer lang wie ein totaler Blödmann.«

»Echt mal!« Jetzt ist er auch auf den Beinen und mir fällt zum ersten Mal auf, dass er inzwischen genauso groß ist wie ich. »Im Ernst jetzt, lass mich einfach in Ruhe, Vee. Du bist so eine Heuchlerin.«

»Was soll das heißen?«

»Nichts.« Er zieht sein Handy heraus und wirft einen Blick darauf.

»Leg gefälligst mal dieses blöde Handy weg.« Ich beuge mich vor und gebe ihm einen kleinen Schubs. »Was meinst du damit, ich wäre eine Heuchlerin?«

Jeffrey wirft das Handy auf die Couch und schubst zurück. »Tu nicht so, als wüsstest du von nichts. Alle Welt redet über dich und deine Eroberungen.«

Ich schnappe nach Luft. »Was ...?«

»Schon gut, es reicht jetzt.« Dad taucht mit verschränkten Armen im Türrahmen auf. Sein Gesicht wird rot. Er wirft einen Blick zurück ins Esszimmer und senkt die Stimme. »Was zum Teufel ist hier los?«

Jeffrey und ich sehen uns an. »Nichts«, antworte ich schließlich und starre Jeffrey an, der zu Boden blickt.

»Und das ist auch besser so, gottverdammt. Heute ist der Geburtstag eurer Schwester. Kommt also rein, esst Kuchen und freut euch.« Er funkelt uns an und wendet sich dann ab, seine Schritte hallen durch den Flur.

»Wir sind noch nicht fertig«, sage ich zu meinem Bruder und packe ihn am Arm, als er an mir vorbeigeht. Er schüttelt mich ab, als wäre ich so klein wie Kaylee.

Alle Welt redet über dich und deine Eroberungen. Ich schlinge mir die Arme um den Bauch und starre das Bild von Dad, Lila und Kaylee an, auf dem sie vor dem Kamin aus Marmor sitzen. Ist es das, was die Leute sagen? Ich denke zurück und zähle im Geiste die Typen auf, die ich tatsächlich geküsst habe (wobei ich natürlich die nicht romantischen nicht mitzähle). Wie viele waren das? Fünf? Das reicht nicht, um als Stadtschlampe abgestempelt zu werden, oder?

»Vee!«, brüllt Dad aus dem Esszimmer. »Wir warten.«

»Ich komme schon«, murmele ich und versuche, mein rasendes Herz zu beruhigen. Das kann nicht wahr sein. Jeffrey muss sich irren.

Nachdem wir Kaylee »Happy Birthday« vorgesungen und Funfetti-Kuchen mit rosa Glasur gegessen haben, ist es Zeit für die Geschenke. Sie stürzt sich auf ein Dutzend Päckchen von Dad und Lila, dann greift sie nach dem Schaukelstuhl. Sobald sie ihn geöffnet hat, leuchten ihre Augen. *»Mein* Stuhl!«, sagt sie erstaunt, dann steht sie auf und lässt sich vorsichtig hineinsinken. Sofort schwingt der Stuhl hin und her.

»Sag Danke zu Vee und Jeffrey«, erinnert Lila sie.

»Dande!«, schreit Kaylee, während sie mit ihren winzigen Händen über die Armlehne streicht. Ich grinse und merke, dass nicht einmal Jeffrey ein Lächeln zurückhalten kann. Im Geiste danke ich Killian, weil er das perfekte Geschenk gefunden hat.

Am östlichen Himmel wird es bereits dunkler, als Lila Kaylee zum Baden und Schlafengehen nach oben bringt. Kaylee will nicht, dass ihr Geburtstag zu Ende geht, und klammert sich an mich, ihre Finger sind klebrig von der Kuchenglasur und ihr kleines Herz schlägt wie verrückt.

»Happy Birthday«, flüstere ich ihr ins Haar und sie fängt an zu weinen.

»Ich glaube, da ist jemand ein wenig müde«, verkündet Lila, während sie Kaylees Fäuste aus meinen Haaren löst und sie hochhebt.

»Nein!«, schluchzt Kaylee und es zerreißt mir fast das Herz, als sie ihre Arme nach mir ausstreckt. »Nein!«

»Gute Nacht, Kay.« Ich strahle sie an und winke. »Zeit, schlafen zu gehen.«

Sobald Lila und Kaylee oben sind, flüchtet Jeffrey in Richtung Keller. Ich jage ihm hinterher und trample die mit Teppich belegten Stufen hinunter. Ich bin seit Monaten nicht mehr im Untergeschoss gewesen und habe ganz vergessen, wie groß es ist – eine nicht enden wollende Fläche mit schickem Teppich, auf dem die größte Sofalandschaft steht, die ich je gesehen habe, dazu ein Billardtisch, ein Airhockey-Tisch und alles andere, was sich ein Junge, der fast ein Teenager ist, nur wünschen kann.

Jeffrey sprintet zum Badezimmer und verriegelt die

Tür hinter sich. »Komm schon, Jeffrey«, zische ich, wobei meine Stimme leise ist, damit Dad nicht nach unten kommt und uns wieder zusammenstaucht. »Komm mal kurz raus.«

»Ich will nicht mit dir reden«, mault er. »Lass mich einfach in Ruhe.«

Er schaltet die Lüftung im Badezimmer ein und lässt die Dusche laufen. Ich sinke zu Boden und lehne mich an die Tür. Irgendwann muss er ja rauskommen.

jeffrey sagt, die leute reden über mich und die typen, die ich geküsst habe, schreibe ich an Mel. **stimmt das?**

Ich hoffe, sie ist nicht mehr sauer wegen gestern. Ich brauche sie jetzt an meiner Seite. Zum Glück kommt ihre Antwort fast sofort. ***waaaaas?!? nein. ich habe so etwas nicht gehört.***

ich weiß nicht, ob ich heute abend komme.

Ich stelle mir vor, wie Mel im Badezimmer am Waschbecken steht, sich mit einer Hand das Glätteisen ins Haar hält und mit der anderen hektisch tippt, während Samba-Musik aus ihrem iPod plärrt. Auf der Ablage ist ein ganzes Warenhaus von Schminksachen verstreut und sie trägt ein altes Hemd von ihrem Dad, damit sie sich schminken kann, ohne dass Lidschatten ihr Outfit ruiniert. Vielleicht glüht sie sogar vor mit etwas Rum in Cola light oder mit in Wodka getränkten Gummibärchen.

du musst. heute abend bedeutet alles. du könntest eine ganze reihe von buchstaben auf einmal abhaken!!! und du weißt, wer auch da sein wird, oder?!

Ja. Sie glüht eindeutig vor. Ich schließe die Augen und bin plötzlich nervös, weil ich Killian heute Abend sehen werde. Nur noch ein Buchstabe bis *K* – und plötzlich fällt mir auf, dass der noch verbleibende Buchstabe *J* ist.

ich muss mit jeffrey reden und rausfinden, was er weiß.

Mel antwortet nicht. Im Badezimmer geht die Dusche aus und ich bewege mich leise von der Tür weg in der Hoffnung, Jeffrey würde glauben, ich hätte aufgegeben und wäre weggegangen. Zwanzig Minuten lang summt er dadrin vor sich hin und klappert herum. Ich höre das charakteristische Zischen des Körpersprays und rümpfe die Nase. Endlich geht die Tür auf und Jeffrey kommt mit einem Handtuch um die Hüfte geschlungen heraus.

Blitzschnell springe ich auf und bin neben ihm, meine Schulter drückt sich an seinen feuchten Arm. Er riecht wie eine Mischung aus Hollister und einer überreifen Banane. »Wenn du mir nicht sagst, was verdammt noch mal los ist, dann reiße ich dir das Handtuch weg, mache ein Foto und schicke es an alle in der Schule«, säusele ich in ruhigem Plauderton. Ich hake den Finger in das Handtuch ein und zupfe ein wenig. »Deshalb schlage ich vor, dass du tust, was ich dir sage.«

Jeffrey erstarrt, reißt sich aber nicht los. »Das würdest du nicht tun«, antwortet er, doch das Zögern in seiner Stimme sagt mir, dass ich ihn dort habe, wo ich ihn haben will.

»Darauf würde ich es nicht ankommen lassen.«

Schnaubend stößt er die Luft aus. »Gut, aber geh weg von mir. Du machst mir Angst.«

»Komm hier rüber.« Ich ziehe ihn durch den Raum und zwinge ihn, sich in die Ecke der Couchgarnitur zu setzen. Ich stehe über ihm, die Hände in die Hüften gestemmt. »Raus damit.«

Jeffrey windet sich, auf seiner Brust bildet sich Gänsehaut, als Wasser von seinen Haaren darauftropft. »Ich habe nur ein paar Sachen gehört«, murmelt er und sieht mich dabei nicht an.

»Was für Sachen?« Ich fuchtle mit meinem Handy vor ihm herum, die Kamera-App ist eingeschaltet.

Er schaudert. »Kyle und Oliver haben erzählt, dass sie und Mark letztes Wochenende mit ein paar Leuten ein Lagerfeuer bei ihnen zu Hause gemacht haben.« Ich halte einen Moment den Atem an, weil ich in einer fernen Erinnerung das Holzfeuer rieche und Marks Kapuzenpullover um meine Schultern spüre. »Und Gabriel Latimore hat erzählt, wie du dich bei Lilas Party an ihn rangemacht hast.« Wut überkommt mich. Zusammen mit Ryans Augenzeugenbericht über den Kamikaze-Kuss mit Dexter begreife ich nun, weshalb die Leute allmählich ein Muster erkennen könnten. Aber Mark kennt mich. Er weiß, dass ich nie wirklich in der Gegend herumschlafen würde. *Aber ist das, was du tust, so viel besser?*, fragt mich eine nervige innere Stimme. Ich beschließe, nicht zu antworten.

»Ich habe Gabriel lediglich *geküsst.*« Ich schließe kurz die Augen und kann nicht fassen, dass ich dieses Gespräch mit meinem kleinen Bruder führe, der offensichtlich gar nicht mehr so klein ist.

Jeffrey nutzt die Gelegenheit und versucht zu türmen,

aber ich schnappe mir das Ende seines Handtuchs und er setzt sich rasch wieder hin, als es anfängt zu rutschen. »Sei still. Ich will es gar nicht hören.«

Ich lasse mich auf die Couch fallen. »Wer weiß es sonst noch?«

Jeffrey zuckt mit den Schultern. »Keine Ahnung.« Er steht auf und presst dabei das Handtuch mit beiden Händen an seine Taille. »Bitte schön, jetzt habe ich dir alles gesagt. Zufrieden? Ich gehe jetzt.« Er marschiert in sein Zimmer und schlägt die Tür zu.

Mist. Ich umklammere mit bebenden Händen mein Handy. Bestimmt wissen es aus der Schule inzwischen alle. Die Geschichte ist einfach zu gut – *die brave Vee schlägt voll über die Stränge*. Ich bin eine Schlampe – ich, Veda Bentley, der Nerd aus dem Debattierclub, der auf den Halbmarathon trainiert, das Mädchen, das nichts weiter wollte, als weiterhin mit ihrem Highschool-Freund zusammen zu sein. Mein Handy vibriert in meiner Hand und ich zucke zusammen.

bin bereit, lieblingsschlampe. komme dich abholen.

Ich habe Dad-kompatible Klamotten an und das Haar zu einem langweiligen Pferdeschwanz zusammengebunden. Brav und traditionell. Immer noch die alte Vee.

Ich hole tief Luft und stehe auf. Meine Finger bewegen sich automatisch über das Display des Handys.

ok. aber ich muss erst zu mir nach hause.

Sie glauben, ich sei eine Schlampe? Schön. Wenn sie mich in diese Schublade stecken wollen, dann werde ich diese Rolle erfüllen. Das bisher war noch gar nichts.

22

Das Mädchen, das mich aus dem Spiegel anstarrt, hat mehr Kajal aufgetragen, als ich es je in meinem Leben an jemandem gesehen habe. Ihre Augen sind riesig, ihre Wangenknochen ausgeprägt, ihre Lippen rot. Sie sieht aus, als wollte sie es der ganzen Welt zeigen.

»Du siehst einfach umwerfend aus.« Mel steht neben mir und starrt mein Spiegelbild an. »Ich bin superneidisch.«

»Mark weiß es«, sage ich zu ihr, während ich meine Haarspitzen berühre, die dank Mels Lockenstab voll und wellig sind. »Alle wissen es.«

»Sie wissen überhaupt nichts«, widerspricht sie, hebt ihre Cola light und prostet meinem Spiegelbild zu. »Und sie können alle zur Hölle fahren.«

Es ist fast dunkel, als wir von Mels Zuhause aufbrechen. Wir wanken auf unseren hohen Schuhen zum Buick und setzen uns vorsichtig hinein, damit nicht die ganze Nachbarschaft unter unsere unglaublich kurzen Röcke spähen kann. Ich muss fahren, weil Mel ein bisschen mehr vorgeglüht hat als geplant, während ich mich fertig gemacht habe. Meine Hände auf dem Lenkrad sind rutschig, meine Sinne geschärft durch das Bewusstsein, dass ich inzwischen wahrscheinlich das Thema Nummer eins unter der jugendlichen Bevölkerung Butterfields bin – die tiefvioletten Schatten der Abenddämmerung scheinen schärfer als zuvor, die Luft, die nach See duftet, frischer.

»Ich mache Schluss mit dieser Kuss-Challenge«, verkünde ich. Mein Puls rast, als ich mir vorstelle, unter die Menge zu treten und zu wissen, dass alle dort glauben, ich würde mit sonst wem schlafen. »Ich kann nicht auf diese Party gehen und noch mehr beliebige Kerle küssen. Und ich war so genervt von Jeffrey, als ich gegangen bin, dass ich ganz vergessen habe, ihn zu küssen, das heißt, ich bin nicht einmal bei *K.*«

»Vee! Wie konntest du das nur vergessen?«

Ich zucke mit den Schultern und schalte die Klimaanlage ein, damit die Windschutzscheibe nicht beschlägt. Vielleicht habe ich es nicht direkt vergessen – aber da ich immer noch *J* von meiner Liste streichen muss, besteht wenigstens nicht die Gefahr, mich heute Abend in Sachen Killian entscheiden zu müssen.

Mel zuckt ebenfalls mit den Schultern und kurbelt das Fenster ein wenig hoch, damit ihre perfekt geglätteten Haare nicht durcheinandergeraten. »Ach, pfeif drauf. Du kannst ja *J* einfach überspringen.«

Ich schlucke schwer. »Ist das erlaubt?«

Im Licht einer Straßenlaterne, unter der wir hindurchfahren, sehe ich, dass Mel gefährlich lächelt. »Vee, hast du dich mal angeschaut? Heute Abend ist alles erlaubt.«

Es scheint nur halb so lange wie sonst zu dauern, bis wir zu den Dünen gelangen, und als wir auf den Parkplatz fahren, ist er schon halb voll mit Autos. »Hervorragend«, sagt Mel und überprüft mithilfe der Taschenlampenfunktion des Handys ihr Make-up im Rückspiegel. »Das wird eine irre Party.«

Sobald wir aussteigen, fange ich an zu zittern und habe das Gefühl, pinkeln zu müssen. »Mel«, murmele ich, lehne mich an den Buick und spüre das warme Metall an meinen Schenkeln. »Ich habe Angst.«

Sie kommt zu mir herüber und legt mir die Hände unter die Ellbogen, um mir Halt zu geben. »Es gibt nichts, wovor du Angst haben müsstest.« Sie sieht mich aus ihren dunklen Augen an. »Sie sind ätzend. Du bist toll. Alles andere zählt nicht.«

Sie nimmt meine Hand und zieht mich zu dem Pfad, der zum Strand führt. Der Wind trägt Gelächter und Rufe durch die Bäume zu uns herüber und es klingt, als wäre die halbe Schule da. Wir ziehen unsere Schuhe aus, als wir den Sand erreichen, und treten auf den Strand hinaus. Ich halte den Atem an und warte darauf, dass mich jemand entdeckt und *Hey! Die Schlampe ist da!* brüllt.

Natürlich passiert das nicht. Alle haben schon zwei oder drei Bier intus, sind mit ihren eigenen Dramen beschäftigt und baggern gerade an, mit wem auch immer sie später herumknutschen wollen. Es sind bei Weitem nicht so viele Leute gekommen, wie ich erwartet hatte, und ein rascher Blick über die Menge sagt mir, dass Killian noch nicht da ist – wenn er überhaupt kommt.

Ich packe Mel am Arm. »Lass uns einfach wieder gehen.«

»Auf keinen Fall. Killian kommt doch, oder?«

»Das hat er zumindest gesagt.«

Sie wirft ihr Haar nach hinten. »Nun, dann musst du wenigstens warten, bis er auftaucht.«

Wir holen uns aus einer der vielen Kühlboxen, die überall herumstehen, etwas zu trinken und gehen zu Brianna und Landon, die am Lagerfeuer sitzen. Mel läuft herum und wechselt mit jedem ein Wort, wobei sie lebhaft gestikuliert und übertrieben lacht. Ich schlendere ihr hinterher und versuche, so schnell wie möglich mein übel schmeckendes Bier zu trinken, um das Gefühl loszuwerden, dass alle mich anstarren.

Ich halte mich dicht bei Mel, meide die Blicke der Leute, die ich nicht kenne, und trinke weiter. Ich finde ein paar Kühlboxen mit Wein, was den Prozess ein wenig beschleunigt, da er – anders als das billige Bier – nicht wie der Bodensatz einer Mülltonne schmeckt.

»Schreib ihm eine Nachricht!«, sagt Mel und hält beim Tanzen ihr Getränk in die Höhe.

Ich blicke auf mein Handy hinunter, komme aber nicht so recht dahinter, wie man eine zusammenhängende Nachricht schreibt. Meine Finger tippen dauernd auf die falschen Tasten, schreiben unzusammenhängendes Zeug. Mit einem genervten Seufzer blicke ich auf. Und da ist er. Vor mir steht Killian, er legt seine Hände auf meine Schultern, als ich mich etwas zu sehr zur Seite neige. Plötzlich ist er der einzige Mensch der Welt, den ich sehen will.

»Alles in Ordnung?«, fragt er, während er mich mustert.

»Deine Hände sind so *warm!«* Ich greife nach ihnen und verschränke meine Finger mit seinen, eine Welle des Glücks überkommt mich jetzt, da er endlich da ist. »Komm, tanz mit mir.«

»Vee …«, setzt er an, aber dann dröhnt einer seiner Lieblingssongs über die Lautsprecher und er grinst, seine Schultern wackeln bereits im Takt des Songs, dem er nicht widerstehen kann.

Wer immer die Playlist für heute Abend aufgestellt hat, muss wohl einen direkten Draht zu Killians Kopf haben. Jeder der Songs ist einer, den wir schon zusammen bei der Arbeit gehört haben und von dem er Textzeilen auf das Armaturenbrett seines Jeeps gekritzelt hat. Wir tanzen zusammen, aber sein Blick ist nicht wirklich auf mich gerichtet. Er hält beträchtlich Abstand und lässt nicht zu, dass ich ihn an mich ziehe. Er ist zögerlich, misstrauisch. Das nehme ich ihm nicht übel, aber es ist mir völlig gleichgültig, dass er Abstand sucht. Ich rücke näher, ziehe seine Hände an meine Hüften und lasse den Ausschnitt meines Shirts tiefer rutschen. Im Laufe des Abends habe ich Mel aus den Augen verloren – im einen Moment tanzt sie direkt neben mir mit einem Kerl, den ich noch nie zuvor gesehen habe, im nächsten steht sie drüben bei den Kühlboxen und lacht mit ein paar Mädchen von der Schule. Das einzige Licht kommt vom Feuer und von den Sternen, sodass alle irgendwie flackern und unbeständig wirken. Ich tanze mir den Großteil des Alkohols aus dem Kopf und dann bin ich plötzlich erschöpft.

Ein weiterer Song beginnt und Killian geht zu seinen

bisher lächerlichsten Tanzbewegungen über. Seine langen Beine und Arme sind überall, als er so etwas wie Twerking versucht, nur eben als eins neunzig großer weißer Kerl. Er bewegt sich in die herumwirbelnde Menge tanzender Jugendlicher hinein und ich ziehe meine Finger aus seinen, um mich an den äußeren Rand des Kreises zurückzuziehen und die kühle Seeluft in meine Lungen zu saugen.

Unter meinen Füßen rutscht der Sand, als ich die Dünen hinaufklettere, der Schein des Feuers wird schwächer, sodass ich die Millionen von Sternen sehen kann, die nachts über dem Michigansee leuchten. Ich finde einen großen Stock, den ich benutzen kann, um das Gleichgewicht zu halten und mich weiter und schneller nach oben zu arbeiten, weg von allen und allem. Schließlich, als ich außer meinem eigenen Keuchen nichts mehr hören kann, bleibe ich stehen.

Vor mir steht der Große Wagen am Himmel und ich erinnere mich an die Nacht, in der Mark und ich Sterne, die im Dunkeln leuchten, an meine Zimmerdecke geklebt und dabei das Sternbild LOVE über meinem Bett arrangiert haben. Meine Mom und mein Bruder waren im Kino und Mark und ich hatten zum ersten Mal das Haus ganz für uns allein. Das Gefühl, das mich überwältigte, als er meine Zimmertür schloss und sich zu mir umdrehte – es war, als wären wir die einzigen Menschen auf der Welt. Der einzig existierende Punkt des Universums. Wir waren schon seit fast sechs Monaten zusammen, aber als er mich in jener Nacht küsste, war es, als wäre ich noch nie zuvor geküsst worden. Alles fühlte sich so neu an.

Und als wir uns in mein Bett legten und Dinge taten, die wir schon so lange herbeigesehnt hatten ... ich verdränge diesen Gedanken. Das spielt jetzt keine Rolle.

Ich lasse mich in den Sand sinken und bedecke mein Gesicht mit den Händen. Die Kuss-Challenge hat funktioniert. Ich denke kaum noch an Mark, und wenn doch, dann spüre ich Kummer und Traurigkeit nur oberflächlich, sie sinken nicht tiefer und nisten sich nicht in meiner Seele ein so wie noch vor ein paar Wochen. Ich habe immer noch Mel und Seth, ich habe einen Trainingsplan für den Halbmarathon und einen Laufpartner und ich habe das Abschlussjahr an der Highschool vor mir, das bestimmt der totale Wahnsinn wird. Und ich habe Killian, auch wenn ich trotz unserer vielen Gespräche noch immer nicht so recht weiß, was genau da zwischen uns passiert – ich weiß ja nicht einmal, was meiner Meinung nach zwischen uns passieren *soll.* Aber tief in meinem Inneren weiß ich, dass ich noch nicht ganz bereit bin, mich in eine weitere Beziehung zu stürzen, vor allem nicht mitten in einer sehr verwirrenden Kuss-Challenge. Ich bin noch nicht bereit, mir selbst das Herz eines anderen anzuvertrauen.

»Vee?« Killians Stimme weht über den Sand, leise und mächtig, die Art von Stimme, die die Welt verändern kann, wenn sie es will.

»Ich bin hier.«

Killian stolpert auf den Gipfel der Düne und rutscht zu mir herunter, dabei hält er sich die Seite. »Mann«, keucht er, »ich muss wirklich an meiner Ausdauer arbeiten. Das war echt heftig.«

Ich schüttle den Kopf. »Wahrscheinlich bist du eher vom Tanzen erschöpft als vom Dünenerklimmen.«

Killian runzelt die Stirn. »Ich kann nicht glauben, dass du bei dem letzten Song weggegangen bist. Das war einfach großartig.«

Ich zucke mit den Schultern, nehme einen Stock und zeichne Muster in den Sand. »Ich habe eine Atempause gebraucht.«

»Ist alles in Ordnung?« Er beugt sich vor und mustert mich. »Du wirkst so ... anders heute Abend.«

Ich lache und schleudere den Stock weit weg, schaue ihm nach, wie er durch die Nachtluft fliegt. »Killian, wir haben diesen Sommer über eine Menge Dinge gesprochen«, beginne ich. »Den Weihnachtsmann. Musik. Leuchttürme.«

»Shaw«, fügt er hinzu.

»Ja, immer Shaw.« Ich nicke und wende mich ihm zu. »Aber ich glaube, ich habe vergessen zu erwähnen, dass ich eine totale Schlampe bin. Vielleicht hast du das heute Abend ja schon von jemand anderem gehört.«

Killian legt den Kopf schief. »Erstens habe ich nichts dergleichen über dich gehört. Zweitens würde ich es nicht glauben, wenn ich so etwas hören würde.«

»Das liegt daran, dass du keine Beweise hast.« Ich schaue weg. »Aber was ist, wenn ich dir welche liefere? Dass ich die Mission hatte, diesen Sommer jeden Kerl in Butterfield zu küssen?«

Killian legt sich nach hinten in den Sand, die Hände hinter dem Kopf verschränkt. »Dann würde ich sagen, dass das nicht nach etwas klingt, das die Vee, die ich kenne, tun würde.«

»Nun, aber es ist die Wahrheit.«

Er blickt nachdenklich in den Himmel hinauf. »Ist das jetzt der Teil, in dem du mir sagst, was eigentlich mit dir los ist?«, fragt Killian. »Denn wenn nicht, dann lass uns doch alles andere, was du sagen wolltest, vorspulen und gleich zur Sache kommen.«

Ich seufze. »Es ist irgendwie eine lange Geschichte. Eine lange, tragische, herzergreifende Geschichte, bei der kein Happy End in Sicht ist.«

»Na ja.« Killian verlagert sein Gewicht und wühlt sich ein wenig in den Sand. »Ich werde mir jetzt einfach eine Zeit lang diese sauschönen Sterne ansehen. Und wenn du mir dabei deine lange tragische, herzergreifende Geschichte erzählen willst, habe ich nichts dagegen.«

Es ist still. Wenn ich genau hinhöre, kann ich ein paar Hundert Meter weiter die Wellen hören, die an den Strand gespült werden, abgesehen davon hört man nur unseren Atem und den Sand, der durch meine Finger rinnt. Ich schließe die Augen, aber da mir sofort übel wird, hefte ich meinen Blick auf den Großen Wagen. Und es dauert lange – die meisten Typen hätten schon aufgegeben und wären gegangen –, aber schließlich erzähle ich Killian stockend, Wort für Wort, von Mark und wie sehr ich ihn geliebt habe. Ich erzähle ihm, wie glücklich ich war, als Mark seinen Abschluss hatte, wie ich das Gefühl hatte, dass alles zwischen uns einfach immer besser wurde, und wie all meine Träume nur Minuten später zerschellt waren. Ich erzähle ihm von der Kuss-Challenge, wie ich den ganzen Sommer lang Typen hinterhergejagt bin und mein kleiner Bruder mich indirekt als Schlampe bezeichnet hat. Ich erzähle ihm, dass Küssen jede Bedeutung für mich verloren hat – und erst als die Worte aus meinem Mund kommen, merke ich, wie wahr sie sind –, und ich erzähle ihm, wie sehr ich Angst davor habe, nie wieder bereit zu sein, jemanden zu lieben.

Killian streckt seine Hand aus und drückt meine Finger, dann streicht er an meinen Armen hinauf und wieder herunter, wobei er meine Gänsehaut wegstreicht. Ich schließe die Augen und bleibe starr sitzen. Ich bin nicht in der Lage, mich zu rühren, obwohl ich mich von Killian lösen und ihm sagen will, dass er so schnell wie möglich weglaufen soll, weil ich nicht weiß, ob ich ihn nicht nur verletzen würde. Aber seine Berührung fühlt sich so gut an, dass ich mich nicht dazu überwinden kann.

»Ist das okay?«, fragt er und ich nicke. Er rückt näher, legt mir den Arm um die Schulter und zieht mich an sich. Als ich die Augen aufschlage, ist sein Gesicht direkt vor mir, diese blauen Augen, die stets nach Antworten suchen, blicken direkt in meine. Mir waren nie die leichten Sommersprossen auf seiner Nase aufgefallen oder die dünne Narbe gleich unter seiner Augenbraue.

»Mehr als okay.« Ich kann kaum atmen, doch ich schaffe es, die Worte herauszubringen. Ich strecke die Hand aus und streiche über diese dünne Narbe. »Ich will dich küssen.«

Er lächelt und beugt sich vor, sein Atem streicht warm über mein Ohr, als er flüstert: »Dann tu es.«

»Aber ich bin noch gar nicht bei *K*. Ich habe vorher noch einen Buchstaben zu erledigen.«

Seine Schultern beben und ich merke, dass er lacht.

»Vee.« Er lehnt sich zurück und streicht mir die Haare hinters Ohr. »Sag mir die Wahrheit – spielt das jetzt gerade wirklich eine Rolle für dich?«

Ich möchte gern wissen, wie es sich anfühlen würde, ihn zu küssen, während er lächelt. Am liebsten würde ich mich nach hinten in den Sand legen und sein Gewicht auf mir spüren. »Nein.«

»Na, dann.«

Das ist alles, was er sagt, und mein letzter Rest Selbstbeherrschung fällt in sich zusammen. Killians Mund ist so weich und er vertieft den Kuss gerade so weit, dass ich mehr will. Wir fallen seitwärts in den Sand, der sich in meinen Haaren und meinem T-Shirt verfängt, aber das ist mir völlig egal.

Viel zu schnell ist es vorbei und dann schauen wir uns an, unter uns die Dünen und über uns die Sterne.

»Dieser Kuss«, flüstert er, »hat etwas bedeutet.«

Und ich nicke, weil Killian nicht irgendein dahergelaufener Kerl ist, den ich mir ausgesucht habe, weil sein Name zufällig mit dem nächsten Buchstaben im Alphabet anfängt. Weil er den ganzen Tag lang George Bernard Shaw zitieren kann und weil er Gründe, Beweise und Logik braucht, um alles, was er weiß, zu untermauern. Aber genau das ist das Problem – nichts beweist mir oder ihm, dass dieser Kuss mehr war als zwei angetrunkene Menschen, die ihren biologischen Bedürfnissen nachgeben. Ich kann ihm nicht beweisen, dass ich will, dass wir zusammen sind, dass ich dieses Spiel wirklich aufgeben und für den Rest des Sommers nur noch ihn küssen will. Ich kann es nicht mal mir selbst beweisen.

23

Du hast ihn geküsst, oder?« Gegen ein Uhr nachts wird die Party allmählich ruhiger und Mel ist endlich wieder nüchtern genug, um mich nach Hause zu fahren.

»Woher weißt du das?« Ich kurble das Fenster herunter und atme die frische Luft ein.

Sie wirft mir einen Blick zu. »Ihr beide wart bestimmt zwei Stunden weg, dein Haar hat am Hinterkopf eine Art Eigenleben entwickelt und an dir klebt überall Sand. Wenn ich es nicht besser wüsste, würde ich sogar sagen, dass ihr weit mehr gemacht habt, als euch nur zu küssen.«

Mir stockt der Atem. »Großartig. Und wahrscheinlich ist das für alle offensichtlich.«

»Hey, wenn dich irgendjemand Schlampe nennt, dann bekommt er es mit mir zu tun.« Ihr Beschützerinstinkt bringt mich zum Lächeln. »Aber jetzt raus damit. Wie war der Kuss?!«

»Oh.« Ich streife meine Schuhe ab und rolle mich in Mels Wagen zusammen, wobei ich erst jetzt den Sand bemerke, mit dem der Beifahrersitz bedeckt ist. »Er war gut.«

»Ich wusste es!« Sie greift herüber und zerzaust mir das Haar. »Ich wusste, dass ihr zwei zusammenpassen würdet. Geht ihr jetzt miteinander aus?«

»Ähm.« Ich schüttle den Kopf, mein Grinsen verblasst. »Ich weiß nicht. Ich glaube nicht.«

»Wie meinst du das, *du glaubst nicht?* Du magst ihn. Das ist total offensichtlich, auch wenn du versuchst, es vor mir zu verbergen.«

Ich hätte wissen müssen, dass sie dahinterkommt. Ich schüttle den Kopf und versuche so, den Nebel zu vertreiben, der sich über mein Gehirn gelegt zu haben scheint. »Ich meine ... doch, ich glaube schon. Aber das Ziel dieses Sommers bestand doch darin, dass ich mich *nicht* in eine neue Beziehung stürze, oder?«

»Woah.« Mel fährt langsamer, als wir in die Stadt kommen. »Das Ziel war, dass du über Mark hinwegkommst, und ich glaube, darin bist du inzwischen ganz gut. Deshalb kannst du jetzt tun, was du willst.«

Ich fummle an meinem Gurt herum, während Mel auf unser Haus zusteuert. »Ich weiß nicht so richtig, was ich will.«

Sie fährt in unsere Einfahrt. »Wie meinst du das?«

Ich hole tief Luft. Wie ich das *meine?* »Mal rein hypothetisch – was würde passieren, wenn ich beschließen würde, die sechsundzwanzig Küsse zu Ende zu bringen?«

Mel dreht sich zu mir und starrt mich an, ihre dunklen Augen reflektieren das Licht der Straßenlampe. »Wie bitte? Ich dachte, du wolltest damit aufhören.«

»Wollte ich auch.« Ich streiche mir mit der Hand über das Gesicht. »Will ich auch. Aber gleichzeitig will ich es auch nicht, weißt du?«

»Süße, ich hoffe, du bist noch betrunken, denn was du sagst, ergibt überhaupt keinen Sinn.«

Ich rutsche auf dem Sitz herum und ziehe die Knie ans Kinn. »Vor acht Wochen habe ich im Bett gelegen und mir die Augen ausgeheult. Jetzt geht es mir viel besser. Daher muss es wohl funktioniert haben, oder?«

»Ja ...«

»Und vielleicht muss ich es zu Ende bringen, wenn ich den vollen Erfolg will. Wie wenn man Antibiotika nimmt und man sie zwei Wochen lang einnehmen muss, auch wenn man sich schon nach vier Tagen besser fühlt.«

Mels Augen weiten sich. »Hey, Vee, *mich* brauchst du nicht zu überzeugen. Ich bin sehr dafür, dass du die sechsundzwanzig Küsse zu Ende bringst, wenn es das ist, was du willst.«

Ich starre durch die Windschutzscheibe. Unser Haus ist dunkel, abgesehen von einem gedämpften Licht im Wohnzimmer. »Ich meine, es wäre irgendwie bescheuert, jetzt aufzugeben, wenn ich schon halb durch bin.«

Mel schließt die Augen und seufzt. »Und was ist mit Killian?«

Das ist die große Frage. Killian ist so unglaublich toll und genau das macht mir Angst. Er ist so toll, dass ich schon kommen sehe, dass ich mich wieder viel zu schnell und zu tief meinen Gefühlen hingebe. Ich brauche mehr Zeit. Vielleicht wird er das verstehen.

Mel kennt mich so gut, dass sie weiß, was ich als Nächstes sagen werde, noch bevor ich es gesagt habe. »Er wird sauer sein«, meint sie. »Er wird es nicht verstehen, Vee. Das weißt du, oder? Du könntest ihn verlieren.«

Ich nicke. Sie hat recht. Natürlich hat sie recht. Aber Killian ist anders als jeder andere Typ – eigentlich als jeder andere Mensch –, den ich je kennengelernt habe. Vielleicht wird er verstehen, dass ich es mir nicht leisten kann, wieder verletzt zu werden. Und was noch wichtiger ist, vielleicht ist er bereit zu warten, bis ich wieder alles auf die Reihe kriege.

»Du musst auch bedenken, was Jeffrey gesagt hat.« Mel klingt besorgt. »Wenn du mit dieser Sache weitermachst, reden die Leute vielleicht noch mehr.«

Ich zucke mit den Schultern und starre aus dem Fenster. Ich bin so müde, dass mir alles egal ist. »Schon okay«, sage ich, während ich die Autotür aufmache und taumelnd auf die Füße komme. »Irgendwie werde ich das hinkriegen.«

24

Killian
In den Dünen
???/10

Am nächsten Morgen ziehe ich ein blütenweißes Kleid aus Lochspitze an, von dem ich weiß, dass es meinem Dad gefällt. Heute wird seine Inspektion extrastreng ausfallen und mir dreht sich der Kopf, wenn ich an den unbehaglichen Small Talk denke, in den mich meine Verwandten auf dem Familientreffen verwickeln werden.

Ich begegne meinem Blick im Spiegel. Das blasse Mädchen, das mich anstarrt, sieht so ganz anders aus als das Mädchen mit der sexy Frisur und dem umwerfenden Make-up von gestern Abend. Ich bin bereit, eine weitere Rolle anzunehmen.

Mein Handy vibriert, als ich mir die Schuhe anziehe. Es ist Killian.

guten morgen. ;-)

hey. :)

Jedes Mal, wenn sein Name auf meinem Handy erscheint, flattert es in meinem Bauch. Wenn ich eine normale Siebzehnjährige wäre, würde ich Herzen auf Notizblöcke malen und überlegen, wann ich meinen Beziehungsstatus auf Facebook ändere. Aber ich bin ein gebranntes Kind, deshalb brauche ich jetzt meinen Freiraum.

muss zu diesem familiending, tippe ich. ***ich schreibe dir später.***

Lila wirft mir kein Lächeln vom Beifahrersitz zu, als ich hinten in Dads Cadillac Escalade einsteige, und Jeffrey blickt erst gar nicht von einem Handy auf, als ich mich neben ihn setze. Kaylee aber streckt ihre Hand nach mir aus und zieht mich zu einer Umarmung und einem Kuss an sich. Dad beugt sich vor, legt die Hand auf Lilas Knie und flüstert ihr etwas ins Ohr. Sie schiebt ihn weg und schüttelt den Kopf.

»Okay, es kann losgehen«, sage ich, weil ich befürchte, dass Mom sich sonst verpflichtet fühlen könnte, aus dem Haus zu kommen und Hi zu sagen, wenn wir noch länger in der Einfahrt stehen, und das würde uns alle nur unnötig in Verlegenheit bringen.

Dad wirft einen Blick zu mir nach hinten und legt den Rückwärtsgang ein. Er fährt im Schneckentempo die Straße entlang und schaut die ganze Zeit zu Lila hinüber. Als wir an der Straßenecke ankommen, beugt sie sich vor und legt die Hände aufs Armaturenbrett.

»Halt an«, sagt sie leise. »Ich glaube nicht, dass ich mitkommen kann. All diese Leute, die ich nicht kenne, deine Familie. Bring mich einfach nach Hause, Barry.«

Der Wagen kommt langsam zum Stehen. Jeffrey und ich wechseln einen Blick und warten auf die unvermeidliche Explosion.

Dad holt tief Luft und ich rutsche in meinem Sitz nach unten. »Li«, sagt er sanft. »Das wird schon alles. Du kannst die ganze Zeit an meiner Seite bleiben.«

Sie beugt sich so weit nach vorne, dass ihr Kinn fast das Knie erreicht. »Nein.« Ihre Stimme ist kräftiger, aber sie zittert. »Ich kann nicht. Ich muss nach Hause. Ich fühle mich elend.«

»Wir sollten gemeinsam hingehen, Li. Wenn du das nicht hinkriegst, wie sollen wir dann …« Er verstummt und streckt seine Hand nach Lilas Knie aus. Sie zieht ihre Beine weg und rollt sich kopfschüttelnd zusammen.

Dad seufzt und dreht den Kopf, um aus dem Fenster auf der Fahrerseite zu starren. Mehrere lange, angespannte Sekunden verstreichen. Kaylee rutscht in ihrem Kindersitz herum und ich strecke meine Hand nach ihr aus, damit sie stillhält. Ich warte auf die Explosion, zu der es nicht kommt.

»Gut«, meint Dad schließlich. »Fahren wir.«

Schweigend kehren wir alle zu ihrem Haus zurück. Selbst Kaylee sitzt mit großen Augen still da. Noch bevor wir in die Einfahrt fahren, hat Lila ihren Gurt gelöst, und sobald Dad geparkt hat, gleitet sie aus dem Wagen. Sie öffnet die hintere Autotür und beugt sich vor, um Kaylees Kindersitz loszuschnallen.

»Nein«, sagt Dad, seine Stimme klingt verärgert. »Sie kommt mit uns.«

Lila zuckt zurück, als hätte sie etwas gestochen, und sieht Dad scharf an. Ich halte den Atem an und frage mich, ob wir doch noch Zeugen davon werden, wie Dad und Lila sich streiten, und ob es allmählich Risse in ihrer

Ehe geben könnte. Doch Lila nickt nur, streicht Kaylee über den Kopf und beugt sich vor, um ihr einen Kuss zu geben.

»Mama?«, fragt Kaylee, ihre Stimme zittert.

»Hey, Liebling«, sagt Lila und lächelt Kaylee an. »Du gehst mit Dad, Veda und Jeffrey auf eine Party. Mami bleibt zu Hause.«

»Nein«, sagt Kaylee.

»Doch.« Lila sieht mich an und schenkt mir ein schmales Lächeln. »Du bist schon ein großes Mädchen und bleibst bei Daddy. Viel Spaß.« Ihre Stimme bricht. Sie wendet sich zum Gehen, klemmt die Handtasche unter den Arm und eilt über den Gartenweg auf das Haus zu.

Dad wartet, bis sie hineingeht, dann klappt er die Sonnenblende herunter und fährt rückwärts aus der Einfahrt – vielleicht ein wenig schneller als unbedingt notwendig.

Ich lehne mich zurück und gestatte mir wieder zu atmen.

»Das ist wohl immer noch so eine Sache bei ihr, was?«, fragt Jeffrey und streckt sich nach vorn, um Dad anzuschauen. »Das Haus nicht zu verlassen?«

Ich packe ihn an der Schulter und ziehe ihn zurück auf seinen Platz. Ich bin nicht gerade Präsidentin des Lila-Fanclubs, aber selbst ich halte mich bei dem sehr heiklen Thema zurück, warum genau sie so viel zu Hause bleibt. Und jetzt, da Lila nicht mehr dabei ist, gibt es nichts, was meinen Dad davon abhalten könnte zu explodieren und einen seiner klassischen Wutausbrüche zu bekommen.

Dad antwortet nicht, er schaltete lediglich das Radio ein und schneidet für Kaylee Gesichter im Rückspiegel, während er meinen Blicken ausweicht.

Onkel Steve organisiert alle fünf Jahre diese Familientreffen und ich könnte schwören, dass er die gesamte Zeit zwischen den Festen braucht, um das nächste zu organisieren. Auf dem letzten Familientreffen, als meine Eltern (gerade noch so) verheiratet waren und es für mich (gerade noch so) okay war, bei Familienfesten dabei zu sein, hat Onkel Steve das komplette Total Tides gemietet, ein Erlebnisfreibad etwa eine Stunde von Butterfield entfernt. Ich habe zwar nie kapiert, wozu man ein Erlebnisbad braucht, wenn man den Michigansee direkt vor der Haustür hat, aber es war toll, das ganze Schwimmbad für uns allein zu haben, ohne vor den Rutschen anstehen zu müssen. Außer uns waren nur noch ein paar Rettungsschwimmer da, die nicht so genau hingesehen haben, wenn man jemandem am tiefen Ende des Beckens verdientermaßen die Badehose bis fast über die Ohren gezogen hat.

Dieses Jahr hat sich der Bentley-Clan für etwas Exklusiveres entschieden – die Cobblestone Farms, eine dieser rustikalen Hochzeits-Locations mit einem hundert Jahre alten Farmhaus und einer riesigen Scheune. Der Dresscode lautet »legerer Landhausstil«, was bedeutet, dass Jeffrey seine einzige Stoffhose angezogen hat, die etwa einen Zentimeter über seinen Schuhen endet. Als wir die lange Einfahrt hinauffahren, hat sich unsere Verwandtschaft schon in einem weiten Bogen aus Anzughosen und Sonnenhüten auf dem Rasen verteilt, in den Händen halten sie Gläser mit Eis und Alkohol und Teller mit schicken Hors d'œuvres.

Jeffrey stürzt aus dem Wagen und verschwindet in einer Gruppe Cousins, mit denen er sofort auf die Scheune zurast. Ich schnalle Kaylee ab und gebe sie meinem Dad, der auf der ganzen Fahrt hierher kein Wort gesprochen hat. Der Großteil der Verwandten hat Kaylee noch nicht kennengelernt, deshalb wird sie jede Menge Aufmerksamkeit bekommen, mit der ich im Moment nicht umgehen kann.

Als sich eine Traube von Verwandten um Dad und Kaylee versammelt, steige ich unauffällig auf der anderen Seite des Escalade aus und gehe schnurstracks auf das weiße Zelt zu, das auf dem Rasen aufgestellt ist. Mein Kopf dröhnt von einem leichten Kater und der unglaublich unbehaglichen Autofahrt und ich will eigentlich nur ein ruhiges, schattiges Plätzchen finden.

Das Gras ist lang und der Boden leicht abschüssig, deshalb stolpere ich ein paarmal. Ich streife meine Sandalen ab und gehe barfuß weiter – so schnell ich kann, ohne dass sich mir der Kopf dreht. Ich ducke mich unter das Zelt und seufze erleichtert auf. Dort steht ein ganzer Tisch mit Essen und riesigen Glaskrügen mit Wasser, Eistee und Limonade. Ich greife nach einem Becher und fülle ihn bis zum Rand mit Wasser, das ich so schnell wie möglich hinunterkippe.

Hinter mir höre ich ein Geräusch und wirble erschrocken herum. In einer Ecke sitzt mein Großvater, auf dem Tisch neben ihm steht ein Teller mit Essen, den er nicht angerührt hat. Und als ich auf ihn zugehe, merke ich, dass er in einem Rollstuhl sitzt. Zu Weihnachten, da habe ich ihn zuletzt gesehen, musste er sich auf einen Stock stützen, aber er konnte sich noch ganz gut allein fortbewegen. Dad hat nichts von einem Rollstuhl erwähnt.

Großvater hat den Kopf in den Nacken gelegt, seine Augen sind geschlossen und ein leises Schnarchen dringt aus seinem geöffneten Mund. In der makellosen Anzughose und dem kurzärmligen karierten Hemd sieht er aus wie immer. Scharfsinnig, intelligent, eisern. Doch der Rollstuhl raubt ihm diese Illusion der Macht und lässt ihn irgendwie ... welk wirken.

Gerade als ich das denke, reißt er jedoch die Augen auf und ich sehe den alten Opa Phillip, auch wenn er körperlich geschwächt ist.

»Veda.« Er winkt mich her und zieht mich an sich, um mir einen Kuss zu geben. Meine Wange stößt an sein Kinn und ich nehme insgeheim den Buchstaben *P* in mein Protokoll auf. Es wird schwieriger werden, den Überblick über die Küsse zu bewahren, jetzt wo ich nicht mehr in alphabetischer Reihenfolge vorgehe. »Ist dein Vater auch da?«

»Ja.« Ich richte mich wieder auf und trete einen Schritt zurück. »Soll ich dich nach drüben schieben?«

Großvater grunzt. »Sei nicht albern. Ich werde laufen.« Er greift nach seinem Stock, der neben ihm am Tisch lehnt, und hievt sich auf die Füße.

»Aber was ist mit dem Rollstuhl?«

»Ich fahre eigentlich gar nicht mit dem verfluchten

Ding.« Großvater sieht ihn voller Abscheu an. »Aber er ist verdammt noch mal bequemer als diese Klappstühle.«

Ich folge ihm auf den Rasen, wobei ich hinter ihm bleibe, damit er nicht merkt, dass ich meine Schritte verlangsame, um ihn nicht zu überholen. »Schöner Tag«, sage ich, weil mir nichts anderes einfällt. »Ich habe gehört, dass es regnen soll, deshalb haben wir Glück, dass das Wetter hält.«

Er geht weiter, den Blick geradeaus gerichtet. »Wird aber auch Zeit, dass ihr alle da seid«, erwidert er. »Wir haben schon auf euch gewartet.«

Onkel Eddie, der jüngere Bruder meines Dads, der in Florida lebt, sieht meinen Großvater kommen und eilt zu uns herüber. »Ich glaube, wir sind jetzt alle da, Dad«, sagt er. »Willst du …«

Großvater winkt ungeduldig ab. »Dann lasst uns endlich anfangen.«

Onkel Eddie grinst mich an und zieht mich in seine Arme. »Hi, Veda«, sagt er. Ich mache mich steif, aber er drückt mir trotzdem einen Kuss auf die Wange. Dann habe ich jetzt zwei *E*s. Und immer noch kein *J* oder irgendetwas zwischen *K* und *P*. Mein Kopf dreht sich.

»Hi«, sage ich. Meine Kopfschmerzen melden sich und ich versuche, so auszusehen, als würde ich mich freuen, hier zu sein. »Schön, dich zu sehen.«

»Ebenfalls. Du bist groß geworden.« Er tätschelt mir den Arm und nickt Großvater zu, der wieder auf das Zelt zugeht und sich dabei schwer auf seinen Stock stützt. »Ich versammle wohl besser mal die Truppe. Kannst du deinen Bruder und die anderen Jungs holen?«

Ich nicke und eile zur Scheune hinüber. Dabei halte ich den Kopf gesenkt, um jeden Blickkontakt zu vermeiden. In der Scheune ist es dunkel und kühl und kurz überlege ich, ob ich mich hier nicht in eine Ecke verkriechen und für den Rest des Tages verstecken könnte.

Jeffrey und unsere Cousins haben sich um ein riesiges Jenga-Spiel versammelt, das fast so groß ist wie ich. Ich lehne mich an einen Pfosten und sehe zu, wie sich Jeffrey hinkniet, um einen Holzklotz unten aus dem Stapel zu ziehen.

»Das ist sein klassischer Zug«, sage ich zu Brad, einem der Cousins, der sich vom Alter her irgendwo zwischen Jeffrey und mir befindet. »So viele wie möglich von unten wegnehmen, damit die nächste Person ein echtes Problem hat.«

»Halt die Klappe, Vee«, knurrt Jeffrey. Sein Haar fällt ihm über die Augen, während er versucht, den Klotz herauszuziehen, ohne dass der Stapel umfällt. Vorsichtig schiebt er ihn heraus und wir halten alle den Atem an, als der Turm anfängt zu schwanken. Einen Augenblick sieht es so aus, als würde Jeffrey damit durchkommen, doch dann neigt sich der Turm und oben gerät ein Klotz ins Rutschen, sodass der ganze Stapel umfällt.

Alle Jungs stöhnen. »Kommt. Wir müssen jetzt rausgehen«, sage ich in die Runde. »Großvater will etwas sagen.«

Wir gehen zum Zelt hinüber, wo sich alle Erwachsenen an runden Tischen versammelt haben. Tante Nancy testet gerade mit Großvater das Mikrofon.

Eine laut kreischende Rückkopplung bringt alle zum

Schweigen und Großvater tippt gegen das Mikro. »Funktioniert das Ding? Oh, okay. Es funktioniert.«

Alle lachen. Tante Nancy eilt zurück zu ihrem Platz und überlässt Großvater die Bühne.

»Nun, wir haben uns heute wieder zu einem Familientreffen versammelt«, beginnt er und lässt seinen Blick über die Menge schweifen. »Wie viele von diesen Dingern haben wir schon veranstaltet, Steve?«

»Fünf«, ruft Steve und hebt ein Glas Eistee in die Höhe. Den anderen Arm hat er um seine Frau Hannah gelegt.

»Fünf. 'ne verdammte Menge«, sagt Großvater und alle lachen wieder. »Das macht fünfundzwanzig Jahre Familientreffen. Manche von uns werden älter.« Er schwenkt seinen Stock. »Die Kinder werden groß. Aber ganz gleich, wer kommt und geht, wir werden immer eine Familie bleiben. Und ich muss euch sagen, dass mir das verdammt viel bedeutet.«

Er nickt und wir applaudieren. »Ich werde euch nicht weiter langweilen«, redet Großvater weiter, »aber Barry hat noch etwas anzukündigen.«

Als Dad aufsteht und nach vorne geht, treffen sich Jeffreys und mein Blick. »Was will er sagen?«, flüstere ich, doch Jeffrey zuckt mit den Schultern.

»Hallo zusammen.« Dad hält sich das Mikro zu dicht vors Gesicht und seine Stimme dröhnt durch das Zelt. »Wow, tut mir leid. Äh, hallo zusammen. Schön, euch heute alle hier zu sehen. Ich hoffe, ihr alle hattet schon die Gelegenheit, meine kleine Tochter Kaylee kennenzulernen.«

Er winkt Kaylee zu, die bei einer Gruppe von Dads

Cousins und Cousinen sitzt, und Hälse werden nach ihr gereckt. Gewissensbisse ziehen mir den Magen zusammen – ich hätte auf sie aufpassen sollen.

»Leider hat sich meine Frau, Lila, nicht wohlgefühlt und kann deshalb heute nicht hier sein. Ich hatte mich darauf gefreut, dass ihr sie alle kennenlernt, und hatte gehofft, wir würden diese Ankündigung gemeinsam machen.«

Verwirrt schaue ich Jeffrey an.

Dad nimmt das Mikrofon von einer Hand in die andere, seine Aufregung ist selbst aus sechs Metern Entfernung greifbar. »Ich freue mich sehr, euch mitzuteilen, dass Lila einen Job in San Francisco, Kalifornien, angenommen hat. Anfang September ziehen wir dorthin um. Dann sind wir zwar weiter von unserer wunderbaren Familie entfernt, aber es ist eine einmalige Gelegenheit für uns und Kaylee, und wir freuen uns sehr darüber.«

Ich nehme an, dass es Applaus und Jubel, Glückwünsche und Gelächter ist, aber alles, was ich hören kann, ist Rauschen in meinen Ohren. Jeffrey zerrupft eine Papierserviette zwischen den Fingern, sein Blick ist auf das weiße Tischtuch vor ihm gerichtet. Tanten und Onkel umringen Dad, klopfen ihm auf die Schultern und umarmen ihn. Ich verziehe mein Gesicht hoffentlich zu einer Art Lächeln und bleibe wie angewurzelt auf meinem Stuhl sitzen. Dad schenkt Champagner aus, jemand drückt mir ein Glas davon in die Hand und zwinkert, als ich versuche zu protestieren. Wir stoßen auf Lilas neuen Job an und ich sollte mich eigentlich freuen, denn das bedeutet, dass ich Dad und Lila kaum mehr sehen müsste … aber mein Blick ist auf Kaylee gerichtet, die zwar keine Ahnung hat, was gerade passiert, aber über das ganze Gesicht strahlt.

Der Champagner schmeckt sauer in meinem Mund. Ich stelle das Glas auf den Tisch, stehe auf und eile aus dem Zelt. Ich stürze hinter die Scheune, beuge mich vor, die Hände auf die Knie gestützt, und unterdrücke den Drang, mich zu übergeben.

»Alles okay?« Jeffrey kommt um die Ecke der Scheune geschlendert, die Hände in den Hosentaschen vergraben.

Ich nicke, richte mich aber nicht auf. »Nur verkatert«, antworte ich.

Er scharrt über den Boden, sodass Staub aufwirbelt. »Ich wünschte, sie hätten es uns vorher gesagt.«

»Na ja, wir wissen alle, wie gut Dad im Kommunizieren ist. Vor allem mit uns.«

Jeffrey sinkt zu Boden und lässt den Kopf in die Hände fallen. »Das ist so ein Mist«, sagt er und es dauert einen Moment, bis ich begreife, dass er weint.

»Hey.« Ich lasse mich neben ihm auf die Knie fallen, es ist mir egal, dass ich ein weißes Kleid trage, und lege ihm den Arm um die Schultern. »Alles wird gut.«

Er zögert einen Moment, dann schubst er mich weg und steht auf. Er fährt sich mit dem Handrücken über das Gesicht. Seine Nase ist rot, sein Haar feucht von Schweiß. »Er hat uns schon einmal verlassen. Warum tut er es noch mal?« Seine Schultern heben sich. »Mom ist immer beschäftigt. Und alle reden über dich, Vee. *Alle*. Bald komme ich in die Mittelstufe und alle reißen Witze über dich und fragen, ob du wirklich so eine Schlampe bist.«

»Jeffrey.« Ich knie immer noch vor ihm. »Es tut mir leid. Ich weiß nicht, was du von mir hören willst …«

»Bleib weg von mir.« Jeffrey weicht zurück und streckt seine Hände aus, um zu verhindern, dass ich ihm zu nahe komme. »Lass mich einfach in Ruhe.« Er dreht sich um und rennt weg und ich schaue über die herrlichen Felder Michigans und hasse jedes einzelne Detail, das ich sehe.

25

Ich gehe hinter der Scheune auf und ab und kann nur noch an meine kleine Schwester denken, die bis an die Westküste fliegen wird, aus dem Fenster eines Flugzeugs schaut ... Dad und Lila bringen sie so weit von uns fort, wie es nur geht, ohne das Land zu verlassen. Wie oft werde ich sie noch sehen – alle ein bis zwei Jahre? Ein Jahr ist eine Ewigkeit, wenn man noch klein ist. Sie wird ohne mich aufwachsen. Sie wird Jeffrey und mich nicht einmal mehr erkennen, wenn wir uns das nächste Mal sehen.

Ich muss weg von hier.

Mel ist bei der Arbeit. Seth kann ich nicht anrufen – das wäre zu seltsam, jetzt, da er über die Sache mit den sechsundzwanzig Küssen Bescheid weiß. Killian braucht nicht noch mehr darüber zu erfahren, wie verkorkst mein Leben ist.

Ich schreibe Mark eine Nachricht.

Als ich das letzte Mal in Marks Wagen mitgefahren bin, brach meine Welt gerade auseinander. Ich hätte nie gedacht, dass es mir mal schlechter gehen könnte als in jenem Moment. Aber – Überraschung! – das Leben ist in dieser Hinsicht der Knaller. Schlimmer geht immer.

»Bitte stell mir keine Fragen«, sage ich, als ich in den

blauen Wagen steige, den ich so gut kenne und in dem sich so viele wichtige Momente meines Lebens abgespielt haben. »Fahr einfach.«

»Okay«, entgegnet Mark. Er legt seine Hände auf zehn und zwei Uhr aufs Lenkrad und mich überkommt Erleichterung, dass er nicht Killian ist, dass er nicht eine Million Fragen stellt. Er versteht, dass es manchmal besser ist, nicht zu reden.

Ich schicke Jeffrey eine Nachricht, als wir auf die Straße fahren. **sag dad, dass ich schon weg bin. sorry. für alles.**

Ich kurble das Fenster herunter, schließe die Augen und konzentriere mich auf den tröstlichen, vertrauten Geruch von Marks Auto und den Wind in meinen Haaren. Ich lösche meine sämtlichen Gedanken und stelle mir vor, am Strand entlangzulaufen und nichts wahrzunehmen außer dem Rhythmus meiner Schritte auf dem Sand, monoton, beruhigend, endlos.

Mit einem Ruck werde ich wach, als das Auto anhält, und habe einen Moment lang vergessen, wo ich bin. »Mark?«

»Hey«, sagt er und schiebt die Baseballmütze aus der Stirn. »Tut mir leid. Ich wusste nicht, wohin ich sonst fahren sollte, deshalb ...« Er zuckt mit den Schultern. Wir stehen an der Straße vor der Bibliothek, unserem üblichen Treffpunkt, bevor wir den Führerschein hatten. Wir haben uns von unseren Eltern unter dem Vorwand, Hausaufgaben zu machen, hierherfahren lassen und uns dann in eine der Lernkabinen verkrochen oder uns bei schönem Wetter draußen auf die Betonstufen gesetzt.

»Schon gut.« Ich steige aus dem Wagen und gehe zur obersten Stufe, unserem üblichen Platz. Mark folgt mir langsam und setzt sich, dann verschränkt er die Hände zwischen den Knien. Jetzt wo ich an Killians Körpermaße gewöhnt bin, kommen mir Marks Beine fast lächerlich dürr vor. Schlaksig war er schon immer, aber jetzt scheint er noch dünner zu sein. Vielleicht erlebt er gerade einen späten Wachstumsschub. Wir sitzen da, Wolken schieben sich vor die Sonne und wir beobachten Leute, die mit Einkaufstaschen und Kameras vorübergehen.

»Danke fürs Abholen«, sage ich schließlich. »Ich hatte irgendwie einen schlimmen Tag. Eigentlich habe ich einen schlimmen Sommer«, spreche ich weiter, während ich mir die Haare hinter die Ohren streiche.

»Ja.« Mark nickt. »Ich weiß, was du meinst.«

Ich werfe ihm einen fragenden Blick zu, aber er sagt nichts weiter. »Warum ist er für dich schlimm?«

Er hebt eine Schulter und fummelt an seiner Sportuhr herum. Unser Lederarmband ist verschwunden, sehe ich. »Ohne dich ist es komisch bei der Arbeit. Dauernd fragen mich alle, warum wir Schluss gemacht haben.« Er reibt sich den Nacken. »Ich weiß auch nicht. Wahrscheinlich mache ich mir nur Gedanken wegen des College. Ich frage mich, ob ich die richtigen Entscheidungen getroffen habe.«

Ich pruste. »Erzähl mir nichts von falschen Entscheidungen.« Mark rutscht unbehaglich hin und her. »Ich weiß, was Gabriel und Ryan dir erzählt haben«, sage ich und starre geradeaus. »Und ich weiß, was die Leute sagen. Das meiste davon stimmt nicht.«

»Ich weiß«, erwidert Mark rasch. »Ryan hat mir später erzählt, dass das alles ein großer Witz war. Aber ich habe es ohnehin nie geglaubt. Dafür kenne ich dich viel zu gut.«

Ich nicke. »Danke.«

Es gibt so viele Dinge, die ich Mark sagen möchte, Dinge, die ich in der ersten Woche nach unserer Trennung immer und immer wieder in meinem Kopf durchgegangen bin. Ich hatte vier oder fünf verschiedene Gespräche ausgearbeitet, die alle darauf angelegt waren, Mark erstens begreiflich zu machen, was für ein schrecklicher Mensch er ist, weil er mit mir Schluss gemacht hat, und zweitens ihn davon zu überzeugen, dass er sich nichts mehr wünscht, als dass wir wieder zusammenkommen. Jetzt erinnere ich mich nicht mehr daran, wie auch nur ein einziges dieser Gespräche hätte verlaufen sollen.

»Es tut mir leid, dass ich mit dir Schluss gemacht habe«, sagt Mark und legt mir die Hand aufs Knie. »Ich dachte, ich wäre dann weniger nervös, wenn ich wegziehe, um aufs College zu gehen, aber so ist es nicht.«

»Oh.« Ich wünschte, er hätte gesagt, dass er sicher ist, die richtige Entscheidung getroffen zu haben, dass er sich aufs College freut, das in ein paar Wochen anfängt, und darauf, Butterfield – und allen, die dort wohnen – den Rücken zu kehren.

Ist alles, was ich diesen Sommer durchgemacht habe, völlig umsonst gewesen? »Schon gut. Ich meine, es war echt schlimm, aber jetzt geht es mir gut.«

»Das freut mich.« Eine dunkle Wolke schiebt sich vor

die Sonne, sodass sich Schatten über das hektische Treiben im Stadtzentrum legen.

Ich wische die Hände an meinen Shorts ab und will gerade aufstehen und vorschlagen zu gehen, da räuspert sich Mark.

»Ich muss dir etwas sagen«, verkündet er.

Verdutzt schaue ich ihn an. »Ja?«

Er beißt sich auf die Lippe. »Aber du darfst nicht sauer werden.«

Ich zucke mit den Schultern und wende den Blick ab. Dabei wappne ich mich für den Tag, von dem ich immer wusste, dass er kommen würde – der Tag, an dem Mark eine neue Freundin hat.

»Es ist nur ... ich vermisse dich immer noch«, sagt Mark leise. »Vermisst du mich auch?«

Ich drehe mich wieder zu ihm und starre ihn an. Mein Mund öffnet sich, aber ich bringe kein Wort heraus. Und noch bevor ich reagieren kann, legt mir Mark den Arm um die Taille und zieht mich an sich. Er zögert nur einen kurzen Moment, dann presst er seine Lippen auf meine.

Mark zu küssen, ist die natürlichste und zugleich bizarrste Sache, die ich je getan habe. Ich habe ihn schon eine Million Male geküsst und nichts hat sich geändert, außer dass ich in der Zwischenzeit mehrere andere Jungs geküsst habe. Nichts, außer dem Wichtigsten von allem – ich selbst habe mich verändert.

Mit einem Ruck löse ich mich von ihm und rapple mich auf, wobei ich mir in meiner Hast die Handflächen auf der Bibliothekstreppe aufschürfe.

»Woah«, sage ich und mache einen Schritt weg von ihm. »Was soll das, Mark?«

Er antwortet nicht, den Blick auf seine Füße gesenkt, den Kopf in den Händen verborgen. »Tut mir leid«, flüstert er. Seine Stimme ist so leise, dass ich ihn kaum hören kann. »Das hätte ich nicht tun sollen.«

»Nein«, gebe ich zurück. Sein verwirrter Blick ist fast unerträglich. »Hättest du nicht.«

Und dann gehe ich.

Als ich zu Hause ankomme, ist die Mittagszeit schon vorbei und meine Füße tun weh, weil ich fast zwei Kilometer in Sandalen gelaufen bin.

Niemand ist da und ich stapfe hinauf in mein Zimmer, ziehe mir noch im Flur das Kleid über den Kopf und öffne meinen BH, ohne mich damit aufzuhalten, meine Zimmertür zu schließen.

Dann schnappe ich mir einen schmutzigen Sport-BH aus dem Wäschekorb und Laufschuhe aus der Kommode und klebe ein paar Pflaster auf die frischen Blasen an meinen Füßen. Ich habe kaum genug Geduld, mich zu dehnen, bevor ich von der Veranda aus loslaufe.

Es ist mir sogar egal, dass ich immer noch einen Kater habe und dass meine Knie lauthals protestieren, als ich sechzehn Kilometer hinter mir habe und immer noch weiterlaufe. Ich laufe und laufe und laufe, bis ich zu weit weg bin, um noch zurücklaufen zu können, und ich meine Mom anrufen muss, damit sie mich abholt und aus dem Schlamassel herausholt, in den ich mich selbst gebracht habe.

Großvater Phillip
Familientreffen
1/10

Mark
Auf der Bibliothekstreppe
–10/10

Am späten Nachmittag bringt Dad Jeffrey zurück und kommt herein, um mit Mom über mein »beschämendes Verhalten« auf dem Familientreffen zu sprechen. Ich liege auf dem Bett und höre mir an, wie mein Vater deutlich macht, dass er mich nicht besonders mag.

»Veda ist fast erwachsen«, sagt Dad mit angespannter Stimme. »Dann muss sie auch anfangen, sich wie eine Erwachsene zu benehmen.«

Mom murmelt etwas Unverständliches und sagt dann: »Kaylee, Liebes, willst du vielleicht einen Saft?«

Kaylees Piepsstimme zieht an meinem Herzen, aber ich bleibe, wo ich bin. Wie wird es erst sein, wenn Dad und Lila nach Kalifornien ziehen? Wird sich Kaylee an mich erinnern, wenn ich sie besuchen komme? Und wie oft würde es überhaupt dazu kommen?

»Jeffrey, geh mit deiner Schwester nach draußen«, bittet Mom meinen Bruder. Die Fliegengittertür schlägt zu und ich spähe aus dem Fenster. Jeffrey trägt Kaylee hinaus in unseren kleinen, kahlen Hinterhof und lässt sie auf seinem Rücken reiten.

»Veda hat mir von deiner kleinen Überraschung heute erzählt«, sagt Mom zu Dad, ihre Stimme ist eisig. »Ich kann nicht glauben, dass du sie auf diese Art und Weise überrumpelt hast, Barry. Wie konntest du nur?«

Er räuspert sich und ich stelle mir vor, wie er sich von Mom weglehnt und eine Abwehrhaltung einnimmt. »Wir wollten es ihnen auf der Hinfahrt sagen«, rechtfertigt er sich. »Aber dann hat Lila beschlossen, nicht mitzukommen, und da wusste ich einfach nicht, was ich tun sollte. Ich wusste nicht recht, ob es ihnen überhaupt etwas ausmachen würde.«

Mom seufzt. »Natürlich macht es ihnen etwas aus, Barry.«

Ich wälze mich herum und ziehe mir das Kopfkissen über den Kopf. Ich drücke es so fest auf meine Ohren, dass ich nichts mehr hören kann. Ich bleibe unter dem Kissen, bis ich das Vibrieren von Jeffreys Schritten spüre, als er in sein Zimmer geht, und dann höre ich, wie er laut die Tür zuknallt.

Mein Handy vibriert, weil mir Killian eine Nachricht geschrieben hat. **ich weiß, dass du heute beschäftigt bist, aber ich habe das hier für dich gespeichert und kann nicht mehr warten, bis ich es dir zeigen kann.** Ich klicke auf den Link in seiner Nachricht und gelange auf eine Pinterest-Seite (warum bin ich nicht überrascht, dass Killian Pinterest benutzt?), die voll und ganz George Bernard Shaw gewidmet ist. Ich scrolle durch die Bilder und Zitate und lächle jedes Mal, wenn ich etwas entdecke, was sich eindeutig nur Killian ausgedacht haben kann, um zu zeigen, was für ein großer Fan des toten irischen Dramatikers er ist.

Besonders eines der Zitate sticht mir ins Auge. »Im Leben geht es nicht darum, sich selbst zu finden. Im Leben geht es darum, sich selbst zu erschaffen.«

Ich musste das Zitat schon einmal irgendwo gelesen haben, aber jetzt erst entfalten die Worte ihre volle Wirkung auf mich und rauben mir den Atem. Ich schicke Killian rasch ein Smiley und lege das Handy weg. Dann setze ich mich auf und betrachte mich im Spiegel, der gegenüber von meinem Bett hängt. Lange starre ich mein Spiegelbild an und versuche zu begreifen, was alle um mich herum sehen – das, was die Leute glauben macht, ich sei nichts weiter als ein Debattierteam-Nerd oder eine totale Schlampe.

Ich gehe zur Pinnwand hinüber, berühre die ausgefransten Papierkanten der Sechsundzwanzig-Küsse-Regeln und mein Blick fällt wieder in den Spiegel. Ganz egal, wie traurig ich zu Beginn des Sommers gewesen bin oder was die Leute zurzeit über mich sagen: Alles, was ich tun kann, ist, nach vorne zu schauen und mir zu überlegen, was zum Teufel als Nächstes passieren soll.

26

Am nächsten Tag bei der Arbeit kommt Killian wie ein lebhafter Welpe angesprungen, und sobald er mich sieht, verzieht sich sein Gesicht zu einem strahlenden Lächeln.

»Vee!« Er hält die Hand hoch, um mir High-five zu geben, und zieht mich dann an sich, um mich fest zu drücken. Dann lässt er mich wieder los.

Ich kann ihn kaum ansehen, nahezu überwältigt von den Schmetterlingen, die überall in meinem Bauch herumflattern, als ich mich an unseren Kuss in den Dünen erinnere.

»Hey«, grüße ich ihn zurück, während ich nach dem Klemmbrett greife und es ihm in die Hand drücke. »Wir legen besser mal los.«

Sein Lächeln wird ein wenig gedämpft, aber dann salutiert er und klettert in den Bus. »Ja, Ma'am.«

Die Stunden schleichen dahin. Der hochsommerliche Ansturm ist vorüber, deshalb haben Killian und ich ein wenig mehr freie Zeit als sonst, die wir normalerweise damit verbringen würden, uns gegenseitig die Ohren abzuquatschen. Doch er schneidet dauernd neue Themen an und versucht, ein Gespräch zu beginnen, und wenn ich versuche, darauf zu reagieren, vertrocknen mir die Worte im Mund, bevor ich sie aussprechen kann. Gegen

Abend hat er aufgegeben und einfach das Radio aufgedreht.

Sobald alles aufgeräumt ist, schnappt sich Killian seinen Rucksack und geht auf den Jeep zu.

»Killian, Moment.« Ich laufe ihm nach und erhasche einen Blick auf Mels besorgtes Gesicht, als ich am Bürofenster vorbeikomme. »Warte mal.«

Er wirft seinen Rucksack auf den Rücksitz und dreht sich mit verschränkten Armen zu mir um. »Schon gut«, meint er und sieht mir dabei nicht in die Augen. »Ich weiß, was du sagen willst, und ich würde es einfach lieber nicht hören.«

»Was will ich denn sagen?«

Er verdreht die Augen. »Dass das neulich nachts ein Fehler war und dass du betrunken warst und dass das nicht hätte passieren dürfen. ›Tut mir leid, Killian, mein Fehler. Ich glaube, du bist ein großartiger Kerl, aber lass uns einfach gute Freunde sein.‹«

Ich starre auf meine ramponierten Tennisschuhe hinunter. »Das war so ziemlich die Rede, die ich geplant hatte«, gebe ich zu. »Aber es entspricht nicht der Wahrheit.«

»Ach ja?« Er lehnt sich an den Jeep. »Was ist denn dann die Wahrheit?«

Ich zucke mit den Schultern und hole tief Luft. »Die Wahrheit ist, dass ich nicht will, dass wir nur gute Freunde sind.« Killians Kopf fährt ruckartig hoch, aber ich rede weiter, weil ich weiß, dass ich das jetzt loswerden muss, weil ich es sonst nie tun würde. »Ich mag dich viel zu sehr, um nur gute Freunde zu sein. Du bist der klügste, interessanteste Mensch, den ich kenne.«

Killian fährt sich mit der Hand durchs Haar. Er lächelt jetzt nicht mehr. »Aber?«

»Aber ...« Ich lasse meine Arme neben mir herunterhängen. »Gott, es ist schwierig, das laut auszusprechen. Aber ich will diese Sache mit den sechsundzwanzig Küssen durchziehen.«

Er klappt den Mund auf, um zu protestieren, aber ich unterbreche ihn. »Ich war am Anfang des Sommers völlig im Eimer, Killian. Ich habe kaum mehr funktioniert. Und es klingt verrückt und verzweifelt und ich bin mir nicht mal hundertprozentig sicher, ob es richtig ist, aber etwas an dieser dummen Herausforderung, mich durch das Alphabet zu küssen, hat mir geholfen. Ich möchte es nur zu Ende bringen, um mir selbst zu beweisen, dass ich es kann.«

Killian lacht leise auf und blickt zu Boden, während er mit den Turnschuhen im Schmutz scharrt. »Okay.«

»Okay was?«

»Okay.« Er zuckt mit den Schultern. »Wenn es das ist, was du willst, dann nur zu.« Er dreht sich weg und schaut mich nicht an.

»Killian.« Ich greife nach seinem Arm. »Komm schon. Ist das alles, was du zu sagen hast?«

Er weicht vor meiner Berührung zurück, als hätte er Angst, von mir einen Stromschlag verpasst zu bekommen.

»Nicht.« Ich verschränke die Arme, Panik breitet sich in mir aus. Das ist das Schlimmste, was er tun konnte – dichtmachen, eine Mauer um sich errichten, die mich ausschließt. »Bitte.« Meine Stimme bricht.

»Du warst mein Rettungsanker, Vee.« Er starrt zum Wald hin, während er redet, seine Stimme ist leise, die Worte gehetzt. »Du verstehst es immer noch nicht. Ich habe keine Freunde in Trawley. Vor einem Jahr war ich noch der kleine, schräge Typ aus der Theatergruppe. Der *einzige* Typ in der Theatergruppe. »Das hier« – er zeigt an seinem hochgewachsenen, kräftigen Körper hinunter – »ist alles in den letzten sechs Monaten passiert. Ich wohne schon mein ganzes Leben lang dort, und ganz egal, wie ich aussehe oder was ich in Zukunft machen werde, diese Typen werden immer nur eins in mir sehen – jemanden, auf dem sie herumhacken können.«

Ich starre zu Boden und frage mich, wie irgendjemand in Killian weniger sehen kann, als er ist – klug, begabt, wundervoll. »Es tut mir leid.«

»Ich brauche dein Mitleid nicht.« Er räuspert sich. »Was ich brauche, ist, dass du für mich da bist.«

»Wir sind Freunde, Killian. Natürlich bin ich für dich da.«

»Wir sind mehr als nur Freunde, das hast du gerade selbst gesagt!« Ein paar Leute gehen vorbei und blicken herüber, weil sie Killians Stimme hören. Er holt tief Luft, um seine Beherrschung zurückzuerlangen. »Ich dachte, dieses Jahr würde nicht so schlimm werden. Die Schule würde nervig, aber ich hätte immerhin dich.«

Ich stelle mir vor, wie das wäre – wie Killian und ich jeder seinen Schultag absolvieren würde, fünfundzwanzig Kilometer voneinander entfernt, und wie wir uns danach auf ein Eis treffen oder einfach nur zusammen Hausaufgaben machen würden. Es klingt großartig, aber es klingt auch wie eine weitere ernste Beziehung. Zum ersten Mal kann ich irgendwie verstehen, was in Mark vorgegangen ist, als er sagte, er wolle nicht ans College gehen und immer noch mit seiner Highschool-Freundin zusammen sein. »Ich kann im Moment nicht über so etwas nachdenken«, erkläre ich schließlich. »Ich bin einfach noch nicht bereit dazu.«

»Okay.« Er wendet sich ab und klettert in den Jeep, wobei er mit einer wütenden Handbewegung die Plane wegreißt. Er ist weg, noch bevor ich die Gelegenheit habe, mich zu entschuldigen.

treffen des Debattierteams?!?!?!?

Die Gruppen-Nachricht erscheint ein paar Tage später auf meinem Handy. Ich hatte Zanes Einladung zum Treffen des Debattierteams ganz vergessen, aber offenbar hat er auch ohne seinen zuverlässigen Kalender daran gedacht, mich einzuladen. Sofort ploppen die Antworten anderer Teammitglieder auf meinem Handy auf.

ja ja ja jajajajajaja.

das ist genau das, was ich jetzt brauche. miau!

gebongt.

Der Plan ist, sich heute Abend im Dune Buggy zu treffen, einem ziemlich kitschigen Eiscafé hinter den Dünen. Mir ist eigentlich gar nicht danach hinzugehen, aber ich muss dringend mal raus. Mel und Seth arbeiten pausenlos an ihrem Album und Killian hat sich jetzt schon zwei Tage hintereinander bei der Arbeit krankgemeldet. Ich werde allmählich verrückt, weil ich in meinem eigenen Kopf feststecke – und zwar so sehr, dass ich Jeffrey gefragt habe, ob er mir ein paar Kunststückchen auf dem Skateboard zeigt, nur damit ich mal eine halbe Stunde mit jemandem sprechen kann. Außerdem kann ich mir die Gelegenheit nicht entgehen lassen, mit den sechsundzwanzig Küssen in eine neue Runde zu starten. Immerhin ist *Z* kein allzu verbreiteter Buchstabe. Vor dem Abendessen laufe ich eine schnelle Runde mit Ryan, wodurch mir kaum genug Zeit bleibt, etwas zu essen und zu duschen, bevor ich wieder wegmuss.

Mom überlässt mir sogar das Auto, um zum Dune Buggy zu fahren, so bleibt mir immerhin die Demütigung erspart, jemanden aus den unteren Klassen darum zu bitten, mich abzuholen. Die meisten dieser Kids haben noch keinen Führerschein, aber ich erkenne Jason Winslows Wagen und den von Becca Fong. Sie stehen bereits mit ein paar anderen Leuten aus dem Team in der Schlange, als ich die Tür öffne und den grellen, nach Zucker riechenden Laden betrete.

»Erdbeere ist eindeutig der unbesiegte Geschmack«, sagt Zane zu Tracy, einem klein gewachsenen Mädchen mit Zahnspange, die, wenn Tracy lächelt, ihr ganzes Gesicht dominiert. »Die gefrorenen Erdbeerstücke enthalten auf jeden Fall mehr Nährwert als das, was man ›Cookie Dough‹ nennt und bestimmt rohe Eier enthält. Wenn das nicht gesundheitsgefährdend ist, dann weiß ich auch nicht.«

»Hey«, sage ich und knuffe Zane in die Seite, sodass er einen mindestens dreißig Zentimeter hohen Satz macht. »Hör auf damit. Es sind Sommerferien.«

»Vee!« Er dreht sich zu mir um, doch sein Blick huscht

sofort über meine Schulter. »Dein Freund ist nicht mitgekommen?« Ich erinnere mich, wie Zane vor Wochen Seth und mir am Strand über den Weg gelaufen war. »Seth? Nein.«

»Schade.« Zane dreht sich wieder zurück zur Theke und schaut zu der riesigen Kreidetafel empor, auf der alle Geschmacksrichtungen aufgelistet sind. »Weißt du, vielleicht nehme ich doch Cookie Dough.«

Tracy umarmt mich schüchtern zur Begrüßung und kichert, als ich sie zurückdrücke. »Was nimmst du?«, fragt sie.

»Eine Kugel Schoko, eine Kugel Pistazie«, antworte ich automatisch. Klassisch und lecker – und das Dune Buggy ist der einzige Laden, in dem man Pistazieneis bekommt, das nicht schmeckt, als wäre es voller künstlicher Aromastoffe und Chemikalien.

Das Eiscafé füllt sich mit Familien und Touristen. Als jeder von unserer Gruppe eine Eiswaffel in der Hand hat, gehen wir nach draußen und nehmen einen der wenigen Picknicktische in Beschlag, die im Schatten stehen.

Ich sitze auf der Kante einer Bank, Schulter an Schulter mit Zane und Becca, und versuche, mich dazugehörig zu fühlen, als sich das Gespräch darum dreht, wer im ersten Jahr an der Highschool wohl Klassensprecher wird und wann sie alle Fahrstunden nehmen – alles, worüber ich mir vor zwei Jahren Gedanken gemacht habe. Letzte Woche erst hat meine Mom einen riesigen College-Führer mit nach Hause gebracht, den ich noch nicht angerührt habe, aber schon bald werde ich Bewerbungsformulare, Studienkredit- und Stipendiumsanträge ausfüllen müssen und mich bereit machen, Butterfield zu verlassen und mit meinem richtigen Leben anzufangen. Der Gedanke ist Furcht einflößend.

Ich stoße Zane an. »Einer der Typen, mit denen ich diesen Sommer arbeite, ist im Team von Trawley.« Gewissensbisse überkommen mich, als Killians Gesicht vor meinem geistigen Auge auftaucht.

»Oh Mann.« Jason beugt sich vor, seine Eiswaffel hält er gefährlich schief. »Du musst ihm die Themen abjagen. Wenn wir Trawley besiegen können, können wir es in die Regionalliga schaffen.«

Callie wirft ihr Haar nach hinten. »Vielleicht kannst du mit ihm flirten oder so? Und ein paar Insider-Informationen bekommen?« Sie lässt anzüglich die Augenbrauen auf und ab tanzen und wird rot.

Mein Magen macht einen Satz, ich zucke mit den Schultern und hoffe, dass mein Gesicht nichts verrät. »Das wäre einen Versuch wert.«

»Sag uns dann Bescheid, wie es läuft.« Callie wendet sich an ihre beste Freundin Jenn und flüstert ihr etwas ins Ohr. Sie schauen mich beide an und fangen an zu kichern.

Zane beginnt einen Monolog über Ethik und konferenzbedingte Richtlinien des sozialen Austauschs mit Mitgliedern anderer Teams außerhalb der offiziellen Debattiersaison, was in der Gruppe eine hitzige Diskussion darüber entfacht, ob Zwillingen, die gleich nach der Geburt getrennt wurden und sich erst wieder treffen, als ihre Debattierteams gegeneinander antreten, gestattet sein sollte, während der Saison zusammenzuleben, oder ob sie warten müssen, bis die Meisterschaften vorbei sind, um eine normale geschwisterliche Beziehung aufzunehmen.

Die Sonne senkt sich zum Horizont und immer mehr Eltern in Minivans und SUVs tauchen auf, um einige der Debattierer einzusammeln, die noch kein Auto fahren. Bald sitzen nur noch Zane, Jason und ich an dem langen Picknicktisch, der mit Eiscreme bekleckert ist. Ich sammle zerknüllte Servietten und Reste von Waffelhörnchen ein und werfe sie in den Mülleimer.

»Ich haue mal ab«, meint Jason schließlich. »Aber das sollten wir mal wieder machen.«

»Auf jeden Fall«, erwidert Zane und ich nicke.

»Soll ich dich nach Hause fahren?«, frage ich Zane.

»Nein.« Er zieht sein Handy heraus und tippt eine Nachricht. »Ich glaube, meine Mom holt mich ab.« Gleich darauf macht sein Telefon *pling* und er macht ein langes Gesicht. »Vielleicht brauche ich doch eine Mitfahrgelegenheit. Ich habe vergessen, dass sie heute Abend beim Yoga ist.«

Ich lache und boxe Zane leicht gegen den Arm. »Für jemanden, der so klug ist, vergisst du ziemlich viel.«

Er grinst. »Was glaubst du, warum ich diesen Kalender dauernd mit mir herumschleppe? Ohne ihn bin ich völlig aufgeschmissen.«

»Ich werde dich nie wieder damit aufziehen, das verspreche ich. Das ganze Team würde auseinanderbrechen, wenn du die Proben verpassen würdest.« Ich zeige zum Parkplatz. »Mein Auto steht da drüben.«

Zane starrt aus dem Fenster und summt zu einer Melodie im Radio, während wir durch das Zentrum von Butterfield fahren, dazu trommelt er locker auf seinen Knien herum.

»Ich weiß, dass du hier irgendwo wohnst, aber du musst mir den Weg zeigen«, sage ich, als wir uns Mels Viertel nähern.

»Hier links abbiegen«, meint er und ich biege in eine breite, von Bäumen gesäumte Straße ein, in der einige von Butterfields ältesten und größten Häusern stehen. Zane wohnt in einem riesigen Backsteinhaus mit blendend weißen Fensterrahmen und einer halbkreisförmigen Einfahrt.

»Danke fürs Herbringen, Vee«, sagt er, seine Hand liegt auf dem Türgriff. »Bis bald.«

Mein Kopf wird leer. Ich habe keine Ahnung, wie ich das hinkriegen soll, damit es natürlich wirkt. Ich hatte eigentlich angenommen, dass Zane mich zu dem Minitreffen eingeladen hat, weil er in mich verknallt ist, aber im Moment benimmt er sich so ziemlich wie Jeffrey, wenn ich ihn irgendwohin fahre. »Zane, warte«, platze ich heraus.

Er dreht sich zu mir um, die Beifahrertür halb geöffnet. Zanes Augenfarbe ist eine Mischung aus Schlamm- und Haselnussbraun und ich merke, dass er einen Schokofleck auf seinem Hemd hat.

»Ja?«, fragt er. Er sieht so jung aus, deshalb durchzucken mich einen Moment lang Zweifel, doch dann beuge ich mich vor und drücke den Mund auf seinen. Ich habe inzwischen eine ganze Reihe von Typen geküsst und normalerweise bekommt man eine Reaktion irgendwelcher Art, wenn man das tut. Sie hängen sich rein, sie erstarren, sie weichen zurück. *Irgendwas.* Doch Zane bleibt absolut reglos, wie zur Salzsäule erstarrt. Ich gerate in Panik, weil ich keine Ahnung habe, was ich jetzt tun soll. Anstatt mich von ihm zu lösen, bewege ich meine Lippen ein wenig in der verzweifelten Hoffnung, dass ihm ein Licht aufgeht und er mich zurückküsst, damit ich wenigstens ein bisschen mein Gesicht wahren kann – aber nichts dergleichen passiert. Nach ein paar fürchterlich unbehaglichen Sekunden löse ich mich mit einem Ruck von ihm und lasse meine Hände auf das Lenkrad fallen.

»Also dann, wir sehen uns.« Meine Stimme ist hoch und atemlos und lässt sich vor lauter Verlegenheit nur mühsam aus meiner Kehle pressen.

Zane räuspert sich, setzt sich zurück auf den Beifahrersitz und schließt die Autotür.

Nein, denke ich. *Was machst du da? Raus aus dem Auto. Mach, dass du wegkommst von diesem verrückten älteren Mädchen, das dich gerade angefallen hat.*

»Vee ...« Zanes Stimme bricht und er räuspert sich noch einmal. »Ich mag dich wirklich, weißt du, als gute Freundin ...«

»Oh Gott.« Ich lege die Stirn auf das Lenkrad. Ein fünfzehnjähriger Nerd aus dem Debattierteam führt mit mir ein Lass-uns-lieber-nur-Freunde-sein-Gespräch. »Zane«, unterbreche ich ihn. »Dieser Kuss bedeutet nicht das, was du glaubst. Lass uns einfach vergessen, dass es je dazu gekommen ist, und machen wir weiter wie bisher.«

Er seufzt und ich werfe ihm einen Blick zu. Er hat sich zurückgelehnt, die Augen geschlossen, das Gesicht blass. Mir kommt ein Gedanke – hat Zane je zuvor jemanden geküsst? Habe ich ihm gerade für meine eigenen egoistischen Zwecke seinen ersten Kuss geraubt? Ich drücke meine Stirn fest auf das Lenkrad. Das wäre eine so schreckliche Vorstellung. *Dämliche sechsundzwanzig Küsse. Dummes Alphabet.*

Zane holt tief Luft. »Die Sache ist«, sagt er leise, »ich habe noch nie zuvor ein Mädchen geküsst.«

»Mist.« Mit einem Ruck setze ich mich in meinem Sitz zurück. »Zane, es tut mir so, so leid. Ich kann nicht mal ...«

»Schon gut«, unterbricht er mich. »Ich habe noch nie ein Mädchen geküsst, weil ich schwul bin.«

Ich halte den Atem an. Wie konnte mir das nur entgehen? War ich wirklich so beschäftigt mit meinem eigenen Leben und mit Mark gewesen, dass mir entgangen ist, dass einer der Jungs, mit denen ich das ganze letzte Jahr Strategien entworfen, geübt und konkurriert habe, schwul ist?

Zane muss wohl die Panik auf meinem Gesicht gesehen haben, denn er fügt schnell hinzu: »Eigentlich weiß niemand davon. Nur meine Eltern.«

Ich spüre, wie ich rot werde. Noch schlimmer, als jemandem den ersten Kuss zu rauben, ist, ihn zu einem Coming-out zu zwingen, bevor er dazu bereit ist. »Zane, es tut mir leid. Ich verspreche, es niemandem zu sagen ...«

»Danke.« Er blickt zu mir herüber und lächelt. »Ich

werde dieses Jahr in der Schule mein Coming-out haben, aber bis dahin ...«

»... sind meine Lippen versiegelt.« Ich mache diese Geste, als würde ich meine Lippen verschließen und den Schlüssel wegwerfen, und komme mir sofort völlig bekloppt vor. Ich benehme mich in dieser ganzen Angelegenheit gerade wie eine Unterstufenschülerin.

»Aber wenn ich auf Mädchen stehen würde, würde ich auf jeden Fall mit dir ausgehen wollen«, fügt er hinzu und legt mir tröstend die Hand auf den Arm. »Ich hoffe, wir können trotzdem Freunde sein.«

»Auf jeden Fall«, beeile ich mich zu sagen und versuche, das irre Kichern zu unterdrücken, das in meiner Kehle lauert, während Zane mir weiterhin den Arm tätschelt. »Danke, Zane.«

Er wirft mir einen verständnisvollen Blick zu und steigt aus dem Wagen. Schon fast bevor er die Tür auf der Beifahrerseite zugeschlagen hat, fahre ich los. Ich schaffe es bis um die Ecke, dann halte ich am Straßenrand an und lege wieder den Kopf auf das Lenkrad. Ich habe keine Ahnung, was ich da tue.

27

Zane Haywood

In meinem Auto. Aber wie es sich herausstellt, ist er schwul!

5/10 (der Kuss an sich waren 2 Punkte. Aber er bekommt 3 Extrapunkte, weil er ehrlich war – und mutig)

Für Killian ist es also in Ordnung, wenn du die sechsundzwanzig Küsse zu Ende bringst?« Mel beugt sich vor und zupft Unkraut zwischen den Tomatenpflanzen heraus. Sie wirft es auf einen Haufen Grünzeug, das in der Sonne langsam braun wird.

»Ha. Nein. *In Ordnung* ist nicht der Ausdruck, den ich dafür benutzen würde.«

»Aber du machst es trotzdem.«

Ich nicke.

»Warum?«

Ich blicke zu ihr auf. »Ich habe damit angefangen und finde, dass ich es zu Ende bringen sollte.«

Sie seufzt und wendet ihre Aufmerksamkeit wieder dem Garten zu, offenbar verdutzt, weil ich von etwas überzeugt bin, das sie nur als Mittel zum Zweck betrachtet, um über eine Trennung hinwegzukommen. Aber für mich ist es inzwischen mehr.

»Und der Kuss mit Zane ...?«

»Gut.« Ich bücke mich, um mir die Schuhe zu binden, um Mels Blick nicht zu begegnen. Ich weiß, dass Mel Zanes Geheimnis nicht in die Welt hinausposaunen würde, aber er hat mich darum gebeten, es für mich zu behalten, deshalb halte ich mich daran.

»Hmmm.« Misstrauisch mustert sie mich. »Ich habe das Gefühl, dass du mir etwas verheimlichst. Aber du hast viele Küsse bekommen. Du machst das gut, Vee.«

Ich zucke mit den Achseln. »Dreizehn, wenn man beide *E*s mitzählt.«

»Und *Z* hast du auch schon?«

»Und *P*.«

Mel schüttelt den Kopf. »Es ist viel komplizierter, wenn du die Reihenfolge nicht einhältst. Wirst du damit fertig, bevor die Schule wieder anfängt?«

»Ich habe erst die Hälfte. Wie viel Zeit haben wir noch, drei Wochen?«

»Pah.« Mel reißt etwas Unkraut aus dem Boden und schüttelt es heftig, sodass etwas Erde auf meine Beine prasselt. »Erinnere mich nicht daran.«

Ich lege das Kinn auf mein Knie. »Ich könnte ja einfach während des Schuljahrs weitermachen.« Meine Stimme klingt unbekümmert, aber mein Herz wird schwer bei der Vorstellung, in der Schule durch die Flure zu schleichen auf der Jagd nach noch mehr Küssen.

»Weißt du«, meint Mel, während sie mich mustert. »Ich hätte nie gedacht, dass du das durchziehst.«

Ich ziehe eine Augenbraue nach oben. »Warum nicht?«

»Es ging nie darum, es zu Ende zu bringen«, antwortet

sie und stopft das Unkraut, das sie gejätet hat, in eine braune Papiertüte. »Es ging ums *Anfangen.*«

* * *

»Wir machen heute Abend was zusammen«, informiert mich Killian, als ich am nächsten Morgen zur Arbeit komme. Er sieht irgendwie jünger aus und verletzlicher als sonst. »Es ist mir egal, ob du andere Pläne hast oder es dir peinlich ist oder du einfach keine Lust hast. Wir unternehmen trotzdem was.«

»Okay.« Ich suche in seinem Gesicht nach einem Hinweis, wie er sich fühlt, doch er gibt sich undurchdringlich. »Das ist aber ziemlich diktatorisch von dir.« Ehrlich gesagt bin ich einfach nur erleichtert, dass Killian wieder zur Arbeit kommt und ganz normal ist, dass ich so ziemlich allem zugestimmt hätte.

»Ich glaube, das muss ich sein, wenn ich bei dir irgendwas erreichen will«, entgegnet Killian. Seine Stimme hat einen etwas schärferen Unterton. »Oder siehst du das anders?«

Ich zucke mit den Schultern, tue so, als würde ich den Zettel auf dem Klemmbrett studieren, auf dem die heutigen Reservierungen aufgelistet sind, und lasse das Schweigen ein paar Sekunden zwischen uns in der Luft hängen.

»Du hast recht.« Killian nickt ernst und räuspert sich. »Das ist nicht gerade ein berufliches Gespräch, das wir da gerade führen. Lass uns über Themen reden, die mit der Arbeit zu tun haben, und später am Abend, wenn wir nicht mehr im Dienst sind, wenden wir uns dem Privaten zu.«

Killian plaudert den Rest des Tages über, wirft Fragen und Theorien auf über die Unwägbarkeiten der Kanuindustrie, das Ökosystem von Flüssen und darüber, weshalb *Die Abenteuer des Huckleberry Finn* das beste Beispiel für einen großen amerikanischen Roman ist (was die Arbeit nur peripher betrifft, aber dennoch interessant ist).

Nur in unserer kurzen Mittagspause mit Mel hält er die Klappe – stattdessen dominiert Mel das Gespräch mit Spekulationen darüber, wie toll unser Abschlussjahr werden wird. Kurz darauf fahren Killian und ich wieder flussaufwärts und -abwärts und er dreht das Radio auf und lässt die Musik die Unterhaltung übernehmen.

Als wir abends fertig sind mit Aufräumen, greift Killian nach meiner Hand und zieht mich zum Jeep. »Nicht dass du dich davonschleichst«, sagte er, während er die Beifahrertür öffnet und mir hineinhilft. Mel taucht in der Bürotür auf, die Hände in die Hüften gestemmt, und gestikuliert mit einer Hand am Ohr, um mir zu bedeuten, dass wir später telefonieren.

»Wohin fahren wir?«, will ich wissen, während ich Killian helfe, die Plane vom Armaturenbrett zu ziehen. Ich staune, als das Sonnenlicht auf die Songtexte fällt und sie zum Funkeln bringt.

»Wir machen eine Strategiesitzung«, verkündet Killian. »Daher holen wir uns etwas zu essen, weil ich nicht denken kann, wenn ich hungrig bin, und dann fahren wir zu mir nach Hause und entwerfen unseren Schlachtplan.«

»Unseren Schlachtplan ...?«

»Um deine sommerliche Kuss-Challenge schnellstmöglich zu Ende zu bringen«, erklärt Killian sachlich.

Verblüfft schaue ich ihn an, doch er lässt den Motor an und fährt vom Parkplatz, die eine Hand lässig auf dem Lenkrad, die andere auf die Tür auf der Fahrerseite gelehnt.

Wir fahren die ganze Strecke nach Trawley, ohne ein Wort zu sprechen. Immer wieder lese ich die Songtexte auf dem Armaturenbrett. Ein neuer ist darunter, er steht in großen Druckbuchstaben direkt vor mir: Maybe you would have been something I'd be good at

Ich frage mich, ob es bedeutet, dass Killian mich aufgegeben hat.

Killians Zuhause ist erstaunlich normal und liegt in einem Viertel, das aussieht wie meines. Er macht die Haustür auf und führt mich hinein. Beim Reingehen streift er seine Schuhe ab. Links ist das Wohnzimmer, in dem bequem aussehende Möbel stehen, rechts ist ein eher förmliches Esszimmer, das aussieht, als würde es nur zweimal pro Jahr benutzt werden.

Ich folge ihm durch den Flur und wir kommen an einer Wand mit Familienfotos vorbei, bis wir an eine geschlossene Tür gelangen. Die Hand auf den Türknauf gelegt, dreht er sich um und blickt mich ernst an. »Bist du bereit für das hier?«

Ich schaue mich um und frage mich, ob ich irgendeinen gewichtigen Hinweis darauf, was gleich passieren wird, übersehen habe. Aber der Flur ist total normal – grauer Teppich, Wände in abgetöntem Weiß. »Klar.«

Ich folge Killian in ein großes Zimmer, das auf den ersten Blick aussieht wie der Konferenzraum in einem Büro. Es gibt einen Tisch mit vier Stühlen, ein Whiteboard, das eine Wand fast gänzlich einnimmt, und Regale, in denen Hunderte von Büchern stehen. Dann entdecke ich das ungemachte Bett und mir geht auf, dass das Killians Zimmer ist.

»Bitte, nimm doch Platz«, sagt er, begleitet mich hinüber zum Tisch und zieht einen Stuhl hervor. »Ich hätte eben schon fragen sollen: Hast du Durst? Kann ich dir ein Glas Wasser bringen?«

Ich schüttle den Kopf, lasse den Blick durch das Zimmer schweifen und lasse alles auf mich wirken. Jetzt, wo ich genauer hinschaue, sieht das Zimmer schon weniger büromäßig aus. An den Wänden hängen Poster von Bands und aus dem Schrank quillt ein Berg schmutziger Wäsche.

Insgesamt ist das Zimmer eigentlich ziemlich chaotisch, wie man es von einem Jungen im Teenageralter erwarten würde. Aber die Ecke, in der sich der Tisch und das Whiteboard befinden, ist makellos, alles ist an seinem Platz.

»Ich habe nicht damit gerechnet, dass dein Zimmer so aussehen würde«, sage ich. »Na ja, die Poster habe ich erwartet. Aber nicht die Büromöbel.« Ich zeige auf das Whiteboard. »Gab es einen Schlussverkauf bei Office Depot oder so?«

»Unsere Schulbibliothek wirft um sechs Uhr alle raus«, erläutert Killian. »Die öffentliche Bücherei, die ohnehin kaum größer ist als dieses Zimmer hier, schließt um acht.

Wenn wir uns auf einen Wettbewerb vorbereiten, sind wir bis Mitternacht zugange. Hier können wir konzentrierter arbeiten, als wenn wir versuchen, bei jemandem im Wohnzimmer auf der Couch zu arbeiten, während der Fernseher im Hintergrund läuft.« Er zieht einen gelben Notizblock heraus und setzt sich mir gegenüber. »Also«, sagt er. »Lass uns eine Strategie entwickeln.«

»Ähm«, mache ich und trommele nervös mit den Fingern auf dem Tisch herum. »Lass mich zuerst sichergehen, ob ich verstehe, was hier gerade passiert. Du willst mit mir eine Strategie entwerfen, wie ich am schnellsten meine Sommer-Kuss-Challenge zu Ende führe?«

Er nickt und dreht einen Stift zwischen den Fingern.

»Die sommerliche Kuss-Sache, über die du so sauer bist, weil ich sie überhaupt mache?«

Wieder nickt er.

»Warum?«

Killian lehnt sich auf seinem Stuhl zurück und kreuzt die Beine. Er denkt kurz nach und holt dann tief Luft. »Weil ich dich mag, Vee. Du bist klug und witzig und genau der Typ Mädchen, den ich gehofft habe kennenzulernen, aber nie gedacht hätte, dass es tatsächlich dazu kommen würde. Weil du mir gestattest, über Dinge zu reden, die keine Rolle spielen, und weil du verstehst, dass nicht wichtig ist, *worüber* wir reden, sondern *wie* wir über etwas reden und *warum*. Weil ich, auch wenn du verschwitzt und voller Flussschlamm bist, finde, dass du das schönste Mädchen bist, das ich je gesehen habe.«

Wow. Ich sitze nur da und bin sprachlos. Offenbar hat er diese Worte vorbereitet, sie vor dem Badezimmerspiegel geübt und die Pausen und Betonungen einstudiert. Als würde er glauben, ich merke das nicht. Das ist das erste Mal, dass Killian mir gegenüber nicht absolut authentisch ist. Er zieht eine Show ab und versucht, mich dazu zu bringen, bei *seinem* Plan mitzuspielen. Aber er hat hier nicht das Sagen. Sondern ich.

Ich verdrehe die Augen. »Schön. Und deshalb willst du mir dabei helfen, weitere Typen zum Küssen zu finden. Das macht total Sinn. Danke, dass wir das jetzt geklärt haben, Killian.« Ich verschränke die Arme vor der Brust. »Du glaubst, du kannst mir Komplimente machen und mit gekonnt dosierten Wiederholungen deine Worte gewichtiger klingen lassen, als sie eigentlich sind, und ich kippe dann einfach um und mache mit?!« Ich schüttle den Kopf. »Zur Info: Das werde ich nicht.«

Wir starren uns ein paar Sekunden lang an, die Anspannung surrt förmlich wie Elektrizität zwischen uns. Ich kann hinter seiner Stirn praktisch die Gedanken rattern sehen, während er versucht, ein Gegenargument zu finden, das mich davon überzeugen wird, dass nicht alles, was er gerade von sich gegeben hat, Schwachsinn ist.

Schließlich seufzt er. »Okay. Es tut mir leid.« Er wirft den Notizblock auf den Boden, sein Stift hüpft über den Teppich. »Kein rhetorischer Quatsch mehr.« Er hält inne und ich nicke ihm zu, damit er fortfährt. »Hör mal, ich mag dich wirklich, Vee. Das ist wohl offensichtlich.«

Er sieht mich fragend an und ich nicke, ein kurzes Rucken mit dem Kopf.

»Alles, was ich vor einer Minute gesagt habe, ist wahr.

Ehrlich, ich dachte nur, wenn ich diese Sache mit den sechsundzwanzig Küssen beschleunigen und beenden könnte, dann bestünde vielleicht die Chance, dass wir zusammenkommen.« Er lässt den Kopf hängen und blickt auf seinen Schoß hinunter.

Verdutzt sitze ich da. »Du weißt, dass der Sinn der sechsundzwanzig Küsse darin besteht, über einen Kerl hinwegzukommen«, sage ich. »Nicht, einen neuen zu finden.«

»Ich weiß.« Killian fährt sich mit der Hand über das stoppelige Kinn, er hält den Blick immer noch gesenkt.

»Ich habe das Gefühl, dass du eine Show abziehst. Du tauchst bei der Arbeit auf und tust, als wäre nichts passiert, dann nimmst du mich zum ersten Mal mit zu dir nach Hause und überfällst mich mit einem Plan, in dem es scheinbar um mich geht, in Wirklichkeit geht es aber nur um dich.« Meine Fingerknöchel sind weiß, so fest balle ich meine Faust. Ich merke erst, wie wütend ich bin, als die Worte aus meinem Mund geschossen kommen. Zum ersten Mal habe ich das Gefühl, dass Killian nicht ehrlich zu mir ist. »Du willst, dass wir zusammenkommen, deshalb soll ich mich gefälligst beeilen und die Sache überwinden, damit das geschehen kann.«

»Du hast recht«, erwidert er und der Schmerz in seiner Stimme macht mich völlig fertig. »Du hast vollkommen recht.«

Killian sieht mich an, bereit, weitere Vorwürfe über sich ergehen zu lassen. Am liebsten hätte ich weitergemacht – ich will Killian wehtun. Ich bin drauf und dran, ihm meinen schwelenden Frust über Mark und das bescheuerte Sechsundzwanzig-Küsse-Spiel und Seth und Mel und meine verkorkste Familie geradewegs ins Gesicht zu schleudern. Doch das tue ich nicht. Stattdessen stehe ich auf und gehe zur Tür, wobei ich mit aller Macht dagegen ankämpfe zu weinen. »Könntest du mich jetzt einfach nach Hause bringen, bitte?«

28

Jeffrey, komm raus. Lass uns reden.« Mom sitzt im Schneidersitz auf dem Boden vor Jeffreys Zimmertür. Gestern hat Dad Mom angerufen und ihr Details bezüglich des Umzugsdatums mitgeteilt und seitdem ist Jeffrey nicht mehr aus seinem Zimmer gekommen – nicht einmal zum Essen oder um auf die Toilette zu gehen.

Ich strecke den Kopf aus meinem Zimmer. *Passiert da was?*, forme ich mit den Lippen.

Mom zuckt mit den Schultern und hievt sich vom Boden hoch. »Ich gehe nicht weg!«, ruft sie, wobei sie sanft an die Tür klopft. »Ich bin nur in Vees Zimmer. Ich würde mich immer noch sehr freuen, wenn du herauskommst, Liebling.«

Sie kommt herein und setzt sich auf mein Bett, dabei hebt sie Fat Snacks hoch und setzt ihn sich auf den Schoß. Ich mache die Tür zu und lasse mich neben sie plumpsen, an meinen Schläfen beginnen Kopfschmerzen zu pochen. Killian und ich haben auf der halbstündigen Fahrt von Trawley kein Wort miteinander gesprochen und die Anspannung zwischen uns war kaum auszuhalten.

»Hast du eine Ahnung, weshalb er so aufgebracht ist? Ich meine, abgesehen vom Offensichtlichen.« Mom hat dunkle Ringe unter den Augen. »Ich weiß, dass der Umzug ein großer Schock ist, aber …«

Ich schließe die Augen. »Da war dieses Mädchen, mit dem er letztens auf Lilas Party gesprochen hat, es wohnt neben Dad und Lila. Ich glaube, er mag sie, und deshalb war er auch die ganze Zeit so darauf aus, bei ihnen zu übernachten.«

Mom atmet lange aus. »Ach. Und jetzt will er nicht mehr zu eurem Dad, weil er euch zwei mit dem Umzug so überrumpelt hat und weil das bedeutet, dass er seine Freundin nicht sehen kann.«

Die Vorstellung, dass mein mickriger kleiner Bruder eine Freundin hat, ist echt schräg. »Er wird wohl gerade erwachsen, Mom.«

»Ich fürchte, da hast du recht.« Sie lächelt traurig. »Das weiß ich schon seit einer ganzen Weile, aber ich habe versucht, es zu verdrängen.«

Ich strecke meine Hand nach Fat Snacks aus, der misstrauisch schnüffelt, bevor er mir die Finger ableckt. »Nun, anscheinend kann keines deiner Kinder gut mit einem gebrochenen Herzen umgehen.«

Mom legt den Kopf schief und sieht mich an. »Ich finde, du machst das großartig, Vee. Du hattest am Anfang ein paar harte Wochen, aber dieser Sommer scheint dir gutgetan zu haben.«

»Ja, schon.« Ich lehne mich zurück und schließe die Augen. Sie braucht nicht von den Jungs zu erfahren, die bei Mark zu Hause ums Lagerfeuer herumstehen und ihre »Erfahrungen« mit mir vergleichen. Auch nicht von dem halben Dutzend gruseliger Facebook-Nachrichten, die ich von Leuten aus der Schule bekommen habe, die ich kaum kenne und die mich fragen, ob ich »abhängen« (was so viel heißt wie »rummachen«) will. Oder von dem Desaster mit Killian. Ich balle die Hände zu Fäusten, meine Fingernägel graben sich in meine Handflächen. »Ich boxe mich irgendwie durch.«

»So ist es gut. Ich bin stolz auf dich.« Sie lehnt sich an mich und wir erstarren beide, als sich Jeffreys Tür mit dem charakteristischen Knarren öffnet. Er schlurft durch den Flur ins Badezimmer und schlägt die Tür zu.

»Irgendwann musste er ja mal rauskommen«, bemerke ich.

Mom lächelt. »Gott sei Dank. Ich nerve ihn jetzt nicht und gehe lieber kurz einkaufen, um Spaghetti zu kochen.« Wenn es etwas gibt, was mein Bruder jeden Tag essen könnte, ohne je die Nase voll davon zu haben, dann ist es Pasta. »Danke, dass du mir von dem Mädchen erzählt hast, Vee.«

»Kein Problem.« Ich ignoriere die Gewissensbisse, die mich zwicken. Habe ich gerade den Bruder-Schwester-Geheimnis-Kodex gebrochen? Jeffrey hat Mom nicht von den »Jungs-Aktivitäten« erzählt, die ich in meiner Freizeit unternehme. *Das ist etwas anderes,* rede ich mir ein. *Sie hat sich echt Sorgen gemacht.*

»Alles okay?« Mom schaut mich beunruhigt an. »Du wirkst ein wenig angespannt. Ich weiß, dass das alles schwer für dich war.«

Ich winke ab. »Alles okay, Mom. Ich bin nur müde.«

»Hey, frag doch Mel und Seth, ob sie auch zum Abendessen rüberkommen wollen«, schlägt sie vor. »Ich hab das Gefühl, ich habe sie diesen Sommer kaum zu Gesicht bekommen.«

Ich bin auch so angespannt genug, da brauche ich nicht auch noch beim Abendessen Mel und Seth beim Flirten zuschauen. Aber Mom wird sich bestimmt wundern, wenn ich ihr Angebot ausschlage, meine Freunde einzuladen.

»Gerne.« Ich nehme mein Handy und schreibe Mel und Seth, während Mom sich ihre Handtasche schnappt.

auf jeden fall, antwortet Seth. **die spaghetti deiner mom sind die besten.**

ich bin gerade bei seth, schreibt Mel. ***wir kommen bald.***

Ich gehe in Jeffreys Zimmer, dessen Fenster nach vorne hinausgeht, und sehe Mels Auto auf der anderen Straßenseite stehen. *Sei nicht eifersüchtig. Sie arbeiten nur an dem Album.*

Ich höre die Toilettenspülung und Jeffrey kommt herein. »Was machst du hier?«, fragt er, sein Gesicht ist rot, seine Augen glasig. »Raus!«

»Tut mir leid«, murmele ich und bahne mir den Weg durch das Minenfeld aus verstreutem Zeug zurück zur Tür. »Ich habe nur aus dem Fenster geschaut.«

»Nun, Mel ist praktisch schon den ganzen Nachmittag da, falls es das ist, was du wissen willst«, sagt Jeffrey, während er sich aufs Bett wirft und seine Füße über den Rand hängen lässt. »Komm drüber weg, Vee.«

Ich stemme die Hände in die Hüften und starre auf ihn hinunter, wobei ich die Flut von Fragen unterdrücke, die sich mir stellen. *Hast du irgendetwas gesehen? Was machen die da drüben?* Ich schlucke schwer. »Hör mal,

Jeffrey, wenn ich dich irgendwohin fahren soll, damit du dich mit diesem Mädchen treffen kannst, das neben Dad wohnt, dann sag Bescheid, okay?«

Sein Körper spannt sich an, aber er antwortet nicht.

»Willst du ihr eine Nachricht schreiben?« Ich stoße seinen Fuß an und er zuckt zurück. »Ich habe im Internet gelesen, dass heute Abend ein Battle of the Bands im Park stattfinden soll. Vielleicht will sie ja dorthin?«

»Nein.« Seine Stimme ist leise. »Geh weg. Ich will nicht mit dir reden.«

»Ich weiß.« Ich wäge jedes Wort genau ab, bevor ich es sage, während ich versuche dahinterzukommen, was ich tun kann, damit mich Jeffrey ein bisschen weniger hasst. »Hör mal. Es tut mir leid, was Marks Brüder zu dir gesagt haben, aber ich kann nichts dafür, dass manche Typen Idioten sind und Gerüchte verbreiten. Ich habe nichts Falsches getan, Jeffrey.« Zumindest nichts, was mich zu einer Schlampe macht, und selbst wenn das so wäre, ist es ja nicht so, dass dies außer mir irgendjemanden etwas anginge. Ich habe diesen Sommer viele Fehler gemacht, aber ich hoffe, ich bekomme die Gelegenheit, sie alle wiedergutzumachen.

Ich verschränke die Arme. »Also, was sagst du? Willst du mal nachfragen, ob Chaundre zum Battle of the Bands gehen will?«

Jeffrey dreht sich um und setzt sich auf, sein Haar ist strähnig und matt. »Sie kann nicht einfach weggehen und irgendwo abhängen. Ihre Eltern sind superstreng und müssen ganz genau wissen, wo sie ist und bei wem sie die ganze Zeit ist.«

Ich blinzle. »Wow. Das ist ja ätzend.«

»Ja.« Jeffrey reibt sich die Augen. »Wir dürfen uns nur bei ihr zu Hause treffen, wenn ihre Eltern auch da sind. Sie darf nicht mal rüber zu Dad und Lila kommen. Sie war an dem Abend nur auf der Party, weil ihre Eltern auch da waren.«

»Und ...« Es ist mir fast peinlich, dass die Frage in meinem Kopf Gestalt annimmt, weil ich nicht sicher bin, ob ich die Antwort überhaupt wissen will. »Wenn ihr zusammen seid, was ... macht ihr da so?«

Jeffrey zuckt mit den Schultern und schaut unbehaglich weg. »Ich weiß nicht. Reden. Fernsehen. Sie fährt auch gern Skateboard.«

Ich beiße mir auf die Lippe und unterdrücke ein Lächeln. »Im Ernst, wenn dir etwas einfällt, wie du sie treffen kannst, und jemand dich fahren muss, dann sag Bescheid.«

Jeffrey sieht mich nicht an und antwortet auch nicht, doch er entspannt sich ein wenig. Er weiß, wo ich bin, falls er mich braucht.

»Was meint ihr, wann ihr mit dem Album fertig sein werdet?«, frage ich, während ich Seth die Schüssel mit dem Knoblauchbrot reiche. Da meine Gedanken total durcheinander sind und Jeffrey wie ein Häufchen Elend dasitzt und aussieht, als würde er am liebsten sterben, halte ich Musik heute Abend für das unverfänglichste Gesprächsthema.

Mel zuckt mit den Schultern und streut ein wenig Oregano über ihre Spaghetti. »Bald«, antwortet sie.

»Ihr zwei seid so begabt«, sagt Mom und strahlt sie an. »Ich kann das kaum glauben.«

Seth senkt den Blick auf seinen Teller und versucht, sein breites Lächeln zu verbergen. »Danke, Mrs Bentley.«

»Was habt ihr drei heute Abend vor?«, fragt Mom. »Ihr habt nur noch wenige Wochen Ferien. Die solltet ihr ausnutzen.«

Mel stöhnt. »Erinnern Sie mich nicht daran.«

Ich nicke. »Aber wirklich.« Zum ersten Mal in meinem Leben freue ich mich nicht auf die Schule. Ich fürchte mich vor den Gerüchten, die kursieren werden, die wissenden Blicke, die Typen, die sich ein wenig zu nah zu mir vorbeugen, um herauszufinden, ob Vee Bentley tatsächlich auf die dunkle Seite des Schlampentums gewechselt ist. Und natürlich wird Killian nicht da sein. Er wird im fünfundzwanzig Kilometer entfernten Trawley seine ganz eigene Hölle durchleben.

»Vee hat mir von dem Konzert heute Abend erzählt«, sagt Jeffrey, während er Spaghetti auf seine Gabel wickelt. »Vielleicht solltet ihr da hingehen.«

»Gute Idee«, findet Mel. »Ich habe auch davon gehört. Seth? Battle of the Bands?«

Er hebt unverbindlich eine Schulter. »Warum nicht?«

»Willst du auch hingehen, Jeffrey?«, fragt Mom und wirft mir einen Blick zu. »Bestimmt würden dich deine Schwester und ihre Freunde mitnehmen.«

»Nee. Ich glaube, ich hänge hier bei dir rum.«

Moms Gesicht hellt sich auf. »Na, das werde ich dir jetzt nicht ausreden.«

Nach dem Abendessen helfen wir beim Abwasch, bis

Jeffrey und Seth über der Spüle eine Wasserschlacht starten und Mom uns hinauswirft.

»Lasst uns in den Park gehen«, sagt Mel. »Wir können schauen, was da los ist, und uns das Konzert mal ansehen, wenn es anfängt.«

Seth blickt durch das Fenster zu seinem Zuhause hinüber. »Vielleicht sollten wir noch ein bisschen an unseren Songs weiterarbeiten?«, fragt er. »Ich hätte Bock auf noch ein paar Stunden.«

»Nein, lasst uns gehen.« Ich bin nun wirklich nicht in der Stimmung, heute Abend in Seths Keller herumzusitzen und das fünfte Rad am musikalischen Wagen zu sein.

Seth wirft mir einen gekränkten Blick zu und ich animiere ihn weiter: »Komm mit!« Ich hole meine Tasche aus dem Wohnzimmer. »Wer als Letztes den Buick erreicht, muss im Park Eis für alle kaufen.«

Es ist, als wäre heute Abend die gesamte jugendliche Bevölkerung Butterfields unterwegs. Alle versuchen anscheinend, so viel Sommer wie möglich in sich aufzusaugen, bevor er ein für alle Mal vorbei ist. Viele breiten Decken auf dem Rasen vor der Bühne aus, stellen Kühlboxen dazu und stellen sich auf einen langen, herrlichen Sommerabend ein.

»Oh, seht mal – da sind Brianna und Landon«, meint Mel und winkt hektisch. »Lasst uns ihre Decke stürmen.«

»Hi, Leute!« Brianna springt auf und umarmt uns. »Oh mein Gott, könnt ihr glauben, dass der Sommer fast vorbei ist?«

Mel schüttelt den Kopf. »Daran will ich überhaupt nicht denken. Das ist viel zu deprimierend.«

Sie fangen an zu plaudern und Seth hilft Landon, etwas aus der Kühlbox auszupacken, das wie ein ganzes Thanksgiving-Festmahl aussieht. Ich setze mich auf den Rand der Decke und beobachte die Leute, die vorbeigehen. Inzwischen wird es jeden Tag früher dunkel und die Sonne sinkt jetzt schon rasant zum Horizont hin.

Mein Handy vibriert. Ich ziehe es heraus und blinzle auf das Display. Mir stockt der Atem, als ich sehe, dass es eine Nachricht von Killian ist. **es tut mir leid.**

Ich werfe es auf den Boden, zu wütend, um zu antworten.

»Hier, Vee.« Mel drückt mir eine Flasche Cola light in die Hand. »Die hat Brianna mitgebracht.«

»Danke.« Ich lächle Brianna an, schraube den Deckel ab und nehme einen Schluck. Als die mit Rum angereicherte Flüssigkeit meine Kehle hinunterbrennt, bleibt mir die Luft weg. »Woah«, sage ich keuchend und werfe Mel einen tödlichen Blick zu. »Du hättest mich vorwarnen müssen.«

»Überraschung!« Mel stößt ihre Cola gegen meine. »Auf den letzten Sommer unseres Lebens.«

Ich verdrehe die Augen und wende mich an Brianna. »Könntest du Mel bitte sagen, dass der Abschluss an der Highschool nicht gleich den Tod bedeutet?«

Sie lacht. »Ich denke auch, wir werden nach dem Abschluss alle noch am Leben sein.«

Mel wirft sich neben mich auf den Boden. »Ja, aber nächstes Jahr werden wir uns darauf vorbereiten, ans

College zu gehen, deshalb werden wir eine Million Dinge zu erledigen haben. Und danach – wer weiß? Manche Leute bleiben das ganze Jahr über am College, um zu arbeiten oder weil sie sich bei einer Hilfsorganisation engagieren. Vielleicht werden wir nie wieder alle zur selben Zeit hier sein.«

»Hör auf«, sage ich. »Im Ernst, Mel. Das ist so deprimierend.«

Hinter mir entdeckt Mel jemanden und schnappt nach Luft. »Oh mein Gott. Vee, da ist Noel Callenbaugh.«

»Na und?« Ich drehe mich um, um zu schauen.

»Na und?« Sie beugt sich vor und flüstert: »Du brauchst immer noch ein *N*, oder?«

Ich stöhne. »Nicht heute Abend, Mel. Ich bin nicht in Stimmung.«

Sie stupst mich in die Seite, sodass ich meine Cola verschütte. »Doch, heute Abend! Das ist die perfekte Gelegenheit. Sieh dir all diese Leute an.«

»Hör auf damit.« Ich schlage ihre Hand weg. Die erste Band hat gerade ihre Instrumente fertig gestimmt. »Es fängt gleich an.«

Mel springt auf, packt mich am Handgelenk und will mich mitziehen. »Lass uns nach vorne gehen und tanzen.«

Ich blicke auf mein Handy, das still und reglos neben mir auf der Decke liegt. Ich stelle mir vor, wie Killian in seinem Zimmer/Büro hin und her tigert und versucht, sich ein paar Minuten lang mit Büchern oder dem Internet abzulenken, bevor er wieder sein Handy checkt.

»Komm schon, Vee.« Mel verschränkt die Arme und verzieht ihren Mund zu einem Schmollen.

»Wir ziehen sie hoch.« Brianna und Landon greifen nach meinen Armen, ziehen daran und schaffen es, mich aufzurichten.

»Leute!« Ich versuche, mich zu befreien, schnappe mir mein Handy und stecke es in die Tasche. »Mir ist nicht danach.«

»Vee.« Mel legt mir die Hände ums Gesicht und beugt sich vor, sodass sie nur noch wenige Zentimeter von mir entfernt ist. »Lass uns einfach tanzen.«

Und dann tanzen wir – in einer großen, kreischenden Masse vor der Bühne. Jede Band, die spielt, ist noch besser als die letzte und sogar Seth hat sich mit uns unter die Menge gemischt, ein dunkler Schatten, der im blitzenden Stroboskoplicht hüpft und springt. Mel drückt mir noch mehr Cola mit Schuss in die Hand und ich trinke – mehr weil ich durstig bin als aus irgendwelchen anderen Gründen. Aber der Alkohol fühlt sich gut an. Ich wirble herum, tanze mit Mel und Seth und drehe mich dann weg in die Menge, um alleine einen Rhythmus zu finden. Die Hände nach oben gestreckt, den Kopf zurückgelegt – ich liebe das Leben!

Ich schlängle mich durch die Menge hinüber zu Noel Callenbaugh und blicke ihm in die Augen. Ich weiß nicht, ob er die Gerüchte über mich gehört hat, und das ist mir auch mehr oder weniger egal. Er tanzt mit mir, eng, aber nicht zu eng, er lässt mir Raum, wenn ich das möchte.

Was würde Killian sagen, wenn er mich jetzt sehen würde?

»Küss mich!«, brülle ich über den Lärm der Band und der Menge hinweg.

»Was?« Noel hält sich die Hand ans Ohr und beugt sich vor. »Ich kann dich nicht hören!«

»Ich habe gesagt, küss mich!«

Er zuckt überrascht zurück. »Echt jetzt?«

Ich lächle und ziehe ihn an mich. »Ja!«

Wir bewegen uns weiterhin im Rhythmus der Musik, werden von der Menge herumgeschubst und unsere Zähne stoßen gegeneinander, als Noel sein Gesicht nahe an meines bringt.

»Sorry!«, sagt er und hebt entschuldigend die Schultern.

Ich ziehe ihn in eine rasche Umarmung und wende mich dann ab. »Alles gut!«

Es sind so viele Menschen, dass es ein paar Minuten dauert, bis ich Mel und Seth wiederfinde. »Ich habe Noel geküsst«, flüstere ich Mel ins Ohr.

»Nie im Leben!« Sie hüpft auf und ab. »Du bist einfach großartig.«

»Ich setze mich jetzt wieder hin«, sage ich und fächle mir Luft zu. »Es ist viel zu heiß.«

»Ich komme mit.« Seths schwarzes T-Shirt klebt an seiner schmalen Brust. »Komm.« Er nimmt meine Hand und zieht mich zum Rand der Menge. Ich sauge klare, kühle Luft in meine Lungen, während wir uns zwischen den Kühlboxen und Klappstühlen, die auf dem Rasen verstreut sind, unseren Weg zurück zu Briannas und Landons Decke bahnen.

»Ich kann nicht fassen, dass du zu ›Don't Stop Believin'‹ getanzt hast«, sage ich und stupse seinen Fuß an, nachdem wir uns auf die Decke fallen gelassen haben.

»Wie hast du diesen Song einmal bezeichnet? Als ein unerträgliches Klischee?«

»Ich glaube fast, das hat mich heute Abend gar nicht so gestört.«

Kyle und Oliver, Marks Brüder, schlendern vorbei, den Blick auf ihre Handys gesenkt. »Hey, Oliver!«, rufe ich.

»Ja?«, sagt Oliver. Sie kommen zu uns.

»Ist Mark auch da?« Die Zwillinge wechseln einen Blick und ich zucke innerlich zusammen, weil mir klar wird, wie das klingen muss – als würde ich mich immer noch verzweifelt danach sehen, wieder mit Mark zusammenzukommen. Nichts läge mir ferner.

»Ja, ich glaube, er ist hier irgendwo«, antwortet Kyle. »Aber vielleicht ist er auch schon wieder gegangen.«

»Cool.« Ich greife nach Olivers Hand, die auf Höhe meines Gesichts baumelt, und drücke einen übertriebenen Schmatzer darauf. »Danke.«

»Äh.« Oliver starrt seine Hand an, als hätte sie sich soeben in eine Spinne verwandelt. »Keine Ursache.«

Seth wälzt sich herum und starrt mich an, als die Zwillinge sich davonmachen. »Was zum Teufel war denn das?«

»Nichts.« Ich stöbere in der Kühlbox herum und suche nach etwas zu trinken, das nicht mit Alkohol gepantscht ist. Offenbar hat Landon vergessen, ein paar Wasserflaschen einzupacken.

»Du hast gerade ohne ersichtlichen Grund dem kleinen Bruder deines Exfreunds die Hand abgeschlabbert?«

Ich seufze und ziehe mein Handy heraus, wobei ich Seths Blick meide. »Ich bin nur ein wenig beschwipst, Seth. Gott. Entspann dich!«

»Ich hasse betrunkene Menschen«, murrt Seth und legt sich den Arm über das Gesicht. Die Menge vor der Bühne jubelt, als die Band ein neues Lied anstimmt. »Können wir jetzt nach Hause gehen?«

Ich sehe massenweise Menschen vorbeiströmen – Menschen, die lachen, reden, über Alltägliches streiten. Dexter und Ryan kommen vorbei und ich winke und grinse Ryan an, während Dexter peinlich berührt wegschaut. Ich schließe die Augen und die Decke scheint zu schaukeln, als würden wir auf dem See treiben. »Woah«, raune ich und strecke die Hände aus, um Halt zu finden, dann schlage ich die Augen auf. »Seth? Ich fühle mich nicht so gut.«

»Mmmm«, murmelt er unter seinem Arm.

»Schläfst du?«

Keine Antwort. Ich seufze und komme mühsam auf die Füße, weil ich auf einmal pinkeln muss. Wenn ich auf die Toilette gehe, einen Trinkbrunnen finde und ein wenig herumlaufe, dann hört die Welt vielleicht endlich damit auf, dauernd unter mir wegzurutschen.

Ich wanke zu dem kleinen Gebäude, in dem sich die öffentlichen Toiletten des Parks befinden, und gehe hinein, wobei ich die Luft anhalte, weil es nach Urin und Bleichmittel stinkt. Eine der Glühbirnen in der Damentoilette ist durchgebrannt, deshalb kann ich kaum genug erkennen, um Klopapier von der Rolle zu reißen. In allen Ecken hängen Spinnweben und die Toilettenspülung hallt von den Wänden wider.

Rasch wasche ich meine Hände unter eiskaltem Wasser und gehe hinaus, weil mir von dem Gestank übel wird.

»Hey.« Eine Stimme weht aus dem Schatten herüber und ich zucke zusammen.

»Hey?« Ich blinzle und erkenne den Umriss eines schlaksigen Kerls, der lässig an der Wand lehnt.

»Hast du mal Feuer?« Er tritt vor.

»Äh, nein. Tut mir leid, ich rauche nicht.« Ich wende mich ab, doch der Boden unter mir dreht sich und ich gerate ins Taumeln.

»Woah. Alles in Ordnung bei dir?« Der Typ hat seine Arme unter meine Achseln gelegt und stützt mich. Ich habe die Orientierung verloren und weiß nicht mehr, welchen Weg ich einschlagen muss, um zurück zu Mel und den anderen zu gelangen.

»Danke.« Ich lehne mich an ihn und er hilft mir, mich auf den Boden zu setzen. »Oh mein Gott. Ich hatte nicht vor, so betrunken zu werden.«

»Wem sagst du das.« Er sitzt neben mir, ein warmes, tröstendes Gewicht an meiner Seite. »Lass uns einfach einen Moment hier sitzen bleiben. Ich bleibe bei dir, bis du dich besser fühlst und deine Freunde suchen gehen kannst.«

Ich gestatte meinem Körper, sich zu entspannen. »Ehrlich gesagt, wollte ich heute Abend gar nicht ausgehen. Meine Freunde haben mich sozusagen gezwungen.«

Er lacht. »Die verrücktesten Abende fangen immer so an. Ich bin der Schlagzeuger von Chronic Dehydration. Wir hatten gerade eben unseren Auftritt.«

»Oh Mann, ihr wart echt super.« Ich lehne mich an ihn. »Danke noch mal, dass du dich um mich kümmerst. Ich denke, es geht bald wieder.«

»Kein Problem.« Er legt den Arm um mich und wiegt sich im Takt des Songs, den die Band gerade spielt, ein wenig vor und zurück.

Ich schließe die Augen und lasse den Kopf an seine Schulter sinken. »Das ist schön.«

»Mmmhmm.« Es dauert einen Moment, bis ich merke, dass er sich an meinen Hals schmiegt, sein Arm fällt von meinen Schultern und legt sich um meine Taille. Ich rieche seinen Tabakatem und spüre, wie sich die Kante der Zigarettenschachtel in seiner Tasche an mein Bein drückt. Seine Lippen wandern sanft über meinen Kieferknochen.

»Warte«, murmle ich. Mein Körper ist so schwer, dass ich mich nicht mehr bewegen kann, selbst wenn ich gewollt hätte. »Wie heißt du?«

Er streicht mir mit dem Handrücken über den Arm und ich bekomme eine wohlige Gänsehaut. »Ich bin Thomas.«

Ich hebe den Kopf und schaue ihn an, seine Augen sind tief und dunkel. Ich kann nicht mal sagen, was für eine Farbe sie haben. In meiner Tasche vibriert mein Handy. »Thomas«, flüstere ich und beuge mich vor, sodass meine Lippen fast seine berühren. »Das ist perfekt.«

Ich weiß nicht, wie lange ich bei Thomas bleibe, aber als ich zurück zum Konzert stolpere, schmeckt mein Mund nach kaltem Zigarettenqualm.

Es ist inzwischen Viertel nach elf, vor mehr als einer Dreiviertelstunde bin ich zu den Toiletten aufgebrochen. Ich habe sieben neue Nachrichten, alle von Mel.

22:32 Uhr hey, wo bist du?

22:45 Uhr vee?

22:50 Uhr ich bin wieder auf landons decke. komm zurück zu mir.

22:55 Uhr bist du verrückt geworden? kannst du mir wenigstens bescheid geben, ob alles in ordnung ist?

23:01 Uhr vee??!?! bitte ruf an.

23:04 Uhr so langsam bekomme ich panik.

23:10 Uhr wenn ich bis mitternacht nichts von dir höre, rufe ich die cops.

Ich versuche, zu rennen und gleichzeitig zu tippen, aber meine Hände zittern so sehr, dass ich fast das Handy fallen lasse.

Ich sehe, wie Mel in der Menge aufsteht und den Park mit Blicken absucht, Brianna steht neben ihr.

»Mel!«, rufe ich. »Mel!«

Sie dreht sich um und läuft auf mich zu. Wir prallen so heftig gegeneinander, dass es mir einen Augenblick den Atem verschlägt.

»Oh mein Gott, wo warst du?«

»Tut mir leid.« Ich drücke sie an mich. »Ich war gleich da drüben.« Ich deute auf die Toiletten und bereue das mit Thomas bereits.

»Bleib hier«, sagt Mel und löst sich von mir. »Bleib hier stehen und rühr dich nicht.« Sie rennt zu Brianna und Landon zurück, umarmt sie rasch und kommt dann sofort wieder zurück. »Ich schreibe Seth, dass wir uns am Wagen treffen. Er sucht nach dir.«

Es geht mir hundertprozentig gut, aber die Art und Weise, wie alle ausflippen, und der Gedanke, dass Seth überall nach mir sucht, ist einfach zu viel. Ich hole tief und bebend Luft und streiche mir mit dem Handrücken über das Gesicht.

»Vee, geht es dir gut?« Mel packt mich am Arm.

Ich nicke und verspüre auf einmal das Bedürfnis nach einem Pfefferminzbonbon oder Kaugummi, irgendetwas, um den üblen Geschmack von Zigaretten aus dem Mund zu bekommen. In diesem Moment stürmt alles auf einmal auf mich ein – die Tatsache, dass ich gerade mit einem vollkommen Fremden herumgeknutscht habe und dass ich trotzdem irgendwie empört bin, wenn man mich als Schlampe abstempelt; der Gedanke, dass Dad und Kaylee ans andere Ende des Landes ziehen, und die Art und Weise, wie ich Killian angegangen habe, als er mir lediglich zeigen wollte, wie sehr er mich mag. Ich klammere mich an Mel, drücke mein nasses Gesicht an ihre Schulter, und sie hält mich fest, während ich weine. Brianna streicht mir beruhigend über den Rücken und Landon steht daneben, die Hände in den Hosentaschen, den Blick zu Boden.

»Komm«, sagt Mel nach ein paar Minuten, legt mir den Arm um die Taille und schiebt mich vorwärts. »Gehen wir.«

Wir sitzen im dunklen Auto, bis Seth angerannt kommt und auf den Rücksitz springt. Er stellt mir dieselben Fragen wie Mel, packt mich an den Schultern und starrt in mein tränenverschmiertes Gesicht. Ich muss ihm ein Dutzend Mal sagen, dass alles in Ordnung ist, bevor er mir glaubt.

Mel fährt uns zurück zu mir nach Hause, das dunkel

und still daliegt, meine Mom und Jeffrey sind anscheinend schlafen gegangen. Seth umarmt uns beide, bevor er über die Straße nach Hause geht. Ich sehe, wie sich der schmale Umriss seines Körpers vor dem Verandalicht abzeichnet, bis er Mel und mich sicher im Haus weiß.

Mel begleitet mich nach oben und setzt sich auf den geschlossenen Toilettensitz, während ich eine heiße Dusche nehme und jeden Zentimeter meiner Haut schrubbe. Zum ersten Mal bin ich froh, dass sich beim Duschen der Spiegel beschlägt, weil ich mir dann nicht gegenübertreten muss, wenn ich herauskomme. Dann putze ich mir die Zähne und spüle so oft mit Mundspülung nach, bis Mel mich zwingt, damit aufzuhören.

»Danke«, flüstere ich, als ich endlich im Bett liege, Mel mir die Decke bis unter das Kinn zieht und mich zudeckt. »Ich weiß nicht, was ich da gerade tue, Mel.«

»Psst«, flüstert sie. »Schon gut.« Sie bleibt noch eine Weile bei mir sitzen, bis die leuchtenden roten Zahlen des Weckers neben mir zwei Uhr nachts anzeigen.

»Du solltest gehen«, murmle ich. »Deine Mom wird ausflippen. Mir geht es gut.«

»Okay«, flüstert Mel. »Ich rufe dich morgen an.«

Ich muss wohl eingeschlafen sein, denn ich erinnere mich nicht daran, ob sich das Bett bewegt hat, als sie aufsteht, oder ob ich gehört habe, wie die Zimmertür mit einem Klicken ins Schloss fällt. Ich schlafe traumlos und rühre mich nicht bis fast zehn Uhr am nächsten Morgen, als ich in Sonnenlicht gebadet aufwache, die Arme noch immer an meinen Seiten, unter dem Laken, das Mel um mich herum festgesteckt hat.

Die Erinnerung an den vergangenen Abend kehrt zurück und damit auch eine Welle der Reue. Ich springe aus dem Bett, beuge mich über den Papierkorb und würge trocken, als ich mich an den Geruch von Zigaretten erinnere.

»Es geht dir gut«, flüstere ich vor mich hin, während ich auf die mit Wimperntusche verschmierten Papiertaschentücher und das Papier einer Fruchtschnitte hinunterschaue, die ich am Tag zuvor gegessen habe. »Es geht dir gut.«

29

Noel Callenbaugh
Beim Battle of the Bands
3/10

Oliver (Marks Bruder)
Auch Battle of the Bands (auf die Hand)
1/10

Thomas
Wieder der verhängnisvolle Abend vom Battle of the Bands
-10/10

Ein paar Tage später bringe ich Jeffrey zu Dad und Lila. Ich habe eine Karte für sie gekauft und Jeffrey dazu gebracht, *Herzlichen Glückwunsch!* hineinzuschreiben. Was auch immer das für ein Job ist, den Lila da annimmt, wohin auch immer sie deshalb ziehen müssen – es ist eine Chance für unsere Familie und wir sollten uns für sie freuen. Auch wenn der Gedanke, so weit entfernt von Kaylee zu sein, wie ein Stich ins Herz ist.

»Jeffrey! Veda!« Lila hat die Haustür geöffnet und Kaylee kommt angerannt, als sie unsere Namen hört, und schlingt stürmisch ihre Arme um meine Knie. »Kommt rein.«

Dad schaut im Wohnzimmer fern, er hat die Füße auf die Couch gelegt. Er schaltet den Fernseher stumm, als wir hereinkommen, und steht auf, die Hände in die Hüften gestemmt. »Was ist los?«, fragt er, sein Blick wandert von mir zu Jeffrey und wieder zurück. Lila geht zu ihm und legt ihm den Arm um die Taille.

Ich knuffe Jeffrey in die Seite und er hält ihnen den Umschlag hin. »Wir wollten euch nur zu dem neuen Job gratulieren«, sagt er und ich bin stolz, dass seine Stimme so fest klingt. »Wir freuen uns wirklich für euch. Und wir werden euch vermissen.«

Lila schnappt ein wenig nach Luft und dreht ihr Gesicht an Dads Brust. Er streicht ihr in langsamen Kreisen über den Rücken.

»Vielen, vielen Dank«, sagt Lila und wendet sich wieder uns zu. Dad nimmt den Umschlag entgegen und reißt ihn vorsichtig auf. »Das bedeutet mir wirklich sehr viel.«

Kaylee zieht an meiner Hand und ich hebe sie hoch. »Wir fliegen dann mit dem Flugzeug und besuchen dich ab und zu«, verspreche ich ihr. »Das wird ein Abenteuer.«

Sie sieht mich aus großen blauen Augen ernst an. »Flugzeug«, wiederholt sie.

Lila wischt sich über die Augen und lächelt. »Hey, habt ihr vielleicht Hunger? Ich habe gerade Brownies gebacken.«

Jeffrey streicht sich die Haare aus den Augen. »Ja, auf jeden Fall.« Er folgt Lila in die Küche und Kaylee windet sich aus meinen Armen, um ihnen nachzulaufen.

Dad hat sich nicht bewegt, seine Miene ist ungerührt.

»Es tut mir leid, dass ich vom Familientreffen einfach abgehauen bin«, sage ich, senke dabei meine Stimme und wappne mich für seine Reaktion. »Ich hatte einen schlimmen Sommer.«

Dad nickt. »Ich glaube, das hatten wir alle.« Er räuspert sich und schwingt verlegen die Arme vor und zurück. »Hör mal, Vee, wir hätten dir und Jeffrey vorher von dem Umzug erzählen sollen. Das war ein Fehler meinerseits.«

»Schon gut.«

»Das war keine einfache Entscheidung. Lila ist deswegen« – er stößt langsam den Atem aus – »nervös.«

Ich werfe einen Blick in Richtung Küche. »Geht es ihr gut?«

Dad sieht mich an. »Sie hat Probleme, Veda. Bestimmt hast du gemerkt, dass das eine oder andere nicht mit ihr stimmt.«

Ich nicke.

»Aber ich liebe sie.« Dads Stimme bricht. »Sie ist in Behandlung. Und das ist ein großer Schritt für ihre Karriere.«

»Ich weiß.« Ich zupfe am Saum meiner kurzen Hose. »Aber ich bin trotzdem traurig, dass ihr wegzieht. Und Jeffrey auch.«

»Ehrlich gesagt hätte ich nicht gedacht, dass es euch etwas ausmacht.«

Ich blicke zu ihm auf. »Wie sollte es uns nichts ausmachen? Unsere kleine Schwester und unser … unser Dad ziehen auf die andere Seite des Landes.«

Der Ausdruck, der über Dads Gesicht huscht, ist halb Freude, halb Schmerz. »Nun, ich werde euch zwei auch vermissen«, sagt er. »Weißt du, ich wollte euch nie verlassen. Das alles ist nicht passiert, weil ihr nicht gut genug wärt.« Er breitet die Arme weit aus. »Lila und ich sind weiß Gott auch nicht perfekt. Wir passen nur besser zusammen als deine Mom und ich es je getan haben.«

Ich nicke und blicke zu Boden, unsicher, was ich darauf sagen soll.

»Ich hätte mich mehr anstrengen können«, spricht Dad schließlich weiter. »Um das mit eurer Mom wieder geradezubiegen. Und nicht so hart zu euch zu sein.« Seine Stimme klingt rau. »Ich wollte dir nur sagen, dass mir das leidtut.«

»Es ist okay, Dad.«

Ich glaube, das letzte Mal habe ich Dad an seiner und Lilas Hochzeit umarmt, aber als er mich jetzt in seine Arme nimmt, ist es, als wäre ich wieder ein kleines Mädchen – als wäre überhaupt keine Zeit verstrichen.

Auf dem Heimweg plappert Jeffrey ohne Unterbrechung darüber, dass er und Chaundre vielleicht ein letztes Mal vor Ende der Sommerferien mit Kaylee zum Strand gehen, wenn Chaundre dafür die Erlaubnis ihrer Eltern bekommt. Er denkt laut darüber nach, ob wir dieses Jahr in den Weihnachtsferien nach San Francisco fliegen oder nicht. Ich erzähle ihm nichts von meinem Gespräch mit Dad – es wäre besser, wenn sie selbst so eins führen würden. Jeffrey braucht einen Dad. Unserer ist zwar nicht perfekt, aber er ist der einzige, den wir haben.

Als wir zurück in die Stadt fahren, kommen wir an einem langen Kerl vorbei, der am Straßenrand entlangjoggt, seine Schritte sind groß und gleichmäßig. Ich hupe beim Vorbeifahren und hebe die Hand, um zu winken. Ryan blinzelt und lächelt, als er erkennt, dass ich es bin. Ohne nachzudenken, presse ich die Handfläche an den Mund und werfe ihm eine Kusshand zu. Er wirft mir ebenfalls eine zu.

Ich kann R *von der Liste streichen,* wird mir schlagartig bewusst. Ich weiß zwar nicht, wie viele Buchstaben noch übrig sind, aber das Ende des Sommers naht.

* * *

Zu Hause stelle ich den Wagen in der Einfahrt ab und öffne die Garagentür, damit Jeffrey hineingehen kann. »Ich gehe noch kurz rüber zu Seth«, sage ich. Nachdem ich mich mit meinem Dad ausgesprochen habe, habe ich das Gefühl, dass alles möglich wäre. Ich muss mit Seth über Mel reden, ihm sagen, was wirklich los ist. Seth und Mel sind meine besten Freunde. Wenn ich nicht alles täte, was in meiner Macht steht, um sie glücklich zu machen, was wäre ich dann für ein Mensch?

Seth öffnet nur wenige Sekunden, nachdem ich geklingelt habe, als hätte er jemanden erwartet.

»Hey«, begrüße ich ihn.

»Hey.« Er wirkt überrascht, mich zu sehen, macht aber einen Schritt nach draußen und schließt die Tür hinter sich. »Hast du dich von neulich nachts wieder erholt?«

»Ja«, sage ich, während ich mir eine Haarsträhne aus

dem Gesicht streiche. »Aber ich glaube, ich werde für eine Weile die Finger vom Alkohol lassen. Ich wollte dich nur kurz sprechen.«

Seth nickt, lässt sich auf die Stufen vor der Haustür sinken und faltet seine in schwarze Jeans gehüllten Beine unter sich. Ich setze mich auf meinen üblichen Platz rechts von ihm.

Seth und ich haben schon lange nicht mehr auf seiner Treppe gehockt. Früher haben wir hier manchmal stundenlang gesessen, ohne etwas Besonderes zu machen. Ab und zu sahen wir einem Auto nach, wenn mal eins vorbeikam, schälten die Rinde von Zweigen, die herumlagen, kratzten mit den kreidigen weißen Steinen, die die Blumenbeete seiner Mom säumen, kleine Zeichnungen auf den Beton. Ich weiß nicht mehr, wann wir damit aufgehört haben. Worüber haben wir gesprochen, als wir das letzte Mal zusammen auf diesen Stufen saßen, und was ist passiert, dass wir das seither nicht mehr getan haben?

Ich hole tief Luft und verschränke meine Hände, damit sie nicht zittern. Ich weiß nicht, weshalb ich so nervös bin. Vielleicht weil sich alles ändern wird, wenn Seth erst mal weiß, was ich ihm gleich sagen werde. »Neulich, als wir am Strand waren ... ich hätte dir sagen sollen, dass Mel dich mag.«

»Was?« Seth sieht mich an, seine grünen Augen sind ausdruckslos.

Ich presse meine Hände aneinander. »Sie sieht in dir mehr als nur einen Freund, Seth. Seit einer ganzen Weile schon.«

Langsam schüttelt er den Kopf. »Woher weißt du das? Hat sie es dir gesagt?«

»Nicht direkt.« Ich zucke mit den Schultern. »Ihr beide seid meine besten Freunde. Ich sehe, wie ihr euch anschaut, und merke, dass euch irgendwie gar nicht bewusst ist, was der andere denkt. Sie musste mir das nicht sagen. Genau wie du mir nicht zu sagen brauchtest, was du für sie empfindest.«

Seth schließt die Augen und fährt sich mit der Hand über das Gesicht. »Vee ... ich weiß nicht, was ich für sie empfinde.«

»Was?« Ich mustere ihn, jedes Detail seines Gesichts ist mir vollkommen vertraut und gleichzeitig völlig neu. »Warum weißt du das nicht?«

»Ich dachte, dass ich es wüsste«, antwortet Seth. »Ich dachte, dass ich vielleicht dieses Jahr, wenn die Schule wieder anfängt, endlich den Mut aufbringen könnte, es ihr zu sagen.« Er sieht verlegen aus. »Und dann hat Mel von deiner Sechsundzwanzig-Küsse-Sache erzählt, und alles, was damals zwischen dir und mir gewesen ist, kam wieder hoch. Ich dachte, ich wäre über dich hinweg. Du warst so lange mit Mark zusammen und das hat mir nicht mal mehr etwas ausgemacht. Aber die Vorstellung, dass du mit jemand Neuem zusammen sein könntest, schon.« Er schluckt schwer. »Und es macht mir immer noch etwas aus.«

»Seth ...«

Frustriert schlägt er mit der Hand auf den Beton und zuckt vor Schmerzen zusammen. »Alles in meinem Leben scheint immer wieder auf dich hinauszulaufen, Vee.

Erklär es mir – warum küsst du jeden Typen in Butterfield, nur mich nicht? Was dachtest du eigentlich, wie ich mich damit fühlen würde?«

Ich starre auf die Straße hinaus. Ich zittere am ganzen Körper. »Ich dachte, du wolltest mit Mel zusammen sein«, sage ich. »Seth, ich hätte nie gedacht, dass du noch irgendetwas für mich empfindest.« Eindringlich schaue ich ihn an, wie um ihn zu zwingen, dass er mir glaubt.

Er lässt den Kopf in seine Hände sinken, seine Finger verfangen sich in seinem langen Haar. »Wie viele Typen waren es bis jetzt?«

Mein Mund wird trocken. So sollte dieses Gespräch nicht verlaufen. Ich wollte Seth das von Mel sagen, er sollte sich freuen und ich hätte ihm alles Gute gewünscht und wäre in das Drama meines eigenen Lebens zurückgekehrt. »Ich weiß nicht«, erwidere ich. Ich erinnere mich an all die Male, bei denen Seth nach meiner Hand gegriffen hat und ich meine weggezogen habe; daran, dass wir nie wirklich über das, was zwischen uns stand, gesprochen haben. Ich habe nicht einmal versucht, ihm je irgendeine Erklärung dafür zu liefern, warum ich ihn nicht auf die gleiche Art mag wie er mich.

Seth schüttelt den Kopf und reibt sich die Schläfen. »Und was jetzt?«

Diese ganze Geschichte hängt zwischen uns und ich merke – merke zum ersten Mal *wirklich* –, wie beschissen es war, dass ich einfach die Tatsache ignoriert habe, dass Seth mich mochte und ich seine Gefühle nicht auf die gleiche Weise erwidern konnte. Und dass ich ihn dadurch wahrscheinlich sehr viel länger habe leiden lassen, als er gelitten hätte, wenn wir einfach offen über alles gesprochen hätten.

»Seth?«

»Was?«

»Mir fehlt noch *S.*«

Er wird vollkommen reglos und sein Blick findet meinen. Er greift nach meinem Handgelenk und starrt mich für einen langen Augenblick an. Dann zieht er mich an sich und umfasst mein Gesicht mit den Händen. Es ist schon so lange her, seit ich Seth angeschaut – wirklich angeschaut – habe, so wie ich ihn damals angeschaut habe, als meine Eltern sich scheiden ließen und er der einzige Mensch auf der Welt war, von dem ich das Gefühl hatte, dass er alles von mir versteht. Es ist erstaunlich, dass sich Augen niemals verändern, ganz egal, wie alt man ist. Der Seth, der in mich verliebt war, aber nicht wusste, was er dagegen tun sollte, starrt mich an, fünf Jahre, nachdem ich ihn abgewiesen habe.

Es ist ein Kuss, der sehr, sehr lange Zeit auf sich hat warten lassen. Und er fühlt sich absolut, vollkommen falsch an. Ich erstarre, meine Gedanken überschlagen sich und ich weiß nicht, wie ich reagieren soll, ohne Seths Gefühle (erneut) zu verletzen und alles zwischen uns (erneut) zu ruinieren.

Aber ich werde durch ein Motorengeräusch auf der Straße in die Realität zurückgeholt – es ist ein sehr charakteristisches Motorengeräusch. Der Buick.

Mel fährt bei Seth in die Einfahrt, ihr Gesicht ist eine trügerische Maske der Ruhe, als sie aus dem Wagen steigt. Kopfschüttelnd kommt sie zu uns herüber und mir rutscht das Herz in die Hose. Es gibt keine Chance, sich herauszureden, keine Chance, Mel davon zu überzeugen, dass dies etwas anderes als ein Betrug ist.

»Du hättest ihn nicht auf den Mund zu küssen brauchen«, sagt sie zu mir. Ihre Augen sind dunkel. »Auf die Wange, die Hand. Auf den Ellbogen von mir aus. Du weißt, dass all dies gereicht hätte für dein *S*. Oder«, fährt sie fort, »du hättest einfach einen anderen finden können, jemand, der Sean heißt oder Sam, jemand, den deine beste Freundin nicht ...« Sie hält inne, als ihre Stimme bricht.

Seth steht auf. »Mel.«

Sie presst die Lippen zusammen, schüttelt den Kopf und weigert sich, ihn auch nur anzusehen.

»Im Ernst, Mel ...«, fange ich an.

»Nicht.« Sie hebt die Hand, um mich zu unterbrechen. »Lass es einfach. Du hattest Mark. Du hast Killian, auch wenn du ihn gar nicht zu wollen scheinst. Warum brauchst du auch noch Seth?« Ihre Stimme bricht erneut.

»Es hat nichts bedeutet«, erklärt Seth und steckt die Hände in die Hosentaschen. »Das schwöre ich bei Gott, Mel.«

»Er hat recht«, sage ich. »Es hat wirklich nichts bedeutet. Das schwöre ich.«

»Das ist mir egal.« Sie dreht sich um und geht zurück zum Auto. »Du bist deshalb trotzdem eine beschissene Freundin, Vee.« Sie wirbelt noch einmal herum und funkelt Seth an. »Und du ...« Sie schluckt schwer und sieht für einen Moment aus, als sei sie am Boden zerstört. Sie klappt den Mund wieder auf, um etwas zu sagen, doch dann schüttelt sie nur den Kopf, steigt ins Auto und fährt davon.

30

Ryan Kelly
Hat mir vom Straßenrand einen Handkuss zugeworfen
8/10 (weil es so süß war)

Seth
Auf der Treppe vor seinem Haus
-1 Million/10 (weil es ein riesiger Fehler war)

Ich sage Mels Dad, dass ich die letzten beiden Ferienwochen nicht mehr arbeiten kann, und danke ihm, dass er mir den Job gegeben hat. Er nimmt es so freundlich auf, dass ich mich noch schlechter fühle, und ich frage mich, ob Mel ihren Eltern erzählt hat, was für eine schlechte Freundin ich bin, ob sie und Killian über mich reden, wenn sie zusammen beim Float & Boat sind, und ob sie sich einig sind, dass sie froh sind, dass ich nicht mehr da bin.

Als Mel weg war, hatten Seth und ich uns nicht mehr viel zu sagen.

»Es tut mir leid«, meinte ich schließlich und starrte auf meine Füße hinunter.

»Es ist nicht deine Schuld.« Seine Stimme war leise, so leise, dass ich sie fast nicht hören konnte. »Ich habe es vermasselt.« Dann ging er hinein, machte die Tür hinter sich zu und ließ mich draußen stehen.

Seitdem habe ich nichts mehr von ihm gehört.

Die nächsten zwei Wochen verbringe ich damit, für das neue Schuljahr einzukaufen und College-Bewerbungen auszufüllen – allein. Mom ist sehr beschäftigt bei der Arbeit, weil vor Schulbeginn alle noch ihre Zahnreinigung gemacht haben wollen, und Jeffrey wohnt praktisch bei Dad und Lila, damit er jeden Tag mit Chaundre zusammen sein kann. Deshalb bin ich die meiste Zeit allein zu Hause. Darüber hinaus bekomme ich gelegentlich gruslige Facebook-Botschaften von irgendwelchen Typen von der Schule, mit denen ich noch nie zuvor geredet habe. Jedes Mal, wenn ich mich einlogge und die Benachrichtigungsmeldung sehe, macht mein Herz einen Satz in der Hoffnung, es wäre Killian, auch wenn ich nicht sicher bin, was ich überhaupt erwarte, was er schreiben könnte. Aber von seiner Seite herrscht ebenfalls Funkstille.

Auch wenn ich die meisten anderen Bereiche meines Lebens nur noch wie automatisch absolviere, treffe ich jeden Morgen Ryan an unserer Laufstrecke. Wir laufen intensiv, arbeiten uns durch den letzten Teil unseres Trainingsprogramms und manchmal denke ich, dass die Tatsache, dass er jeden Tag um halb acht auf mich wartet, das Einzige ist, was mich noch bei Verstand hält.

»Bist du bereit?«, fragt Ryan nach unserem letzten Trainingslauf vor dem Halbmarathon, der in zwei Tagen stattfindet.

»Ich denke schon.« Ich wische mir den Schweiß vom Gesicht. Ehrlich gesagt habe ich überhaupt nicht mehr richtig an den Marathon gedacht. Laufen beruhigt mich. Wenn ich lang genug laufe, werde ich irgendwie taub. Im Moment ist das wie eine Belohnung.

»Du wirst es großartig machen«, bestärkt mich Ryan und klopft mir auf die Schulter. »Trink genug. Iss am Abend vorher jede Menge Kohlehydrate. Wir sehen uns dann Mittwochmorgen.«

»Okay.« Ich sehe ihm nach, als er davonjoggt, und beneide ihn wie üblich um seine anmutige Leichtigkeit.

Das wird nicht nur der erste Lauf ohne Mark an meiner Seite sein, sondern auch der erste, bei dem Mel und Seth nicht an der Seitenlinie stehen und mich anfeuern, wenn ich vorbeilaufe. Ich lasse mich am Wegrand zu Boden sinken und wische mir noch mal das Gesicht ab. Ich weiß nicht, ob die Nässe von Schweiß oder von Tränen stammt.

Am Abend vor dem Halbmarathon stelle ich eine Playlist mit all den fröhlichen Songs zusammen, die Killian so gerne hört, und bin froh, dass ich das getan habe. Ich werde sie brauchen. Ryans Lauf war früher gestartet als meiner und ich muss ihn wohl in der Menge der anderen Läufer verpasst haben, bevor er losgelaufen ist.

Ich strecke mich und konzentriere mich darauf, meine Muskeln warm und meinen Atem gleichmäßig zu halten. Konzentriere mich darauf, mich nicht in den Gedanken hineinzusteigern, dass ganz Butterfield aufgetaucht ist, um sich den Halbmarathon anzuschauen, dass Hunderte von Augenpaaren mir Kilometer für Kilometer folgen werden und dass manche dieser Leute überzeugt davon sind, dass ich die größte Schlampe der Welt bin. Und noch mehr konzentriere ich mich darauf, die Menge der Läufer nicht nach Mark abzusuchen oder daran zu denken, dass ich mir von Herzen wünsche, dass Seth und Mel heute hier wären.

Ich muss laufen.

Der Pfiff, der meine Läufergruppe auf die Strecke schickt, fühlt sich an, als wäre ich aus dem Gefängnis entlassen worden. Ich stürme vorwärts, ohne einen Gedanken an Schrittsteuerung, Ausdauer oder Durchhaltevermögen zu verschwenden – ich laufe, so schnell ich kann, und lasse alles hinter mir. Die Strecke schlängelt sich durch das Stadtzentrum und hinaus auf die Landstraße, beschreibt dann eine Schleife zurück in die Stadt bis zur Highschool, deren Fahnenmast als Ziel dient. Ich befinde mich sechseinhalb Kilometer außerhalb von Butterfield, als mein Adrenalinstoß abflaut und ich das Tempo ein wenig zurücknehme.

Die Leute sitzen auf Gartenstühlen an der Rennstrecke, Kühlboxen neben sich, halten Schilder hoch und jubeln, wenn Freunde und Verwandte vorbeirennen. Die Strecke führt direkt an Mels Haus vorbei, bei Kilometer achtzehn Komma zwei, wo meine Familie (einschließlich Dad, Lila und Kaylee) zusammen mit Mels Eltern stehen. Sie wissen nicht, dass Mel und ich seit zwei Wochen nicht mehr miteinander gesprochen haben. Ich habe ihnen gesagt, dass sie mich nicht an einer früheren Stelle des Rennens abzupassen brauchen. Ich bin nicht hier, um zu lächeln und für Bilder zu posieren. Ich bin hier, um zu laufen, bis ich meine Füße nicht mehr spüre.

Taylor Swifts »Shake It Off« dröhnt durch meine Ohrstöpsel und ich passe meine Schritte dem Rhythmus an. Ich lächle, als ich mich daran erinnere, wie Killian die Liste der Fakten vor mir ausgebreitet hat, weshalb der Mensch von Natur aus dazu veranlagt ist, Popmusik zu mögen.

Kilometer zehn. Fast die Hälfte, und ich fühle mich gut.

Aus den Augenwinkeln sehe ich, wie jemand neben mir läuft, und ich steuere auf die Straßenmitte zu, um demjenigen Platz zu machen. Dann erkenne ich die schlaksige Gestalt und den hüpfenden Laufstil. Noch bevor mein Gehirn so weit ist, registriert mein Bauchgefühl, wer es ist, und meine Lungen ziehen sich zusammen. Ich fange an zu husten und halte mir die Hand vor den Mund, während ich trotzdem weiterlaufe.

»Hey.« Ich kann sehen, wie sich Marks Mund bewegt, aber ich kann ihn über die Musik nicht hören.

»Moment.« Ich stelle die Musik leiser und vermisse den gleichmäßigen Rock-Beat sofort.

»Wie geht es dir?« Dünne Rinnsale aus Schweiß laufen über seine Schläfen. Seine Haut ist von der Sonne und der Anstrengung gerötet, aber er sieht total entspannt aus, als wäre Laufen sein natürlicher Existenzzustand.

»Ganz okay.« Meine Stimme klingt angestrengt, und zwar nicht nur weil ich gerade einen Einundzwanzig-Kilometer-Lauf absolviere.

»Hör mal, Vee, können wir reden?«

Fast wäre ich wie angewurzelt stehen geblieben. »Reden?! Wie meinst du das? Mark, ich laufe gerade.«

Er zuckt mit den Schultern. »Ja, ich weiß, aber wir haben früher immer beim Laufen geredet.«

»Nun, die Dinge haben sich verändert. Außerdem ist das ein Rennen.« Ich würde ja gerne sprinten, um ihn loszuwerden, aber das würde mir nur Kraft rauben und ihm die Befriedigung verschaffen, dass er immer noch schneller ist als ich.

»Ich wollte mich nur noch mal entschuldigen ...«

Ich hebe die Hand. »Schon gut, Mark. Mir geht es gut. Dir geht es gut. Lass uns einfach laufen.«

»Vee ...«

Ich schüttle den Kopf, drehe die Musik wieder auf und blende Marks Stimme aus, auch wenn sich sein Mund weiterhin bewegt. Wenn ich eines aus der Kuss-Challenge gelernt habe, dann, dass ich ihn nicht mehr brauche. Ich brauche niemanden. Ich brauche nur zu laufen.

Ich komme an Wiesen mit Kirschbäumen vorbei, an denen die letzten Früchte der Saison hängen, an hübschen weißen Farmhäusern mit blauen Fensterläden, an Gemüseständen am Straßenrand und an geschäftstüchtigen Kindern, die an der Rennstrecke einen Limostand aufgestellt haben. An Kilometer dreizehn halten freiwillige Helfer den Läufern Plastikbecher mit Wasser hin, die sie sich im Vorbeilaufen schnappen können, und ich nehme einen zum Trinken und einen, den ich mir über den Kopf gieße. Ich laufe an ein paar langsameren Läufern vorbei, aber es sind weitaus mehr, die mich überholen.

Bei Kilometer sechzehn merke ich, dass meine durchgeschwitzte Socke an der Ferse scheuert. Der beginnende Schmerz einer Blase schießt durch mein Bein. Die Playlist hat wieder von vorne angefangen, aber ich habe die Nase voll von synthetischen Beats und Synthesizern, deshalb schalte ich die Musik aus. Ich wünschte, ich hätte daran gedacht, Seths und Mels Album auf meinen iPod zu laden. Ich könnte jetzt den Trost ihrer Stimmen vertragen.

Als sich die Strecke zurück in die Stadt schlängelt, konzentriere ich mich darauf, einen Schritt vor den anderen zu setzen. Mein Tempo ist völlig erlahmt – ich jogge kaum noch –, aber ich lasse es nicht so weit kommen, dass ich nur noch im Schritttempo gehe. Wie bei so vielen Dingen – Schule, Freundschaften, Kuss-Challenges – besteht der schwierigste Teil darin, nicht aufzugeben.

Als ich in Mels Straße einbiege, treffen mich die Klänge von Gitarre und Klavier mitten ins Herz. Ich wische mir den Schweiß aus den Augen und blinzle, weil ich fast meinen Augen nicht traue. Mel und Seth stehen mit Verstärker und Mikrofonen auf dem Rasen vor Mels Haus und spielen vor der Menge, die sich vor ihnen auf dem Gehweg versammelt hat. Mel blickt auf, als ich die Straße entlanglaufe, und dann brüllt sie ins Mikro: »Da kommt sie! Los, Vee!«

Sie blickt mir in die Augen. »Es tut mir leid!«, rufe ich, nachdem ich tief genug Luft geholt habe, um die Menschenmenge zu übertönen.

Schon gut, formt sie mit dem Mund.

Meine Lippen sind trocken und aufgesprungen und das Lächeln, das sich auf meinem Gesicht ausbreitet, ist schmerzhaft, aber unaufhaltsam. Meine Familie sitzt auf

Gartenstühlen auf dem Rasen und Jeffrey hält Kaylee hoch, damit sie mir winken kann. Sogar Brianna und Landon sind da, sie haben es sich auf einer karierten Decke gemütlich gemacht.

Mel schlägt den Eröffnungsakkord ihres neuen Songs an – von dem, den sie nicht vor Seth spielen wollte. Doch er spielt jetzt sogar mit, seine Finger fliegen über die Tasten und die beiden singen einen Akkord, der so schön ist, dass er mir direkt ins Herz dringt.

Ich würde so gerne stehen bleiben und mich zu ihnen auf den Rasen gesellen, literweise Wasser trinken und mich von der Musik davontragen lassen, aber ich winke und laufe weiter. Ich frage mich, was Seth gesagt hat, damit Mel mir verzeiht. Die Musik verklingt und wird durch das Geräusch meines Atems und den Jubel der Menge ersetzt, die uns auf den letzten paar Kilometern anfeuert.

»Vee!« Ryan springt vom Bordstein herunter und passt sich meinem Laufrhythmus an. Sein schweißgetränktes T-Shirt klebt ihm am Rücken und bei jedem Schritt schlägt eine schimmernde Medaille gegen seine Brust. Er nimmt sie ab und steckt sie in die Tasche. »Du machst das großartig!«

»Was machst du da?«, keuche ich. »Du bist doch schon fertig.«

»Ich stehe gerade nur bei meinen Eltern herum. Ich laufe mit dir – es sind nur noch zweieinhalb Kilometer. Los, komm!« Ryan sprintet voraus, seine sehnigen braunen Beine scheinen sich doppelt so schnell zu bewegen wie meine.

»Warte!«, rufe ich, doch meine Stimme ist nur noch ein leises Krächzen. Ich zwinge mich, schneller zu laufen, mein Blick ist auf die Rückseite von Ryans Shirt geheftet, als er an einer Läufergruppe vorbeizieht. »Ryan!«

Er zieht mich mit, gibt mir ein Ziel, dem ich nachjagen kann, versucht, mich dazu zu bringen, schneller zu laufen. Ich weiß, dass das ein Trick ist, aber unwillkürlich lasse ich mich darauf ein. Die Blase an meiner Ferse brennt, meine Knie protestieren heftig bei jedem weiteren Schritt auf dem Asphalt, aber ich kann jetzt die Ziellinie sehen. Ryan überquert sie heute zum zweiten Mal, dann wirbelt er herum und streckt mir die Arme entgegen.

»Los komm!«, brüllt er. »Wenn du noch mal Gas gibst, dann schaffst du es unter zweieinhalb Stunden!«

Für den besten Halbmarathon, den ich je gelaufen bin, habe ich zwei Stunden und dreiunddreißig Minuten gebraucht. Schweiß strömt mir über das Gesicht und mein Herz hämmert so heftig in meiner Brust, dass ich mich womöglich übergeben muss, sobald ich langsamer werde. Ich bin weniger als einen Block vom Ziel entfernt. Einen halben Block. Fünfzehn Meter. Ryan wartet direkt hinter der Ziellinie, seine dunklen Augen auf mich geheftet, die Arme ausgestreckt, um mich über die Linie zu ziehen.

Zwei Stunden, neunundzwanzig Minuten und vierzehn Sekunden.

Ryan hält mich an den Schultern fest und brüllt mir mit Gatorade-Atem ins Gesicht: »Du hast es geschafft, Vee! Du hast es geschafft!!«

»Ich weiß!« Ich grinse so breit, dass mir das Gesicht wehtut, meine Brust hebt und senkt sich mit jedem Atemzug. »Ich habe es geschafft!« Er hebt die Hand, um mir ein High-five zu geben. »Danke, dass du mit mir gelaufen bist.«

»Keine Ursache.« Ryan blickt auf, als ein Schatten auf mich fällt.

Killian steht vor mir, in der Hand ein riesiges Schild, auf dem *LOS, VEE!* steht. Sein Oberkörper ist nackt und mit grünen und blauen Streifen bemalt.

»Oh mein Gott«, sage ich. »Du bist hier. Du bist hergekommen!«

Killian verdreht die Augen. »Natürlich bin ich hier«, sagt er. »So geht das im richtigen Leben, oder? Der Typ benimmt sich wie ein Arschloch und muss dann alles durch eine extravagante öffentliche Geste wieder gutmachen.« Er deutet auf seine Brust. »Voilà.«

Ich lache, Erleichterung überwältigt mich. Ich beuge mich vor, mir ist ein wenig schwindlig. »Nun ja, dieser Logik kann ich nichts entgegensetzen. Ich fühle mich geschmeichelt.« Ich wünschte, ich könnte alles, was ich neulich abends zu ihm gesagt habe, wieder zurücknehmen. Es stimmt – ich habe nie erwartet, diesen Sommer eine neue Beziehung zu beginnen, und will das auch gar nicht. Aber was immer zwischen Killian und mir ist ... ich kann ihm nicht übelnehmen, dass er herausfinden will, worauf es hinauslaufen wird.

»Du bist unglaublich«, sagt er kopfschüttelnd. »Immer wenn ich denke, du könntest cooler gar nicht sein, kommst du daher und beweist mir das Gegenteil.«

»Das mache ich nur, um dich zu ärgern.« Ich halte inne, dann trete ich näher und stelle mich auf Zehenspitzen, die Hände auf seine lächerlich bemalte Brust gelegt. Er braucht nur seinen Kopf zu beugen und ich hänge die Sechsundzwanzig-Küsse-Challenge ein für alle Mal an den Nagel. Das Gebrüll der Menge, die die Läufer an der Ziellinie anfeuert, scheint leiser zu werden, als ich Killian in die Augen blicke.

Er zieht mich an sich, eine Hand in den schweißnassen Haaren unter meinem Pferdeschwanz, die andere um meine Taille gelegt. »Bist du sicher?«, flüstert er, seine Lippen verführerisch nah an meinen. »Soll ich?«

Ich schließe die Augen und nicke, während ich mein Kinn ein wenig nach vorne strecke. »Ja«, sage ich.

Der Kuss kommt nicht. Ich schlage die Augen auf und Killian starrt mich mit einem spitzbübischen Grinsen an. »Was für ein Pech«, sagt er und macht einen Schritt zurück. »Denn wenn du in den letzten paar Wochen nicht wirklich fleißig warst, bist du noch nicht fertig mit dem Alphabet.«

Eine Viertelstunde später stehen wir auf den Stufen vor der Bibliothek, vor uns liegt der Hauptschauplatz des Labor-Day-Festivals. Essenszelte stehen an der Straße und die Treppe ist voller Leute, die sich über Hotdogs und Popcorn hermachen. Die Gitarrenklänge einer Bluegrass-Band, die ein paar Blocks entfernt spielt, liegen in der Luft und Paare und Familien schlendern die Straßen entlang, winken sich gegenseitig zu, bleiben stehen, um sich mit Freunden zu unterhalten, und feiern, dass die

Feriensaison fast vorbei ist und Butterfield wieder zur Normalität zurückkehrt.

»Okay, häng dir das um.« Killian stülpt mir ein riesiges Pappschild über den Kopf. Darauf steht: GRATIS-KÜSSE FÜR JEDEN, DESSEN VORNAME MIT __ ANFÄNGT. Ein Klettverschlussquadrat markiert die Stelle, an die der jeweilige Buchstabe eingesetzt werden soll. »Wenn jemand eine alphabetische Sommer-Kuss-Challenge mit einem Schlag zu Ende bringen kann, dann das Team Wir.«

»Team Wir.« Ich blicke grinsend zu ihm auf. »Ich bin froh, dass das immer noch aktuell ist.«

»Also, welcher Buchstabe fehlt noch?«, fragt Killian, während er einen großen braunen Umschlag aus einer Stofftasche zieht und darin herumkramt.

»Lass mich mal nachdenken.« Ich schaue auf die Menschenmenge, völlig ungläubig, dass das hier gerade wirklich passiert. »Es ist wirklich okay für dich zuzusehen, wie ich von wildfremden Typen geküsst werde?«

»Keine abseitigen Kussmanöver«, ermahnt mich Killian und droht mir mit dem Finger. »Nur auf die Wange.«

»Verstanden. Weißt du, das wird wahrscheinlich gar nicht so einfach, wie du denkst. Eigentlich sind nur noch die wirklich komischen Buchstaben übrig.«

Killian macht eine siegessichere Geste mit der Faust. »Wunderbar. Wenn du niemanden finden kannst, dann musst du ihn auch nicht küssen und das Ganze ist für mich zumindest etwas leichter zu ertragen.«

»Na schön, na schön. Gib mir« – im Geiste gehe ich meine Liste durch, wobei ich mir nicht vollkommen sicher bin, ob ich die Buchstaben und Küsse auch wirklich alle auf der Reihe habe (die einzelnen Küsse sind in meiner Erinnerung fast nicht mehr voneinander zu unterscheiden) – »ein *Q*.« Ich rücke das Schild zurecht, sodass es gerade hängt. »Ich bin allerdings nicht sicher, ob überhaupt irgendjemand auf mein überaus großzügiges Angebot, kostenlose Küsse zu verteilen, eingehen wird.«

Killian lacht. »Warte drei Minuten«, prophezeit er und klatscht ein großes *Q* aus Papier auf den Klettverschluss. »Dann wird sich eine Schlange bis zur Straße gebildet haben.«

Ich stemme die Hände in die Hüften und schaue mich um, wobei ich mich frage, ob es in Butterfield überhaupt jemanden gibt, dessen Name mit *Q* anfängt. Niemand, der vorbeigeht oder auf den Stufen sitzt, scheint überhaupt zu bemerken, dass ich ein riesiges Schild trage, auf dem ich Gratis-Küsse anbiete, und diejenigen, die es bemerken, werfen mir nur seltsame Blicke zu und gehen weiter.

Nach etwa einer Minute seufzt Killian. »Dann werde ich wohl ein wenig Werbung machen müssen.«

»Was?« Ich packe ihn am Arm. »Wehe!«

Killian legt die Hände um den Mund und brüllt aus Leibeskräften: »Gratis-Küsse! Nur für kurze Zeit! Vom schönsten Mädchen der Welt! Kommt und holt euch welche!«

Der Lärm des Festivals tritt einen Augenblick in den Hintergrund, als sich die Leute umdrehen und uns anstarren.

»Oh mein Gott«, murmele ich und drücke mein Gesicht

an Killians Arm. »Ich kann nicht fassen, dass du das getan hast.«

»Gratis-Küsse!«, brüllt er weiter. »Was ist mit euch los, Leute? Seht ihr denn nicht, wie umwerfend sie ist? Gibt es da draußen keine kusswilligen Männer, deren Namen mit *Q* anfangen?«

Eine Gruppe von Jungs, die ich aus Jeffreys Jahrgang kenne, kommen zu uns rüber, sie kichern und stoßen sich gegenseitig an. »Der da heißt Quinn«, meint einer von ihnen und zeigt auf einen schmächtigen Jungen mit Igelfrisur. »Willst du ihn küssen?«

»Halt die Klappe«, raunt Quinn und tritt seinem Freund gegen das Schienbein.

»Möchtest du denn einen Kuss?«, frage ich und stemme die Hände in die Hüften. »Nur auf die Wange. Ist für einen guten Zweck.«

»Äh.« Der arme Quinn starrt zu Boden, sein Gesicht ist glühend rot. »Doch. Schon.«

Ich trete näher und beuge mich vor, dann drücke ich Quinn einen dicken Schmatz auf die Wange und verweile dort kurz, damit seine Freunde Fotos mit ihren Handys schießen können.

»Okay!«, ruft Killian und reißt das *Q* von dem Schild ab. »Welcher Buchstabe noch?«

»Ähm ...«

»Hey, hübsche Lady«, sagt hinter mir eine Stimme. Ich wirble herum und entdecke Mel und Seth, die Händchen haltend eine Stufe unter uns stehen.

»Ihr seid es.« Ich schlage die Hände vor den Mund. Wir starren uns an.

Seth schüttelt den Kopf und tritt verlegen gegen die Stufen. »Nicht, Vee. Alles ist gut. Auch wenn alles kurz irgendwie verkorkst war.«

»Seid ihr sicher?« Ich blicke Mel an. Sie nickt.

»Mehr als sicher. Was ist, denkst du, ich würde während deines Laufs ein Konzert für dich geben, wenn ich immer noch sauer wäre?« Sie stößt Seth mit der Hüfte an. »Der Loser hier hat gesagt, dass alles seine Schuld war. Und dass ihm endlich klar geworden ist, was er wirklich will.«

»Und das ist Mel«, stellt Seth klar, als gäbe es noch irgendwelche Zweifel. »Das Mädchen hier – das will ich.« Er schlingt die Arme um Mels Taille und zieht sie an sich.« Sie kichert und schmiegt sich an seinen Hals. Mein Magen zieht sich zusammen, aber auf eine schöne Art und Weise.

Ich hüpfe auf ihre Stufe hinunter und werfe meine Arme um die beiden.

»Hey«, protestiert Seth. »Du erstichst mich mit diesem Schild.«

Mel lächelt Killian an. »Du hilfst ihr, es zu Ende zu bringen, was?«

Killian breitet die Hände aus. »Je früher sie es hinter sich bringt, desto früher kann ich wohl damit anfangen, sie davon zu überzeugen, an die Trawley High zu wechseln und meine Debattierpartnerin zu werden.«

Ich pruste los. »Ja, klar. Wenn hier irgendjemand das Team wechselt, dann ja wohl du!« Fast erkenne ich meine eigene Stimme nicht, so glücklich klingt sie. Ich werfe Seth einen Blick zu, unsicher, ob ich solche Sachen in seiner Gegenwart sagen sollte, aber er nickt kaum merklich, zieht Mel an sich und legt den Arm um sie.

»Okay«, sage ich, wieder an Killian gewandt. »Ich weiß, dass ich noch *W*, *X* und *Y* brauche. Viel Glück dabei, sie zu finden.«

Killian lässt mit großer Geste die Knöchel knacken und reicht mir das *X*. »Jetzt brauchen wir jemanden, dessen Name mit *X* anfängt!«, brüllt Killian in die Menge. Schon bald streckt mir Xander, ein etwa dreißigjähriger Vater mit zwei Kindern, seine mit Bartstoppeln bedeckte Wange hin, während seine Frau mit der Tochter im Arm danebensteht und lacht.

»Ihr Kids seid verrückt«, sagt Xander, nachdem er ein Selfie mit mir gemacht hat, dann schlendert er mit seiner Familie davon.

»*W* sollte leicht sein«, befindet Seth, der sich allmählich für das Spiel zu erwärmen scheint. »Gibt es heute Abend irgendwelche *W*s unter uns?«

Walter könnte mein Großvater sein, ist aber immer noch zu Späßen aufgelegt.

»Oh, wartet!«, rufe ich. »Ich brauche auch noch ein *U*.«

Es dauert eine Weile, bis wir Ulric aufgestöbert haben, und da haben wir wirklich Glück, denn er ist vier Jahre alt und trägt ein Namensschild für den Fall, dass er in der Menschenmenge verloren geht. Seine Mom hebt ihn zu mir nach oben und ich hauche ihm einen Kuss auf seine babyzarte Wange, während er kichernd in ihren Armen zappelt. *Y* stellt sich als wirklich schwierig heraus, aber Mel hat schließlich den schlauen Einfall, Yeti anzurufen, einen Linebacker unseres Football-Teams, der schon so lange bei seinem Spitznamen genannt wird, dass niemand mehr weiß, wie er eigentlich richtig heißt. Er hebt mich hoch, als würde ich überhaupt nichts wiegen, und wirbelt mich herum, bis ich ihn anflehe, mich wieder herunterzulassen.

»Ich glaube, jetzt brauchen wir nur noch *J, L* und *V*«, überlege ich. »*J* erledige ich, wenn ich später Jeffrey sehe. Ich weiß, dass ein verschwitzter Kuss von seiner Schwester genau das ist, was er heute will.«

Mel schreibt Landon eine Nachricht und er und Brianna kommen sofort herbei. »Wie ich höre, brauchst du Unterstützung«, sagt Landon, beugt sich vor und schmatzt mir einen übertriebenen Kuss auf die Wange. »Gestatte mir, dir zu Diensten zu stehen.«

Kichernd stößt Brianna ihn an. »Komm bloß nicht auf dumme Gedanken.«

»Nur noch ein Buchstabe«, verkündet Killian, beugt sich vor und flüstert mir ins Ohr. »Was um alles in der Welt wirst du bloß tun, wenn du dich durch das gesamte Alphabet geküsst hast?«

»Da wird mir schon etwas einfallen«, murmle ich, wobei jede Zelle meines Körpers darum bettelt, dass er mich in die Arme nimmt und dieser ganzen Tortur ein Ende bereitet. »Mel!«, rufe ich. Sie reißt sich von Seth los und hakt sich bei mir unter. »Ich brauche ein *V*«, sage ich. »Lass es uns hinter uns bringen.«

Mel stößt ihre Hüfte gegen meine. »Vee. Denk doch mal nach.«

»Was denn?«

Sie reißt vielsagend die Augen auf und starrt mich an.

V. V. Ich brauche ein V. Stehe ich gerade auf dem Schlauch?

»Ohhh«, mache ich, als es mir dämmert.

»Na bitte«, sagt sie. »Ich wusste, du würdest früher oder später darauf kommen.«

Ich löse meinen Arm von Mel und sofort eilt Seth herbei, um mit zufriedenem Grinsen meinen Platz neben ihr einzunehmen. Brianna lehnt sich an Landon und Killian steht einfach nur da und hält den Umschlag mit den Buchstaben in den Händen.

Ich kann kaum glauben, dass die Sechsundzwanzig Küsse sich von einem bescheuerten Versuch, über Mark wegzukommen, zu etwas gewandelt haben, was von Bedeutung ist – etwas, was mir gezeigt hat, dass es für mich nicht den *einen* perfekten Kerl gibt; dass es okay ist, wenn das Mädchen bezahlt, und dass ein gebrochenes Herz heilen kann. Dass es das Wichtigste ist, dass man sich selbst liebt, dann werden es einem andere Leute nachtun.

Ich hebe die Hände zum Mund und drücke einen Kuss in die Mitte meiner Handfläche, dann hebe ich die Arme über den Kopf. »Hier ist *V.*«

Mel jauchzt und stürzt sich auf mich, wobei sie mich fast von den Füßen reißt. Die Menschen um mich herum jubeln, alle hüpfen auf und ab, geben sich High-fives und brüllen, als hätte ich gerade einen weiteren Halbmarathon hinter mich gebracht. Und in gewisser Weise habe ich das auch.

Ich ziehe mir das Schild über den Kopf und lasse es zu Boden fallen.

»Alles geschafft«, sage ich und lächle Killian an. »Endlich.«

Er zwirbelt eine meiner Haarsträhnen zwischen seinen Fingern. »Bist du sicher?«, fragt er. »Und du willst nicht noch mal bei *A* anfangen?«

Mir klappt der Mund auf. »Machst du Witze?«, frage ich. Ich schlinge ihm den Arm um den Hals und ziehe sein Gesicht zu mir. »Im Moment gibt es nur einen Buchstaben, der mich interessiert.«

»Ach ja?« Sein Blick wandert über mein Gesicht. »Und welcher wäre das? Sie werden ihn mir schon sagen müssen, Frau Anwältin.«

»Oh, halt die Klappe«, sage ich und überwinde die letzten paar Zentimeter zwischen uns. »Hör einfach auf zu quatschen und küss mich.«

Killian
10/10
Team Wir

Danksagung

Ich habe schon immer gewusst, dass ich Bücher schreiben will, aber erst als ich die aktuelle Jugendliteratur für mich entdeckt habe, habe ich auch wirklich ein schriftstellerisches Zuhause gefunden. Zuerst will ich all den inspirierenden Autoren danken, die mir den Weg in diesen Bereich gewiesen und es ermöglicht haben, dass diese Geschichte eine breite Leserschaft erreicht.

Danke an alle aus der wunderbaren »Writers in Paradise«-Konferenz und an meine B&B-Mafia-Crew, vor allem an Ben Pfeiffer, der mich von Anfang an unterstützt hat.

Mit Dank überschütten möchte ich auch meine Kollegen bei Sourcebooks, vor allem Dominique Raccah, Todd Stocke und Shana Drehs, die aus meinem Job einen Traumjob machen.

Vielen Dank an meinen unvergleichlichen Agenten Pete Knapp und die Teams der New Leaf Literary and The Park Literary Group; außerdem an Sara Sargent, Liesa Abrams, Sarah McCabe, Kaitlin Severini und alle anderen bei Simon Pulse, die so Unglaubliches leisten.

An meine Freunde nah und fern – danke, dass ihr meinen Bücherwahn ertragt und immer für mich da seid, wenn ich aus meiner Lese-/Schreib-/Überarbeitungs-Höhle auftauche.

Mein Dank gilt außerdem meiner Familie, vor allem meiner Mom, die mich auf die richtige Weise großgezogen hat – nämlich mit Poker und Büchern (was zufälligerweise eine gute Übung ist, wenn man Karriere in einem Verlag machen möchte!).

Und schließlich danke ich Matt – meinem Bandkollegen, Mitbewohner, Seelenverwandten. Danke, dass du bist, wie du bist.

Elizabeth Eulberg

Beste Freunde küsst man ~~nicht~~

Können ein Mädchen und ein Junge einfach nur miteinander befreundet sein? So richtig eng? Macallan und Levi sind der lebende Beweis dafür: Die beiden sind ein Herz und eine Seele – und NICHT ineinander verliebt! Echt nicht? NEIN, echt nicht. Sie sind total genervt davon, dass alle sie für ein Paar halten. Doch kann so eine Freundschaft gut gehen … so ganz ohne Küssen?

320 Seiten • Arena-Taschenbuch
ISBN 978-3-401-50918-1

Wie wir einen Sommer (vergeblich) versuchten, uns nicht zu verlieben

Seit dem Reinfall mit Nate hat Penny den Jungs abgeschworen. ALLEN Jungs. Sie gründet den Lonely Hearts Club – einen Club, in dem Mädchen keine Jungs daten, keine Jungs küssen, in dem Jungs ganz einfach verboten sind. Vorteil: Nie wieder ein gebrochenes Herz und nie wieder die besten Freundinnen vernachlässigen wegen eines Jungen. Nachteil: Ryan. In den Penny sich gerade verliebt hat. Oder?

296 Seiten • Arena-Taschenbuch
ISBN 978-3-401-50919-8
www.arena-verlag.de

Arena